ROULETTENÄCHTE DIE KOMPLETTE SERIE

RENEE ROSE

Übersetzt von
STEPHANIE WALTERS

RENEE ROSE: HOLEN SIE SICH IHR KOSTENLOSES BUCH!

Tragen Sie sich in meine E-Mail Liste ein, um als erstes von Neuerscheinungen, kostenlosen Büchern, Sonderpreisen und anderen Zugaben zu erfahren.

https://www.subscribepage.com/mafiadaddy_de

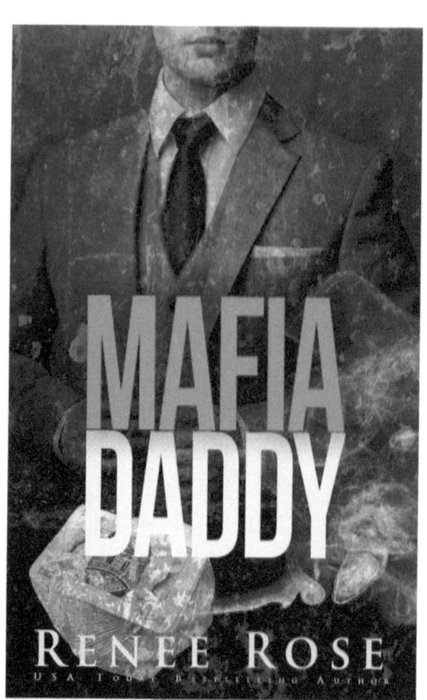

MAFIA
DADDY
RENEE ROSE
USA Today Bestselling Author

Copyright © 2020 und 2021 Black Light: Roulette Redux "Forced" und 2023 Gezwungen von Renee Rose und Renee Rose Romance und Black Collar Press

Alle Rechte vorbehalten. Dieses Exemplar ist NUR für den Erstkäufer dieses E-Books bestimmt. Kein Teil dieses E-Books darf ohne vorherige schriftliche Genehmigung der Autorin in gedruckter oder elektronischer Form vervielfältigt, gescannt oder verbreitet werden. Bitte beteiligen Sie sich nicht an der Piraterie von urheberrechtlich geschützten Materialien und fördern Sie diese nicht, indem Sie die Rechte der Autorin verletzen. Kaufen Sie nur autorisierte Ausgaben.

Veröffentlicht in den Vereinigten Staaten von Amerika

Renee Rose Romance und Midnight Romance

Dieses E-Book ist ein Werk der Fiktion. Auch wenn vielleicht auf tatsächliche historische Ereignisse oder bestehende Orte Bezug genommen wird, so entspringen die Namen, Charaktere, Orte und Ereignisse entweder der Fantasie der Autorin oder werden fiktiv verwendet, und jegliche Ähnlichkeit mit tatsächlichen Personen, lebenden oder toten, Geschäftsbetrieben, Ereignissen oder Orten ist rein zufällig.

Dieses Buch enthält Beschreibungen von BDSM und vieler sexueller Praktiken. Da es sich jedoch um ein Werk der Fiktion handelt, sollte es in keiner Weise als Leitfaden verwendet werden. Die Autorin und der Verleger haften nicht für Verluste, Schäden, Verletzungen oder Todesfälle, die aus der Nutzung der im Buch enthaltenen Informationen resultieren. Mit anderen Worten probiert das nicht zu Hause, Leute!

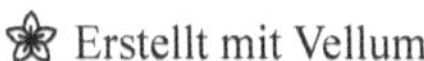 Erstellt mit Vellum

GEZWUNGEN

KAPITEL EINS

M*ariana*

MEINE KLEINE SCHWESTER will sich von einem Mann den Arsch versohlen lassen.

Ich versuche noch immer, die Fassung wiederzugewinnen. Sie gießt mehr Wein in mein Glas, als ob das helfen würde, ihr Geständnis zu verdauen. Es fällt mir *definitiv* schwer, mich an diese neue Information zu gewöhnen. Wie ist dieses blonde Baby unserer Familie – das Baby, für das wir uns den Arsch aufgerissen haben, damit sie rein und unschuldig bleibt, das Mädchen, das wir aufs College und dann zu einem Masterprogramm geschickt haben, damit sie eine wichtige Karriere haben kann, die keiner von uns überhaupt versteht – auf der falschen Seite einer Folterbank gelandet?

Mein Gehirn kann es einfach nicht verarbeiten.

Wir kommen aus dem Ghetto, sie und ich. Nicht dass sie den Schneid, den ihr die Kindheit in Brooklyn antrainiert hat, jemals heraushängen lassen würde. Aber meiner Meinung nach sollte sie wissen, dass sie zurückschlagen muss, wenn ein Mann sie schlägt.

Mit Schlagring.

Stattdessen erzählt sie mir von ihrem irrsinnigen Plan, ihren Körper während eines Valentinstagsevents in einem exklusiven BDSM-Club diesen Sadisten anzubieten.

Ich trommle mit meinen frisch manikürten Nägeln auf ihren winzigen Küchentisch. „Das wird nicht passieren."

Sara runzelt die Augenbrauen. „Das ist nicht deine Entscheidung, Mari. Ich frage dich nicht um Erlaubnis." Sie stößt einen frustrierten Seufzer aus. „Ich hätte es dir nicht erzählen sollen."

„Nein, nein, nein, nein. Warte mal." Ich wedle mit den Händen durch die Luft. Himmelherrgott, seit wir erwachsen sind, fällt es mir sehr schwer, eine Verbindung zu meiner Schwester aufzubauen. „Tut mir leid. Ich versuche einfach nur, die Tatsache zu verarbeiten, dass meine süße, unschuldige Schwester pervers ist. Und eine Exhibitionistin. Aber ich werde mich bald daran gewöhnt haben. Du warst also auf einem – wie nennt man das? – Date?"

„Szene", erklärt sie.

„Auf einer Szene mit einem Typen. Und nach nur einer Erfahrung glaubst du, dass du bereit bist, auf eine Sexclub-Swingerparty für Leute zu gehen, die gerne Schmerzen zugefügt bekommen oder austeilen?"

Saras Mund wird schmal. „Wie gesagt, ich bitte dich hier nicht um Erlaubnis. Du bist mich besuchen gekommen, also erkläre ich dir einfach, warum wir den Valentinsabend nicht gemeinsam verbringen und Pralinen futtern, während wir *50 erste Dates* schauen."

Ich wünschte verdammt noch mal, sie hätte mir erzählt, das läge daran, weil sie irgendeinen intelligenten Typen kennengelernt hätte, der Anzughemden mit Krawatte und Halbschuhe trägt und seine Kinder auf eine Privatschule schicken will.

Nicht das.

Ich reibe mir über die Stirn. „Ich habe einfach das Gefühl, dass es nicht sicher ist."

„Es ist vollkommen sicher. Mein Spielpartner – der Typ, der mich das letzte Mal dorthin mitgenommen hat – sagt, dass sie ausgesprochen vorsichtig damit sind, wen sie einlassen, und dass es überall Security gibt. Und ich habe ein Safeword. Sobald ich es sage, hört alles, was gerade passiert, sofort auf."

„Das meinte ich nicht. Ich meine", ich wedle mit der Hand durch die Luft, wie alle Italiener es machen, wenn sie sprechen, „emotional. Ich weiß nicht. Klingt irgendwie viel zu zwielichtig für mich."

Sara spitzt die Lippen, dieser sture Blick, der mich schon in den Wahnsinn getrieben hat, als wir noch Kinder waren.

Mir gefällt ihr Plan überhaupt nicht. Aber was kann ich schon tun? Sie ist erwachsen. Sie kann ihre eigenen Entscheidungen treffen.

„Na schön. Du bist ein großes Mädchen. Aber wenn du da hingehst, komme ich mit."

Ich habe zunächst den Eindruck, dass sie diskutieren will, doch stattdessen fliegt Saras Mund mit einem schallenden Lachen auf.

„Was denn?"

„Mariana, ich glaube nicht, dass das deine Sorte Club ist."

„Was? Glaubst du, ich würde es nicht aushalten, den Arsch versohlt zu bekommen?"

Sara zieht eine Augenbraue in die Höhe. „Nein, glaube ich nicht. Ich glaube, du wirst herumfahren und dem Typen die Fresse polieren."

Meine Lippen verziehen sich zu einem Grinsen, dann lache auch ich. „Na gut, ich kann ja einfach mitkommen und zuschauen."

Sara schüttelt den Kopf. „Mh-mh. Du musst Mitglied sein oder von einem Mitglied mitgebracht werden, es sei denn, du nimmst am Roulette teil."

Fuck.

„Dann mache ich eben mit." Ich ignoriere die Enge zwischen meinen Rippen. Meine Große-Schwester-Instinkte lassen mich nicht tatenlos dabei zusehen, selbst wenn es offensichtlich ist, dass Sara mich nicht dabeihaben will.

Die selbstgefällige Belustigung auf ihrem Gesicht bringt mich aus dem Konzept. „Ich wette hundert Dollar, dass du innerhalb einer Stunde deinem Partner das Knie zwischen die Beine rammen wirst."

Prustend spucke ich meinen Wein aus. „Ist das die Wette? Denn ich glaube, ich kenne genügend andere Methoden, mich zu verteidigen, als den alten Tritt in die Eier."

Sie schüttelt den Kopf. „Nein. Hundert Dollar, dass du die Nacht nicht durchhalten wirst, Punkt."

„Ich lasse mir dreimal den Arsch versohlen und du schuldest mir hundert Dollar?"

Ich kann sehen, wie Genervtheit und Belustigung auf Saras Gesicht miteinander ringen.

„Hör zu, ich mache mich nicht über dich lustig", versichere ich ihr. „Ich will einfach nur mitkommen, wenn du da hingehst. Du weißt schon, schwesterliche Solidarität."

Die Selbstgefälligkeit kommt zurück, während sie ihren Laptop aufklappt und ein Formular öffnet. „Okay, hier ist das Bewerbungsformular."

„Prima." Ich mache kurzen Prozess damit, bis ich zu der Erklärung der vier harten Limits komme – Dinge, die ich nicht bereit bin, mit dem Typen zu tun, mit dem ich zusammengewürfelt werde. Man darf nur vier Limits auswählen. Und scheiße, es gibt definitiv mehr als vier Dinge, die ich lieber nicht tun würde. *Blutspiele. Nadelspiele. Wasserspiele* – das musste ich googeln. Und igitt. *Analsex mit Kondom.*

Ich will auch *Vaginalsex mit Kondom* auswählen, aber das geht nicht mehr, ich habe schon das Maximum an Limits erreicht. Was bedeutet, dass ich am Valentinstag möglicherweise Sex mit einem Fremden haben könnte.

Es ist lange her, dass ich Sex hatte – viel zu lange – aber ich hätte niemals geglaubt, dass meine Durststrecke auf diese Weise endet. Ich kann nicht entscheiden, ob mich diese Aussicht anwidert oder erregt.

Ich klicke auf *Senden* und Sara gießt mir Wein nach. „Auf schwesterliche Solidarität."

Ihr Trinkspruch erwischt mich kalt. Das ist der Grund für meinen Besuch. Denn während ich mich in den letzten vierzehn Jahren darin verloren habe, das Restaurant unserer Eltern zu managen, habe ich auch sie verloren. Ich blinzle das Brennen in meinen Augen fort und stoße mit ihr an. „Auf schwesterliche Solidarität."

~

VICTOR

IN DEM AUGENBLICK, als ich die Brünette in meine Richtung stolzieren sehe, beende ich den Anruf. Sie ist atemberaubend. Meilenlange Beine. Ein Körper wie eine Waffe. Ihr Mantel schmiegt sich an ihre Kurven, wird von einem Gürtel um ihre Taille zusammengehalten und fällt bis auf ihre Oberschenkel. Und darunter sehe ich nichts als sexy Strümpfe. Die Sorte mit der Naht, die an der Rückseite hinaufläuft.

Aber es ist nicht ihr Aussehen, sondern ihre Ausstrahlung. Sie kommt in ihren Designerpumps anstolziert und verströmt genug Selbstbewusstsein, um den ganzen Straßenblock nach ihrer Pfeife tanzen zu lassen. Etwas in mir, von dem ich dachte, es wäre längst tot, richtet sich kerzengerade auf und schreit: *Sie gehört mir.*

Das ist allerdings dumm. Ich lasse mittlerweile die Finger von *gehört mir.* Absolut.

Ich lasse die Finger von allem, was auch nur *annähernd* eine Frau in mein Leben bringen könnte. Nicht seit diesem verdammten Blutbad, in das mein Liebesleben nach dem Zwischenfall mit Kim letztes Jahr verdammt wurde.

Trotzdem muss diese Frau meinen Anspruch auf sie gespürt haben, denn sie zögert kurz und ihre Augen fliegen zu mir. Ich lehne vor dem Laden der Hellseherin an der Wand, bevor es Zeit ist, im Black Light zu verschwinden, um mit einer Masochistin ein bisschen Dampf abzulassen.

Ich bin kein Typ, der zögert. Ich sehe meine Chance und ergreife sie. „Top oder Bottom?" *Das Wichtigste zuerst.*

Ihr steht *Dom* förmlich ins Gesicht geschrieben, aber ich bin so weit von Bottom entfernt wie überhaupt nur möglich, also kann ich sie genauso gut jetzt sofort abschreiben und mich wieder darauf konzentrieren, mich an der hilflosen Sub aufzugeilen, die ich heute Abend abbekommen werde.

Sie bleibt stehen und ihr Mundwinkel zuckt völlig bewusst und kontrolliert nach oben. Tatsächlich streift sie sogar mit ihren manikürten Fingernägeln über das Revers meines italienischen Anzugs.

Ich greife nach ihren Hüften, schließlich hat sie mich zuerst berührt. Sie versteift sich, zieht sich aber nicht zurück, sondern hebt das Kinn, als ob sie mir zeigen wollte, dass sie keine Angst vor mir hat. Sie stößt ein heiseres Lachen aus. „Bottom ... schätze ich." Sie hat diese *Lippen.* Verfickte Amors-Bogen-Perfektion.

Ich kann mein Glucksen nicht unterdrücken. „Nein, bist du nicht." Ich will sie unbedingt enger an mich ziehen – herausfinden, wie sich diese weichen Kurven an meinem harten Körper anfühlen. Aber ich weiß, das würde zu weit führen. „Du musst wegen einer Wette hier sein."

Jetzt ist sie dran mit lachen – ein Ausbruch an Heiterkeit, der sie selbst zu überraschen scheint. „Wie kommst du darauf?"

Jetzt ziehe ich sie behutsam näher, lasse meine Hand über ihre Taille gleiten und presse sie auf ihren Rücken.

Sie gesteht mir einen halben Schritt zu. Wir stehen so nah voreinander, ich kann die Hitze ihres Körpers spüren. Wir berühren uns noch nicht ganz, aber beinah. „Baby, du hast nicht einen unterwürfigen Knochen im Leib. Wie viel hast du gewettet?"

Sie belohnt mich mit einem Lächeln und mein innerer Don Juan putzt sich heraus. „Hundert Dollar." Da ist ein herausforderndes Funkeln in ihren Augen, als ob sie mich auffordern wollte, ebenfalls gegen sie zu wetten. Etwas, was ich niemals tun würde. Nicht gegen diese Frau. Sie hat *alle* Vorteile auf ihrer Seite.

Anerkennend ziehe ich eine Augenbraue hoch. „Dann bin ich mir sicher, dass du die Wette gewinnen wirst."

Ein weiteres Lächeln und irgendwas in ihrer Haltung wird weicher, als ob sie an mir schmelzen würde.

Ich wage noch immer nicht, ihren Körper an meinen zu ziehen, obwohl ich es verdammt gerne tun würde.

„Vielleicht wirst du heute Abend mein Top sein." Sie lässt das *P* von Top leise poppen und das Geräusch fährt mir direkt in den Schwanz. Ich entscheide auf der Stelle, dass ich es einfädeln werde. Ich weiß nicht, wie, aber ich weiß, dass das Schicksal mir eine solche

Frau nicht vor die Nase setzen würde, nur um sie mir wieder wegzu-schnappen.

Sie wird heute Nacht mir gehören, egal wie.

Mit meiner Hand auf ihrem unteren Rücken drehe ich uns von der Wand fort. „Komm, ich begleite dich nach drinnen.“

Sie lässt sich ein paar Schritte von mir führen, dann bleibt sie plötz-lich stehen. „Ich habe meiner Schwester versprochen, mich hier mit ihr zu treffen.“

„Es gibt zwei von euch?“ Ich muss geklungen haben, als ob ich im Lotto gewonnen hätte, denn ihr Lächeln wird noch breiter.

„Oh, nein, es gibt nur eine von ihr und eine von mir. Wir sind so unterschiedlich wie Tag und Nacht.“

Ich nehme wieder meine Position an der Wand ein. „Dann warte ich mit dir. Ein Mann sollte eine Dame nachts nicht allein auf dem Gehweg stehen lassen.“

Ihre Augen wandern über meine breiten Schultern und meine Brust. „Du willst mein Bodyguard sein?“

„Das kannst du aber glauben, Baby.“ Ich wünschte, ich wäre ihr Bodyguard. Zur Hölle, ich würde meine besten Agenten für sie abstel-len, nur um sicherzugehen, dass kein anderer Mann auf dem Planeten sie je in die Finger bekommt.

Irgendetwas flirrt, hängt zwischen uns in der Luft. Ich kann mich nicht entscheiden, was es ist – ihre Anerkennung, vielleicht, aber dann presst sie ihre Schmolllippen zusammen und ich bin entlassen. „Ich kann auf mich selbst aufpassen.“

„Oh, daran habe ich keinen Zweifel, Hübsche. Dir steht die Stra-ßenschläue förmlich ins Gesicht geschrieben. Woher kommst du? New York? Philly?“ Ich muss mehr über sie erfahren. Ich muss *alles* über sie erfahren.

„Brooklyn. Bin nur zu Besuch hier. Meine Schwester lebt hier.“ Wieder mustert sie mich, diesmal spekulierend. „Du?“

„Was glaubst du denn?“, frage ich, denn ich habe das Gefühl, dass sie sich bereits ein Bild von mir gemacht hat.

„Du bist auch straßenschlau. Jersey vielleicht.“

„Was hat mich verraten?“

Sie dreht sich um und wendet sich von mir ab, als würde sie nach ihrer Schwester Ausschau halten, aber ich kenne diese Nummer. Mit ihrer Körpersprache will sie mir sagen, dass ich ihr alles andere als wichtig bin und mich mehr anstrengen muss.

Herausforderung angenommen.

„Du siehst gefährlich aus", gesteht sie einen Augenblick später.

„Ist das gut oder schlecht?"

Sie legt den Kopf zur Seite und wieder wandern ihre Augen über meinen Körper, bevor sie den Blick erneut auf den Gehweg wendet. „Wenn du meine Schwester daten wollen würdest? Schlecht."

Ich kann nicht widerstehen. Ich greife nach ihrem Ellenbogen und ziehe sie wieder dorthin, wo ich sie haben will – eng an meinem Körper. Sie tut so, als würde sie sich sträuben, doch ich weiß, dass sie sich aus meinem Griff winden könnte, wenn sie wirklich wollte. Tatsächlich lehnt sie sich sogar an mich, als sie direkt vor mir steht, als würden sich unsere Körper magnetisch anziehen.

„Und wenn ich dich daten wollte?"

Ihre Lider werden schwer und ich verspüre einen Anflug der Befriedigung. „Ich bin mir sicher, ich könnte mit dir umgehen", schnurrt sie.

Fuck, ja. Sie dürfte auf alle möglichen Arten mit mir umgehen.

Ab *sofort*.

Eine Blondine kommt angeschlendert, niedlich, auf eine *Mädchen-von-nebenan* Art.

„Entschuldige", sagt meine Gefangene und blickt vielsagend auf meine Hand an ihrem Ellenbogen. Ich lasse sie los. Sie klackert auf ihren Highheels davon, um ihre Schwester zu begrüßen. Ich kann eine gewisse Ähnlichkeit erkennen, doch sie hatte recht, die beiden sind vollkommen unterschiedlich. Sie macht sich nicht die Mühe, mich vorzustellen, was mich nicht so sehr beleidigen sollte, wie es das tut. Die beiden Schwestern spazieren an mir vorbei, betreten den Wahrsagerladen und gehen schnurstracks zum hinteren Bereich wo sich der geheime Eingang zum Black Light befindet.

Ich gebe ihnen ein paar Augenblicke Vorsprung, bevor ich ihnen folge und der leisen Melodie ihrer Unterhaltung lausche, während wir durch den unterirdischen Tunnel gehen.

Ich habe nicht einmal ihren Namen herausbekommen.

Doch ich mache mir keine Sorgen. Noch vor dem Ende des Abends werde ich etwas von ihr bekommen. Eine Szene, eine Telefonnummer, ein Date.

Ich werde hier nicht verschwinden, ohne sie mit einer heftigen Dosis von allem zu brandmarken, was ich bieten kann.

Und mehr.

KAPITEL ZWEI

M *ariana*

Es ist viel zu lange her, seit ich ein Date oder sogar nur einen One-Night-Stand hatte.

Das ist die einzige Erklärung für meine Reaktion auf diesen extrem sexy Mann, der draußen herumgelungerte, als ich ankam. Das, und die Tatsache, dass er genau mein Typ ist.

Und wenn ich *mein Typ* sage, dann mit einem lauten Stöhnen. Denn, ja. Er ist absolut falsch. Von diesen D.C.-Typen – den Geschäftsmännern und Politikern – fühle ich mich leider nicht angezogen. Nicht einmal von den Männern des Militärs. Nein, mein Typ hat eine heftige Dosis Straße an sich. Nicht die Sorte Käppi und Piercings-Straße. Sondern die Sorte tödliche Selbstüberzeugung in einem noblen italienischen Anzug. Mr. Falsch sieht aus, als ob er zur Mafia gehören könnte oder zu irgendeiner anderen gefährlichen Profession. Daher mein inneres Aufstöhnen.

Definitiv nicht die Sorte Mann, mit dem ich tatsächlich jemals etwas anfangen würde.

Aber ich mag die Bösen Buben. Bis auf den Buben-Teil. Und Mr. Falsch ist ein gestandener Mann.

Ich verliere kein Wort über ihn zu Sara, als wir einchecken. Wir müssen unsere Handys in den Spinden einschließen. Noch ein Grund, weshalb ich froh bin, mitgekommen zu sein. Was, wenn Sara gerettet werden muss und mich nicht anrufen kann?

Doch sie hüpft vor Vorfreude praktisch auf und ab. Sie trägt eine katholische Schulmädchenuniform, was ich nicht verstehe, wenn man bedenkt, dass wir diese Uniformen als Kinder immer tragen mussten und ich sie nie wieder sehen wollte. Sara hat den Namen *Goldlöckchen* als ihren Codenamen angegeben. Ich habe den Namen *Brooklyn* gewählt – wahnsinnig originell, ich weiß. Und meine Anziehsachen sind nicht annähernd fetischhaft genug. Ein einfaches, hautenges und verführerisches schwarzes Kleid und Fick-mich-Pumps.

„Komm, du siehst aus, als ob du einen Drink vertragen könntest." Sara hakt sich bei mir ein und zieht mich zur Bar, die mit Schwarzlicht ausgestattet ist, sodass alles zu leuchten scheint.

„Du siehst nicht alt genug aus, um schon Alkohol trinken zu dürfen, kleines Fräulein", sagt der Barkeeper zu Sara und zwinkert ihr zu.

„Oh, der Priester hat mir gesagt, dass ich hier die heilige Kommunion empfangen soll", erklärt sie und der Barkeeper schmunzelt.

„Einen Tequila", bestelle ich und stütze mich mit den Ellenbogen auf der Bar ab. Immerhin ist eine Bar ein Ort, an dem ich mich wohlfühle. Natürlich würde es mir noch besser gefallen, auf der anderen Seite zu stehen und die Drinks einzugießen. Oder diesen Laden zu leiten, wie ich das Restaurant geleitet habe. Ich würde den Angestellten Anweisungen geben und sicherstellen, dass sich die Gäste wohlfühlen. Ich habe jahrelang so hart gearbeitet, ich weiß überhaupt nicht mehr, wie man stillsitzt. Ich *hasse* es, stillzusitzen. Bedient zu werden, anstatt zu bedienen.

„Ich nehme das Gleiche", sagt Sara.

Der Barkeeper gießt uns zwei Tequilas ein und serviert sie mit der dazugehörigen Limette und Salz.

Ich überspringe die Beilagen und kippe den Tequila in einem Schluck hinunter, der in meinem Hals brennt. „Noch einen."

Der Barkeeper kräuselt die Lippen. „Jeder bekommt maximal zwei Drinks. Betrunken darf nicht gespielt werden."

Ich schaue ihm unverwandt in die Augen und schiebe ihm mein Schnapsglas über den Tresen entgegen. „Ich bin bereit für meinen zweiten Drink." Insbesondere deshalb, weil ich spüren kann, wie Mr. Übel und Gefährlich auf mich zukommt. Ich muss mich nicht einmal umschauen, um zu wissen, dass er nach mir sucht.

Leider – oder zum Glück, je nachdem, wie man es sieht – werde ich sowohl vor dem Tequila als auch vor dem Mann errettet, denn das Paar auf der Bühne ruft alle Teilnehmenden auf, zu ihnen zu kommen.

Sara greift nach meiner Hand und zieht mich hinter sich durch die Menge spärlich bekleideter Frauen und Männern in Lederoutfits oder Anzügen. Ich reagiere auf Nervosität immer damit, sauer zu werden, also werfe ich mir die Haare über die Schulter und stolziere zur Bühne, als ob der Laden mir gehören würde. Ich kann ein leises Lachen hören und könnte schwören, dass es aus der Richtung von Mr. Falsch kommt, aber ich drehe mich nicht zu ihm um.

Erst als ich mich umdrehe und sehe, wie er sich zu den anderen Doms auf der linken Seite der Bühne gesellt und darauf wartet, aufgerufen zu werden, merke ich, dass ich den Atem angehalten habe, weil ich mich gefragt habe, ob er als Teilnehmer oder Voyeur gekommen ist.

„Du erinnerst dich an die Safewords, richtig? Rot heißt *Stopp* …"

„Ja, ja", unterbreche ich Sara. Sie hat es mir gestern Abend nur etwa zehnmal erklärt, bevor wir ins Bett gegangen sind. Um meine schroffe Antwort etwas zu mildern, ziehe ich an einem ihrer Zöpfe, während wir vor der Bühne stehen und darauf warten, von unseren Partnern mithilfe der Roulettekugel ausgewählt zu werden. „Aufgeregt, Goldlöckchen?"

Sie nickt eifrig. „Nervös. Aber ja, auch aufgeregt. Du?"

Meine Augen flattern zu dem großen, breitschultrigen Mann im teuren Anzug. Der Mann, der aussieht, als hätte er eine Waffe und wüsste, wie man sie benutzt. Der Mann, der meine Nippel steif werden lässt, wenn ich nur an den harten Körper denke, der unter diesen edlen, maßgeschneiderten Anziehsachen lauert.

Natürlich erwischt er mich dabei, wie ich ihn anstarre, und seine Mundwinkel zucken kaum merklich nach oben. Er schaut mir unverwandt in die Augen, als würde er mich befehligen oder mir ein dunkles Versprechen geben.

Tragischerweise ist er der einzige Mann seit Langem, der mich erregt.

„Ich bin nur hier, um mir diese hundert Dollar zu verdienen", erwidere ich leichthin, doch Sara folgt meinem Blick.

„Ist das der Typ, der vor dem Club gewartet hat, als wir angekommen sind?"

„Mh-hm. Kennst du ihn?"

„Nein, aber er sieht zum Anbeißen aus."

Ich kippe die Hüfte zur Seite, obwohl ich angestrengt versuche, ihn nicht wieder anzuschauen. Bevor ich Sara antworten kann, ruft der Typ am Mikrofon die Doms vor der Bühne zusammen, damit die Spiele beginnen können.

Ich kann mich nicht entscheiden, ob ich dafür beten soll, meinen Typen abzubekommen, oder nicht.

Nein. Ich will ihn. Die Vorstellung, mit einem der anderen Clowns hier perverse Dinge zu treiben, bereitet mir Übelkeit. Er ist der Einzige, der es halbwegs interessant machen würde.

Obwohl ich versuche, nicht hinzusehen und desinteressiert zu wirken, werfe ich Mr. Falsch erneut einen verstohlenen Blick zu, als er seine Nummer zieht. Er schaut mich an, zieht eine Augenbraue hoch und ein Schauder läuft mir den Rücken hinunter.

Dieses Mal kann ich es nicht missverstehen – da ist definitiv ein Versprechen in seinem Blick.

Er dreht den Zettel herum und Emma liest vor. „Mr. Blackheart hat die Nummer Eins gezogen!"

Warum bin ich nicht überrascht? Dieser Kerl verströmt förmlich

Nummer Eins. Als ob sein schieres Charisma die Losnummern bezirzt hätte, sich so zu arrangieren, wie es ihm passt.

Der Rest der Tops zieht ihre Nummern, doch ich achte kaum noch darauf. Ich kann nur noch daran denken, was als Nächstes passiert. Was, wenn die Kugel von Mr. Falsch auf meinem Namen landet? Was für Dinge wird er mit mir anstellen?

Als sich Feuchtigkeit zwischen meinen Beinen sammelt, fange ich an zu denken, dass ich die Perversität meiner Schwester womöglich *doch* nachvollziehen kann. Denn die Vorstellung, mich von ihm befehligen zu lassen, erregt mich.

Er tritt vor und bewegt sich für einen so großen Mann überraschend anmutig. Diese Hände könnten einen anderen Menschen erwürgen. Große Fäuste, die in das Gesicht eines anderen Mannes krachen. Und ich habe keinen Zweifel daran, dass er sie auf diese Weise bereits eingesetzt hat.

Vielleicht nicht zum Erwürgen, aber definitiv zum Kämpfen.

Chase dreht das Rouletterad und Mr. Falsch wirft seine Kugel hinein, wobei er es schafft, gleichzeitig Lässigkeit und Präzision zu vermitteln.

„Und sie Kugel ist auf Brooklyn gelandet!"

Mir bleibt der Atem im Hals stecken. Meine Schwester dreht sich mit leuchtenden Augen zu mir herum, strahlt mich an und schiebt mich vor.

Fuck.

Nein, ich bin froh, dass er es ist.

Fuck.

Ich stolpere auf die Bühne, während Chase der wartenden Menge meine harten Limits vorliest. Diese verdammte Röte, die sich auf meinen Hals und meine Wangen legt. Das hier ist verdammt erniedrigend.

Emma bedeutet mir, an ein zweites Rouletterad zu treten, in das ich die Kugel werfen soll, um herauszufinden, was Mr. Blackheart mit mir anstellen wird.

Ich glaube, ich stehe unter Schock und nehme weder das sich drehende Rad noch die Kugel wahr, um die sich meine Finger krallen.

„Wirf die Kugel", säuselt Emma.

Plötzlich steht er hinter mir und presst seinen großen Körper gegen meinen. Aus irgendeinem Grund nehme ich es als Schutz wahr, nicht als Bedrohung. Als ob er mich vor dem Publikum abschirmen würde, anstatt mir zeigen zu wollen, wer hier der Boss ist.

Ich muss mich regelrecht zwingen, meine eiskalten Finger zu öffnen und die Kugel ins drehende Rad zu werfen. Sie rollt in die entgegengesetzte Richtung, hüpft und klappert über das Roulette.

Ich starre sie an und blinzle kaum, während Mr. Blackhearts Hand sich auf meinen Hals legt.

Die Geste ist dem Bild, das vor wenigen Augenblicken in meinen Gedanken aufgeblitzt ist, so nah, dass ein Kribbeln durch meinen Körper schießt. Er zieht seine Finger nicht zusammen, aber sie legen sich komplett um meinen Kehlkopf. Ein Zuziehen, und er würde mir den Hals brechen.

Dann zieht er meinen Kopf zurück, sodass er auf seiner Brust liegt. „Die Wahrheit ist", sagt er und seine Lippen streifen über meine Schläfe, seine Stimme tief und rau, „es ist egal, wo deine Kugel landet. Du wirst tun, was auch immer ich mit dir tun will."

Meine Nippel werden zu steifen Spitzen und mein Kleid fühlt sich plötzlich zu eng an. Der Raum zu heiß.

„Oder etwa nicht, Baby?"

Ich suche in mir danach, aber ich kann nicht ein Quäntchen Zorn über sein Verhalten in mir finden. Nein, mein Slip wird feucht vor Erregung und ich wackle mit dem Arsch, drücke ihn etwas gegen seine Beine. Anscheinend ist *das* hier – was auch immer es sein mag – *meine* Perversion.

Mit seinen Fingern noch immer um meine Kehle streichelt er langsam mit seinem Daumen über meinen Hals. „Hm?"

„Ja", stoße ich atemlos hervor.

Die Kugel kommt in einer Kerbe zum Stillstand.

„Petplay!", verkündet Emma.

Jesses. Ich habe keinen Schimmer, was das bedeutet, aber es gefällt mir nicht.

„Brooklyn wird alle drei Szenen gleich jetzt auslosen, damit wir nicht wieder zurückkommen müssen", verkündet er mit der Autorität eines Mannes, der daran gewöhnt ist, Armeen zu befehligen. Es klingt kein Anflug von Zweifel oder Frage in seiner Stimme mit, obwohl er eine Veränderung der Spielregeln verlangt.

Emma wirft ihrem Mitmoderator Chase einen Blick zu, aber der zuckt nur mit den Schultern und nickt. Ich werfe meine zweite Kugel. Sie hüpft über das Rad und kommt schnell zum Liegen. „Wild Card! Das bedeutet, der Dom hat die Wahl."

Natürlich tut es das.

Mr. Blackheart stößt ein zustimmendes Geräusch aus. Er hat meinen Hals losgelassen, damit ich die Kugel werfen konnte, aber sein Körper drückt sich noch immer gegen meinen Rücken, und nun gleitet seine Hand mit gespreizten Fingern über meinen Bauch.

Ich ignoriere die Aufregung, die sich durch mein Inneres windet, und werfe die Kugel ein drittes und letztes Mal.

Seine Finger gleiten tiefer.

Ich bin schon jetzt drauf und dran, *Rot* zu sagen. Der Instinkt, den Schatz zwischen meinen Beinen zu bewahren – wie es jedem guten, katholischen Mädchen eingebläut wurde – lodert in mir mit der Intensität eines Flammenwerfers auf.

Ich weiß nicht, ob ich mich versteife oder ein Geräusch ausstoße, aber er bemerkt es, hält inne und zieht seine Hand zurück, um stattdessen meine Brust zu drücken.

„Sybische Orgasmusfolter", verkündet Emma.

Scheiße. Sara hatte mir kurz und knapp erklärt, was all diese Begriffe bedeuten, aber ich kann mich nicht erinnern, was das hier war. Zu viele Orgasmen? Oder nicht genug? Beides kommt mir lächerlich vor. Oder zumindest kam es mir bei der Anmeldung so vor. Jetzt ist es nervenaufreibend. Und was sogar noch beunruhigender ist, ist die Tatsache, dass wir noch warten müssen, bis wir anfangen dürfen. Mr. Blackheart führt mich zum Kopfende der Bühne, wo wir abwarten und meine Nervosität immer weiter anwachsen wird, bis alle Paare gefunden sind. Es fühlt sich an wie eine Ewigkeit, und gleichzeitig wie eine einzige Minute, bevor sich das Rad zum letzten Mal gedreht hat.

„Komm." Mr. Blackheart tritt mit dieser zügigen, entschlossenen

Art in Aktion, mit der er sich bewegt. Er tritt zur Seite und hebt eine Sporttasche auf, die neben ihm auf dem Boden liegt, dann greift er nach meiner Hand und zieht mich von der Bühne.

∽

VICTOR

ICH BIN verdammt noch mal ekstatisch, als ich Brooklyn von der Bühne führe.

Kim, die Schlampe, die mich für alle anderen Frauen ruiniert hat, hat an diesen *Manifestiere dein Schicksal*-Scheiß geglaubt. Daran, ihre Wünsche und ihren Glauben in Einklang zu bringen. Was offensichtlich beinhaltete, mich mit meinem besten Freund zu betrügen.

Als sie es mir erklärt hatte, war mir sofort klar, dass es genau das ist, was jeder Alphamann bereits weiß. Es ist das eigene Selbstbewusstsein, das die Dinge ermöglicht.

Ich wusste in dem Augenblick, als ich Brooklyn erblickt habe, dass ich sie bekommen werde. Mein Körper war plötzlich zum Leben erwacht, wie seit dem Kim-Zwischenfall letztes Jahr nicht mehr. Es war, als wäre ich eingefroren worden, immun gegen alle Frauen, bis Brooklyn aufgetaucht ist, ihre dicke Mähne über die Schulter geworfen und ihren frechen Mund aufgerissen hat.

Jetzt muss ich sicherstellen, dass ich es nicht vermassle.

Ich weiß, dass sie sich mit nichts von all dem hier wohlfühlt, und ich will, dass es eine gute Erfahrung für sie wird. Also ist es meine oberste Priorität, herauszufinden, wie sie tickt.

Ich führe sie von der Bühne und zum Kostümladen. Ich bin nichts als pures Alphamännchen, also ist alles heute Abend *Wahl des Doms*, wenn man mich fragt. Allerdings wird mir ihre Kostümwahl einen ersten Ansatzpunkt geben, mit dem ich beginnen kann. Außerdem wird sie in einem engen Lederkätzchen-Outfit umwerfend aussehen.

Ihre Hand in meiner ist kalt und feucht, was mich etwas alarmiert. Ich will nicht, dass sie Angst hat. Eine der Subs ist bereits ohnmächtig geworden, bevor der Abend überhaupt begonnen hat, und ich will nicht, dass meine Sub die zweite ist. Ich gehe in Gedanken durch, was bisher funktioniert hat. Sie mag es, die Kontrolle zu haben. Das werde ich ihr jedoch nicht zugestehen.

Außerdem mag sie es, wenn ich autoritär bin. Sie hat förmlich geschnurrt, als ich meine Hand um ihren Hals gelegt habe. Also steht sie entweder auf Atemspielchen oder sie will einfach gezwungen werden.

Manche Frauen – vor allem die stärkeren Persönlichkeiten, die auf Kontrolle stehen – müssen dieser Kontrolle beraubt werden.

Mit Zwang.

Das befreit sie von jeglicher Verantwortung, hilft ihnen, loszulassen und alle Hemmungen fallen zu lassen.

Ich teste diese Theorie und dränge sie gegen eine Wand. Ihr Rücken stößt mit einem leichten Rums gegen die Wand und ihre Augen werden groß. Ich brauche eine halbe Sekunde, um ihre Handgelenke über ihrem Kopf an der Wand festzuhalten, und eine weitere halbe Sekunde, um meine andere Hand auf ihren Venushügel zu pressen und ihn durch den Stoff ihres winzigen Kleids hindurch zu reiben. Ich streichle ihren Kitzler, fest und entschieden, denn vorhin langsam und vorsichtig zu machen war ein totaler Reinfall.

Jup. Es funktioniert.

Sie stöhnt und versucht, ihre Arme aus meinem Griff zu befreien, aber ihr Höschen ist klitschnass.

Mein Baby mag es grob.

Ich stoße ein zufriedenes Geräusch aus.

Sie blinzelt mich an, die Pupillen ihrer braunen Augen so geweitet, dass sie schwarz erscheinen. Ihre dicken, braunen Haare fallen über ihre Stirn und hängen über ein Auge. Sie keucht und ihre prallen Titten heben und senken sich rasch.

Ich greife unter ihr Kleid und lasse meine Finger in ihr Höschen gleiten, reibe sie noch immer fest.

Sie windet sich, presst ihre Schenkel um meine Hände zusammen. „Was machst du da?", keucht sie. Da ist ein Anflug von Panik in ihren

Augen, aber ihre hervorstehenden Nippel und ihr gerötetes Gesicht verraten mir, dass sie mehr erregt als alarmiert ist.

„Was immer zur Hölle ich will. Schon vergessen?"

Ich suche nach Anzeichen der Verärgerung oder der Angst, aber ich kann nichts dergleichen erkennen. Stattdessen reckt sie herausfordernd das Kinn. „Wirst du mir jetzt wehtun?"

Ich ziehe die Augenbraue hoch. „Willst du das?"

Sie zögert für eine Sekunde, als wäre sie unsicher, ob sie mit einer ehrlichen Antwort Schwäche zeigen würde. „Nein."

„Dachte ich auch nicht. Und Frauen wehzutun, die nicht darauf stehen, ist nicht mein Ding, also werde ich jetzt herausfinden, wo sich unsere Vorlieben überschneiden."

Ich würde nicht behaupten, ein tatsächlicher Sadist zu sein. Diese Szene hier funktioniert für mich, weil ich Kontrolle mag. Außerdem mochte ich die Anonymität und die Gelegenheit, ohne eine Beziehung spielen zu können, wie es im Black Light möglich ist. Ich habe absichtlich *mochte* gesagt, denn die Vorstellung, Brooklyn nur für eine Nacht zu besitzen, lässt mich schon jetzt nervös mit den Hufen scharren.

Allerdings ergibt das überhaupt keinen Sinn, denn ich führe keine Beziehungen. Nicht mehr.

Ich höre auf, ihre Pussy zu reiben, und drücke stattdessen ihre Brüste. Ihre Titten sind Perfektion – apfelgroß und fest. Nippel so hart wie Stein.

Ihr Blick wird weicher, als ich sage, dass ich ihr nicht wehtun werde, und sie mustert mein Gesicht auf eine Art und Weise, bei der ich mir am liebsten sofort die Kleider vom Leibe reißen und mich für sie herausputzen würde wie ein Pfau. „Ich glaube nicht, dass irgendwas hier mein Ding ist."

„Nein?" Meine Hand wandert zu ihrer Hüfte. „Öffne deine Beine." Ich tippe auf ihren Oberschenkel.

Obwohl ich meine volle Autorität in meine Stimme gelegt habe, bin ich überrascht, als sie ohne zu zögern die Beine spreizt.

„Weiter." Mein Tonfall ist hart. Ich reiße den Saum ihres Kleides hoch bis zu ihren Achseln und stopfe ihr den Stoff in den Mund. „Festhalten."

Gehorsam beißt sie auf den Stoff.

Sie trägt einen schwarzen Satinslip mit winzigen Schleifen über jedem Bein. Ich will, dass sie ihn auszieht, aber ich will auch nicht, dass jemand anderes ihre Fotze sieht. Für den Moment lasse ich das Höschen an Ort und Stelle, reiße meine Hand nach oben und verpasse ihrer Pussy durch den Stoff einen Hieb.

Brooklyn stößt ein ersticktes Wimmern aus.

Wieder und wieder versohle ich ihr die Pussy. Als ich aufhöre und meine Finger unter den Saum ihres Höschens stecke, spüre ich, wie triefend nass ihre Möse ist. „Deine Pussy trieft, Baby. Also weiß ich eins mit Sicherheit."

Unglaublicherweise wird sie rot, was einen Beschützerinstinkt in mir weckt. Allerdings hätte ich bereits zuvor schon alles in meiner Macht Stehende getan, damit sie sich wohlfühlt. „Was denn?" Ihre Stimme klingt erstickt und als sie spricht, lässt sie den Stoff ihres Kleids aus dem Mund fallen.

Ich reiße das Kleid wieder hoch und stopfe ihr diesmal noch mehr von dem Stoff in den Mund, wie einen Knebel. „Du magst es grob."

Sie wölbt mir ihre Hüften entgegen, schüttelt aber den Kopf und stößt ein verneinendes Geräusch aus.

„Ach, nein?" Wieder stecke ich meine Hand unter ihren Schlüpfer und reibe sie. Ihre Schamlippen sind glitschig und geschwollen, als ich meine Finger direkt an ihre Öffnung führe. Ich dringe mit dem Mittelfinger in sie ein und sie stößt einen Schrei aus, der von dem Stoff ihres Kleides gedämpft wird. „Bist du immer so glitschig?"

Mit dem Handballen reibe ich über ihren Kitzler und pumpe gleichzeitig meinen Finger in sie hinein.

Sie wehrt sich gegen meine Hand, die ihre Handgelenke fixiert, und stellt sich auf die Zehenspitzen. Ihre inneren Muskeln ziehen sich eng um meine Finger zusammen.

„Dann weißt du entweder nicht, was deine Perversion ist, oder du lügst mich an, Brooklyn. Was ist es?"

Sie spuckt das Kleid aus und wirft den Kopf hin und her, ein Aufblitzen von Temperament in ihren Augen. Mein Finger gleitet aus ihr heraus und wandert zurück zu ihrem Kitzler, wo sie sich augenblicklich in meine Berührung lehnt, und lustvoll stöhnt.

„Ich sage dir was, Baby. Du hast bereits hundert Dollar auf diese Nacht gewettet. Machen wir es noch ein bisschen interessanter, was meinst du?"

„Lass mich los", knurrt sie.

Ich gebe nach, lasse sie zwar nicht los, verändere aber unsere Position. Ich drehe sie herum, sodass sie die Wand anschaut, und halte ihre Handgelenke hinter ihrem Rücken fest. Mein steinharter Schwanz drückt gegen ihren Arsch. „Was hast du gewettet? Dass du es durch den Abend schaffst, ohne *Rot* zu sagen?"

Ich greife unter ihr Kleid und lasse meine Hand einmal mehr unter ihren Slip gleiten. Dieser Winkel ist besser und ich dringe mit meinem Finger in sie ein, bevor sie überhaupt zu Atem kommt.

Sie schnappt nach Luft, windet sich gegen meinen Griff und reibt ihren Kitzler an meiner Hand.

Ich beiße in ihr Ohr. „Darin wette ich nicht gegen dich, Baby. Ich bin mir sicher, du tust, was immer du dir in den Kopf gesetzt hast."

Ihr Atem geht schnell und flach.

„Nein, ich wette, dass du jede Minute heute Abend genießen wirst."

„Wird das nicht schwer zu überprüfen sein?", murmelt sie nach einem weiteren Stöhnen.

„Okay, wie wäre es dann hiermit? Ich wette, du wirst es so sehr genießen, dass du mich eine der Sachen von der Liste deiner harten Limits mit dir machen lässt."

Sie stößt ein ersticktes Lachen aus. „Nie im Leben."

„Nie im Leben gehst du eine solche Wette ein, oder nie im Leben werde ich gewinnen?" Ich dringe mit zwei Fingern in sie ein und sie schaukelt mit ihren Hüften, während ihr ein weiteres, geiles Geräusch entfährt.

„Nie im Leben wirst du gewinnen." Sie keucht und windet sich gegen meinen Griff.

Diesmal bin ich derjenige, der lacht. Ich ziehe meine Finger aus ihr heraus und lasse ihre Handgelenke los. Als ich sie zu mir herumdrehe, hebe ich ihre Hände an meine Lippen und küsse die roten Striemen fort, die meine Finger auf ihrer blassen Hand hinterlassen haben.

„Also ist es eine Wette?" Ich schenke ihr mein gewinnendstes Lächeln.

Sie fordert ihre Kontrolle ein, indem sie auf mich zukommt und ihre Lippen auf meine drückt. Zunächst ist es ein aggressiver Kuss, aber dann wird sie weicher, bewegt ihren Mund über meine Lippen, als ob sie mich schmecken müsste. Als sie den Kuss löst, schüttelt sie sich die Haare aus dem Gesicht. „Ja, das ist eine Wette."

KAPITEL DREI

*M*ariana

ICH WUSSTE, dass ich mich hier fehl am Platz fühlen würde, aber nicht auf diese Weise. Ich dachte, ich könnte mich durchbluffen. Oder die Zähne zusammenbeißen und es aushalten. Nie im Leben hätte ich mir vorgestellt, dass mein Körper meine Sehnsüchte derart preisgibt. Sehnsüchte, von dem ich nicht einmal wusste, dass ich sie habe.

Meine Beine zittern, als ich vor Mr. Blackheart stehe und einer Sache zustimme, die viel gefährlicher ist als das, worauf ich bereits gewettet habe. Und es ist nicht einmal die Wette, die mir Angst macht.

Es ist das, was er mit mir macht.

Was er mich empfinden lässt.

Ich hatte keine Zeit für eine Beziehung. Das Restaurant zu führen, bedeutete eine Achtzig-Stunden-Woche. Hin und wieder bin ich mit Männern im Bett gelandet, allerdings musste ich meistens die Mutti für sie spielen. Deshalb wusste ich auch, dass ich keine Beziehung führen konnte. Ich hatte einfach keine Energie mehr übrig, um mich auch noch um irgendeinen Mann zu kümmern. Ich musste mich bereits um die Angestellten und meine Eltern kümmern und mich aus der Ferne um meine Schwester sorgen.

Ich reibe meine Lippen zusammen, spüre noch immer das Kribbeln unseres Kusses, das dort verweilt. Sein Geschmack – so wohlwollend und unwiderstehlich zugleich.

„Heißt du wirklich Mr. Blackheart?"

Er lacht. „Nein." Er greift nach meiner Hand und hebt sie an seine Lippen wie bei einer altmodischen Begrüßung. „Victor Jannakos, zu deinen Diensten." Ein griechischer Name. Passt zu den dunklen Locken und dem kantigen Kiefer.

„Ich dachte eigentlich, es wäre andersherum."

Er grinst mich an. „Ist es auch." Ein charmantes Schulterzucken. „Aber es funktioniert in beide Richtungen. Ich werde mich definitiv um dich kümmern, Baby. Ich will, dass du das weißt."

Ich wehre mich gegen das Bedürfnis meines Unterbewusstseins, bei seiner gewagten Ansage in Verzückung zu geraten.

„Und du? Brooklyn ist nicht dein Name."

Ich hatte absolut nicht vor, irgendjemandem hier meinen Namen zu verraten. Nicht weil ich meine Karriere schützen müsste oder einen anderen Grund für so viel Verschwiegenheit hätte, sondern einfach nur, weil ich nicht vorhatte, hier Freundschaften zu schließen. Allerdings ist es mir unmöglich, ihm nicht nachzugeben. Es ist so, als ob ich geradezu *wollte*, dass er meinen Namen kennt. Ich entscheide mich dafür, nur meinen Vornamen zu nennen. „Mariana."

„Danke", erwidert er, als hätte ich ihm ein Geschenk gemacht. Was es irgendwie auch ist, schätze ich. „Lass uns ein Tierkostüm für dich finden", sagt er.

Ich will die Augen verdrehen, denn Petplay klingt wie das Dämlichste, was ich je gehört habe, doch seine Zuversichtlichkeit neben mir ändert alles. Er verschränkt seine Finger mit meinen und legt unsere Hände auf meinen unteren Rücken, was mir das Gefühl vermittelt, von einem Gentleman eskortiert zu werden und gleichzeitig seine Gefangene zu sein. Es ist überhaupt kein unangenehmes Gefühl, genauso wie es weitaus erfreulicher war, gegen eine Wand gedrängt und die Pussy versohlt zu bekommen, als ich mir vorgestellt hätte.

Er führt mich zu dem Kostümladen, wo er mich Jayla vorstellt, der Frau, die die Kostüme und Requisiten ausgibt. Victor fragt sie nach einem Halsband, einer Leine und einem engen Lederbustier. Während Jayla meine Maße notiert, entschuldigt sich Victor kurz und kommt dann mit einem Schwanz zurück, den er an dem Stand mit den Spielzeugen vor dem Kostümladen gekauft hat.

Ganz genau, ein verfickter *Schwanz*. Ich weiß nicht viel über diesen Mist, aber es sieht aus wie ein Buttplug mit einem langen, schwarzen, pelzigen Katzenschwanz. Angewidert beäuge ich den Schwanz, denn A) will ich dieses Ding nicht in meinem Arsch haben, und B) müsste ich meinen Slip ausziehen, um ihn reinzustecken. Was ich überhaupt nicht tun will.

Victor grinst, als wüsste er genau, was ich denke, und schiebt mich zu einer Umkleidekabine. „Zieh das Bustier an und lass dein Höschen an. Ich werde den Schwanz selbst reinstecken."

Etwas in meinem Innern hebt und senkt sich.

Das kann keine Erregung sein. Doch da ist etwas Flatterndes in meinem Bauch, was ich nie zuvor mit einem Mann gespürt habe.

Ich werfe ihm ein, wie ich hoffe, vernichtendes Lächeln zu und marschiere in die Umkleidekabine, wo ich mit zitternden Fingern mein Kleid ausziehe. Das Bustier ist sexy. Es drückt meine Brüste hoch und zusammen und lässt meinen Bauch flacher erscheinen. Meinen Slip und meine halterlosen, schwarzen Strümpfe lasse ich an und stolziere in meinen Highheels wieder zu ihm.

Victor knurrt zustimmend und legt mir das Halsband um. Dann greift er nach der dünnen Lederleine, die daran befestigt ist, und legt mir die Schlaufe zwischen die Zähne, sodass ich praktisch mit mir selbst Gassi gehe.

Das ist ganz schön genial von ihm – er muss wissen, wie sehr ich es hasse, von ihm herumgeführt zu werden, und doch sehe ich so gehorsam aus wie ein Hündchen, indem ich meine eigene Leine trage. Oder wie ein Kätzchen. Was auch immer ich sein soll. Kätzchen, glaube ich. Bis auf die Ohren.

Mein Innerstes flattert noch immer, wenn ich an den Schwanz denke, den Victor mir in den Arsch stecken wird.

Ich ziehe die Schultern zurück und spiele innerlich den alten Sheena Easton Song *Strut* ab, während ich mit den Hüften schaukle und auf meinen Highheels durch den Club stolziere. Ich schaue mich nach Sara um und entdecke sie mit einem amüsiert aussehenden Mann, der den Eindruck macht, als ob er früher bei den Pfadfindern war und jetzt die Bambinis beim Baseball trainiert. Saras Wangen sind gerötet und ihre Augen kleben an seinem Gesicht, während er ihr Anweisungen erteilt, die eine Art gepolsterten Sägebock betreffen.

Ich will wirklich nicht wissen, was sie vorhaben. Was gut ist, denn ich muss all meine Konzentration aufwenden, um meine eigene Prüfung hier durchzustehen.

Behutsam legt Victor seine Hand auf meinen unteren Rücken und leitet mich mit der sanften Führung eines Turniertänzers. Die leichte Veränderung im Druck seiner Berührung sagt mir, wann ich abbiegen muss und wo er mich haben will. Wir enden an einem Sofa. Ich warte auf seine Aufforderung, mich zu setzen, aber das passiert nicht.

Stattdessen lässt er sich selbst auf das Sofa fallen, zieht mich über seinen Schoß und versohlt mir mit harten, gleichmäßigen Schlägen den Arsch.

Augenblicklich schreie ich auf. „Au! Hey, das tut weh!" Was zur Hölle? Ich dachte, er würde nicht darauf stehen, jemandem wehzutun, der nicht auf Schmerzen steht.

Vielleicht braucht er eine Auffrischung darin, wie man ein sanftes Spanking austeilt, denn seine Schläge *brennen* verdammt noch mal. Ich versuche, mich von seinem Schoß zu werfen, aber davon will er nichts wissen. Er schlingt einen Arm aus Stahl um meine Taille und wirft sein Bein über meins, um mich auf seinem Knie festzuhalten, während seine Hand immer und immer wieder herunterfährt. Der dünne Satinstoff meines Slips trägt nichts dazu bei, seine Strafe abzudämpfen.

Nach dreiundzwanzig Hieben – ja, ich habe mitgezählt – hört er auf und legt seine große Handfläche auf meinen zuckenden Arsch. Es brennt und ich bin unfassbar sauer. Doch aus irgendeinem Grund trieft meine Pussy, als hätte er mich gerade mit einem Vibrator verwöhnt,

„Was zur Hölle?", verlange ich, streiche mir die Haare aus der Stirn und winde mich herum, um ihn finster anzustarren.

Er starrt ebenso grimmig zurück und mir wird bewusst, dass die Strafe womöglich echt war, auch wenn mir schleierhaft ist, was ich falsch gemacht habe.

„Wofür war das denn?"

Sein Kiefer spannt sich an. Es ist ein extrem attraktiver Kiefer. Kantig wie der von Clark Kent, nur mit einem leichten fünf Uhr Schatten. „Das war dafür, jedem Mann hier den Kopf verdreht zu haben." Er zieht mich auf die Füße und dreht mich so, dass ich rittlings auf seinem Schoß sitze und ihn anstarre.

Mir fällt vor Empörung der Mund auf. „Du bist doch derjenige, der in diesen Clubs verkehrt." Ich breite die Arme aus, um auf den Raum um mich zu zeigen – als Italienerin habe ich das Gestikulieren schließlich im Blut. „Stehst du etwa nicht auf öffentlichen Sex und ... *Exhibitionismus* oder was hier sonst noch abgeht?"

Er runzelt die Augenbrauen. „Nicht, wenn es um dich geht. Ganz und gar nicht. Tatsächlich hätte ich am liebsten jeder lüsternen Fresse, an der wir vorbeigekommen sind, die Zähne ausgeschlagen."

Eine Handgranate aus Hitze explodiert in meiner Brust und ich kann nicht anders, als zu lächeln.

Mit noch immer funkelnden Augen greift er nach meinem Nacken und reißt meinen Mund auf seinen. Es ist weniger ein Kuss als ein Besitzergreifen. Ein öffentliches Anspruergreben. Er lässt jeden Mann hier wissen, dass ich ihm gehöre.

Zumindest heute Nacht.

Anscheinend ist diese Art des Besitzergreifens genau das, was mir mein ganzes Leben lang gefehlt hat, denn ich reibe mich an ihm, kreise mit meinem feuchten Höschen über die Beule in seiner Hose und bin unglaublich erregt. Jeder Zentimeter meiner Haut kribbelt, meine Brüste ziehen und pressen gegen das enge Bustier.

Als er mich endlich loslässt, fühlen sich meine Lippen von diesem strafenden Kuss wund und geschwollen an. Die Haut um meinem Mund ist von seinen Bartstoppeln aufgerieben.

Er lehnt sich mit halbgeschlossenen Lidern zurück, legt seinen

Daumen auf meinen Kitzler und drückt ihn durch den Stoff meines Slips. „Was mache ich nur mit dir?" Seine Stimme ist rau.

„Na ja, *das* machst du jedenfalls nicht noch mal." Ich wackle mit dem Hintern und er ein dunkles belustigtes Rumpeln dröhnt aus seiner breiten Brust.

„Das Spanking oder der Kuss?"

„Das Spanking." Ich kann es nicht glauben. Ich schmolle tatsächlich. Ich wusste nicht, dass ich es in mir hatte.

Er zieht eine Augenbraue hoch. „Jetzt weißt du, was passiert, wenn du mich eifersüchtig machst." Das sagt er, als ob diese Sache mit uns länger halten würde als nur eine Nacht. Als ob er die Regeln für eine Beziehung abstecken würde.

Natürlich wird es keine Beziehung geben, aber mir gefällt trotzdem, wie es sich anhört.

Er nimmt meinen Arsch in die Hände und drückt beide Backen grob zusammen. „Ich glaube, ich habe ein Date mit diesem Arsch."

Ich reibe mich noch ein bisschen an ihm und versuche, mir ein wenig Erleichterung zu verschaffen. Mein Kitzler pocht und ich werde langsam unruhig und geil.

Victor greift nach dem Katzenschwanz und zieht er den Reißverschluss seiner Sporttasche auf.

Das Flattern in meinem Magen ist zurück, zusammen mit der Enge zwischen meinen Rippen. Ich will das nicht.

Und kann es gleichzeitig nicht erwarten.

Er holt irgendwelche Desinfektionstücher heraus, reißt eins davon auf und wischt damit über den Edelstahlplug am Ende des Schwanzes. Dann zieht er eine Tube Gleitgel hervor. „Okay, Hübsche." Er verpasst mir einen Schlag auf den Arsch. „Folgendes wird jetzt passieren." Er dreht mich auf seinem Schoß herum, sodass ich von ihm wegschaue. „Beuge dich vorn über, Baby, und stütze dich mit den Händen auf dem Boden ab."

Ich bewege mich nicht, zum einen, weil mein Verstand einen Moment braucht, um seine Anweisungen zu verarbeiten, und zum anderen, weil ich das ungute Gefühl habe, bereits zu wissen, wie es aussehen wird.

Er drückt meinen Oberkörper hinunter und greift nach meinen Hüften, als ich den Kopf in Richtung Boden senke. Ich klammere mich mit den Händen an seinen Fußgelenken fest, den Arsch in die Luft gereckt und über seinem Schoß gespreizt.

Heilige Scheiße – das ist ja wie die Schubkarren-Position für Sex. Nicht in einer Million Jahren wäre ich von selbst auf diese Stellung gekommen. Ich hasse es. Zumindest, bis er einen Finger unter den Saum meines Slips schiebt und mich mit den gleichen, entschiedenen Bewegungen reibt, die er schon den ganzen Abend über benutzt.

Ich schmelze. Verwandle mich in eine Pfütze aus Sirup, zerfließe, und spüre gleichzeitig, wie sich ein verzweifeltes Verlangen in meinem Innern aufbaut.

Ich kralle die Finger um seine Fußgelenke, biege den Rücken durch und hebe den Kopf, genau wie das Kätzchen, das ich sein soll.

„Braves Kätzchen", lobt er mich.

Ich bin sauer. Und angeturnt. Er schiebt meinen Slip zur Seite und ich kreische, als einer seiner Finger gegen meinen Anus drückt. Der Finger ist kalt und glitschig, voller Gleitgel. Er reibt ihn in langsamen, kreisenden Bewegungen.

Ich gebe einen wilden Laut von mir, als würde ich gerade ein Kind gebären, während ich weiter seine Fußgelenke festhalte.

Victor drückt etwas Kaltes, Metallenes in meine Pussy. Kurz bin ich erleichtert und denke, ich hätte missverstanden, wohin der Schwanz gesteckt wird. Aber dann zieht er ihn wieder heraus und presst das dicke Ende gegen mein Arschloch.

„Nein", keuche ich, ziehe den Arsch zusammen und versuche, mich von seinem Schoß zu ruckeln.

Seine Hand kracht auf meinen Hintern, das Geräusch knallend wie eine Peitsche.

„Au!"

„Entspann dich, Baby. Ich werde es gut für dich machen. Versprochen."

Ich weiß wirklich nicht, wie er das schaffen will, aber er scheint nicht auf meine Zustimmung zu warten. Stattdessen drückt er den schrecklichen Plug weiter hinein. Er dehnt mich und das brennende Gefühl gefällt mir überhaupt nicht.

Victor krallt seine Hand in meine Arschbacke und knetet sie fest, bevor er sie loslässt und ihr einen Schlag verpasst. Ohne den Plug fortzunehmen oder ihn weiter hineinzustecken, fängt er an, sich an meiner Pussy zu schaffen zu machen, wechselt dazwischen ab, meinen Kitzler zu reiben und mit seinen Fingern in mich einzudringen, bis ich auf seinem Schoß keuche, mich winde – nein, ihn *bumse* – und versuche, mir Erleichterung zu verschaffen.

„Ich weiß, du bist nicht daran gewöhnt, einem Mann zuzutrauen, dich zu befriedigen, Baby, aber ich werde dir zeigen, wie das ist."

Ich weiß nicht, wo er dieses Zeug herhat. Er kennt mich nicht besser als jeder andere Fremde hier im Raum, und doch liegt er richtig. Ich bin definitiv nicht daran gewöhnt, einem Mann zuzutrauen, mich zu befriedigen. Und seine Beteuerung, er würde mir etwas über Befriedigung beibringen, reibt mich umso mehr auf.

Ich schiebe ihm meinen Arsch entgegen und der verdammte Plug sinkt tiefer.

Bei dem dehnenden Gefühl schnappe ich nach Luft, aber es fühlt sich an, als ob Victor noch etwas Gleitgel aufgetragen hätte. Der Plug gleitet hinein, bevor ich mich dagegen sträuben kann, und sobald er richtig sitzt, ist es nur noch halb so schlimm.

„So ist's richtig, Baby." Victor dreht an dem Plug in mir und reibt weiterhin meinen Kitzler. Er fängt an, mich gleichzeitig mit beiden Händen zu bearbeiten. Eine Hand dreht und pumpt den Plug in meinem Arsch, die andere liebkost meinen Kitzler und fickt mich mit seinen Fingern.

Ich halte es kaum noch aus.

Das sind so viele Empfindungen, dass ich glaube, jeden Augenblick zu explodieren.

Lust schwillt in mir an und hat mich im Griff. Ein wimmernder Singsang dringt aus meinem Hals. Ich vollführe Liegestütze auf Victors Beinen, ganz egal, wie lächerlich ich dabei aussehen muss.

„Komm für mich, Baby." Er verpasst meinem Arsch einen Schlag, dann fickt er mich weiter mit seinen Fingern. Es ist ein irrsinniger

Kreislauf der Lust. Plugpumpen. Kitzlerfummeln. Fingerficken. Spanking. Er variiert die Zeit, die er sich mit jeder Station lässt, sodass ich nie weiß, was kommt und immer geiler werde, nein, regelrecht *verzweifle.*

„Victor!", schreie ich und er stößt mit mehreren Fingern gleichzeitig in mich hinein, pumpt sie im gleichen Tempo in mich wie den Plug in meinen Arsch.

Ich schwanke nicht nur am Abgrund des Orgasmus, ich stürze mit einem Salto hinein, mein Körper wird in ein Beben und Schaudern katapultiert, mein Verstand zersplittert. Verrücktes Kreischen dringt aus meinem Hals. Meine Muskeln krampfen sich um seine Finger zusammen und ziehen sie tiefer in mich hinein, während sich mein Arschloch zusammenzieht.

Als es vorbei ist, stoße ich ein leises, abgehacktes Schluchzen aus.

„Komm her, Baby." Irgendwie zieht er mich hoch und in seine Arme.

Ich bin wie betrunken, kann mich kaum konzentren und meine Glieder sind schlaff und unkontrolliert.

Victor vergräbt sein Gesicht an meinem Hals und zieht mich auf eine Weise an sich, von der mir nie bewusst war, dass sie mir gefällt.

VICTOR

ZITTERND LIEGT Mariana in meinen Armen, ihr Orgasmus so intensiv, dass sie im All zu schweben scheint. Ich hätte ehrlich gesagt nie geglaubt, dass sie sich mit mir so einfach und schnell gehen lassen würde. Ich weiß nicht einmal, womit ich ihr Vertrauen verdient habe, abgesehen davon, darauf bestanden zu haben.

Das ruft einen wilden Stolz und einen Beschützerinstinkt in mir hervor. Ich würde alles tun, um sicherzustellen, dass ich sie jetzt nicht enttäusche.

Ich weiß, dass sie sich verletzlich fühlt, und ich will dafür sorgen, dass sie nicht abstürzt. Ich wünschte, ich hätte Schokolade dabei, die ich ihr jetzt anbieten könnte.

Oder ich könnte ihr den zweiten Drink kaufen, den sie nie bekommen hat, aber ich will sie noch nicht aus meiner Umarmung lassen.

Ich streichle ihren Nacken und vergrabe meine Finger in ihrem dicken, seidigen Haar.

„Was machst du in D.C., Baby?" Ich versuche auf eine andere Art und Weise, die Mauern zwischen uns nicht wieder hochfahren zu lassen, gebe ihrem Körper Zeit, runterzukommen, bevor wir mit der nächsten Szene starten.

Sie antwortet zunächst nicht. Ich bin mir nicht sicher, ob sie schon wieder sprechen kann. Doch dann murmelt sie, „Ich besuche meine Schwester. Sie arbeitet bei der NASA."

„Du bist stolz auf sie."

„Allerdings. Ich habe hart dafür gearbeitet, dass sie aufs College gehen kann."

Ich streichle ihren Rücken. „Wie hast du das geschafft?"

„Restaurantbetrieb. Wir haben es gerade verkauft. Deshalb habe ich ein bisschen Freizeit."

Bei ihrem *wir* zieht sich meine Kehle ein wenig zusammen, auch wenn ich weiß, dass sie nicht hier mit mir spielen würde, wenn sie einen Mann in ihrem Leben hätte. Und dennoch, ich stelle mir einen Ex vor. Jemand, mit dem sie das Geschäft verkaufen musste, um einen klaren Schlussstrich ziehen zu können. „Wer ist *wir*?", frage ich, auch wenn ich kein Recht habe, es zu wissen.

Sie lehnt sich an mich, ihr Körper träge und warm. Sie riecht nach Zimt und Vanille. Ich lecke über ihr Schlüsselbein und schmecke ihre Haut.

„Meine Eltern und ich. Ich habe seit der Highschool ihr italienisches Restaurant geleitet. Dieses Jahr haben sie schließlich beschlossen, in den Ruhestand zu gehen. Jeder dachte, ich würde ihnen ihre Hälfte des Geschäfts abkaufen, aber ..." Sie schüttelt den Kopf, sieht verloren aus.

Ich *hasse* diesen Ausdruck auf ihrem Gesicht. Ich will alles in meiner Macht Stehende tun, um ihn verschwinden zu lassen.

„Du wolltest nicht?", vermute ich.

Sie seufzt. „Ich weiß nicht, was ich will." Sie erwidert meinen Blick und zuckt mit den Schultern. „Aber jetzt habe ich ein bisschen Zeit, um es herauszufinden."

Ich nicke. „Du hast deine Familie sehr lange vor alles andere gestellt."

Ihre Augen werden groß und ihr Atem stockt. „Ja, genau. Und ich habe es gern gemacht. Aber jetzt kommt es mir so vor, als ob ich gar nicht wüsste, wer ich eigentlich bin. Ich weiß nicht, wozu ich fähig bin, abgesehen davon, Dienstpläne zu schreiben und Köche und Kellner zu managen."

Mit meinen Fingerknöcheln streiche ich sanft über ihr nacktes Brustbein. Ihr Herzschlag hat sich beruhigt und ihre Körpertemperatur scheint wieder normal zu sein. „Du kommst mir vor wie eine Frau, die alles schaffen kann, was sie sich vornimmt."

Sie nickt. „Ich weiß. Also muss ich einfach nur herausfinden, was ich mir vornehmen will."

Bleib in D.C. Arbeite für mich.

Es ist erschreckend, wie schnell diese Worte in meinen Gedanken aufblitzen. Doch das ist die verrückteste Idee, die ich je hatte. Ich habe Beziehungen abgeschworen. Ich kenne diese Frau nicht einmal. Abgesehen davon, vermischt man Sex und Geschäftliches nicht. Vor allem nicht mit Angestellten.

Und doch geistert mir diese Idee jetzt durch den Kopf. Nicht unbedingt sie als meine Angestellte zu haben, sondern als Partnerin.

Mariana ist definitiv Partnerinnen-Material. Geschäftspartnerin. Lebenspartnerin.

Ich kann mir bildlich vorstellen, wie sie mit meinen Premium-Klienten plaudert und ihnen Honig ums Maul schmiert, den Frauen ein gutes Gefühl vermittelt, wenn sie meine Sicherheitsfirma anheuern, die richtigen Bodyguards für die jeweiligen Klientinnen auswählt.

Doch sie lebt ja nicht einmal hier.

Genau, allerdings gibt es auch nichts, was sie in Brooklyn hält, argumentiert die Stimme in meinem Kopf.

Jetzt dreht sie sich ganz zu mir herum. „Was ist mit dir? Was machst du?"

„Rate mal."

Ein sexy Lächeln spielt um ihre Mundwinkel. „Na ja, ich glaube nicht, dass du Börsenmakler bist. Oder Politiker."

„Stimmt."

Sie lehnt sich zurück und ihre Augen wandern über meine Schultern, als ob es ihr die Antwort verraten würde, meine ganze Größe abzuschätzen. „Ehrlich gesagt siehst du eher wie ein Boxer als ein Geschäftsmann aus. Bitte sag mir, dass es legal ist, was du tust."

Ich lache kurz und bellend auf. „Ist es. Aber du hast recht – ich war früher Boxer. Und habe mich auch regelmäßig auf der Straße geprügelt. Ich hatte früher weder Geld noch Perspektiven. Aber ich war entschlossen, ein anderes Leben zu führen als das, in das ich hineingeboren worden war. Ich habe Legasthenie, also war die Schule für mich ziemlich hart. Meine Fäuste waren also mein einziges Kapital und ich habe entschieden, sie zu benutzen. Mit sechzehn habe ich angefangen, als Rausschmeißer für einen Club zu arbeiten. Und mittlerweile besitze ich meine eigene Sicherheitsfirma."

Ich erzähle ihr mehr über mein Privatleben, als ich normalerweise tue, doch bei ihr fühlt sich meine Vergangenheit sicher an. Sie ist mir sehr ähnlich. Sie wird es verstehen. Das wusste ich von Anfang an.

Sie rutscht auf meinem Schoß herum, vergräbt ihre Finger in meinen dicken, dunklen Locken. „Das ist ein ziemlicher Sprung, vom Türsteher zu italienischen Anzügen." Sie schnurrt förmlich, als würde sie mich jetzt, nachdem sie meine Geschichte gehört hat, attraktiver findet. Ich kann mich kaum zurückhalten, ihr Höschen zur Seite zu reißen und sie mit meinem Ständer aufzuspießen. Ihr zu zeigen, wie beeindruckend ich sein kann.

Ich weiß, dass es himmlisch sein wird, in ihr zu versinken. Ich habe definitiv vor, bis zum Ende des Abends genau dort zu landen. Oder noch früher, wenn es nach mir geht.

Mit dem Daumen streichle ich über ihre schmollenden Lippen. Ich werde diesen Mund spüren müssen. *Bald.*

„Ich war ambitioniert, aber ich habe nicht über den Tellerrand meines Viertels hinausgeschaut, bis ich eines Tages einen Gig als privater Bodyguard für eine Schauspielerin abgesahnt habe. Da wurde mir klar, dass man damit gutes Geld verdienen kann. Ich habe also angefangen, ein Team von diskreten, Gentleman-artigen Muskelprotzen zusammenzustellen, und bin schließlich nach D.C. gezogen, um aus dem Überfluss an prominenten Spitzenklienten hier Kapital zu schlagen.“

Wieder lehnt sie sich an mich und ihre Lippen streifen federleicht über meinen Hals. Für eine Sekunde bin ich wie gelähmt, das Vergnügen ihrer Aufmerksamkeit so pur und klar.

„Wirst du mich die ganze Nacht lang diesen Schwanz tragen lassen?“ Sie spricht mit Schlafzimmerstimme und streift mit ihren Lippen über meinen Hals, als würde sie versuchen, mich dazu zu verführen, den Schwanz herauszunehmen.

Ich lache. „Ich habe gerade darüber nachgedacht, was ich als Nächstes mit dir anstellen soll. Ich könnte ihn drin lassen und direkt zur Sybischen Orgasmusfolter übergehen. Ich hätte nichts dagegen, die nächste Stunde damit zu verbringen, dir die Pussy zu lecken und deinen Schreien zu lauschen.“

Ihr Gesicht wird rot, als sie das hört.

„Aber zuerst will ich deinen Mund.“

Mariana

„Ja, Sir.“

Habe ich das wirklich gerade gesagt? Es ist mir herausgerutscht wie jedes andere Wort, und doch hätte ich in tausend Jahren nicht geglaubt, dass ich einen Sexpartner *Sir* nennen würde. Aber hey, ich hätte auch nie gedacht, jemals einen Partner zu haben, der derart magnetisch ist.

Ich sinke vor ihm auf die Knie. Nach dem Orgasmus, den er mir gerade beschert hat, erwidere ich diesen Gefallen nur allzu gern. Während ich auf seinem Schoß saß, ist mir die stählerne Beule nicht entgangen, die gegen meine Hüfte gepresst hat.

Ich lecke mir die Lippen, als er seinen Schwanz befreit. „Das muss ja wehtun", murmle ich mitfühlend.

Er klatscht ihn mir ins Gesicht.

Das ist kein verdammter Witz. Ich schätze, das ist die Strafe dafür, einem Alphamann Mitgefühl zu zeigen.

Ich sollte unfassbar beleidigt sein, doch das bin ich nicht, denn die Hitze in seinen Augen zieht mich in ihren Bann. Er starrt auf meinen Mund, seine Augen dunkel vor Verlangen. Er nimmt die Leine an meinem Halsband in die Hand und ergreift meine Handgelenke. „Hände auf den Rücken, Baby. Du hast keine Kontrolle."

Ich bin irgendwie beleidigt, obwohl ich weiß, dass es das Spiel ist, das wir hier spielen. „Du willst, dass ich hilflos bin."

„Nein. Du magst es, gezwungen zu werden."

Das raubt mir den Atem. Während er mir die Arme auf den Rücken dreht und sie mit der Lederleine zusammenbindet, wird mir bewusst, dass er recht haben könnte. Ich mag es nicht, zu gehorchen. Das heißt allerdings nicht, dass ich keinen offensiven Mann haben will. Denn dieser hier ist nichts als Alpha und hat meinen Körper auf eine Weise zum Leben erweckt, die ich nie für möglich gehalten hätte. „Gib es zu", fordert er mich heraus.

Zwing mich doch. Das ist alles, was ich denken kann. Das werde ich vor ihm natürlich nicht zugeben, auch wenn er recht hat. Ich bin nicht wirklich der Typ, der nachgibt. Ich hebe das Kinn.

Seine Mundwinkel zucken, doch er krallt seine Faust in meine Haare und legt die andere Hand um seinen Schwanz, den er an meinen Mund führt. Ich öffne die Lippen und spüre, wie sich meine Pussy vor Erregung zusammenzieht.

„Zeig mir, was dieser köstliche Mund kann." Er zieht meinen Kopf vor, bis ich seinen Schwanz beinahe runterschlucken muss, um nicht zu ersticken.

Ich stoße einen gedämpften Laut des Protests aus und versuche, meine Arme zu befreien, doch die Leine schneidet in meine Handgelenke.

Er lässt mich ein wenig zurückweichen. „Ruhig, Hübsche. Die Leine ist nicht dafür gemacht, heiße Frauen aus Brooklyn zu fesseln. Ich will nicht, dass du dir wehtust." Er lässt mir keine Chance, zu antworten, sondern zieht augenblicklich wieder meinen Kopf vor, damit ich erneut seinen Schwanz schlucke. Ich lutsche ihn heftig und obwohl es keinen Sinn ergibt, weiß ich, dass ich es ihm nur heimzahlen kann, wenn ich es richtig gut für ihn mache. Also tue ich genau das.

Sein Stöhnen ist mein Triumph. Seine Finger ziehen sich in meinen Haaren zusammen und er bewegt meinen Kopf in kurzen, flachen Stößen vor und zurück. Meine Pussy tropft ihre Erregung auf meine Oberschenkel. Meine Nippel brennen und ziehen.

Ich summe.

Seine Schenkel zittern.

„Gib es zu", knurrt er, als ob er sauer wäre. „Es gefällt dir, gezwungen zu werden."

„Mh-mh", bringe ich um seinen dicken Ständer herum hervor.

„Nein? Sag mir eins, Baby. Wenn ich dir eine Waffe an die Schläfe halten würde, würde es das noch heißer machen?"

Oh, mein verdammter Gott.

Ich komme um ein Haar. Oder vielleicht komme ich auch. Da war definitiv ein Zucken zwischen meinen Beinen, eine Hitze, die sich meine Schenkel hinunter ergießt.

Victor zieht meinen Mund von seinem Schwanz und fixiert mich mit einem dominanten Blick. „Würde es das?"

„Ja", wispere ich.

Es ist so, als würden meine Worte seinen Orgasmus auslösen, denn er stößt in meinen Mund, zieht mich über seinen Schwanz und reibt mit jedem Stoß über meinen Gaumen.

Ich sauge die Wangen ein und lasse meine Zunge über die Unterseite seines Schwanzes gleiten.

Er brüllt, krallt seine Finger in meine Haare und kommt.

Meine Hüften zucken und meine Pussy zieht sich zusammen, als ich seine Essenz schlucke.

Augenblicklich werden Victors Berührungen sanfter. „Baby." Mit dem Daumen streichelt er über meine Wange. „Das war so gut."

Ich lecke ihn sauber und setze mich selbstzufrieden auf die Fersen zurück.

Er gluckst. „Es gefällt dir, mich die Kontrolle verlieren zu lassen, oder etwa nicht, Engel?"

Ich grinse. „Ich zahle es dir nur mit gleicher Münze heim."

Er löst die Fesseln um meine Handgelenke und streichelt die roten Striemen fort. „Dann ist es also Zeit für eine Verhandlung."

Ich verstehe, was er damit sagen will, denn Sara hatte den Begriff erwähnt, aber ich hätte nicht geglaubt, dass es heute Abend Verhandlungen geben würde. Das Rouletterad hat sich bereits gedreht, oder wie auch immer man es ausdrücken möchte.

Victor

„Ich habe eine Idee für die Wahl des Doms. Etwas, was ich erst mit dir besprechen muss." Ich lege meine Finger um ihren Hals und streiche mit dem Daumen über ihren Puls.

„Was denn?" Sie klingt atemlos.

Ich habe eine Vermutung, was sie zum Höhepunkt bringen könnte. Und gleichzeitig ihre Grenzen ein wenig austestet. Sehr austestet, ehrlich gesagt.

Sie wird sehr still und knabbert an ihrer Unterlippe herum.

Ich presche vor. Ich weiß, was ich weiß. Ich habe recht mit meinen Vermutungen über sie, was allerdings nicht bedeutet, dass sie zustimmen oder es überhaupt mögen wird, wenn sie es sich selbst nicht eingestehen kann.

„Du hast gerade zugegeben, dass du gerne gezwungen wirst. Ich glaube, du willst zu Boden gerungen und brutal genommen werden. Habe ich recht?“

Röte breitet sich über ihren Hals und ihr Dekolletee aus. „Ich weiß nicht.“ Ihr Kopf wackelt hin und her.

„Denk daran, wie du dich gefühlt hast, als ich dich gegen die Wand gedrängt habe, Baby. Hat dir das gefallen?“

„Ja.“ Ihre Antwort ist nicht mehr als ein Wispern, aber sie zögert nicht, es auszusprechen.

„Als ich den Blowjob erzwungen habe? Das hat dich sauer gemacht, aber du hast es auch geliebt. Habe ich recht?“

„Ja, ich schätze schon.“

Ich nicke einmal. „Das dachte ich mir. Also könnten wir eine Szene versuchen, bei der ich dich zwinge. Du wehrst dich, ich halte dich fest und ficke dich heftig. Würde dir das gefallen?“

Ein nervöses Lachen dringt aus ihrem Mund. „Du haust mich gerade ziemlich um, Victor. Sprichst du von … *Vergewaltigung?*“

Ich schaue ihr unverwandt in die Augen. „Das ist eine der häufigsten Fantasien für Frauen.“

„Ja, okay.“ Ihre Stimme dringt kaum bis an meine Ohren.

„Okay, du willst es versuchen, oder okay, du verstehst, was ich vorschlage?“

„Okay, ich will es versuchen.“

Der Triumph, der in mir aufsteigt, hängt nicht damit zusammen, dass ich sie unbedingt im Spiel vergewaltigen will. Er rührt daher, dass sie mir vertraut. Dass ich ihr womöglich eine atemberaubende Fantasie ermöglichen kann und sie sich sicher genug mit mir fühlt, es zu versuchen.

Ich positioniere ihre Hüften so, dass sie über meinem Schoß liegt, und greife nach dem Schwanz in ihrem Arsch. „Okay, Baby. Ich ziehe jetzt diesen Schwanz raus und dann werde ich Mr. Muskelprotz da drüben Bescheid geben, dass wir nur eine Szene spielen und du deine Zustimmung gegeben hast.“ Mit dem Kinn deute ich auf den Kerkeraufseher, der an einer Wand in unserer Nähe steht.

Der Schwanz gleitet widerstandslos aus ihrem Arsch und ich wickle ihn in einen Waschlappen ein und packe ihn in meine Tasche.

„Warte hier auf mich, Hübsche. Ich bin gleich zurück." Ich ziehe ihr Höschen zurecht und schiebe sie von meinem Schoß auf das Sofa. „Wenn sich dir irgendein Mann – oder Frau – auch nur nähert, dann richtest du ihnen besser aus, dass du auf mich wartest. Verstanden?"

Sie grinst.

Ich stehe auf. „Denk an die Konsequenzen."

Sie verdreht die Augen. „Du hast Glück, dass ich dich nicht mit meinem rechten Haken bekannt gemacht habe. Du weißt ja, wie gerne ich mich wehre."

Glucksend gehe ich hinüber zu Mr. Muskelprotz, um die Szene mit ihm zu besprechen.

KAPITEL VIER

M*ariana*

HEILIGE SCHEIßE, wozu habe ich da gerade zugestimmt?

Mein Herz rast, aber nicht aus Angst. Ich bin wahnsinnig erregt.

Ehrlich gesagt habe ich nicht einmal vor mir *selbst* zugegeben, dass ich Vergewaltigungsfantasien habe. Ich meine, wie könnte ich nur? Welche Frau, die Respekt für sich selbst hat, könnte von einem Mann zum Sex gezwungen werden wollen? Vor allem eine männermodernde Femme Fatale wie ich?

Ich will nicht einmal wissen, was das über mich aussagt. Ich weiß nur, dass Victor recht hat. Diese Vorstellung lässt meinen Puls unkontrolliert flattern. Ich bin mehr als erregt von seinem Plan.

Und ich will auch nicht wissen, was es über *ihn* aussagt, dass er das tun will.

Nein, er ist kein Vergewaltiger. Ich konnte keinen Anflug irrationaler Erregung in ihm erkennen, als er mich an der Wand festgehalten hat oder als er diese Szene vorgeschlagen hat. Ich habe nichts als Lust und Rücksichtnahme wahrgenommen. Die Vorstellung mag ihn erregen, aber er ist kein Psychopath. Er würde mein Safeword respektieren.

Und plötzlich rückt die Möglichkeit sehr nah, es zu benutzen. Diese Szene mag sehr wohl in etwas übergehen, was zu viel ist. Es geht hier nicht darum, die Zähne zusammenzubeißen und ein Spanking auszuhalten. Das hier ist etwas, was mir Angst machen könnte, mich auf eine Art und Weise verletzten könnte, auf die ich niemals verletzt werden will.

Mein Safeword auszusprechen, wäre in diesem Fall keine Niederlage. Diesen Ausweg gestehe ich mir selbst ein. Ich werde nichts tun, womit ich mich nicht wohlfühle, nur um eine Wette zu gewinnen. Das würde Sara nicht wollen.

Und Victor auch nicht.

Dessen bin ich mir sicher.

Ich entdecke Sara auf der anderen Seite des Raumes. Sie sitzt rittlings auf dem gepolsterten Sägebock und lässt sich mit einem Rohrstock den Arsch versohlen. Ich kann nur hoffen, dass ihr Partner so einfühlsam und aufmerksam ist wie meiner.

Victor kommt zurück und zieht mich auf seinen Schoß. „Bist du noch immer dabei?", fragt er und mustert mein Gesicht. Ich schwöre, ich kenne diesen Typen kaum länger als eine Stunde, aber es kommt mir so vor, als könnte er direkt in meine Seele schauen und all die chaotischen Gedanken und die Emotionen erkennen, die sich in meinem Innern überschlagen.

Ich nicke.

„In Ordnung …" Er verstummt abrupt, als ein Schrei die Luft zerreißt. Sein Arm zieht sich um mich zusammen, als wir einen Mann beobachten, der durch den Raum stürmt. Einen Augenblick später entspannt Victor sich wieder.

„Wer ist das?", frage ich.

„Weiß ich nicht, und es ist auch nicht wichtig. Der Sicherheitsdienst kümmert sich darum." Ich drehe mich wieder zu ihm um und er macht da weiter, wo er aufgehört hat. „Okay, Baby. Ich will, dass du in die Damenumkleide gehst und dir wieder das sexy Kleid anziehst, das du vorhin anhattest. Dann will ich, dass du an diesen mit den Vorhängen abgehängten Räumen vorbeigehst." Er deutet zu einer Seite des Raumes, wo mehrere Vorhänge hängen.

Ich warte einen Augenblick ab, aber er sagt nichts mehr.

„Ist das alles?"

„Ich werde dich dort finden, Baby. Erinnerst du dich an dein Safeword?"

„Ja." Ich bin stolz darauf, wie ruhig meine Stimme klingt, obwohl alles in mir am Beben ist.

„Gut. Es ist keine Schande, es zu benutzen, wenn es zu intensiv wird. Aber ich werde auf dich achten. Ich werde auf Anzeichen achten, ob du wirklich in Panik gerätst, okay?"

Mein Herz hämmert schneller als normal, und doch ist da auch eine weiche, anerkennende Wärme, die meine Brust erfüllt und meine Nerven im Zaum hält.

Victor nimmt mein Gesicht in die Hände und zieht mich für einen Kuss an seine Lippen. Dieser Kuss ist so süß und besitzt eine gewisse Ehrfurcht. Als wäre er das Siegel unter einem Vertrag.

Was er auch ist, schätze ich.

Er hebt mich von seinem Schoß, stellt mich auf die Füße und verpasst meinem Arsch einen Klaps. „Wir sehen uns in ein paar Minuten." Er zwinkert mir zu und das stellt irgendwas Wahnsinniges mit meinen Eierstöcken an. Er hat dichte, geschwungene Wimpern, die zu seinen Locken passen. Irgendwie lassen sie ihn noch männlicher und attraktiver aussehen.

Ich schnappe mir mein Kleid und meinen BH aus seiner Sporttasche und gehe zur Umkleidekabine. Meine Hände sind kalt und zittern ein wenig, als ich mir mein Kleid anziehe. Alles scheint verändert. Ich bin eine andere Person als noch vor zwei Stunden. Ich hatte einen unglaublichen Orgasmus, habe eine unfassbare Anziehungskraft entdeckt und herausgefunden, dass ich womöglich eine Perversion habe. Außerdem bin ich mit einem Mann viel intimer geworden als mit jedem anderen Sexualpartner zuvor.

Ich bin in der Hoffnung nach D.C. gekommen, mich selbst zu finden.

Ich glaube, das habe ich. Ich wusste nur nicht, dass ich mich gleichzeitig auch verlieren würde.

Als ich aus der Umkleidekabine trete, schaue ich mich absichtlich nicht um. Ich will nicht wissen, wo Victor ist oder wo ich ihn erwarten soll. Vorhin bin ich ein paarmal durch diesen Raum stolziert, doch in dieser Szene fühlt es sich nicht richtig an, mir die Haare über die Schultern zu werfen und mit den Absätzen zu klackern, also gebe ich mein Bestes, mich einfach normal zu verhalten. Was auch immer das heißen mag.

Als ich am zweiten Vorhang vorbeigehe, streckt Victor die Hände durch den Vorhangschlitz und greift nach mir, presst eine Hand auf meinen Mund, die andere auf meine Taille. „Keinen Mucks, Prinzessin."

Der Instinkt, mich zu wehren, ist augenblicklich da. Ich ringe mit ihm, staune über die Kraft seines großen Körpers. Er zerrt mich in den kleinen, wohnzimmerartigen Raum hinter dem Vorhang, in dem eine Couch steht. Presst mich mit dem Gesicht gegen die Wand und dreht mir die Arme auf den Rücken. Mit etwas weichem Seidigen fesselt er meine Handgelenke. Ich wende den Kopf – es ist seine Krawatte.

Das kommt mir wie die perfekte Verwendung dieses grau-rot gestreiften Stoffes vor. Der Knoten ist eng, aber er schneidet nicht in meine Haut. Ich drehe und zerre mit meinen Händen daran, versuche, mich zu befreien, auch wenn ich es gar nicht schaffen will.

„Du kannst kämpfen, Baby", erklingt Victors tiefe Stimme an meinem Ohr, „aber du wirst dich nie befreien können." Er hebt seine Hand zu meinem Gesicht und ich glaube schon, er will sie mir auf den Mund pressen, doch stattdessen steckt er mir seinen Daumen in den Mund. Sein Daumen ist nicht lang genug, um mich zum Würgen zu bringen, aber es fühlt sich dennoch an wie ein erzwungener Blowjob, sexuell und gleichermaßen unerwünscht.

Ich schüttle den Kopf, um seinen Daumen aus meinem Mund zu reißen, achte darauf, ihn nicht zu beißen. In dem Moment, als ich

Victors grobe Berührung zwischen meinen Beinen spüre, lutsche ich daran.

Er reißt mein Kleid zur Seite und stopft seine Finger vorne in meinen Slip.

Ich bin unfassbar feucht. Nass wie ein Wasserfall. Einer seiner Finger versinkt ohne Warnung zwischen meinen geschwollenen Schamlippen. Als hätte sich mein Körper einfach für ihn geöffnet und ihn mich geführt.

„Gut, dass deine Pussy so nass für mich ist, Baby", knurrt er, während er seine Hand zwischen meinen Beinen bewegt und nun mit mehreren Fingern in mich eindringt. „Denn sie wird den brutalsten Sex ihres Lebens bekommen."

Ich wimmere. Nicht aus Angst, sondern aus purem Verlangen.

Victors offene Lippen fahren über meine Schulter und seine Zähne kratzen über meine Haut. „Du hast nichts dabei zu melden, was ich jetzt mit dir tun werde. Je mehr du dich wehrst, umso härter werde ich dich ficken."

Jesses.

Meine Pussy zieht sich um seine Finger zusammen. Allein dieser seltsame Schlafzimmertalk bringt mich fast zum Höhepunkt.

Victor zieht seinen Daumen aus meinem Mund und krallt sich eine Faustvoll meiner Haare. Damit zerrt er mich zur Couch. Ich denke schon, dass er mich darauf setzen wird. Stattdessen schnappt er sich eines der Polster und wirft es auf den Boden. „Auf die Knie." An meinen Haaren zieht er mich hinunter.

Die Schmerzen machen mich sauer und ich versuche, mich aus seinem Griff zu winden, doch er reißt mich augenblicklich wieder auf die Füße und schlingt einen starken Arm fest um meine Taille. Als ich wieder auf dem Boden lande, knie ich endlich. Nicht *auf* dem Polster. Dahinter.

Als Victor einen Augenblick später meinen Oberkörper über dem Polster hinunterdrückt und damit meine Hüfte anhebt, begreife ich endlich, was er vorhat. Ich liege auf mit Knien und *Gesicht* auf dem Boden, die Arme noch immer auf meinem Rücken gefesselt.

· · ·

VICTOR

„SPREIZ DIE BEINE", befehle ich ihr, erwarte jedoch nicht, dass sie meinem Befehl Folge leisten wird. Das tut sie auch nicht, also schiebe ich ihre Beine mit meinem Knie auseinander, drücke mit einer Hand auf ihren Rücken, um ihren Oberkörper unten zu halten. Ihr Atem geht schnell und ihr Gesicht ist gerötet, aber ihre Augen schimmern vor Lust. Ich sehe kein Anzeichen echten Unbehagens oder Qual.

Ich schiebe den Stoff ihres Kleids hinauf und ihr Höschen runter. Ich würde es ihr am liebsten vom Körper reißen, aber da ist zu viel Stoff und ich habe Angst, ihr Striemen zu verpassen, wenn ich daran zerre, bevor der Stoff tatsächlich reißt. Das ist eins der Dinge, die in Filmen immer viel leichter aussehen, als sie in Wirklichkeit sind.

Ihre Fotze ist feucht, glitschig, trieft vor Erregung, und ich kann nicht anders, als unser Spiel einen Moment lang zu vergessen und mich dem Moment hinzugeben.

Ich *muss* sie schmecken.

Ich kralle meine Hände in ihren Arsch, kippe ihr Becken vor und fahre mit meiner Zunge durch ihre Feuchtigkeit.

„Ahh – *ahh!*", stöhnt sie.

„Ja? Nimm das, Baby", sage ich und lasse es klingen, als ob es eine Qual wäre, geleckt zu werden. Meine Zunge leckt in schnellen Bewegungen über ihren Kitzler.

Mariana schnellt vor, dann drängt sie wieder zurück und kämpft gegen ihre Fesseln an, da sie sich offensichtlich immer dringender nach ihrem Höhepunkt sehnt.

„Ich werde diese Pussy jetzt benutzen, wie ich will", drohe ich, öffne meinen Gürtel und schlinge ihn um ihren Hals.

Panik blitzt in ihren Augen auf, als ich mich auf sie werfe und meinen harten Schwanz an ihrem weichen, nackten Arsch reibe. Ich werde sie nicht würgen, doch sie am Rand der Panik entlang balancieren zu lassen, wird ihre Lust nur steigern.

Ich will ihr sagen, wie dringend ich ihre Pussy brauche, wie hart sie mich schon den ganzen Abend gemacht hat, doch das würde ihr Macht geben und hier geht es um die absolute Entziehung ihrer Kontrolle. Ich gebe mich damit zufrieden, meine Erektion an ihr zu reiben, sie ein paarmal trocken zu ficken, bevor ich mein Gewicht von ihrem Rücken hebe.

„Ich werde dich so heftig ficken, dass du morgen nicht mehr richtig gehen kannst." Ich knöpfe meine Hose auf und rolle mir ein Kondom über. „Und weißt du, was du tun wirst?" Sie unternimmt einen weiteren Versuch, sich zu befreien, und ich reiße ihre Hüfte gegen meine. „Du wirst es nehmen."

Ich knalle meinen Schwanz zwischen ihre Beine, lasse sie das ganze Ausmaß meines Verlangens spüren. Und nicht, weil mir einer darauf abgeht, Frauen zum Sex zu zwingen. Ganz und gar nicht. Sondern weil ich weiß, dass dieses Szenario sie mehr als feucht macht. Weil ich weiß, dass es mein Verdienst ist, sie an diesen Punkt gebracht zu haben. Es ist ihr Vertrauen und diese Intimität.

Ich kann es verfickt noch mal nicht *abwarten*, sie erneut kommen zu sehen.

Ein Stoß meiner Hüften und ich bin tief in ihr versunken. Ihr Körper ist so bereit für mich, so einladend. Ihre inneren Muskeln greifen fest nach meinem Schwanz und ziehen ihn tiefer.

Wir stöhnen beide auf.

„Bist du bereit, dich um den Verstand ficken zu lassen?" Ich kralle die Finger in ihren Arsch und knalle in sie hinein.

Sie schnappt nach Luft. „*Fick dich*." Die Worte schießen aus ihrem Mund wie Pistolenkugeln.

Ich schmunzle. Ich liebe ihren Kampfgeist. Sie würde sich selbst nicht respektieren können, wenn sie mir nicht konsequent Paroli bieten würde, denn sie besitzt nicht ein Quäntchen Unterwürfigkeit.

Was nicht bedeutet, dass sie es nicht liebt, dominiert zu werden.

Ich stoße fester in sie hinein und halte ihre Hüften fest. Ich liebe diesen Winkel, denn ich kann so unfassbar tief in sie eindringen. Direkt bis zu ihrem G-Punkt, wenn ich mich vernünftig anstelle.

Ihre gespreizten Knie rutschen noch weiter auseinander, ihre Pussy ergießt sich vor Erregung. Den Geräuschen nach zu urteilen, die aus ihrem Hals dringen, habe ich den magischen Punkt gefunden.

Ich beiße mir auf die Unterlippe, um mir die Worte zu verkneifen, die mir auf der Zunge liegen, jedoch nicht zu meiner Rolle passen. Aber innerlich summe ich: *So ist's gut, Baby. Nimm dir deine Befriedigung. Nimm dir jeden Zentimeter von mir.*

„Bitte", fleht sie. Ich bezweifle, dass sie jemals in ihrem Leben um etwas gebettelt hat.

Ich bin nicht in der Lage, es ihr zu verweigern.

„Nimm es", knurre ich und stoße tief in sie hinein, bedecke ihren Körper mit meinem. Meine Faust krallt sich in ihre Haare und ich ziehe ihren Kopf zurück, damit ich ihr Gesicht sehen kann, wenn sie kommt.

Unbezahlbar.

Absolut unbezahlbar.

Ihr Mund fliegt auf und die Augen rollen ihr in den Kopf. Ihre enge Fotze zieht sich mit einem Pulsieren um meinen Schwanz zusammen, das mich fast umbringt.

Und das Schreien. Dieser Lustschrei wird für den Rest meines Lebens der Soundtrack sein, wenn ich mir einen runterhole. Zur Hölle, diese ganze Szene.

Und ich bin noch lange nicht fertig.

Ich stoße ein paarmal in sie hinein, mein Gesicht direkt an ihrer Schläfe. „Weißt du, was ich jetzt tun werde, Baby? Ich werde deinen hübschen Arsch ficken." Sie fängt an, den Kopf zu schütteln, und ich stoße ein schneidendes Geräusch der Missbilligung aus.

„Glaubst du, ich wüsste nicht, wie ich es gut für dich machen kann?" Ich ziehe mich aus ihr heraus, dann knalle ich wieder in sie hinein, klatsche mit meinen Lenden gegen ihren Arsch. „Das weiß ich verdammt noch mal sehr gut. Und deshalb wirst du auch nicken und *Ja* sagen, ja, du willst, dass ich dir zeige, was du dein ganzes verdammtes Leben vermisst hast."

Sie nickt und zuckt zusammen, weil ich noch immer ihre Haare in meine Finger gekrallt habe. Ich lasse sie los und streichle über ihren Hinterkopf, belohne sie für ihre Entscheidung. Ich muss diese Nichteinvernehmlich-Nummer ein bisschen zurückfahren. Ich weiß, dass ich ihre Grenzen weit mehr austeste, als sie vorhatte, und ich werde mein Versprechen an sie einlösen, es gut für sie zu machen.

Sie hat schneller zugestimmt, als ich erwartet hätte, was dem Teil meines Gewissens beruhigt, der sagt, ich wäre zu weit gegangen.

Ich mache kurzen Prozess, will sie weiter auf dem High ihres Orgasmus surfen lassen. Ich ziehe mich aus ihr heraus und schmiere meinen Schwanz mit einer ordentlichen Dosis Gleitgel ein, das ich mir vorhin zusammen mit dem Bulletvibrator in die Tasche gesteckt hatte. Dann tropfe ich noch etwas des Gleitgels auf ihren Anus und presse meinen Daumen gegen ihr Arschloch. Die Muskeln sind elastisch, noch immer gedehnt von dem Plug, den ich vorhin benutzt habe.

Ich stelle den Bulletvibrator an und stecke ihn ihr zwischen die Beine, direkt an ihren Kitzler. „Deine Pussy bleibt schön feucht, während ich dir gut und hart den Arsch ficke, verstanden?"

Sie bäumt sich unter mir auf, während etwas Kampfgeist in sie zurückkehrt.

Ich ziehe meine Finger um ihren Nacken zusammen und halte sie fest. „Wehr dich nicht gegen mich, Baby, oder es wird dir noch leidtun. Das ist der Moment, in dem du dich hinlegst und es akzeptierst. Die einzige Wahl, die du in dieser Sache hast, ist es, wie heftig du kommst."

Sie stöhnt und reibt sich am Vibrator, und ich weiß, dass ich noch immer auf der richtigen Spur bin.

„Und jetzt nimm meinen Schwanz." Ich lasse es wie einen Befehl klingen, erzwinge jedoch nichts. Die Spitze meines Schwanzes drückt vorsichtig gegen ihren Anus und ich warte, bis sich ihre Muskeln von allein öffnen. Als sie das tun, schiebe ich mich langsam vorwärts.

Sie wimmert und windet sich. Ihre Hände zerren an ihren Fesseln, ballen sich zu Fäusten und öffnen sich wieder.

Ich halte inne und warte, während sie sich an das Gefühl gewöhnt, mich in ihrem Arsch zu haben. Nach einem Augenblick stößt sie ein ungeduldiges Geräusch aus und schiebt ihren Arsch zurück.

Ich lächle und dringe langsam weiter in sie ein. Und weiter. Ich habe jede Menge Gleitgel benutzt und gebe ihr viel Zeit.

Die Muskeln ihrer Oberschenkel spannen sich an, ihre Fersen

treten aus, aber sie kommt mir noch immer entgegen und nimmt mich tiefer.

Sie ist unglaublich eng, aber ich gestatte mir nicht, mich dieser lustvollen Empfindung hinzugeben. Nicht, bis ich mir sicher bin, dass sie alles bekommt, was sie braucht.

Ich ziehe mich etwas aus ihr heraus, dann stoße ich wieder hinein.

Sie stößt ein kehliges Geräusch aus.

„Okay, Baby?" Ich muss aus der Rolle fallen und fragen, denn wenn ich sie zu weit getrieben haben sollte, würde ich mir das nie verzeihen.

„Ja", keucht sie.

Innerlich reiße ich die Siegerfaust, dann wippe ich langsam in sie hinein und heraus.

Sie keucht und wimmert, öffnet und schließt ihre Fäuste schneller.

„Genau so, Hübsche." Jetzt habe ich die Szene vollkommen vergessen und kann nicht anders, als sie für das zu loben, was sie mir schenkt. „Ich werde dir den besten Orgasmus deines Lebens bescheren. Bist du bereit?"

„Ja. Oh, Gott, ja", stöhnt sie und ihre Hände fliegen auf ihrem unteren Rücken hin und her.

„Du siehst so verdammt schön aus. Ich will dich einfach die ganze Nacht lang ficken." Ich werde schneller, stoße ein wenig rascher und tiefer in sie hinein.

„Brauche …", wimmert sie.

„Ich weiß, was du brauchst. Du brauchst es, deinen Arsch hart gefickt zu bekommen, das ist es, was du brauchst."

„Ja."

Bei meinen Stößen klatschen meine Lenden gegen ihren Arsch und besorgen es ihr mit noch mehr Geschwindigkeit, noch mehr Wucht.

„Ich brauche – oh, Gott. Bitte, Victor. Bitte, bitte, bitte."

Ich verliere den Verstand. Meine Schenkel beben und meine Eier ziehen sich zusammen. „Fuck, ja!", brülle ich. Ich stoße tief in sie hinein und bleibe dort. Wichse schießt meinen Schaft hinunter und füllt das Kondom, während ich leicht gegen ihren Arsch wippe.

„Ja, ja!", schreit sie. Ihre Knie fliegen unter ihr auseinander und ich sinke auf sie, bis sie flach ausgestreckt auf dem Boden liegt und lediglich ihre Hüfte von dem Sofapolster angehoben wird.

„Genau so, Baby", murmle ich, schiebe eine Hand unter ihr Kleid und drücke grob ihre Brust.

Sie erschaudert unter mir, ihre Muskeln zucken und entspannen sich.

„Wunderschöne Frau." Ich küsse ihren Nacken.

Gemeinsam kommen wir wieder zu Atem, zwei Körper vereint. Langsam wird mir bewusst, dass ich sie unter mir erdrücke, und ziehe mich aus ihr heraus, rolle von ihr herunter. Ich binde ihre Handgelenke los und nehme meinen Gürtel von ihrem Hals. Dann ziehe ich ihr das Höschen hoch und entsorge das Kondom. Als ich mich wieder zu ihr umdrehe, liegt sie noch immer so da, wie ich sie zurückgelassen habe.

„Bist du in Ordnung, Engel?" Ich hocke mich neben sie, streichle über ihre Haare.

„Mh-hm." Ihre Antwort ist leise, aber positiv.

Ich will einen Waschlappen holen und sie saubermachen, aber nie im Leben lasse ich sie jetzt hier allein. Mir fällt ein, dass es im Black Light Duschen gibt. „Willst du unter die Dusche, Baby?"

„Mhm."

War das ein *Ja* oder ein *Nein*? Sie muss vollkommen weggetreten sein. Auf die beste Art und Weise, hoffe ich.

„Komm, Hübsche. Lass uns dich vom Boden hochheben." Ich hebe sie in meine Arme und schaue hinunter in ihr Gesicht. Ihr Blick ist ziellos und glasig, die Pupillen geweitet.

Unter meinem prüfenden Blick scheint sie wieder zu sich zu kommen. „Ich bin okay." Sie wird rot, als ob es ihr peinlich wäre, so die Kontrolle verloren zu haben. Sie setzt sich auf mein Knie und ich helfe ihr auf die Füße.

„Ich … gehe nur kurz zur Toilette", sagt sie und geht bereits auf schwankenden Beinen davon.

„Warte, Baby. Ich bringe dich."

Sie winkt ab. „Ich bin okay."

Es gefällt mir nicht, sie allein gehen zu lassen, doch vielleicht will sie sich nach dem Analsex allein sauber machen. Ich mag dominant sein, aber ich bin niemand, der darauf besteht, seiner Sub beim Pinkeln und Muschi Abwischen zuzuschauen, also lasse ich sie ziehen, auch wenn es sich vollkommen falsch anfühlt.

Doch als sie nicht zurückkommt, schrillen die Alarmglocken in meinem Kopf.

KAPITEL FÜNF

M *ariana*

GOTT, ich fühle mich wie benommen. Ich torkle zu den Toiletten, muss mich zusammenreißen. Meine Glieder sind schlaff und willenlos und meine Pussy und mein Arsch pochen noch von dem Fick, den sie empfangen haben. Mein Verstand spielt irgendeinen seltsamen Loop von *Keine Gedanken – brüllende Gedanken* ab.

Diese brüllenden Gedanken lauten ungefähr: *Was zur Hölle ist da gerade passiert?*

Es ist so, als könnte mein Verstand es nicht ganz verarbeiten und zwischen Fiktion und Wirklichkeit der Szene unterscheiden. Was davon war echt und was war gespielt? Was überhaupt keinen Sinn ergibt, denn es war alles so klar gewesen.

Ich betrete die Toiletten und lasse das Wasser am Waschbecken laufen, schrubbe meine Hände und spritze mir Wasser ins Gesicht.

Ich starre mein Spiegelbild an und bin mir nicht sicher, wen ich da anschaue. Ich fühle mich, als würde ich unter Drogen stehen. Meine komplette Realität wurde mit einem Mal auf den Kopf gestellt und ich weiß nicht mehr, wer ich bin.

Was habe ich gerade getan?

Etwas wie Scham schleicht sich langsam ein.

Habe ich mich wirklich gerade pseudo-vergewaltigen lassen? Ich, das Mädchen, das Tommy Grayson die Nase gebrochen hat, als er in der sechsten Klasse meinen Busen angegrabscht hat? Die Frau, die sich von niemandem etwas gefallen lässt?

Warum?

Warum sollte ich so etwas tun? Ich kann es einfach nicht begreifen.

Plötzlich will ich einfach nur hier verschwinden. Nicht aus dem Bad. Aus dem Black Light. Die Wette ist mir vollkommen egal, ich kann einfach nicht an den attraktiven Mann denken, der vor den Umkleiden auf mich wartet. Ich muss an die frische Luft und brauche Abstand.

Ich drücke die Tür auf und marschiere schnurstracks zum Raum mit den Schließfächern.

„Mariana!", ruft Victor. Ich wusste, dass ich ihm nicht entwischen kann.

Ich drehe mich nicht um, sondern hebe einfach nur meine Hand in einer Art Winken. „Ich muss etwas aus meinem Schließfach holen", rufe ich.

Ich weiß, dass er mir hinterherkommt, allerdings ist er nicht der Typ, der tatsächlich losrennen und mich festhalten würde. Das weiß ich instinktiv. Ich weiß, dass er hier nicht der Feind ist. Aber ich muss einfach allein sein, um die Fassung wiederzugewinnen. Das war alles zu intensiv. Ich kann ihn jetzt einfach nicht sehen. Ich sollte ihn nicht wiedersehen, denn – du lieber Gott – schau nur, was ich gerade mit ihm gemacht habe! Das war nicht ich, und es verwirrt mich verdammt noch mal, dass es mir gefallen hat. Was sagt das über mich aus?

Eine tiefe Woge der Scham rollt über mich hinweg. Warum sollte es mich jemals zum *Kommen* bringen, gezwungen zu werden?

Und ich bin gekommen.

Heftig.

Der verrückteste Orgasmus meines Lebens.

Und ich habe mich von ihm in den Arsch ficken lassen.

Das allein sollte mir schon sagen, dass ich ganz schnell abhauen sollte.

Ich habe es fast zum Schließfachraum geschafft, als Sara auf mich zugelaufen kommt. „Da bist du ja. Mari, was ist los? Bist du okay?" Sie ist ganz außer Atem und die Sorge lässt ihre Stimme schriller klingen.

Verdammt.

Sie kennt mich einfach zu gut.

Das ist genau das, was ich vermeiden wollte. Ich kann es nicht gebrauchen, dass mir meine kleine Schwester besorgt ins Gesicht schaut und fragt, ob alles in Ordnung ist. Ich muss von hier verschwinden.

Sie greift nach meinem Ellenbogen und hält mich fest, sodass ich stehen bleiben muss. „*Mariana.*"

„Ich bin in Ordnung, ich muss einfach ..."

Doch in dem Augenblick, als ich ihr besorgtes Gesicht erblicke, ist es, als wäre mir wirklich etwas Schlimmes zugestoßen. Die Fiktion verschwimmt mit der Wirklichkeit und verwandelt sich in ein echtes Trauma.

Oh, Fuck, nein – ich heule. Ich meine, ich breche vollkommen zusammen. Mein Gesicht verzieht sich und die Tränen strömen über mein Gesicht wie ein verdammter Wasserfall.

Natürlich hat das nur zur Folge, dass Sara sich in die totale Beschützerin verwandelt. Sie schlingt ihren Arm um meine Schulter und schiebt mich zurück in die Damenumkleide. „Oh mein Gott, was ist denn passiert?"

„Nichts. Nichts." Ich versuche verdammt angestrengt, die Tränen zu stoppen, was allerdings nur dazu führt, dass ich an einem Schluchzer förmlich ersticke. „Ehrlich, es ist nichts passiert. Ich weiß nicht, warum ich so am Heulen bin." Ich sinke auf eine Bank und wische mir die Tränen von den Wangen.

Die Tür vibriert mit einem lauten Klopfen. „Mariana?" Victors tiefe Stimme ist von Sorge durchwebt. Wieder hämmert er an die Tür, als ob er sie einschlagen wollte.

Ich winke abwehrend in Richtung der Tür.

„Er wird hier nicht reinkommen", versichert mir Sara. „Und jetzt erzähl mir, was passiert ist. "

Ich stoße ein undamenhaftes Schniefen aus und versuche, zu Atem zu kommen. „Nichts. Wirklich. Ich will einfach nur weg hier."

Sara stemmt die Hände in die Hüfte und wirft mir einen *Lüg-mich-verdammt-noch-mal-nicht-an*-Blick zu. „Du musst mir sagen, was passiert ist."

Ich stehe auf und ziehe eine Rolle Klopapier von einem der Halter, um mir damit die Augen zu trocknen und die Nase zu schnäuzen. „Hör zu. Du bleibst hier und amüsierst dich. Ich fahre zurück zu deiner Wohnung und trinke ein Glas Wein und entspanne mich. Es war einfach ein bisschen intensiv und ich muss wieder zu mir kommen."

Als die Furchen auf Saras Stirn nicht verschwinden, fahre ich fort. „Wirklich. Ich bin in Ordnung. Kannst du ihn einfach ablenken, damit ich hier verschwinden kann?" Ich deute zur Tür, die weiter unter Victors Hämmern vibriert.

„Müssen wir Beschwerde gegen ihn einlegen?"

Eilig schüttle ich den Kopf. „Nein. Er hat nichts falsch gemacht. Ich will ihn einfach nicht wiedersehen."

Es fühlt sich so falsch an, aber nun sind die Worte ausgesprochen. Das ist es, was die normale Mariana sagen und auch meinen würde.

Was auch immer passiert ist, um diese neue Mariana zu erschaffen, es muss ausgelöscht werden, auch wenn das bedeutet, mein Herz zuckend auf dem Boden dieser Umkleide zurückzulassen, wie ein Fisch auf dem Trockenen.

VICTOR

ICH DREHE ERNSTHAFT GLEICH DURCH.

Irgendwas ist bei unserer Szene schiefgelaufen und jetzt hockt Mariana – die verdammte göttliche Kriegerin – heulend in der Damen-umkleide.

Ich bekomme das Gefühl, als ob es eine Menge brauchen würde, diese Frau zum Weinen zu bringen, und bei diesem Gedanken möchte ich mir die eigenen Augen mit einer Gabel auskratzen.

Und diese verdammte Tür eintreten, nur um bei ihr zu sein.

Denn wenn ich eine Sache mit Sicherheit weiß, dann, dass jede Sekunde, die ich nicht bei ihr bin, eine Sekunde ist, die ich dabei verliere, diese Sache wieder in Ordnung zu bringen. Ich weiß, dass jeder Augenblick gegen mich zählt.

Wenn es noch lange dauert, bis ich mit ihr sprechen kann, wird sie mich nie wieder sehen wollen.

„Mariana?", rufe ich noch einmal. „Mach die Tür auf. Bitte. Ich will nur mit dir reden."

„Verschwinde." Das ist nicht Marianas Stimme. Muss die ihrer Schwester sein. Ich habe gesehen, wie sie zusammen in die Umkleide gegangen sind.

„Mariana." Fuck. Ich hasse es, durch die Tür mit ihr zu sprechen, während sich hinter mir eine Menschentraube versammelt, als wäre das hier irgendeine dämliche Show. Doch wenn es meine einzige Chance ist, gebe ich mich damit zufrieden.

Ich senke die Stimme und halte meinen Mund direkt an den Türspalt. „Bitte sag mir, dass du dich nicht misshandelt fühlst. Ich würde jedem Mann die Kehle rausreißen, der dich erniedrigt, Baby, und wenn du glaubst, dass ich das getan habe, dann werde ich mir den verfickten Schwanz abschießen."

Ich höre Marianas erstickte Stimme, aber ich kann die Worte nicht verstehen. Sie spricht nicht mit mir, sondern mit ihrer Schwester.

„Hau ab", faucht ihre Schwester. „Tritt verdammt noch mal von dieser Tür zurück oder ich rufe so schnell die Security, dass du nicht weißt, wie dir geschieht."

Die Security ist bereits hier. Terry, im Club auch bekannt als Mr. Muskelprotz, steht neben mir und schätzt die Situation ab.

Gottverdammt.

Wieder hämmere ich gegen die schwere Holztür. „Mariana! Ich werde dich sogar abdrücken lassen. Öffne einfach die verdammte Tür."

„Sie braucht einfach ein bisschen Abstand." Die Worte erklingen klarer, als sich die Tür öffnet und ihre Schwester vor mir steht. „Also verschwinde und lass uns allein. Sie wird dich finden, wenn und *falls* sie dazu bereit ist."

Das ist Bullshit, das weiß ich. Wenn ich jetzt gehe, werde ich diese Frau nie wieder sehen. Und das ist verdammt noch mal inakzeptabel.

Denn mir ist jetzt alles so klar.

Dass Kim mich betrogen hat, war ein Geschenk Gottes. Der Grund, warum mich seitdem keine andere Frau interessiert hat, ist offensichtlich. Weil Mariana noch nicht in mein Leben getreten war.

Ich kenne sie erst seit zwei Stunden, aber ich bin mir bereits sicher.

Sie ist die perfekte Partnerin für mich. Intelligent, wunderschön, fähig, voller Feuer.

Nie im Leben werde ich sie gehen lassen.

„Bullshit", platze ich heraus. Ich versuche, mich an Sara vorbeizudrücken, aber Mr. Muskelprotz lässt seine schwere Hand auf meinen Arm fallen.

„Bleib cool, Mann. Wenn sie Abstand braucht, braucht sie Abstand." Er spricht mit übertrieben beruhigender Stimme, als ob ich irgendein durchgedrehter Irrer wäre.

Was ich gut und gerne auch bald sein könnte.

Ich schüttle seine Hand ab und recke den Hals, um an der Schwester vorbeizuschauen. Mariana hockt zusammengesunken und mit dem Rücken zu mir auf einer Bank. In diesem Augenblick dreht sie sich herum und unsere Blicke treffen sich. Sie sieht gequält aus, möglicherweise sogar schuldbewusst.

Ich will nicht, dass sie irgendwas davon empfindet.

Ich *muss* das in Ordnung bringen.

„Hör zu", sage ich zu Mr. Muskelprotz, richte es aber auch an die Schwester. „Ich bin derjenige, der sie so durcheinandergebracht hat, also muss ich diesen Mist auch wieder in Ordnung bringen. Wenn du helfen willst, dann bring mir eine Decke."

Mr. Muskelprotz kennt mich, was vermutlich der Grund ist, warum er mich noch nicht längst im Schwitzkasten hat. Außerdem habe ich ihm vorhin unsere Szene erklärt, also versteht er, was passiert ist. Er zögert.

Ich warte nicht auf seine Erlaubnis, sondern marschiere in die Umkleide. Ich bin stinksauer, aber nur auf mich selbst, weil ich zugelassen habe, dass so etwas passiert. Entschlossen gehe ich auf meine Frau zu.

Sie beäugt mich wie ein Reh im Scheinwerferlicht, während ich auf sie zukomme.

„Baby." Ich lege alle Zärtlichkeit, die ich für sie empfinde, in dieses eine Wort.

Es scheint sie zu treffen wie eine Kugel. Sie zuckt zusammen und reibt sich über das Brustbein.

Ich strecke die Hand nach ihr aus, bremse mich aber, bevor meine Fingerspitzen ihre Schultern berühren. Ich will nicht erdrückend wirken.

Stattdessen locke ich sie mit meinen Fingern. „Komm her." Mein Tonfall ist beruhigend, weich.

Mir ist nicht bewusst, dass ich die Luft anhalte, bis sie aufsteht. Sobald sie auf den Beinen ist, hebe ich sie in meine Arme. „Lass uns an die frische Luft gehen, hm? Klingt das gut?"

„Ja" Ihre Stimme klingt zerbrechlich. „Genau das brauche ich jetzt."

„Auf gar keinen Fall." Ihre Schwester baut sich vor mir auf. „Nie im Leben lasse ich sie mit dir hier rausgehen."

„Nein, ich muss mit ihm gehen", widerspricht Mariana augenblicklich und schickt eine Welle der Erleichterung durch meine Brust.

Das scheint die Wut ihrer Schwester auszubremsen. Sie blinzelt und mustert Marianas Gesicht, während ich an ihr vorbeigehe. „Bist du sicher?" Sie geht neben uns her.

„Ich bringe sie zurück, bevor die Roulette-Party vorbei ist", verspreche ich. „Mein Wagen wartet vor dem Eingang. Wir fahren nur eine Runde um den Block."

„Geh zurück zu deinem Partner", fordert Mariana ihre Schwester auf. „Hab Spaß. Wir sehen uns nachher."

Sobald wir den Clubraum betreten, windet sich Mariana aus meinen Armen. „Ich kann selber gehen."

Ich will sie nicht runterlassen – muss ihren Körper an meinem spüren –

aber ich verstehe sie. Sie hat ihren Stolz und ich verletze ihn, indem ich sie trage. Behutsam stelle ich sie auf die Füße. Mr. Muskelprotz taucht mit der Decke auf, die ich Mariana um die Schultern leg, bevor ich sie an meine Seite ziehe. Ich mag es, wie sie sich an mich schmiegt. Sie passt gut da hin.

Doch ich weiß, dass ich mich in diesem Moment verdammt anstrengen muss, um überhaupt ein zweites Date zu bekommen. Und es fühlt sich an, als ob meine ganze Welt auf dem Spiel stünde.

~

MARIANA

WÄHREND WIR DURCH den unterirdischen Tunnel gehen, der das Black Light mit dem Wahrsagerladen verbindet, telefoniert Victor. „Ich bin auf dem Weg nach draußen.“

„Wer war das?“, frage ich, als er ohne ein weiteres Wort auflegt.

„Mein Fahrer.“ Er führt mich die Treppe hinauf und tatsächlich wartet eine schwarze Limousine vor dem Laden. Victor hält mir die Tür auf, bevor er um den Wagen herum zur anderen Seite geht.

Vermutlich sollte ich mir Sorgen machen. Mein erster Eindruck von Victor war Mafia, und jetzt hat er mir gerade in ein hunderttausend Dollar teures Auto geholfen. Doch ich kann in dieser Situation keinerlei Angst vor Victor empfinden. Vor allem nicht, als er sich mit einem extrem besorgten Blick zu mir umdreht und mir mit der Rückseite seine Finger über die Wange streichelt.

Fuck, ich habe noch nie so eine Zärtlichkeit von einem Mann erfahren. Die Männer, die ich gedatet habe, waren allesamt jammernde, sich beschwerende Babys gewesen. Oder haben ständig nur Witze gerissen.

Dieser Mann hat jeden in mir verwurzelten Glaubenssatz über Männer und Sex auf den Kopf gestellt. Und darüber, was ich mag.

„Was ist passiert, Baby?“, fragt er leise.

Ich atme bebend ein. „Tut mir leid. Ich bin einfach durchgedreht.“

Er legt einen Finger auf meine Lippen, lässt mich verstummen. „Nein. Kein *Tut mir leid*. Du brauchst dich für nichts zu entschuldigen. Ich muss nur wissen, was in deinem Kopf los ist. Was hat dich so aufgeregt? Ich will es wissen, damit es nicht wieder passiert."

Ich halte mich nicht an seiner Annahme auf, dass es eine Wiederholung geben könnte. „Du hast nichts falsch gemacht. In dem Moment war es einfach unglaublich." Ich bin niemand, die schnell rot wird, aber ich bin mir ziemlich sicher, meine Wangen werden gerade dunkelpink. „Du hattest recht – ich stehe wirklich darauf."

„Aber?"

„Danach bin ich einfach ausgerastet über das, was ich getan habe. Ich weiß nicht, ich habe es falsch eingeordnet – diese Szene wäre schrecklich, wenn sie in echt passieren würde. Ich habe mir Gedanken darüber gemacht, was es über mich aussagt, dass mir so etwas gefällt. Und dann hat Sara so besorgt ausgesehen und ich bin einfach zusammengebrochen."

Er zieht mich auf seinen Schoß und streichelt mir über den Rücken. „Tut mir leid, Baby. Es tut mir so leid. Ich würde dich niemals respektlos behandeln oder dir wehtun. Und ich weiß, dass du niemals *zulassen* würdest, dass ein Mann dich respektlos behandelt oder dir wehtut."

Mit dieser letzten Bemerkung kehrt mein übliches Selbstbewusstsein zurück.

Richtig.

Ich bin wegen dem, was wir getan haben und was das über mich aussagt, ausgeflippt. Ich habe Sara dafür verurteilt, unterwürfig zu sein, nur um herauszufinden, dass ich selbst eine unterwürfige Ader in mir habe. Und das macht meinem Verstand zu schaffen. Allerdings bedeutet das nicht, dass ich sonst irgendwo in meinem Leben klein beigeben würde. Dass ich schwach wäre.

„Außerdem gibt es da chemische Abläufe im Gehirn, die so einen Absturz nach einer Szene hervorrufen können."

Ich erinnere mich an Saras Erklärung über den Sub-Drop und alles ergibt Sinn. Außerdem weiß ich die Tatsache zu schätzen, dass Victor nicht einfach davon ausgegangen ist, dass am Sub-Drop lag, und meine Gefühle und Gedanken ignoriert hat.

Ich vergrabe mein Gesicht in seinem Hals, schmelze gegen ihn und gestatte mir, von ihm getröstet zu werden.

Seine große Hand gleitet über meinen Rücken und er küsst meine Wange, meine Schläfe, meinen Hals.

„Also ... wo fahren wir hin? Und ist das dein Auto?"

Er schmunzelt. „Ein Firmenwagen. Ich besitze eine private Sicherheitsfirma. Und ich habe dem Fahrer gesagt, er soll einfach herumfahren. Ich dachte, du könntest einen Szenenwechsel gebrauchen."

Ich entspanne mich weiter. „Da hattest du recht. Und Sicherheitsfirma, hm? Wie ein Bodyguard?"

Er nickt. „Genau. Wir bieten Personenschutz für prominente Klienten an."

Plötzlich bin ich total fasziniert. Und versuche gleichzeitig, es nicht zu sein. Ich kann diesen Mann nicht wiedersehen. Ich *kann* nicht. Er lässt mich komplett die Kontrolle verlieren.

Als hätte er meine Gedanken gelesen, nimmt er mein Kinn in die Hand. „Baby, ich weiß, der heutige Abend hat dich aus der Bahn geworfen. Es tut mir so verdammt leid, dass ich dich an einen Ort mitgenommen habe, für den du möglicherweise noch nicht bereit warst. Aber du musst wissen, dass ich *total* auf dich stehe. Und ich will herausfinden, wohin diese Anziehung zwischen uns führen kann."

Anziehung. Er spricht über Sex. Der, ehrlich gesagt, unglaublich war. Aber das Black Light ist nicht meine Sorte Laden.

Er unterbricht meine Gedanken.

„Ich meine, abgesehen von unserer Szene. Abgesehen vom Sex. Mariana, nur mit diesem einen Abend hast du meinen Glauben an Beziehungen wieder zum Leben erweckt. Zur Hölle, ich würde sogar schwören, es war Liebe auf den ersten Blick, aber ich will dich nicht in die Flucht jagen. Ich weiß nur, dass es mit jeder Minute, die ich mit dir verbringe, stärker wird."

Plötzlich ist da viel zu viel Luft in meiner Brust.

„Ich bekomme das Gefühl, das beruht auf Gegenseitigkeit, Baby. Sag mir, dass ich recht habe."

Ich schaffe es, zu nicken. „Ja." Ich klinge heiser. „Es beruht auf Gegenseitigkeit. Aber ich wohne doch nicht einmal hier."

Er zuckt mit den Schultern. „Dann fliege ich eben nach New York. Du fliegst hierher. Wir versuchen es. Kein Hindernis ist unüberwindbar."

Sein Selbstbewusstsein ist so verflucht attraktiv.

Ich stoße ein zitterndes Lachen aus. „Okay, vielleicht. Ich bin ja ohnehin gerade arbeitslos."

Seine Augen beginnen, zu strahlen. „Super. Denn ich kann mich dich gut als Partnerin in meiner Firma vorstellen."

Ich lache schnaubend auf. „Nach zwei Stunden bist du schon bereit, deine Firma mit mir zu teilen?"

Seine Mundwinkel zucken. „Fast. Hast du Interesse daran, mich wiederzusehen?"

„Ja." Auch das letzte Zittern in mir ist mittlerweile verebbt. Zum ersten Mal, seit wir das Restaurant verkauft haben, habe ich Interesse daran, mehr über eine Sache zu erfahren. Vielleicht passt dieses Geschäft gut zu mir. Vielleicht auch nicht. Es kann nicht schaden, das herauszufinden.

Victor vergräbt seine Hand in meinen Haaren und knabbert an meiner Schulter. „Danke."

Ich schmiege mich an ihn und bin überrascht darüber, wie wohl ich mich fühle.

„Ich kenne ein tolles, kleines Café, das die ganze Nacht geöffnet hat." Mit dieser Bemerkung überrascht er mich. Wenn ich irgend-welche Vorbehalte hatte, er wäre nur auf Sex aus, dann sind sie jetzt komplett verschwunden.

„Ah, ja?"

„Ja. Und sie haben diese unglaublichen Eclairs auf der Karte. Willst du die probieren?"

Ich kann das lächerlich große Grinsen nicht aufhalten, das sich auf meinem Gesicht ausbreitet. „Ja, das will ich."

„Super." Er beugt sich vor und gibt dem Fahrer die Adresse durch. Dann schlingt sich sein Arm um meine Taille und ein selbstzufriedener Ausdruck legt sich auf sein Gesicht.

„Glaube ja nicht, du hättest mich schon gewonnen", warne ich ihn.

Er lacht, ein tiefes Rumpeln, das mich bis in die Zehen wärmt. „Oh, das tue ich nicht. Aber ich bin gerne bereit, jede Minute damit zu verbringen, dich für mich zu gewinnen, Baby. Und wenn es so weit ist, werde ich jede Minute damit zubringen, dich davon zu überzeugen, dass ich es wert bin, bei mir zu bleiben."

Ich lege den Kopf zur Seite, um ihn auf den Mund zu küssen, und bin nicht überrascht, als er den Kuss augenblicklich erwidert, seine Hand auf meinen Hinterkopf legt und mich festhält. Sein Kuss tadelt mich und erinnert mich daran, wie sehr er es mag, das Sagen zu haben.

Wie sehr ich das ebenfalls mag.

Ja, bestätigt eine Stimme in meinem Kopf. *Genau das.*

Was auch immer als Nächstes zwischen Victor und mir passieren wird, ich bin dabei. Ich will nichts von dem verpassen, was er mir zeigen will.

EPILOG

Drei Monate später

M*ariana*

„ICH HABE DIR DOCH GESAGT, ich hole die Kisten, Baby." Victor nimmt mir den Karton aus dem Arm und stellt ihn auf die anderen drei, die er gerade alle gleichzeitig die Treppe zu seiner Loftwohnung hinaufgetragen hat.

Ich will sie ihm direkt wieder aus den Armen reißen, nur um mein Gesicht dahinter zu verstecken. Bei ihm einzuziehen ist ein riesiger Schritt für mich, und ich kann noch immer nicht glauben, dass ich zugestimmt habe. In den letzten Monaten habe ich für Victor oder besser gesagt mit Victor gearbeitet, der darauf besteht, dass wir Partner sind. In dieser Zeit habe ich bei Sara gewohnt, mich nun jedoch endlich entschieden, diesen nächsten Schritt zu wagen.

Es ist nicht so, als hätte ich nicht ohnehin jede Nacht hier verbracht. Aber die Umzugskisten mit meinen Sachen in Victors Wohnung zu sehen, macht es umso realer.

Wie immer errät Victor, was in meinem Kopf vor sich geht. Er schlingt seinen Arm um meine Taille und zieht mich an seinen Körper.

Seine Lippen finden meinen Nacken und seine Zähne kratzen sanft über meine Haut. „Wirst du freiwillig hierbleiben oder muss ich dich an mein Bett ketten?"

Wie immer, wenn er anfängt, Gewalt anzudrohen, werden meine Knie ganz weich und mein Schlüpfer feucht.

„Du kannst gern versuchen, in die Wohnung deiner Schwester zurückzukehren." Er schiebt mich rückwärts gegen die Couch und drängt mit der Beule seiner Erektion zwischen meine Beine. „Oder nach Brooklyn." Er rollt seine Hüften und präsentiert mir eine Vorschau auf seine Lust für mich. „Aber ich werde dich immer finden. Ich werde dich einfach zurück nach Hause zerren, dich fesseln und dich bis spät in die Nacht ficken."

Ich reibe mich an ihm und spüre bereits das Beben in meinen Gliedern.

Er dreht mich herum, öffnet den Knopf meiner Jeans und drückt seinen Schwanz gegen meinen Arsch. „Du wirst jetzt über die Lehne der Couch gefickt." Seine Hand rutscht unter meinen Slip und presst sich auf meine Pussy.

Ich stöhne auf.

Seine andere Hand liegt auf meinem Hals. Ich gurgle ein wenig, als er seine Finger zusammenzieht, und meine Hüften zucken unkontrolliert. Ich liebe diese Hilflosigkeit, mich Victors Kontrolle zu unterwerfen. Er macht es mir leicht, indem er mir immer atemberaubende Befriedigung verschafft und stets auf meine Emotionen sowie Reaktionen achtet.

Mit einer Hand reißt er meine Jeans und meinen Slip nach unten, wobei er meinen Hals keine Sekunde lang los. Er würgt mich nicht wirklich, aber ich liebe es, mich übermannt zu fühlen.

Innerhalb weniger Sekunden ist er in mir und knallt mit heftigen, entschlossenen Stößen in mich, während er meinen Rücken durchbiegt.

„Victor", stoße ich heiser hervor und die Augen rollen mir bereits in den Kopf.

„Ja?" Seine Stimme ist tief und rau.

„Mehr." Es ist schwer zu glauben, dass ich noch mehr ertragen könnte, wenn er bereits mit einer solchen Wucht in mich hineinhämmert, dass die Couch mit jedem Stoß ein Stück über den Boden wandert, aber es fühlt sich einfach So. Verdammt. Gut. An.

Er lässt meinen Hals los und greift mit beiden Händen nach meinen Ellenbogen, die er zurückzieht, als wäre ich seine Gefangene. Er benutzt meine Arme als Zügel, um seinen Schwanz mit jedem Stoß tiefer und fester in mich hineinzujagen.

Ich stoße ein bebendes Schluchzen aus und bin so kurz davor. „Brauche", flehe ich.

„Ich weiß verdammt gut, was du brauchst", stößt er hervor.

Und das tut er.

Er gibt es mir und blendet mich vor Verlangen.

Ich schreie ein langes, ununterbrochenes Stöhnen heraus, bis er unfassbar tief in mich stößt.

In dem Augenblick, als er kommt, folgt auch mein Orgasmus, und meine Pussy melkt seinen Schwanz, während ich seinen Namen singe.

Dann liegen wir plötzlich auf der Couch und er hält mich in seinen Armen. Küsst und beißt mich zurück in die Realität, während mein Körper schlaff und willenlos gegen ihn sackt.

Seine große Hand legt sich auf meinen Venushügel und reibt ihn, als ob ich dort noch mehr Aufmerksamkeit bräuchte. „Wirst du meine Sexgefangene sein?"

„Ja", keuche ich, überrascht darüber, wie schnell Leben zurück in meinen matten Körper rauscht, der sich bereits nach mehr sehnt.

Ich werde dieses Spiels nie müde, und er findet immer neue Wege, mich zu zwingen. Neue Orte. Wie im Auto auf dem Weg zur Arbeit. Oder über seinen großen Schreibtisch aus Walnussholz gebeugt. Auf dem Küchentisch. Auf dem Fußboden. Gegen die Wand. An sein Bett gefesselt.

„Ich finde, du solltest Präsidentin der Firma werden", sagt Victor, während seine Finger noch immer durch meinen feuchten Schlitz gleiten.

„Moment, wie bitte?" Ich schiebe seine Hand zur Seite, was mir eine weitere Runde Ringen beschert. Dieses Mal hebt Victor meine Knie in die Luft und versohlt mir dreimal die Pussy.

Jesses. Ich bebe förmlich vor erneuter Erregung.

„Hör mir zu oder ich muss diese Pussy versohlen, bis sie wund und geschwollen ist und *dann* werde ich sie wieder ficken."

Ich erschaudere und meine Pussy zieht sich zusammen.

„Ich will, dass du Präsidentin der Firma wirst. Ich glaube, die Klienten würden uns mit einer Frau an der Spitze noch vertrauenswürdiger und attraktiver finden."

Anfangs hatte ich Victor nur ausgeholfen, während ich am Community College ein paar Kurse in Wirtschaftswissenschaften besucht und versucht habe, herauszufinden, was ich mit meinem Leben anfangen soll. Das hat etwa eine Woche lang funktioniert.

Je mehr ich in seine Firma einbrachte, umso mehr hat die Arbeit meine ehrgeizige, ambitionierte Seite hervorgekehrt, und ich wollte Verantwortung übernehmen. Jetzt führe ich die Interviews mit jedem neuen Klienten und entscheide darüber, welcher Bodyguard für welchen Klienten eingesetzt wird. Außerdem manage ich die Dienstpläne und die Gehaltsabrechnungen.

„Du kannst mir nicht einfach die Verantwortung über deine Firma übertragen", stottere ich.

„Ich übertrage dir gar nichts, ich stelle dich für eine Position ein."

Er hebt meine Beine an und verpasst meiner Pussy drei weitere Hiebe, bis ich kein Wort mehr hervorbringe, selbst wenn ich wüsste, was ich sagen soll. „Wir fangen mit einer Probezeit an, um herauszufinden, wie es uns gefällt."

So lockt er mich an. Er weiß genau, was er sagen muss, damit ich mich jedem seiner Befehle unterwerfe.

Bevor ich weiter protestieren kann, erobert er meinen Mund mit seinem und dominiert mich mit einem glühenden Kuss. „Sag ja, Mariana", murmelt er, als er den Kuss löst und allen Anschein fallenlässt, mich zu irgendetwas zu zwingen.

Wie kann ich ablehnen? Ich habe Millionen von Ängsten, aber keine davon ist so real wie die Augenblicke, die ich mit ihm verbringe.

Ich nicke abgehackt. „Okay."

Er schenkt mir dieses selbstgefällige Lächeln, das ich so liebe, und mein Herz macht einen Sprung. Diesmal küsse ich ihn, schlinge meinen Arm um seinen Hals und presse meine Lippen auf seine.

Es ist schwer zu glauben, dass ich hier gelandet bin. Heißer Mann. Neue Karriere. Ein Leben voller Möglichkeiten. Und das alles ist nur deshalb passiert, weil meine kleine Schwester zugegeben hat, sich gern den Arsch versohlen zu lassen.

Die *USA Today*-Bestsellerautorin Renee Rose ist eine unanständige Schriftstellerin, die schmutzige Liebesromane schreibt. 2013 wurde sie von Eroticon als *Next Top Erotic Author* der USA gekürt. Zudem hat sie von *The Romance Reviews* Auszeichnungen für den besten historischen Roman, Science-Fiction-Roman und BDSM-Roman erhalten. Die *Spanking Romance Review* hat sie nicht nur in den Kategorien historische, erotische und Ageplay Romane ausgezeichnet, sondern auch zur Lieblingsautorin gekürt. Darüber hinaus war sie Finalistin für den BDSM Writer's Con Golden Flogger-Preis, kletterte an die Spitze diverser Amazon Bestsellerlisten in den USA und Großbritannien und befindet sich oft auf der Liste der Top 100 Autoren von Amazon.

Holen Sie sich hier sechs GRATIS Bücher.

Bitte folgen Sie Renee auf:

Bookbub Facebook Amazon Instagram Twitter Goodreads

BESCHÜTZT

Copyright © 2019 Black Light: Celebrity Roulette "Guarded" und 2023 Beschützt von Renee Rose und Renee Rose Romance und Black Collar Press

Alle Rechte vorbehalten. Dieses Exemplar ist NUR für den Erstkäufer dieses E-Books bestimmt. Kein Teil dieses E-Books darf ohne vorherige schriftliche Genehmigung der Autorin in gedruckter oder elektronischer Form vervielfältigt, gescannt oder verbreitet werden. Bitte beteiligen Sie sich nicht an der Piraterie von urheberrechtlich geschützten Materialien und fördern Sie diese nicht, indem Sie die Rechte der Autorin verletzen. Kaufen Sie nur autorisierte Ausgaben.

Veröffentlicht in den Vereinigten Staaten von Amerika

Renee Rose Romance und Midnight Romance

Dieses E-Book ist ein Werk der Fiktion. Auch wenn vielleicht auf tatsächliche historische Ereignisse oder bestehende Orte Bezug genommen wird, so entspringen die Namen, Charaktere, Orte und Ereignisse entweder der Fantasie der Autorin oder werden fiktiv verwendet, und jegliche Ähnlichkeit mit tatsächlichen Personen, lebenden oder toten, Geschäftsbetrieben, Ereignissen oder Orten ist rein zufällig.

Dieses Buch enthält Beschreibungen von BDSM und vieler sexueller Praktiken. Da es sich jedoch um ein Werk der Fiktion handelt, sollte es in keiner Weise als Leitfaden verwendet werden. Die Autorin und der Verleger haften nicht für Verluste, Schäden, Verletzungen oder Todesfälle, die aus der Nutzung der im Buch enthaltenen Informationen resultieren. Mit anderen Worten probiert das nicht zu Hause, Leute!

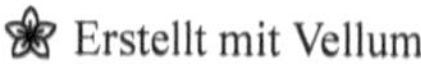 Erstellt mit Vellum

KAPITEL EINS

L *incoln*

HERZLICHEN GLÜCKWUNSCH, Lincoln, dein Einsatz, um im Promi-Roulette des Black Lights Scarlett As Dom zu sein, hat gewonnen!

Ich lese die E-Mail viermal, bevor ich es tatsächlich glauben kann, und mein Herz hämmert heftiger, als es während meiner sechs Jahre im aktiven Dienst je geschlagen hat. Oder als ich den Boston Marathon gelaufen bin.

Der Einsatz wird von Ihrem Konto eingezogen. Ihre Partnerin wird bis zum Abend der Veranstaltung nicht wissen, wer die Auktion gewonnen hat.

Das Hämmern meines Herzens ist teils Triumph, teils nagende Angst vor meinem psychischen Zustand. Oder vielleicht meinem finanziellen Zustand?

Denn, ja, ich habe wohl meinen süßen Verstand verloren.

Dreißigtausend Dollar für die Chance zu bieten, eine Nacht mit einem Popstar zu verbringen? Schlimmer – mit einer ehemaligen

Klientin? Dreißigtausend, für die ich eine zweite Hypothek auf meine Wohnung in L.A. aufnehmen musste, um sie aufzubringen?

Ganz eindeutig verrückt.

Aber das ist es, was Scarlett A mit mir anstellt. Dieser mega berühmte, wunderschöne, talentierte, herzensgute Popstar, den zu beschützen ich dreizehn Monate die Ehre hatte, die Sängerin, die mich alles riskieren lässt, um wieder in ihrer Nähe sein zu können.

Und jetzt klinge ich definitiv so verrückt wie die Spinner, die ich monatelang davon abgehalten habe, ihr zu nahe zu kommen. Diese totalen Irren, die ihr kartonweise Designerklamotten, Schuhe, Handtaschen und Kosmetika geschickt haben. Alles nur, weil sie den glitzernden Boden unter ihren Füßen verehren.

Denn die Hiphop-Legende Scarlett A ist einzigartig. Und noch so viel mehr.

Und ich habe eine Seite von ihr gesehen, die nur wenige kennen.

Habe so viel gesehen, dass sie mich gefeuert hat.

Das war die Nacht gewesen, die alles für mich verändert hat.

Mein Leben. Wie ich ficke. Wer ich bin. Und das ist der Grund, weshalb ich sie wiedersehen muss. Um den Kreis zu vollenden und wieder zu der Frau zurückzukehren, für die ich sterben und töten würde.

Und nicht nur als ihr Bodyguard.

Ich habe Scarlett etwas zu bieten.

Ich weiß nur nicht, ob ich sie dazu bringen kann, es zu sehen.

SCARLETT

MICH FÜR DIESE VERANSTALTUNG ANZUMELDEN, war möglicherweise ein riesiger Fehler. Ich sitze zusammen mit den anderen Promis, die heute Abend versteigert werden, in der Black Light-Version eine Künstlergarderobe. Das Black Light war für seine Diskretion bekannt – sowohl der Club in D.C. als auch die neue Location in L.A. Mich allerdings auf die Bühne zu stellen und an den Höchstbietenden versteigert zu werden, könnte ein kolossaler Fehler sein.

Mein Image als Scarlett A verlangt von mir, ein Energiebündel zu sein. Ich bin die Königin des Hiphops und verlange konsequent, auch so behandelt zu werden. Mich von anderen Leuten als Bottom sehen zu lassen – sogar als Sub – könnte mein Image ruinieren.

Es ist kein Geheimnis, wie diese Dinge laufen. Zweihundert Menschen werden mich heute Abend mit einem Halsband und einer Leine auf dem Boden knien sehen, und dann wird hier getuschelt und dort gewitzelt und im Handumdrehen bin ich die Richard Gere-Rennmaus-Story dieses Jahrzehnts.

„Ich brauche einen Drink", murmle ich zu niemand bestimmten, auch wenn ich seit mittlerweile drei Jahren keinen Tropfen Alkohol mehr getrunken habe.

„Ja, oder?", bemerkt die Frau neben mir und fingert an den Schnüren ihres Korsetts herum.

„Hier, ich mach das." Ich stelle mich hinter sie und schnüre ihr Korsett fest, bis es ihr beinahe den Atem abschnürt. „Zu eng?"

„Nein, so ist es perfekt. Ich mag es, wenn mir ein bisschen schwindlig wird, sobald es aufregend wird", zwinkert die winzige Platinblondine mir zu. „Ich bin übrigens Genevieve, freut mich."

Ich grinse. „Ich weiß. Ich schaue ständig *Kochen mit Gen*."

Die Blondine im Korsett wird rot. „Wirklich? Scarlett A schaut *meine* Show? Ich bin ein totaler Fan von dir, ich habe schon in der Highschool immer zu deinen Songs mitgesungen, als du noch Mitglied bei Spider warst."

Highschool? Autsch. Okay, jetzt fühle ich mich wirklich alt. Ich denke nicht oft an mein Alter – schließlich ist es nur eine Zahl – aber mit sechsundvierzig bin ich doppelt so alt wie die meisten Sängerinnen, die ich in meiner Fernsehshow *The Song* coache und beurteile. Ich bin mittlerweile mein halbes Leben lang ein Star, und dennoch fühle ich mich noch immer, als würde ich gerade erst anfangen. Als müsste ich noch immer die Welt erobern.

„Bist du Top oder Bottom?" Ihre Augen fallen auf mein weiches Lederhalsband. Ich trage ebenfalls ein Korsett, nur dass meines samtig grün ist, um das Grün meiner Augen zu unterstreichen. Dazu trage ich einen passenden grünen Tanga und weiße, halterlose Strümpfe. Weiße Stripper-Stilettos runden das Outfit ab.

„Bottom? Tatsächlich?", beantwortet sie ihre eigene Frage. „Wow. Cool."

Ich wickle die Verpackung eines Lutschers auf, der zu meinem Outfit gehört, und stecke ihn mir in den Mund. Auf diese Weise sind meine Hände beschäftigt und ich bin von meinem Verlangen nach einem Drink abgelenkt. „Überrascht?"

„Ganz ehrlich? Ja. Aber das sollte ich nicht sein. Auch starke Frauen mögen es, sich zu unterwerfen."

„Ja", antworte ich einfach und versuche, nicht in eine gedankliche Endlosdebatte darüber zu verfallen, ob ich tatsächlich stark bin oder nur die Rolle spiele, die mein Image von mir verlangt.

Nein, ich bin stark. Ich habe mich von Ted scheiden lassen. Hatte irgendwann endlich den Mut, mich von Spider zu trennen, und habe mich selbst in eine Entzugsklinik eingewiesen. Ich habe die Drogenabhängigkeit mit etwas Sexuellem ersetzt. Immer noch eine chemische Reaktion, klar. Ich brauche Schmerzen, um loslassen zu können. Um meinen Verstand von den permanenten Zwängen zu befreien, mich härter anzutreiben, unfähig zu glauben, ich wäre gut genug.

Das Black Light zu entdecken, war ein Geschenk des Himmels gewesen. Ein Ort, an dem ich in einem vollkommen diskreten Umfeld alles bekomme, was ich brauche. Bevor der Club in L.A. aufgemacht hat, bin ich zweimal im Monat nach D.C. geflogen, nur um mir den Arsch versohlen zu lassen.

Ha. Was man nicht alles tut, um nicht den Verstand zu verlieren.

„Okay, Promis, Zeit, rauszugehen, damit wir anfangen können. Ab auf die Bühne mit euch." Emma, eine der Besitzerinnen des Black Lights, steht in der Tür der Künstlergarderobe.

Ich lutsche einmal kräftig an meinem Lollipop und marschiere los. „Ich mache den Anfang."

SCARLETT

DAS PUBLIKUM PFEIFT UND JUBELT, als die zu versteigernden Promis die Bühne betreten. Jaxon, Chase und Emma, die drei Besitzer – ein fantastisches Trio – halten ihre Eröffnungsrede, dann stellen sie die Moderatorin Madison Taylor vor. Ich versuche, mich abzulenken, indem ich direkt ins Scheinwerferlicht starre. Ich wünschte verdammt noch mal, das hier wäre ein Konzert, denn dann wüsste ich ganz genau, was ich tun muss. Es wäre meine Show und ich würde ans Mikro treten und das Publikum in meinen Bann ziehen.

Aber das hier? Mich in aller Öffentlichkeit zu unterwerfen? Und dann noch auf einer Bühne? Das ist unangenehmes Neuland für mich. Meine Zunge bearbeitet den Lutscher, als würde mein Leben davon abhängen, und liebkost ihn wie den Schwanz meines Masters. Ich kann ihnen ja ruhig die Show bieten, für die sie hergekommen sind, oder?

Madison fängt an, die Gewinner für jeden der Promis zu verkünden. Ich schalte ab, bis sie meinen Namen verkündet. „Scarlett A bedarf keiner Vorstellung. Ich weiß, dass ihr alle diese zweifache Grammy-Gewinnerin in den letzten Jahren bei *The Song* gesehen habt und problemlos die zweiundzwanzig Nummer-eins-Hits mitsingen könnt, die sie als Leadsängerin von Spider hatte. Jetzt ist sie als Solokünstlerin unterwegs und bringt noch in diesem Jahr ihr neues Album heraus, richtig?"

Lächelnd nicke ich Madison zu und winke kurz in die begeisterte Menge.

„Und heute Abend wird sich Scarlett …", sie hält inne, um die Spannung zu erhöhen, „Master Lincoln unterwerfen!" Sie fährt fort und erzählt dem Publikum, wie hoch sein Gebot war, aber ich höre nicht länger zu.

Mein Blick fliegt nach links, wo eine große, viel zu vertraute Gestalt aus den Schatten in den Ring der Scheinwerfer tritt.

Verdammte Scheiße.

Lincoln.

Mein ehemaliger Bodyguard.

Mein Herz hämmert und ich bin mir ziemlich sicher, dass all mein Blut in meine Füße rauscht, denn mir wird auf einmal furchtbar schwindelig und ich glaube, ich schwanke.

In der unlesbaren Maske seines Gesichts regt sich nichts – war das je der Fall? – als er zuversichtlich auf mich zutritt und seine Augen auf meinem Gesicht kleben. Er ist so schön und eindrucksvoll wie eh und je. Deutlich über einen Meter achtzig groß, mit breiten Schultern, die er permanent auf diese militärische Art gerade macht, die ihm so gut steht. Er trägt ein graues, eng anliegendes T-Shirt, das jeden definierten Muskel unterstreicht, dazu eine schwarze Hose.

Ich starre ihn mit offenem Mund an, der Kirschlutscher noch immer auf meiner Zunge klebend. Als er bei mir ankommt, stoße ich ohne es zu wollen seinen Namen aus. „Lincoln.“

„Für dich noch immer *Master* Lincoln, Süße.“ Seine Stimme ist tief und befehlend. Als er noch für mich gearbeitet hat, hat er nie viel gesprochen, aber jedes Mal, wenn er es getan hat, ist mir seine Stimme direkt zwischen die Beine gefahren, das schwöre ich. Als besäße seine Stimme genau das Timbre, das Vibrationen in meinem Innersten verursachen kann.

Im Moment bin ich allerdings weniger angeturnt, sondern flippe aus.

Denn wenn Lincoln Wall – was hat Madison gesagt? – *Dreißigtausend?* – für mich bezahlt hat, dann haben wir ein Problem. Ein sehr großes Problem.

Er will Blut sehen.

~

LINCOLN

SCARLETT WIRD KREIDEBLEICH, was durch ihre feuerrote Mähne aus wilden Locken nur noch unterstrichen wird. Sie wirbelt herum, wendet mir den Rücken zu, wirft sich die langen Haare über die Schulter und stolziert zum Rouletterad davon. Wenn ich sie nicht so gut kennen würde, hätte ich das Straucheln in ihren Schritten vermutlich nicht bemerkt.

Ich gehe ihr hinterher, und als sie am Rad ankommt, schlinge ich einen Arm um ihre Taille. Sie zu beschützen, wird immer mein erster Instinkt sein, also werde ich sie ganz sicher nicht straucheln oder hier auf der Bühne ohnmächtig werden lassen. Dass ich ihren weichen Körper allerdings gegen meinen anschwellenden Schwanz ziehe? Das ist nichts als pure Machtdemonstration.

Sie stößt ein winziges *Umpf*-Geräusch aus und mein Schwanz wird noch härter. Gott, ich habe schon viel zu lange davon geträumt, diese Frau zum Schreien zu bringen. Doch als sie mir einen Blick über die Schulter zuwirft, kann ich Furcht in ihren Augen erkennen.

Ich lasse in meiner Grobheit etwas nach.

„Ruhig", murmle ich in ihr Ohr, während ich mit meiner Hand über ihren straffen Bauch gleite und sie schließlich auf ihre eng zusammengeschnürte Brust lege. Mit dem Daumen streife ich über ihren Nippel, um sie von dem abzulenken, was sie so nervös macht.

Die Moderatorin spricht weiter. „Scarlett hat Blutspiele, Nadelspiele, Edgeplay und Wasserspiele als harte Limits angegeben. Wirf deine Kugel in das Rouletterad, Scarlett, und lass uns herausfinden, was dein erstes Abenteuer sein wird."

Scarlett dreht das Rad und wirft die Kugel hinein. Die Sekunden kommen mir vor wie Jahre, während ihre Kugel über die Kerben hüpft, bis sie schließlich zum Liegen kommt.

„Auspeitschen!", verkündet Madison.

Mein Griff an Scarletts Brust wird enger. „Perfekt", schnurre ich. „Es ist immer das Beste, direkt mit der Bestrafung anzufangen, meinst du nicht auch?"

Ich brauche eine Sekunde, bevor ich bemerke, dass sie nicht mehr atmet. „Ausatmen", befehle ich ihr, meine Lippen noch immer an ihrem Ohr. Ich beiße in ihre Ohrmuschel, fester als nur ein Knabbern.

Seufzend stößt sie den Atem aus.

„Braves Mädchen."

Als sie dieses Mal unter ihren Wimpern zu mir aufblickt, sehe ich

Mutmaßung in ihren grünen Augen. Sie weiß nicht, was zur Hölle ich vorhabe. Gut.

Dabei werde ich es belassen.

Für eine Weile.

Irgendwann allerdings, noch bevor diese Nacht vorbei ist, werde ich mir in die Karten schauen lassen, was mir nie besonders leichtfällt. Ich ziehe es vor, meine Gefühle durch Handeln auszudrücken, anstatt mit Worten, aber mir ist aufgefallen, dass ich mir damit oft selbst ein Bein stelle. Besonders, wenn Frauen im Spiel sind. Und ganz besonders, wenn es um Scarlett geht.

Als Madison uns endlich entlässt, greife ich nach Scarletts Ellenbogen, führe sie von der Bühne und stütze sie, während sie die Stufen hinuntersteigt. Es ist eine vertraute Rolle für mich. Nicht dass ich jemals ihre Eskorte gespielt hätte, aber ich habe mich immer in ihrer Nähe aufgehalten und war in Reichweite, damit ich sie auffangen konnte, wann immer sie ins Straucheln geriet.

„Was soll das?", wisperte sie bestimmt, als wir die Treppe verlassen haben.

Ich wirble sie herum, damit sie mich anschauen muss. Die Machtverhältnisse sind diesmal anders – ich bin nicht ihr Angestellter und daran muss sie sich erinnern. Ich lege den Kopf zur Seite und ziehe streng eine Augenbraue hoch. „Was hast du gesagt?"

Ihr Kehlkopf hüpft, als sie angestrengt schluckt. „Was machst du hier, *Master*?"

„Ich tue, was getan werden muss." Ja, wie schon gesagt, Worte sind nicht gerade mein Talent. Na und? Wir finden eine Stelle, wo wir am Rand des Raums stehen und den Rest der Auslosungen am Roulette beobachten.

Wieder greife ich nach ihrem Ellenbogen und schnappe mir meine Tasche mit den Spielzeugen, die ich hier zurückgelassen hatte, bevor ich Scarlett zu einer Spanking-Bank auf einer kleinen Plattform im Hauptraum des Clubs führe.

Mit gerecktem Kinn deute ich auf die Bank. „Rüberbeugen, Hübsche."

Das ist nicht der Teil, vor dem sie sich fürchtet. Nein, sie wirft sich förmlich über die Bank, als wäre sie ein Rettungsring. Ein Zufluchtsort.

Das verstehe ich. Ich habe im letzten Jahr viel gespielt. Zu jeder Gelegenheit, die sich mir geboten hat, damit ich lernen konnte, wie man einer Sub genau das gibt, was sie braucht. Ich verstehe, wie befreiend die Unterwerfung sein muss. Vor allem für jemanden wie Scarlett, die das Gefühl hat, als dürfte sie nie die Kontrolle verlieren.

Ich schnalle ihre Fußgelenke fest, dann gehe ich um die Bank herum, um ihre Handgelenke zu fixieren.

Sie wendet den Kopf und versucht, mich anzuschauen. „Was soll das, Lincoln? Bist du hier, um mich zu demütigen?"

Ich binde ihr zweites Handgelenk fest. „Ist das was, worauf du stehst?"

Sie schnaubt. „Warum bist du hier? Warum tust du das?"

Ich kralle meine Finger in ihre Haare und ziehe ihren Kopf zurück.

„Master Lincoln", fügt sie augenblicklich hinzu und hat bereits erraten, dass ich sie für diese Übertretung mahnen würde.

„Genau. *Master Lincoln. Master. Sir.* Funktioniert alles. Aber wenn du respektlos mit mir sprichst, wird das Konsequenzen haben."

Ihre Augen werden groß und ein kleiner Schauder durchfährt sie. Dank meiner Erfahrung im Black Light weiß ich, dass ich den richtigen Ton angeschlagen habe.

Ich trete hinter sie und streichle über ihren Arsch. Der winzige Fetzen von Slip zwischen ihren Beinen ist triefend nass. Wenn ich mir meiner Wirkung auf sie vorher nicht sicher war, bin ich es spätestens jetzt. Mein Finger gleitet unter den Stoff und reibt ihren feuchten Schlitz. Ihr Becken hebt sich, ihre Muskeln ziehen sich zusammen und flattern bei meiner Berührung.

„Scheiße, Baby." Ich verpasse ihrem Arsch einen knallenden Hieb. „Ich mag es, wenn dein Höschen feucht für mich wird." Obwohl ich bereits freie Bahn auf ihren Arsch habe, zerre ich den Tanga hinunter. Ich muss heute Nacht einfach alles sehen.

Heute Nacht wird Scarlett für mich entblößt werden. Jeder Teil von ihr – Körper und Seele.

KAPITEL ZWEI

S *carlett*

ICH KANN es verdammt noch mal nicht glauben, dass Lincoln hier ist.

Die Gegenwart dieses Mannes hat immer schon verrückte Dinge mit mir angestellt. Schon seinen großen, fitten Körper nur anzuschauen, macht mich ganz heiß und wuschig. Sein unnahbares Schweigen verleiht ihm etwas Geheimnisvolles. Lässt ihn zu einer leeren Leinwand für alle möglichen perversen Fantasien werden.

Jeden Tag, an dem er für mich gearbeitet hat, wollte ich meinen Bodyguard am liebsten bespringen. Und vielleicht sogar, nachdem ich ihn rausgeschmissen hatte.

Ihn rauszuschmeißen, war allerdings unabdingbar gewesen. Nie im Leben hätte ich mit der Demütigung dessen leben können, was er gesehen hatte.

Jetzt allerdings weiß ich nicht, was er vorhat. Hat er sich in einen meiner verrückten Stalker-Fans verwandelt? Ich weiß, dass der Typ nicht einfach dreißigtausend Dollar herumliegen hatte, die er ohne

Weiteres dafür verbrennen konnte, es mir heimzuzahlen. Und wenn jemand so dringend Rache üben will ... dann muss er ernsthaft den Verstand verloren haben.

Es fällt mir schwer, nachzudenken, denn mein Körper befindet sich bereits tief in der Unterwerfung. Mit nacktem Arsch und entblößter Pussy gefesselt zu sein, lässt mich für alles feucht werden, was Lincoln zu bieten hat. Und nach allem zu urteilen, was ich bisher gesehen habe, weiß der Mann, was er tut.

Was ein *derartiger* Anturner ist.

Gott. Er erfüllt wirklich sämtliche Fantasien, die ich je davon hatte, wie er es mir heftig besorgt.

Etwas Kaltes tropft zwischen meine Arschbacken.

Scheiße. Er reibt meinen Arsch mit Gleitgel ein. Analsex war nicht das, worauf ich gelandet war, aber ich schätze, er ist hier der Dom und kann tun und lassen, was zur Hölle er will, solange ich nicht mein Safeword benutze.

Ein harter, kalter Plug drückt gegen mein Loch. Ich zwinge mich, auszuatmen und meinen harten Anus zu entspannen, um den Plug hereinzulassen. Ein Stöhnen dringt aus meinen Lippen, als er mich dehnt. Doch anstatt den Plug durch die engste Stelle zu drücken, um ihn in mir zu versenken, zieht Lincoln ihn wieder heraus, dringt erneut damit in mich und fickt mich mit der breiten Seite des birnenförmigen Plugs.

„Oh-oh", stöhne ich. Mein Magen flattert und die Innenseiten meiner Oberschenkel beginnen, zu zittern.

„Es gibt nichts Besseres, als mit einem ordentlichen Arschfick anzufangen, oder?" Lincolns Lippen befinden sich wieder direkt an meinem Ohr. Ich erschaudere und meine Pussy zieht sich um die leere Luft zusammen.

„Master Lincoln", schaffe ich, auszustoßen, wobei ich mich anstrengen muss, den Faden nicht zu verlieren. „Woher hast du das Geld für das hier?"

„Zweite Hypothek", erwidert er monoton.

„Du willst mich bestrafen." Es ist nicht wirklich eine Frage. Ich kenne die Antwort bereits.

Er stößt den Plug bis zum Anschlag in mich hinein und entlockt mir damit ein Wimmern, bevor der Plug seinen Platz gefunden hat und sich nun deutlich angenehmer anfühlt. Als Lincoln sich zu mir hinunterbeugt, sehe ich, wie seine Mundwinkel zucken. „Oh, ich will dich definitiv bestrafen."

Ich zittere am ganzen Körper. Und nicht nur vor Lust. Da ist auch Angst. Aber ich bin hier im Black Light. Es gibt überall Sicherheitsmitarbeiter. Und ich muss nur *Rot* sagen und alles hört sofort auf.

„Du willst Rache."

„Rache?" Verwunderung lässt seine Augenbrauen in die Höhe schießen. Seine Finger krallen sich in meine Haare und heben meinen Kopf an. „Nein, Prinzessin. Keine Rache." Unsere Stirnen berühren sich beinahe und ich kann seinen Zimtatem warm auf meinen Lippen spüren.

Wie immer kann ich absolut nichts in dieser glatten, kühlen Maske lesen. Der Typ könnte ohne Weiteres einer dieser Wachen am Buckingham-Palast sein, die nie eine Miene verziehen.

„Ich will keine Rache. Ich will meinen Job zurück."

Na sowas.

Dankenswerterweise lässt er meine Haare los, sodass ich den Kopf senken und meine Verwirrung verbergen kann. Aus irgendeinem seltsamen Grund brennen Tränen in meinen Augen.

Er will seinen Job zurück?

Er hat das alles eingefädelt, um seinen Job zurückzubekommen.

Und dann wird es mir plötzlich klar.

Er ist meinetwegen hier. Na gut, nein – ich meine, klar. Natürlich ist er meinetwegen hier, aber ich bin der Grund, weshalb er zum Dom geworden ist.

Nein. Das ist vollkommen absurd.

Aber was sonst? Wenn er ein Dom gewesen wäre, bevor ich ihn rausgeschmissen habe, dann hätte er die Szene begriffen, in die er hineingestolpert war. Er hätte nicht versucht, meinen Spielpartner umzubringen, was mir um ein Haar eine Anzeige eingehandelt hätte.

Nachdem ich ihn gefeuert hatte, hat er sich also vermutlich voll und ganz darauf konzentriert, alles über die Kunst der Dominanz zu lernen. Denn er scheint sehr geschickt zu sein. Natürlich war er früher in den Special Forces. Vielleicht ist Folter eine Fähigkeit, die er bereits verinnerlicht hat.

Dieser Gedanke sollte mich *nicht* derart erregen.

Und dann fängt er an, meinen Arsch zu bearbeiten, und ich verliere alle Fähigkeit, mich zu konzentrieren.

Zunächst benutzt er eine Lederkelle, leicht und biegsam, ein wunderbares Werkzeug zum Aufwärmen.

Ja, dieser Mann weiß definitiv, was er tut. Er hält sich nicht zurück. Es ist nicht zu viel – das weiche Leder ist nachsichtig, aber er ist ganz sicher keiner dieser Doms, die befürchten, ich würde es womöglich nicht aushalten. Mein ganzer Arsch wärmt sich unter seinen Schlägen auf, die sich auf die Sitzfläche konzentrieren. Hin und wieder schlägt er auf den Plug und drängt ihn tiefer in mich hinein.

Mein Körper schnurrt förmlich, während sich die Hitze immer weiter aufbaut und Endorphine durch mich hindurchströmen. Und mit diesem wohligen Gefühl kommen all die sexy Erinnerungen an meinen ehemaligen Bodyguard zurück. Das eine Mal, als er seine Hoteltür in nichts als einem winzigen Handtuch um seine Hüfte geöffnet hat. Himmel, dieser Körper! Tattoos auf den festen Muskeln. Ein perfektes Prachtexemplar von Mann – ein verfickter Hengst. Ich erinnere mich an das eine Mal, als wir in einer Menschenmenge vor einem Club in New York festhingen. Ich war gestolpert, aber anstatt zu fallen, fand ich mich in seinen Armen wieder und er hat mich wie eine Prinzessin zum wartenden Wagen getragen.

Es war mir schwergefallen, nicht in Verzückung zu geraten.

Jetzt hält er in seinem Spanking inne und pumpt den Plug erneut in meinen Arsch.

Ich bin nur noch Sekunden vom Orgasmus entfernt, als er plötzlich aufhört.

Ich wette, das wusste er.

Er verpasst mir einen Schlag zwischen die Beine. „Musst du kommen, Rotschopf?"

„Ja", stöhne ich, erfreut über die Aussicht, dass er es mir erlauben wird.

„Zu dumm."

Verdammt.

„Du wirst nicht kommen, bis ich dir die Erlaubnis dazu erteile."

Genau, dieser Mann besitzt definitiv militärische Folterkünste.

Köstlich.

Seine raue Hand gleitet über meinen zuckenden Arsch. „Rotschöpfe bekommen schnell Striemen, oder?"

Darauf antworte ich nicht, denn ich schätze, die Frage ist rein rhetorisch.

„Ich wette, dir stehen Streifen."

Erregung kribbelt über die Innenseiten meiner Oberschenkel und meinen Rücken. Meine Zehen rollen sich in meinen Plateaustilettos ein.

Wieder verpasst er mir einen Hieb auf die Pussy, dann reibt er meinen Kitzler, nur leider viel zu kurz.

Ich stöhne und wackle mit dem Arsch. Er tritt einen Schritt zurück und im Augenwinkel kann ich sehen, wie er einen Rohrstock aus seiner Tasche holt.

Oh, scheiße.

Das ist natürlich ein erfreutes *Oh, Scheiße.* Ich hass-liebe den Rohrstock. Die Schläge tun ernsthaft weh. Auf die beste Art und Weise. Lincoln hat definitiv vor, heute Abend meinen Arsch zu zerstören. Und das sollte nicht all das Flattern in meinem Magen hervorrufen, aber das tut es.

Eine der krasseren Erinnerungen an Lincoln blitzt in mir auf. Das eine Mal, als ich ihn mitten in der Nacht aus dem Bett gerissen habe. Ich litt unter Schlafstörungen – das ist normal für mich – und beschloss, spazieren zu gehen. Wir waren in meiner Villa in L.A. Er hat in seinem Zimmer geschlafen und ich habe vorsichtig seine Schulter berührt.

Noch bevor er die Augen aufgerissen hat, hatte sich seine Hand bereits um meinen Hals zusammengezogen.

Ich glaube, ich habe geschrien – so gut das mit zugeschnürtem Hals ging –, woraufhin er mich losließ.

„Oh, Fuck", murmelte er in seiner kehligen Stimme, bevor seine

Hand über die lädierte Haut an meinem Hals streichelte. Er blinzelte schnell, als wollte er seinen Blick klären. „Tut mir sehr leid."

Ich erinnere mich, wie mir klar wurde, dass er aufgrund seines Diensts in der Armee eine erhebliche traumatische Belastungsstörung haben musste. Ich fragte mich, warum ich nie darüber nachgedacht hatte, was dieser Mann in seinem jungen Leben bereits alles gesehen hatte. „Ich wollte dir keine Angst machen", stieß ich eilig aus. „Ich wollte nur Bescheid sagen, dass ich spazieren gehe. Ich wollte nicht, dass du aufwachst und ausflippst, weil ich nicht da bin."

Er fuhr mit der Hand über sein Gesicht. „Einen Teufel wirst du tun."

Ich runzelte die Stirn. „*Wie bitte?*" So hatte er noch nie zuvor mit mir gesprochen. Ich meine, er hatte ohnehin nie viel gesprochen, aber wenn dann stets sachlich und respektvoll.

Er schüttelte den Kopf. „Tut mir leid." Anschließend schwang er die Beine aus dem Bett und stand auf, wobei er in nichts als seinen Boxershorts über mir aufragte. „Ich meinte, ich komme mit. Natürlich. Das ist mein Job."

Ich zuckte mit den Schultern, doch der Schreck dieser Beinaheerwürgung ließ mein Herz weiterhin galoppieren. Oder vielleicht lag das auch an dem Anblick von Lincolns halbnacktem Körper. Und obwohl ich es nicht zulassen konnte, machte mich seine dominante Reaktion an. Um das zu verbergen, warf ich die Haare zurück, marschierte aus dem Zimmer und wartete an der Haustür, bis er sich seine Klamotten übergeworfen hatte und mir folgte.

Mit angespanntem Kiefer und steifen Schultern trottete er einen halben Schritt hinter mir her. Ich ging zügig voraus und versuchte, die aufgestaute Nervosität zu lösen, die mich nicht schlafen ließ, aber mein Gehirn konnte an nichts anderes denken als an ihn. Ich konnte die Anspannung förmlich spüren, die er verströmte, und das lenkte mich ab.

„Bist du sauer, weil ich dich aufgeweckt habe? Denn du hättest nicht mitkommen brauchen", blaffte ich schließlich.

„Nein", keifte er zurück. „Gott, nein."

Ich blieb stehen, wirbelte zu ihm herum und stemmte die Hände in die Hüften. „Was ist dann dein Problem?"

Er fuhr sich mit der Hand über den rauen Kiefer. „Ich kann diesen tödlichen Modus nicht einfach wieder ausschalten, sobald er einmal getriggert wurde", gestand er, als wäre es ein Charakterfehler. „Und ich kann verdammt noch mal nicht fassen, dass ich dich gewürgt habe. Das ist unverzeihlich. Ich verstehe, wenn du dich mit mir als deinem Bodyguard nicht länger wohlfühlst."

Mein Herz blutete für ihn. Ein verwundeter Krieger. Er mochte keine körperlichen Verletzungen davongetragen haben, aber die psychischen Wunden würden für immer bleiben.

„Hast du PTBS?", fragte ich leise.

Er stieß ein kaum hörbares Schnauben aus. „Vermutlich. Keine offizielle Diagnose." Dann zog er seine Mauern wieder hoch. „Nichts, was normalerweise meine Fähigkeiten in meinem Job beeinträchtigt", bemerkte er steif.

Ich ergriff seine Hand und drückte sie sanft. „Es ist in Ordnung. Ich finde Atemspiele heiß."

Als er verwirrt die Augenbrauen runzelte, wurde mir klar, dass er keine Ahnung hatte, wovon ich sprach.

Ich lachte. „Mach dir deswegen keine Gedanken. Mir geht's gut. Und ich will keinen anderen Bodyguard. Ich mag dich."

Ich schwöre, für einen Augenblick blitzte etwas Verletzliches und Verwundbares in seinen Augen auf, was jedoch nach einer Sekunde bereits wieder verschwunden war. Mein allzeit bereiter Krieger war wieder da, seine Maske war wieder an ihrem Platz und er war gerüstet, mich zu verteidigen.

Jetzt versuche ich, diesen verletzlichen, jungen Mann von damals mit dem Mann in Einklang zu bringen, der nun vor mir steht. Der nun ganz genau weiß, was Atemspiele sind.

Mit seiner Faust in meinen Haaren hebt er meinen Kopf erneut an und mustert mein Gesicht. Er fragt nicht, wie es mir geht, was ich zu schätzen weiß. Ich kann es nicht leiden, wenn ein Dom gefühlsduselig wird. Er bietet mir einen Schluck Wasser an, was ich ebenfalls zu schätzen weiß. Das Wasser läuft mir über das Kinn, kühlt meine Zunge und meine Lippen. Mit einer gewissen Endgültigkeit schraubt er den Deckel auf die Wasserflasche. „Zeit für den Rohrstock."

Bei seinen Worten ziehen sich meine Arschbacken zusammen.

Ja, verdammt.

~

LINCOLN

SO WEIT, so gut. Scarletts üppiger Körper ist irre reaktionsfreudig, und sie zu erregen, lässt meinen Schwanz härter als Stein werden.

Lustig, dass ich vor ihr nichts von dieser Welt gewusst habe, denn sobald ich in die Rolle des Doms geschlüpft war, hatte ich entdeckt, wie sehr sie mir liegt. In dieser Welt ist meine Wortkargheit ein Instrument. Meine Größe und Kraft sind eine ganz eigene Macht. Meine natürlichen Alpha-Tendenzen strahlen. Einer Frau allerdings wehzutun?

Daran musste ich mich erst gewöhnen, doch sobald ich verstanden hatte, wie sehr es sie befriedigte, wurde es zu einer Sucht.

Das bedeutet nicht, dass ich generell süchtig danach wurde, Frauen zu erregen. Nein, das alles war nur für Scarlett. Ich musste diese Welt begreifen, damit ich ihr darin begegnen konnte.

Und jetzt, da wir hier sind, wird mir bewusst, wie töricht ich war. Was habe ich mir nur dabei gedacht? Dass sie einen Abend mit mir verbringen würde und mich anschließend anfleht, ihr privater Dom zu werden? Dass sie mich als persönliches Fuck-Toy in ihre Villa einladen würde?

Was zur Hölle habe ich mir dabei gedacht, ihr zu sagen, ich wolle meinen Job zurück?

Das ist es nicht, was ich will. Ich will alles von ihr. Will ihr alles von mir geben. Und nicht etwa als Angestellter.

Als Geliebter. Als Partner. Als verfluchter Seelenverwandter. Und ja, ich glaube nicht einmal an diesen Mist von Seelenverwandtschaft.

Süße, großzügige, wunderschöne Scarlett. Die Frau, die immerzu kreiert, die bis zum Umfallen schuftet, die ihren Freunden schenkt und gibt, die immer nur von ihr nehmen.

Allerdings kennt sie mich nicht einmal. Als ich für sie gearbeitet habe, habe ich nur selten den Mund aufgemacht und all ihre Versuche zurückgewiesen, mich aus der Reserve zu locken. Also ist das hier alles, was ich kriegen werde. Dreißigtausend für eine Nacht der Lust mit ihr.

Ja, das nehme ich.

Ich stehe hinter ihr und präzisiere mein Ziel mit dem Rohrstock. *Swisch.* Ich platziere die erste Strieme direkt unter dem Anfang ihrer Arschritze, oberhalb des Plugs.

Sie zuckt in ihren Fesseln, kneift den Arsch zusammen und windet sich.

Ich reibe ihren glitschigen Schlitz, um sie dafür zu belohnen, den Schmerz auszuhalten.

Sie seufzt, während ihr Körper erschlafft und auf der Bank zusammensinkt.

Ich platziere den zweiten Striemen, direkt unter dem ersten.

„Ah!", schreit sie.

Eine weitere Liebkosung ihres Schlitzes.

Ich ziele unterhalb des Plugs und verpasse ihrem Arsch drei schnell aufeinanderfolgende Hiebe.

Diesmal schreit sie auf und ihr rechtes Bein beginnt, unkontrolliert zu zittern.

Ich streichle ihren Oberschenkel und drücke ihre Wade. „Pst. Du machst das so gut." Ich dringe mit zwei Fingern in sie ein und pumpe ein paarmal in sie hinein, bevor ich sie wieder herausziehe und ihrer Pussy einen Hieb verpasse. „Braves Mädchen."

Das Zittern verebbt und ich nehme den Rohrstock wieder in meine dominante Hand. „Noch drei", verkünde ich. Ich weiß, sie liebt Schmerzen, aber dass sie so schnell Striemen bekommt, alarmiert mich etwas. Ich hoffe verdammt noch mal, dass sie Arnikasalbe kennt.

Streich das. Ich werde ihren Arsch höchstpersönlich mit Arnikasalbe einschmieren. Wiederholt.

Ich lege alles in diese drei letzten Hiebe, lasse sie langsam und methodisch fallen, einen direkt unter den anderen, die letzten beiden auf die Rückseiten ihrer Oberschenkel, wo es am meisten schmerzt. Sie zuckt und schreit bei jedem Schlag auf, keucht und schluchzt.

Ich liebe diese Klänge. Ich will sie kommen lassen, aber es ist noch zu früh. Die erste Szene muss die Atmosphäre für den gesamten Abend abstecken, und Scarlett muss die Umkehrung unserer Machtverhältnisse klar sein. Ich habe heute Nacht das Sagen über sie. Ich werde mich vollkommen um sie kümmern, wenn sie sich mir vollkommen unterwirft.

Ich gehe um die Bank herum zu ihrem Kopf, mein Schritt auf Höhe ihres Gesichts. „Musst du kommen, Baby?"

„Ja, Master", keucht sie und die Worte purzeln ihr so schnell aus dem Mund, dass sie fast wie ein einziges Wort klingen.

Ich mache meine Hose auf, befreie meinen schmerzenden Schwanz und reibe ihn ein paarmal grob. „Lutsch mich trocken und ich denke darüber nach."

Sie blickt mit diesen intensiven, grünen Augen zu mir auf. Ihre Pupillen sind geweitet und glasig. Gut – sie befindet sich in einem Zustand der kompletten Unterwerfung. Und ich habe in meinem ganzen Leben noch nie etwas Schöneres gesehen. Augenblicklich öffnet sie die Lippen, als könnte sie es nicht erwarten, meinen Schwanz in ihren üppigen Mund zu bekommen.

Ich stöhne auf und eine Lusttropfenperle dringt aus meinem Schwanz, bevor sie mich überhaupt berührt hat. Als ich in ihren Mund stoße, saugt sie eifrig an meinem Schwanz, obwohl ich absichtlich bis gegen ihre Kehle stoße. Langsam ziehe ich mich zurück, während sie die Wangen hohl macht und fest daran lutscht. Mit einem *Plopp* ziehe ich mich aus ihrem Mund und sie streckt die Zunge heraus: feucht, samtig, bereit. Ich reibe mit meinem nassen Schwanz über ihre Zunge und ihren Mund. In dem Augenblick, als ich wieder vorwärtsdränge, schließt sie die Lippen um meinen Ständer, beginnt erneut, ihn zu lutschen, und ihre geschickte Zunge kreist über die Unterseite meines Schwanzes.

Himmel.

Ich werde nicht lange durchhalten. Diese Frau lutscht meinen

Schwanz wie ein Champion. Mein Atem geht schneller und ich kralle die Faust in ihre Haare, um sie als Fick-Loch zu benutzen. Es ist unwahrscheinlich erregend. Wellen der Hitze strömen durch meinen Körper, meine Schenkel beginnen zu beben und meine Muskeln spannen sich an.

„Fuck, Scarlett. Fuck, Fuck, Fuck" Sie wird heute Nacht noch mehr Worte aus mir herauslocken, als ich in einem ganzen Monat spreche.

Immer heftiger stoße ich in ihren Mund. Sie ist am Würgen und Keuchen, aber das scheint ihren Enthusiasmus in keiner Weise zu dämpfen. Die Frau ist die geborene Sub.

Hitze sammelt sich in meinen Lenden und meine Hüfte schnellt vor. „Ich komme", krächze ich. Sie schaut zu mir auf und lutscht mich noch heftiger und mit mehr Enthusiasmus, während ich die Kontrolle verliere und meine Ladung in ihren Hals spritze.

Mein Griff in ihren Haaren wird enger und ich fange an, ihren Kopf zu streicheln und das Brennen meines groben Griffs wegzumassieren, bevor ich über ihr Ohr, ihre Wangen und ihren Nacken streichle. „So verdammt fantastisch, Rotschopf. So gut."

Sie leckt mich sauber und ich ziehe mich widerwillig aus ihrem Mund. Sie lächelt zu mir hoch, selbstgefällig in dem Wissen, was sie gerade mit mir angestellt hat.

Ich befreie ihre Handgelenke aus den Fesseln. „Ich wette, du glaubst, ich würde dich jetzt kommen lassen."

Ihr Lächeln erlischt.

Ich schüttle kaum merklich den Kopf. „Noch nicht, Baby. Du hast es dir noch nicht verdient."

KAPITEL DREI

S *carlett*

ICH WERDE BUCHSTÄBLICH STERBEN, wenn ich nicht bald komme. Jeder Nerv in meinem Körper kribbelt, jede Zelle ist aktiviert und bereit. Mir ist heiß, ich zittere am ganzen Leib und bin unendlich erregt. Regelrecht verzweifelt. Mein Arsch pocht, mein Anus ist geweitet und auf die beste Weise ausgefüllt. Und meine Pussy? Triefend nass.

Aber es scheint, als hätte Lincoln andere Pläne für mich. Was mich nur noch heißer macht.

Dieser verdammte Mann.

Er löst die Fesseln an meinen Fußgelenken. Wenn er glaubt, ich könnte noch stehen, hat er sich gehörig vertan.

Oh! Anscheinend versteht er, denn er rollt mich von der Bank, wickelt mich in eine Decke und hebt mich in seine Arme. Seine langen Beine tragen uns eilig zu einer Couch, wo er sich mit mir auf dem Schoß hinsetzt.

Es ist eine Position, über die zu fantasieren ich mir nie gestatten würde. Ein Kuscheln. Ich fühle mich wohlig und umsorgt und geschätzt.

Normalerweise lasse ich nicht zu, dass sich andere Leute um mich kümmern. Ich bin diejenige, die die Ansagen macht. Sogar mit Ted war ich diejenige, die die ganze Zeit über seinen Arsch bemuttern musste. Irgendwann musste ich damit aufhören, mich um ihn zu kümmern, und gehen, weil mir schließlich bewusst geworden war, dass seine Abhängigkeiten unüberwindbar waren.

Genau wie in dem Moment, als Lincoln mir gesagt hat, er wolle seinen Job zurück, rauscht auch nun das unerklärliche Verlangen zu weinen durch mich hindurch, lässt meine Nase kribbeln und baut Druck in meinen Wangenknochen auf.

Er sieht es, was mir eine Heidenangst einjagt. Doch er legt lediglich seine Hände auf meine Wangen und streichelt langsam über meine Haut. Sein Ausdruck ist noch immer vollkommen neutral, wie immer, aber die Geste spricht mehr als tausend Worte. Er sieht mich. Er hält mich.

Dann öffnet er eine Flasche Wasser und hält sie mir an die Lippen, reißt sie jedoch zurück, als ich sie selbst festhalten will.

Ich gestatte ihm, mich wie ein kleines Kind zu behandeln, lasse mir von ihm das Wasser in den Mund tröpfeln und mich in der warmen Samtdecke wiegen.

„Hey", sagt er leise und starrt mit seinen blauen Augen in meine grünen.

Wow. Er initiiert eine Unterhaltung. Genau in dem Augenblick, in dem ich mich verletzlich und nackt fühle und mein Gesicht in seiner Brust verstecken will. Was mir nicht gerade ähnlich sieht. Ich komme nicht hierher, um an der Brust eines Mannes zu weinen und im Arm gehalten zu werden. Ich komme wegen der Schmerzen hierher.

„Hey", erwidere ich murmelnd und mein dummes Gesicht wird ganz warm. Es ist für Rothaarige wirklich unmöglich, zu verstecken, wenn sie rot werden.

Ich lehne meine Wange an seine feste Brust – verstecke mich nicht wirklich, kann ihm aber in diesem Moment nicht länger in die Augen schauen. Sein Herzschlag ist stark und gleichmäßig, wie er. Er riecht nach frischer Seife und Natur – wie ein Wald im Morgengrauen. Ich drehe den Kopf und beiße leicht in seinen Brustmuskel, woraufhin er ein tiefes, grollendes Lachen ausstößt.

„Das hat ja nicht lange gedauert."

„Was?" Ich hebe meinen Blick. Führen wir tatsächlich gerade eine Unterhaltung?

„Du hast schon genug von der Aftercare?"

Ich grinse, denn a) ist es so seltsam, ihn über diese BDSM-Dinge sprechen zu hören, als sei er ein Experte, und b) ja, genau. Ich bin definitiv sowas von bereit für alles, was mir einen Orgasmus bescheren wird. Denn ich verzehre mich noch immer danach. Bin noch immer heiß und aufgerieben – zur Hölle, ich bin praktisch fiebrig. Ich war noch nie jemand, die ein Ziel aufgibt. Ich wäre kein Star, wenn das der Fall wäre. „Was muss ich tun, um zu kommen?"

Seine Mundwinkel zucken. „Unterwirf dich."

Ich verdrehe die Augen und boxe gegen seine Brust. „Arschloch."

Dieses Mal werde ich mit einem breiten Grinsen belohnt, das seine geraden, weißen Zähne zum Vorschein bringt, die wie in einer Zahnpastawerbung schimmern. „Anscheinend habe ich dich nicht genug bestraft." Da ist ein teuflisches Funkeln in seinen Augen, das einen Blitz direkt in mein Innerstes schickt. Meine Nippel werden hart, mein Kitzler pocht.

Als würde er es ahnen, zieht er die Decke von meinen Schultern und legt seine Hand über meine Brust, bevor er das Körbchen des Bustiers nach unten schiebt und in meinen steifen Nippel kneift. „Du magst Bestrafung, oder etwa nicht, Hübsche?"

Ich antworte, indem ich meine Hüfte gegen seinen Schoß schaukle und mich an seiner Erektion reibe, die gegen mein Becken drückt.

„Wer hat jetzt seine Zunge verschluckt?"

Mir fällt der Mund auf. Ich bin wirklich schockiert, dass er mich mit denselben Worten neckt, mit denen ich ihn die dreizehn Monate über aufgezogen habe, in denen er für mich gearbeitet hat. Ja, ich habe sie gezählt. Jetzt, als ich plötzlich wieder in seiner Gegenwart bin, wird mir bewusst, wie sehr ich ihn vermisse. Er mag nicht viel sagen, aber seine Gegenwart vermittelt so viel Schutz, Wärme und Stärke. Ich habe mich immer in Sicherheit gefühlt, wenn er an meiner Seite war – und nicht nur körperlich sicher. Auch emotional. Ich habe mich stärker gefühlt, wenn er bei mir war. Als wäre ich zu allem in der Lage. Es war eine verdammt harte Zeit für mich, seit ich ihn gefeuert habe. Die neuen Bodyguards haben ihren Job gemacht und ich habe sie gehasst, weil sie nicht Lincoln waren.

„Ich habe womöglich einen Fehler gemacht", platze ich heraus und strecke die Hand aus, um seine Lippen zu berühren. Sie sehen so weich aus, im Vergleich zum Rest seines Körpers, ich kann einfach nicht widerstehen. Das sind sie auch. Augenblicklich nimmt er einen meiner Finger in seinen Mund, zieht ihn tiefer und lutscht daran. Er beobachtet mich aus dem Augenwinkel, während seine Zunge um meinen Finger kreist, wie meine Zunge um seinen Schwanz. Als er fertig ist, beißt er kurz in meine Fingerspitze und lässt meine Hand los.

„Du hast definitiv einen Fehler gemacht." Diesmal ist keine Belustigung in seiner Stimme zu hören. Aber noch immer das Versprechen von Bestrafung.

Lecker.

So streng gefällt er mir.

Ich mag es, wenn er befehlend ist.

Grob drückt er meine Brust, dann wandert seine Hand über meinen Bauch und legt sich auf meinen Venushügel. Ich presse mich gegen seine Hand und stöhne liederlich.

Bitte. Gib mir, was ich brauche.

„Ich bin nicht auf Edging gelandet, Master. Willst du, dass ich dich anbettle?"

„Oh, du wirst betteln, Süße. Das ist eine verfickte Garantie. Aber zuerst muss ich mich um diesen Arsch kümmern."

Er rutscht in die Mitte der Couch und legt mich kopfüber über seinen Schoß.

Okay, also noch mehr Bestrafung.

Da bin ich dabei.

Allerdings versohlt er mir gar nicht den Arsch. Stattdessen schmiert er irgendeine Art Creme über meine Arschbacken. Ziemlich gründliche Aftercare. „Du siehst aus, als würdest du schnell blaue Flecken bekommen, und ich will nicht, dass du mich morgen hasst."

Jedes Mal, wenn er spricht, jedes Mal, wenn er eine Erklärung anbietet, bin ich erstaunt. Endlich fange ich an, in seine Gedanken vorzudringen. Und bisher ist alles wunderbar.

Er fängt an, den Buttplug langsam in mich zu stoßen. Meine Pussy schmilzt. Ich spreize die Oberschenkel und bumse seinen Schoß. Er dringt mit mehreren Fingern in mich ein und pumpt abwechselnd seine Finger in meine Pussy und den Plug in meinen Arsch Hitzewellen rauschen mit der Wucht eines Hurrikans durch mich hindurch. Eines Erdbebens. Zur Hölle, Lincoln selbst ist eine Naturgewalt und dazu in der Lage, diesen Star mittleren Alters mit nur einer einzigen Berührung ins Wanken zu bringen.

„Bitte, Master. Bitte", flehe ich. Ich brauche es wirklich. Das meine ich ernst, ich brauche es *wirklich*.

Er findet meinen G-Punkt, woraufhin meine Hüften zucken und unter seiner Berührung tanzen.

„Oh, Gott, bitte, Lincoln … Master … Sir!"

„Komm für mich, Scarlett." Seine tiefe Stimme dringt bis in meine Adern und rast in mein Innerstes. Alles explodiert, als mein Orgasmus erblüht. Mein ganzer Körper bebt, meine Pussy krampft und drückt seine Finger, während mein Anus sich um den vermaledeiten Plug zusammenzieht. Ich explodiere. Zersplittert. Verschwinde.

Schwebe.

LINCOLN

ICH KONNTE Scarletts Gesicht nicht sehen, als sie gekommen ist. Das ist etwas, was ich definitiv korrigieren muss. Das nächste Mal wird sie unter mir sein, sich winden und meinen Namen schreien, wenn sie in ihren Abgrund stürzt.

Obwohl auch ich gerade erst gekommen bin – *in ihren Hals* –

werde ich schon wieder steinhart, als ich ihren Höhepunkt höre. Ich will diese liederlichen Geräusche aus ihrem Mund noch Millionen Male hören. Ich will der Kerl sein, der sie jedes verfickte Mal am Abgrund entlang balancieren lässt und sie dann in ihr persönliches Shangri-La führt.

Schlaff wie eine Lumpenpuppe liegt sie über meinem Schoß, während ich meine Finger langsam aus ihr herausziehe und sie in meinen Mund stecke, um sie zu schmecken.

Dann greife ich nach dem Plug. Sie stößt einen leisen, protestierenden Laut aus, als er ihren Körper verlässt. Ich lasse ihn in eine Plastiktüte in meiner Tasche gleiten und werde ihn später sterilisieren.

Schließlich fische ich ihr Höschen aus meiner Tasche, wo ich es vorhin hineingesteckt hatte, beuge ihre Füße hoch zur Decke und ziehe ihr den Slip über. Ich will nicht, dass irgendwer außer mir ihre perfekte Pussy sieht. Ich ziehe das Höschen bis zu ihren Oberschenkeln hoch, dann verpasse ich ihr einen Schlag auf den Hintern. „Hochheben.“

Sie gehorcht und hebt ihren köstlich gestreiften Arsch in die Luft.

Als ich ihr das Höschen angezogen habe, schiebe ich sie behutsam von meinem Schoß. „Knie dich für mich hin, Prinzessin.“

„Mhm.“ Sie gleitet von meinen Beinen und kniet sich hübsch vor meine Füße. Ihr liebliches Gesicht verstrahlt Glückseligkeit und so, wie sie zu mir aufschaut, bleibt mir beinahe das Herz stehen. So offen. So vertrauensvoll. Kein Blick, den ich je zuvor auf ihrem Gesicht gesehen habe.

Ich war bereits gewillt, für sie Drachen zu töten, und jetzt ist mein Verlangen, sie zu beschützen, stärker als mein Drang, zu atmen. Mit dem Daumen gleite ich sanft über ihre Wange. „Du bist wunderschön.“

Sie starrt weiter zu mir hoch, ihre Augen groß, ihre Schutzmauern eingerissen. Suchend. Sie versucht noch immer, mich zu begreifen. Sie weiß noch immer nicht, wie viel sie mir bedeutet.

Fuck.

Ich weiß verdammt noch mal nicht, wie ich es ihr sagen soll. Die Worte bleiben mir immer im Halse stecken. Werden wieder hinuntergeschluckt. Es ist beinahe so, als hätte ich einen Eid geschworen, zusätzlich zu den Militärgeheimnissen auch die Geheimnisse meines Herzens niemals auszuspucken.

Ich will ihr sagen, wie sehr ich sie vermisst habe. Will sie fragen, wie es ihr ergangen ist. Damit meine ich nicht die Nachrichten, die ich im Internet über sie finden kann – und gefunden habe. Dass sie Taylor Swift gestattet hat, einen ihrer alten Spider-Songs zu covern, zum Beispiel, oder dass sie einen Song mit den Chainsmokers aufnehmen wird. Nein, ich will wissen, wie es ihr geht. Wie es ihrer Schwester geht. Ihren kleinen Nichten, die sie unendlich liebt. Was mit ihrem engen Freundeskreis los ist – die alle praktisch in ihrer Villa wohnen und das Haus mit Plaudereien und Liebe erfüllen.

Ich stehe direkt vor ihr und vermisse sie trotzdem noch immer, denn ich sehne mich danach, wieder in ihrem Leben zu sein. Ich will, dass sie das Erste ist, was ich am Morgen erblicke, mit ihren zerzausten Haaren und einer Kaffeetasse in der Hand, und dass sie das Letzte ist, was ich am Abend sehe, wenn sie in einem Nachthemd und Socken rastlos durch ihr Haus huscht und versucht, so weit runterzukommen, dass sie einschlafen kann.

Zur Hölle, hätte ich zugelassen, dass wir uns auch im Bett vergnügen, hätte ich verdammt noch mal dafür gesorgt, dass sie jede Nacht schläft wie ein Stein. Ich hätte sie ins Vergessen gefickt.

Aber mit Klientinnen zu schlafen, verstößt gegen meine Regeln. Und verdammt sei ich, wenn ich meine Position und den Job, den zu tun ich geschworen habe, nicht respektieren würde. Einmal allerdings war es Scarlett beinahe gelungen, mich zu brechen.

Es war eine dieser Nächte gewesen, in denen sie nicht schlafen konnte und ein Sturm über L.A. tobte. Blitze, Donner – das volle Programm.

Sie liebte es. Mit leuchtenden Augen und aufgekratzt wie ein kleines Kind rannte sie nach draußen, wo ihre üppigen Lippen sich zu langgezogenen „Ohs" und „Ahs" verzogen.

„Lass uns im Regen tanzen, Lincoln", sagte sie und schlüpfte in ihre Flipflops.

Ich verfluchte sie innerlich, denn sie trug nichts weiter als ein dünnes Nachthemd – keinen BH, keine Pyjamahose – und wäre sie gesehen worden, wären die Bilder überall in der Klatschpresse erschienen. Allerdings war es nicht mein Job, sie im Zaum zu halten, nur, sie zu beschützen, also hielt ich den Mund und folgte ihr nach draußen.

Gott sei Dank blieb sie auf ihrem Grundstück, wo sie mit ausgestreckten Armen und dem Blick in den Himmel in ihrem Garten tanzte.

Es war ein wunderschöner und süßer Anblick. Einer der wenigen Momente, in meiner Zeit als ihr Bodyguard, in dem Scarlett scheinbar wirklich glücklich war. Als sie endlich bereit war, wieder ins Haus zu gehen, waren wie beide nass bis auf die Knochen und ich kann mit Sicherheit sagen, dass Scarlett jeden Wet-T-Shirt-Wettbewerb der Vereinigten Staaten gewonnen hätte. Der Stoff ihres blassgrauen Hemds klebte an ihren Brüsten und schmiegte sich an ihre perfekten Kurven. Ihre Nippel waren harte Kugeln und schienen direkt auf mich ausgerichtet zu sein.

Als ich ihr die Tür aufhielt, ließ sie sich lachend gegen mich fallen und krallte ihre Finger in mein nasses Hemd.

„Das ziehst du besser aus." Sie rollte den Saum meines Hemds hoch und entblößte meine Bauchmuskeln, wo die unteren Ränder des Tattoos zum Vorschein kamen, das ich mir nach meiner ersten Tour nach Afghanistan hatte stechen lassen.

„Du hättest nicht mit rauskommen brauchen", bemerkte sie atemlos, bevor sie ihr nasses Gesicht zu meinem anhob. Sie legte ihre Handflächen auf meine nackte Haut und schob sie unter meinem Hemd langsam zu meiner Brust hinauf. Ihre Nägel kratzten sanft über mein Brusthaar und schickten einen Kribbeln in meine Lenden.

Mein Schwanz war bereits hart davon gewesen, sie im Regen tanzen zu sehen, und sie fand die Beule in meiner Hose mit ihrem Bauch. Ich erinnere mich nicht mehr, was sie danach gesagt hat. Möglicherweise waren noch einige Worte gefallen, aber mein Verstand war wie leer, denn sie hatte angefangen, ihre nassen Brüste über meine Rippen und ihren Bauch über meinen Schwanz zu reiben.

Ohne es zu planen, wanderte eine Hand hinunter zu ihrem Arsch.

Und – oh, Fuck! Er fühlte sich in meiner Hand einfach so perfekt an. Ich drückte sanft und hob ihn an, um diese sündigen Hüften gegen meine Lenden zu ziehen. Sie biss in meine Brust, bevor sie ihre Lippen auf meine legte und mich küsste.

Doch dann meldete sich die Vernunft zu Wort.

„Scarlett", presste ich hervor. Ich erinnere mich, dass meine Stimme in meinen eigenen Ohren etwa zwei Oktaven tiefer klang. Als hätte jemand anders gesprochen. „Es gibt nichts, was ich in diesem Moment lieber tun würde, als Sex mit dir zu haben." Wieder drückte ich ihren Arsch und zog sie noch einmal eng an meinen pochenden Ständer. „Aber wenn ich das tue, verliere ich meinen Job. Und ich mag diesen Job einfach verdammt gern."

Das war die Wahrheit, doch scheinbar nicht das, was sie hören wollte.

Ich ließ sie los und sie taumelte verärgert zurück. Sie schien peinlich berührt zu sein. „Wie auch immer", säuselte sie, als wäre es ihr vollkommen egal, ich kam mir jedoch wie der größte Arsch vor. Sie stolzierte in ihr Schlafzimmer und ich hörte, wie anschließend für über dreißig Minuten die Dusche lief.

Ich blieb in meinen nassen Klamotten und peinigte mich selbst, indem ich dem laufenden Wasser lauschte und mir vorstellte, wie sie den Duschkopf zwischen ihre Beine hält, um Druck abzulassen. Durch meine nasse Hose hindurch drückte ich meinen Schwanz und stellte mir vor, ich wäre mit ihr dort in der Dusche und würde ihr genau das geben, was sie brauchte.

Doch stattdessen stand ich tropfend im Flur. Mein Ehrgefühl war im Keller und schwer vor Bedauern.

Jetzt möchte ich ihr sagen, wie ich damals gerne reagiert hätte. Wie ich mir wünschte, einmal in meinem Leben das Protokoll gebrochen zu haben, um ihr Lust zu bereiten.

Aber sogar jetzt bringe ich die Worte nicht heraus. Ich kann mir nicht erlauben, diesen Moment zu ruinieren. Denn was würde passieren, wenn ich ihr sage, wie viel sie mir bedeutet?

Sie würde durchdrehen und vermuten, ich wäre nur ein weiterer dieser verrückten Stalker.

Nein, besser, den richtigen Augenblick abzuwarten. Besser, sie davon zu überzeugen, mir meinen Job zurückzugeben, und ihr zu versprechen, mich um all ihre Bedürfnisse und Wünsche zu kümmern, wenn sie das tut. Dieses Mal werde ich keine Unternehmensvorschriften befolgen. Und dann kann ich ihr vielleicht meine Gefühle zeigen. Ich weiß verdammt noch mal nicht, wie, aber ich muss es versuchen. Das ist buchstäblich die einzige Chance, die ich habe, um wieder in ihrer Nähe sein zu können.

KAPITEL VIER

S *carlett*

Ich bin ziemlich verstrahlt vom Subspace. Das Auspeitschen und der Orgasmus waren womöglich die besten, die ich im Black Light je erlebt habe, und das sagt einiges, wenn man bedenkt, dass die beiden Clubs die einzigen Orte sind, an denen ich in den letzten zwei Jahren war, um meinen Spaß zu haben.

Ich bin mir sicher, das hat nichts mit der Tatsache zu tun, dass sie von Lincoln ausgeteilt wurden.

Ja, ganz genau.

Nur wenn *nichts* genau alles bedeutet.

Ich staune noch immer über die Tatsache, dass Lincoln hier ist und genau weiß, was er tut. Das ist so, als hätte der eigene Freund sich plötzlich in eine Figur aus dem schmutzigen Liebesroman verwandelt, den man gerade liest.

Es kommt mir fast zu gut vor, um wahr zu sein.

Allerdings kann ich Lincolns Beweggründe noch immer nicht

durchschauen. Das hier ist ja nicht irgendeine wahr gewordene Fantasie, in der ich die Lampe des Flaschengeists gerieben und meinen perfekten Dom bekommen habe.

Nein, Lincoln hat es auf irgendetwas abgesehen, und ich muss herausfinden, was das ist. Es kann nicht sein Job sein. Ist das etwa ein von langer Hand geplanter Rachefeldzug?

Nein. Lincoln kommt mir nicht wie jemand vor, der auf Rachefeldzüge geht. Natürlich, woher soll ich das wissen? Er spricht ja nie. Ich habe keinen Schimmer, was in diesem attraktiven Kopf vor sich geht. Das Einzige, was ich mit Sicherheit weiß, ist, dass er traumatisiert und durchaus in der Lage ist, brutale Gewalt auszuüben.

Ich bin mir sicher, wenn ich ihn nicht aufgehalten hätte, hätte er Joe in jener Nacht umgebracht.

Sein Daumen streichelt über meine Unterlippe und ich muss mich gegen das Verlangen wehren, aufzustehen, mich rittlings auf seinen Schoß zu setzen und ihn zu küssen. Warum haben wir uns nie geküsst? Es kommt mir so falsch vor, nicht zu wissen, wie seine Lippen schmecken.

Natürlich habe ich hier nicht das Sagen, also warte ich auf seine Anweisungen.

„Sieht so aus, als wärst du bereit für mehr", bemerkt er.

Er hat recht. Ich frage mich, was er sieht, was mich verrät. Aber natürlich weiß er es. Es ist nicht einfach nur Glück, dass er in jeder Szene wie ein Champion auf meinem Körper spielt. Er ist ein intelligenter, geübter, aufmerksamer Mann.

Plötzlich blitzt die Vorstellung in mir auf, wie er mit anderen Frauen übt, und mein Magen zieht sich zusammen. Hatte er auch Sex mit ihnen? Hat ihm eine dieser Frauen womöglich etwas bedeutet? Hat er eine reguläre Spielpartnerin?

Nein.

Ich weiß, dass er die nicht hat.

Oder vielleicht hoffe ich einfach fieberhaft, dass er keine hat. Denn tief in meinem Innersten weiß ich, dass Lincoln zu mir gehört.

Deshalb ist er hier. Deshalb hat er seine gesamten Ersparnisse für eine Nacht mit mir ausgegeben.

Er hat mir gehört und ich war so dumm, ihn aufzugeben.

Mein Fehler, aber ein Fehler, den ich einfach korrigieren kann. Er hat mir bereits gesagt, dass er seinen Job zurückhaben will.

„Ja, Sir. Ich bin bereit", lasse ich ihn wissen und spüre, wie die Vorfreude auf die nächste Szene durch meine Adern tanzt.

Er steht auf und zieht mich an meinem Ellenbogen behutsam auf die Füße. „Dann wirf noch mal die Kugel ins Rouletterad, Rotschopf. Finden wir heraus, was als Nächstes auf dich wartet."

Es ist geradezu lächerlich, wie mein Magen bei seinen Worten vor Aufregung flattert, aber womöglich liegt das an dem teuflischen Blick, der sie begleitet. Als ob er mich mehr und mehr foltern und jede Sekunde davon genießen wird.

Gott, wenn dieser Mann mein persönlicher Dom wäre?

Ich hätte nie wieder Schwierigkeiten, zu schlafen.

Meine Gedanken spinnen Fantasien, wie er mich von der Decke meines Schlafzimmers hängen lässt und mich jede Nacht auspeitscht, bevor er mich ins Bett bringt.

Und im Handumdrehen bin ich wieder feucht.

Ich lasse mich von ihm zur Bühne führen, wo Madison uns öffentlich begrüßt.

„Unser Promi Scarlett A ist zurück auf der Bühne, um ihre Kugel erneut ins Rouletterad zu werfen. Also, Scarlett, wie war deine erste Szene?"

Grinsend drehe ich mich um und beuge mich vor, um meinen ausgepeitschten Arsch zu präsentieren. Die Leute direkt vor der Bühne jubeln und applaudieren. Ich trete ans Mikrofon. „Master Lincoln ist ein sehr geschickter Dom", sage ich. „Aber er ist tabu, Ladys. Ich beanspruche ihn für mich allein."

Die Menge lacht, während Lincoln neben mich tritt und mir von hinten die Hand um den Hals legt. „Bist du etwa diejenige, die hier die Ansprüche erhebt, Rotschopf? Oder ich?", knurrt er in mein Ohr.

Mein Slip wird triefend nass. „Du, Master", stottere ich und zapple herum, um meine Beine zusammenpressen. Ich bin so geil für ihn, ich könnte sterben.

„Das dachte ich mir doch."

Dieser sexy, sexy Mann.

Ich liebe es, wie er mit mir spricht.

Sein Griff um meinen Hals wird enger, auch wenn er noch meilenweit davon entfernt ist, mich zu würgen. „Du magst früher vielleicht mein Boss gewesen sein, Engel. Du magst irgendwann wieder mein Boss sein. Aber in diesem Augenblick bin ich derjenige, der das Sagen hat."

Ich schmelze weiter.

Durchnässe weiter meinen Slip.

„Braves Mädchen. Und jetzt wirf die Kugel, damit ich weiß, womit ich arbeiten kann."

Natürlich habe ich keine Ahnung, womit er arbeiten kann oder nicht, aber ich kann es nicht erwarten, das herauszufinden. Madison führt uns zum Rouletterad und ich drehe es, bevor ich meine Kugel hineinwerfe.

„Was steht für Scarlett A wohl als Nächstes an?", sinniert Madison, während die Kugel über das Rad klappert und schließlich in einer Kerbe landet. „Shibari!"

Ich drehe mich herum und werfe Lincoln über meine Schulter einen Blick zu. Shibari ist ziemlich komplex. Nur Doms mit einem ausdrücklichen Interesse an dieser kunstvollen Fesseltechnik lernen sie auch. Das ist definitiv nichts, wobei man improvisieren kann, sogar wenn man früher bei den Pfadfindern war, wovon ich bei Lincoln stark ausgehe.

Allerdings zuckt ein Lächeln in seinen Mundwinkeln.

Okay. *Jackpot.* Er weiß, was er tut.

Ich bin vor allem beeindruckt davon, wie engagiert er gewesen sein muss, um all diese Dinge in dem einen Jahr zu lernen, seit ich ihn gefeuert habe. Aber da ist auch ein Anflug der Sorge, die sich in mir regt. Denn das sind Anzeichen eines Mannes, der besessen ist.

Ich drücke diese nervösen Gedanken fort.

Vielleicht war er einfach neugierig geworden, nachdem ich ihn rausgeschmissen habe. Wollte herausfinden, was es mit dieser Sache auf sich hat, und hat gemerkt, dass er ein Faible dafür hat.

Ich wünschte nur, ich könnte es mit Sicherheit sagen.

Lincoln schlingt seinen Arm um meine Taille und führt mich von der Bühne.

„Hast du ein Seil?", frage ich ihn.

Er dreht sich zu mir um und zieht eine Augenbraue hoch.

„Master?"

„Dominierst du jetzt vom Bottom aus?" Belustigung tanzt über sein normalerweise so ausdrucksloses Gesicht.

Ich grinse. „Würde ich mir damit ein Spanking einhandeln?"

Sein Schmunzeln wärmt mich von innen heraus. „Das kannst du aber glauben, Engel. Dir den Arsch zu versohlen, ist ein Vergnügen, das ich nur allzu gerne wiederhole."

Und mir nichts, dir nichts, verliebe ich mich. Alles, was ich je von diesem Mann wollte, war ein kleiner Flirt.

Nein, das stimmt nicht. Ich habe mich definitiv nach mehr gesehnt, aber ich hätte mich auch mit einem Necken und einem Zwinkern zufriedengegeben.

Er führt mich zu einer Wand, abseits der meisten Aktivitäten. Dort lässt er seine Tasche auf den Boden fallen, öffnet sie und holt ein langes Seil heraus. „Dreh dich um", weist er mich an, führt mich aber bereits mit seiner großen Hand, bevor ich ihm Folge leisten kann. Ich stehe mit dem Gesicht zur Wand. Lincoln bindet das Bustier in meinem Rücken auf. „Das Problem mit Shibari ist, dass ich dich dafür nackt sehen will."

Ich bin mir nicht sicher, warum das ein Problem ist, denn ich will dafür auch nackt sein. Er löst die Schnüre des Korsetts so weit, dass es aufklappt und zu Boden fällt.

„Ich will, dass du nichts als meine Knoten trägst, aber ich bin nicht gerade scharf darauf, dass dich auch alle anderen so sehen, weißt du?"

Etwas Warmes und Klebriges durchflutet meine Brust. Ich sollte es als besitzergreifend verstehen. Als Eifersucht sogar. Aber das tue ich nicht. Ich höre nichts als Galanterie. Er war immer schon irrsinnig beschützend, auch ohne es auszudrücken.

Ich erinnere mich daran, wie finster er die Paparazzi angestarrt hat, wenn sie mir zu nahe gekommen waren. Oder die Furche zwischen seinen Augenbrauen, wann immer ich etwas getan habe, was er als unsicher eingestuft hatte – wie beispielsweise ohne Schuhe nach draußen zu gehen oder meine eigene Haustür zu öffnen.

Und natürlich erinnere ich mich daran, was er mit Joe gemacht hat.

Nun lässt er mich vor der Wand stehen, während er anfängt, das Seil um meine Körper zu wickeln. Ich bin überrascht, wie geschickt sich seine Finger bewegen. Da ist kein Innehalten, kein wieder Aufwickeln, kein neu Anfangen. Lincoln weiß ganz genau, welches Muster er bindet und wie er es anstellen muss. Er windet das Seil um meine Brust und meine Arme, bis er über meinem Brustbein eine Blume gebunden hat, von der Stränge ausgehen, die meine Arme fixieren. Meine Brüste sind eingepfercht. Das Seil verläuft direkt über und unter meinen Nippeln und lässt sie hervorstehen.

Es ist wunderschön. *Ich* bin wunderschön. Und bewegungsunfähig zu sein, schickt mich direkt in den Subspace, so, wie ich es liebe. Das ist der Ort, an dem ich mich nicht anstrengen muss, wo ich mir keine Sorgen machen muss, mehr leisten zu müssen, nicht genug zu sein. Wenn ich hier bin, wenn ich unter der Kontrolle eines Masters bin, muss ich nichts weiter tun, als mich hinzugeben. Es gibt nur noch Lust. Erleichterung. Freiheit.

Lincoln hakt seinen Daumen unter meinen Slip und zieht ihn über meine Hüfte hinunter. Ich trete aus dem Slip und Lincoln zieht das Seil zwischen meine Beine, eine Schlaufe auf jeder Seite meiner Pussy und zwischen meinen Arschbacken.

Als er den letzten Knoten bindet und mich herumdreht, damit ich ihn anschauen kann, gehe ich von der Hitze in seinen Augen beinahe in Flammen auf.

~

LINCOLN

ABSOLUTE PERFEKTION.

Scarletts Anblick, mit meinem Seil gefesselt, stellt alles Mögliche mit mir an. Das Verlangen, meinen Anspruch auf sie zu erheben, überwältigt mich beinahe. Ich werfe ihr ein ungezähmtes Lächeln zu. „Wie ist es?"

„Köstlich", erwidert sie atemlos.

Ich grinse. Wunderschöne Frau. So erregt von meinem Kunstwerk.

Ich nehme meine Tasche hoch und greife mit der anderen Hand nach den Knoten in Scarletts Rücken, um sie durch die Menge zu schieben. Sie trägt nichts als ihre halterlosen Strümpfe, Stilettos und mein Seil, allerdings fungieren die Knoten als eine Art Bedeckung. Eine visuelle Barriere und gleichzeitig ein Einrahmen ihrer intimsten Stellen.

„Du wirst noch bis ins Morgen gefickt werden, Rotschopf", murmle ich hinter ihr, während wir uns durch die anerkennend blickenden Zuschauer winden, die uns Platz machen und sie bewundern.

Sie wirft mir einen Blick über die Schulter zu. „Oh, supi."

Das Tolle an einem Seil ist, dass es mir hervorragende Griffe bietet. Das macht es einfach, meine Sub so zu arrangieren, wie ich möchte. Und in diesem Augenblick möchte ich sie auf ihrem Rücken sehen.

Mit gespreizten Beinen.

Ich finde ein freies Sofa und drücken sie auf die Sitzfläche. Ihre Augen werden groß, als sie plötzlich auf die Polster fällt, aber ihr Lächeln ist nichts als pure Freude. Die Vorfreude in ihren Augen lässt meinen Schwanz augenblicklich gegen meinen Hosenstall drängen.

Vor dem Sofa gehe ich in die Hocke und spreize ihre Knie weit. „Ich wollte diese Pussy schon immer mal schmecken, Rotschopf. Und jetzt darf ich mich nach Herzenslust daran laben, oder nicht?"

„Ja, Master." Ihre gefesselten Finger wackeln, als wollte sie nach mir greifen. Sobald ich sie lecke, zuckt sie zusammen und ihre Schenkel pressen sich gegen meine Ohren. Ich drücke sie wieder auf und halte ihr Becken fest. Mit meinen Daumen spreize ich ihre Pussy und gleite mit der Zungenspitze über ihre inneren Schamlippen.

„Lincoln."

Ich würde sie dafür tadeln, mich nicht Master zu nennen, aber ich liebe den Klang meines Namens in dieser bebenden, lustvollen Stimme einfach zu sehr. Mit der Zunge schnelle ich ein paarmal über ihren

Kitzler, bevor ich meine Lippen hinabsinken lasse und an der kleinen Knospe sauge, bis sie steif wird.

„Lincoln … Master … *ja*", treibt sie mich an.

Ich mache meine Zunge steif und dringe damit in sie ein, lecke sie von ihrem Anus bis zu ihrem Kitzler und wieder zurück. Sie windet sich stöhnend unter mir.

„Lincoln." Sie hebt den Kopf vom Sofa und müht sich ab, mir in die Augen zu schauen.

„Ja, Baby?"

„Master, darf ich bitte kommen?"

„Nein, Rotschopf. Auf keinen Fall. Du kommst nicht, bis ich komme, und das wird nicht passieren, bis du alles gelernt hast, was es darüber zu wissen gibt, wie du meinen Schwanz nimmst." Normalerweise spreche ich nicht so derb. Zur Hölle, normalerweise spreche ich überhaupt nicht viel, aber als Dom musste ich meine Verbalerotik etwas auf Vordermann bringen. Das ist Bestandteil einer Szene.

Es scheint bei Scarlett zu funktionieren, denn ihre Pupillen weiten sich und sie hebt ihre harten Nippel Richtung Decke.

Ich stehe auf, öffne meine Hose und befreie meinen Schwanz.

Scarlett leckt sich über die Lippen und beobachtet mich, während ihre Hüften sich in einer stummen Einladung heben.

Ich fische ein Kondom aus meiner Tasche und ziehe es über meinen Ständer. „Gib mir grünes Licht." Ich bin mir 99,9 % sicher, dass sie es will, aber ich bin nicht Arsch genug, sie ohne ihre ausdrückliche Einwilligung zu ficken. Vor allem nicht in einer Situation wie dieser, wenn ich buchstäblich alle Macht habe.

„Grün. Grün. Besorg es mir, Lincoln."

Ich greife nach ihren Fußgelenken, hebe sie in die Luft und verpasse ihrem Arsch ein paar Schläge.

„Master!", quietscht sie. „Master Lincoln. Es tut mir leid!"

„Besser." Ich lasse ihre Hüfte sinken und schiebe ihre Knie zu ihren Schultern. „Willst du diesen Schwanz?"

Sie bebt unter mir, ihr üppiger Körper mehr als bereit für mich. „Ja, Master."

„Wirst du dich von ihm nehmen lassen, bis ich fertig bin?"

„Ja, ja, Master. Besorg es mir!"

Mein Grinsen muss wölfisch sein, als ich in sie hineinstoße.

Sie schreit auf, ihre Muskeln ziehen sich um meinen Schwanz zusammen. Sie ist enger, als ich erwartet habe, wenn man bedenkt, wie nass und drall ihr Schlitz ist. Meine Augen rollen in meinen Kopf bei dem schieren Genuss, in ihr zu sein.

Sie ist gefesselt, bewegungsunfähig, aber schafft es dennoch, ihr Becken anzuheben, um meinen Stößen entgegenzukommen und ihren Kitzler gegen meinen Ständer zu reiben, wenn ich tief in sie hineinstoße. Ihre glasigen Augen kleben an meinem Gesicht und ich fühle mich wie ein gottverdammter Superheld.

Es ist intensiv und göttlich. Und gleichzeitig wie nach Hause kommen. Jeder Stoß fühlt sich so richtig an. Als wären unsere Körper füreinander gemacht. Als würde mein Schwanz nun endlich seinen einzigen Zweck kennen.

Ich reite sie, nehme sie heftig und hämmere tief in sie hinein.

Sie wimmert und schreit unter mir, ihre Verzweiflung, endlich zu kommen, unverkennbar in ihrer klagenden Stimme.

Ich stecke die Hand zwischen unsere Hüften und reibe ihren Kitzler mit meinem Daumen, woraufhin sie den Mund öffnet und den Rücken wölbt.

„Nicht, bis ich es sage", warne ich sie, aber ich bin selbst fast so weit. Meine Eier ziehen sich zusammen und meine Schenkel beben.

Ich knalle heftiger und heftiger in sie hinein, wobei unsere Haut gegeneinander klatscht. „Fuck, Scarlett. Du fühlst dich so verdammt gut an. Ich komme gleich."

„Master, bitte?"

„Warte", knurre ich, aber ich stürze bereits in den Abgrund. Ich hämmere in sie hinein und spritze meine Ladung in sie. „Jetzt, Baby."

Ihre Muskeln ziehen sich um meinen Schwanz zusammen, drücken und lösen sich wieder, während sie meinen Namen schreit.

„Genau so, Baby", murmle ich gegen ihre Lippen. „Ruf meinen verdammten Namen. Wem gehörst du jetzt?"

„Lincoln", keucht sie. „Lincoln, Lincoln, Lincoln."

Ich erobere ihren Mund, presse meine Lippen auf ihre und ficke sie mit meiner Zunge. Wieder flattern ihre Muskeln um meinen Schwanz, ein Nachbeben, zweifelsohne hervorgerufen von unserem Kuss.

Befriedigung brennt durch das Nachspiel der Lust und hilft mir, wieder klare Gedanken zu fassen. Ich bleibe in ihr und sie wippt mit den Hüften, zieht mich mit langsamen Bewegungen wieder tiefer, während wir uns küssen, als würde unser Leben davon abhängen.

Als sich unsere Lippen endlich voneinander lösen, ist sie ganz atemlos, ihre Wangen sind gerötet und ihre Haare bilden einen feurigen Heiligenschein um ihren Kopf auf dem Sofa.

„So verflucht schön. Ich will dich heute Nacht noch tausend weitere Mal so kommen sehen."

Ihr heiseres Lachen schießt direkt in meinen Schwanz, lässt ihn in ihr wieder zum Leben erwachen. Ich ziehe mich aus ihr heraus, ziehe das Kondom ab und stecke es in eine Plastiktüte, bevor ich es in den Mülleimer neben dem Sofa werfe.

Ich stecke meinen Schwanz zurück und schließe meinen Hosenstall, bevor ich mich aufs Sofa setze und Scarlett auf meinen Schoß ziehe. Sie schmiegt sich in meine Arme, legt ihren Kopf auf meine Schulter und vergräbt ihr Gesicht an meinem Hals. Federleicht streifen meine Fingerspitzen über ihre nackten Beine, und ich liebe es, wie sie bei jeder meiner Berührungen erbebt.

„Süßes Ding", murmle ich. Die Zärtlichkeit fällt mir aus dem Mund, obwohl ich diese Worte nie zuvor in meinem Leben ausgesprochen habe. Doch es ist ein Eingeständnis der Wahrheit. In meinen Augen ist Scarlett kostbar.

Wenn ich nur wüsste, wie ich ihr das sagen könnte, ohne sie in die Flucht zu jagen.

SCARLETT

. . .

LINCOLN HEBT die Wasserflasche an meine Lippen und tröpfelt mir etwas Wasser in den Mund. Ich schmiege mich an ihn, betrunken von Endorphinen.

„Brauchst du noch etwas anderes, Baby? Schokolade?"

Beim Wort *Schokolade* hebe ich den Kopf. Das ist meine Lieblingssüßigkeit. Nachdem ich den Partys abgeschworen habe, wurden Kaffee und Schokolade zu meiner neuen Sucht. Natürlich hilft das nicht gerade bei dieser Sache mit der Schlaflosigkeit.

Lincoln greift in seine Tasche und zieht eine kleine Tupperdose mit Schokomandeln hervor. Er öffnet den Deckel und steckt mir eine davon in den Mund.

„Mhmmm." Ich schnurre zustimmend. Alle meine Sinne sind geschärft und der Geschmack der Mandel explodiert praktisch in meinem Mund. Beinahe eines Orgasmus würdig.

Die Erinnerung daran, wie Lincoln in der Vergangenheit zu verschiedenen Momenten Schokolade hervorgezaubert hat, blitzt in meinen Gedanken auf. Er hat meine halb aufgegessenen Schokoriegel immer eingepackt und sie mitgenommen, wann immer ich das Haus verließ, um sie anschließend dann zum Vorschein zu bringen, wenn ich sie am meisten gebraucht habe. Zum Beispiel, nachdem die Paparazzi mich in den Wahnsinn getrieben hatten und ich mich am liebsten zusammengerollt und geschaukelt hätte, bis sich mein Herzschlag beruhigt hatte. In solchen Augenblicken hatte Mr. Ruhig & Besonnen dann plötzlich einen Schokoriegel hervorgeholt, ein Stück abgebrochen und es mir wortlos hingehalten, während wir in einer Limo durch die Straßen fuhren. Oder wenn ich in einem Flugzeug saß und irgendwas brauchte, um meine Hände zu beschäftigen.

Oder wenn zu viele Freunde mein Haus in Beschlag genommen hatten und ich seit Tagen keine ruhige Minute mehr gehabt hatte.

„Hast du die für mich mitgebracht?", frage ich, als er mir die zweite Mandel in den Mund steckt.

„Ja."

„Weil du dich daran erinnert hast, dass ich Schokolade mag?"

„Genau."

Immer diese einsilbigen Antworten. Der Mann treibt mich noch in den Wahnsinn.

Kurz frage ich mich, ob Lincoln Gefühle für mich hat. *Echte* Gefühle.

In dieser Nacht – in der alles geendet hat – habe ich es auf sein Kriegstrauma geschoben. Aber was, wenn seine Gewalttätigkeit einen anderen Grund hat? Echte Wut bei der Vorstellung, ich könnte verletzt werden? Ein echtes Verlangen, mich für jedes Leid zu rächen, das mir womöglich widerfahren ist?

Wir waren in D.C. Nachdem ich in der Macy's Thanksgiving-Parade in New York gesungen hatte, hatte ich dort einen Zwischenstopp eingelegt, und zwar nur, um dem Black Light einen Besuch abzustatten. Damals hatten sie den Club in L.A. noch nicht eröffnet und ich musste mir meinen Schuss an der Ostküste holen.

Ich hatte einen Typen mit zurück in mein Hotel gebracht. Ich weiß nicht mehr, warum – normalerweise tue ich das nie. Normalerweise habe ich im Club meinen Spaß und verschwinde anschließend wieder. Aber der Club war an diesem Abend extrem voll gewesen. Wir hatten keine freie Spanking-Bank oder Platz für eine andere Szene finden können, und ich war unerträglich geil gewesen, also hatte Joe, mein Spielpartner, vorgeschlagen, zurück in mein Hotel zu gehen. Ich hatte keine Angst, da ich ja einen Bodyguard hatte.

Ich konnte ja nicht ahnen, dass mein Bodyguard den Verstand verlieren würde.

Natürlich wusste Lincoln nichts vom Black Light oder den Dingen, die dort vor sich gingen. Ich hatte mich von ihm am Wahrsagerladen absetzen lassen, in dem sich der geheime Eingang zum Club befindet, und Lincoln instruiert, im Wagen zu warten. Als ich mit Joe herauskam und Lincoln bat, uns zurück zum Hotel zu fahren, sagte er nichts dazu. Er zog sich in das Zimmer neben meinem zurück, so wie immer.

Joe fesselte mich mit Handschellen an das Bett und schlug mit der Gerte auf meinen Hintern ein. Ich muss wohl zu laut geschrien haben. Vielleicht habe ich sogar *Nein* geschrien – ich weiß es nicht mehr. Manchmal kommen mir solche Dinge über die Lippen. Das heißt aber nicht, dass ich will, dass das Spiel aufhört.

Als Lincoln hereinplatzte, hatte Joe eine Hand um meinen Hals geschlungen, während er mich fickte.

Und in dem Moment verlor Lincoln den Verstand.

Joe flog buchstäblich durchs Zimmer und krachte in die gegenüberliegende Wand. Ich weiß überhaupt nicht, wie. Und dann hat Lincoln ihm wiederholt ins Gesicht geschlagen.

Ich schrie ihn immer wieder an, dass er damit aufhören sollte.

„Es war einvernehmlich – *einvernehmlich*, du Idiot. Ich mag das!", platzte es schließlich aus mir heraus.

In diesem Moment hörte Lincoln mich endlich und meine Worte drangen zu ihm durch. Langsam ließ er Joe zu Boden sinken und drehte sich zu mir um. Auf sein sonst so ausdrucksloses Gesicht hatte sich eine entsetzte Miene gelegt. „Es war einvernehmlich?", murmelte er.

Ich schluchzte und meine Handgelenke waren wund, weil ich an den Handschellen gezerrt hatte, um mich zu befreien. „Ja, du Idiot. Oh Gott. Ruf einen Krankenwagen, ich glaube, du hast ihn umgebracht."

Wenn ich mich jetzt daran erinnere, tut es mir leid, dass ich ihn einen Idioten genannt habe. Das hatte er nicht verdient. Er hatte es nicht verstanden und er musste mich retten. Verdammt, der Kerl dachte, er wäre mein Held. Stattdessen hat er seinen Job verloren.

Seit dieser Nacht spüre ich jedes Mal, wenn ich an Lincoln denke, denselben kribbeligen Schmerz in meiner Brust.

Ich will mich bei ihm entschuldigen und ihm sagen, dass ich ihm verziehen habe.

Bevor ich einen Weg gefunden habe, wie ich dieses Thema zur Sprache bringen kann, versteift sich sein Körper unter meinem. Ohne ein Wort – was für eine Überraschung – hebt er mich hoch, setzt mich auf dem Sofa ab und marschiert schnurstracks davon, die Hände zu Fäusten geballt.

Und das ist der Moment, in dem sich mein ganzer Abend auf den Kopf stellt.

Lincoln krallt seine Hand um den Hals eines anderen Kerls und reißt ihn in die Luft.

Die Frauen um sie herum schreien auf und weichen zurück.

Das Sicherheitspersonal stürmt auf uns zu.

Ich rapple mich vom Sofa auf, so gut das mit gefesselten Armen geht. *„Lincoln!"*

Ganz im Ernst, was zur Hölle?

„Gib mir die Flasche." Sein tödliches Knurren ist leise, aber unmissverständlich.

Ich verstehe nicht, was das Problem ist. Der Typ hält eine normale Wasserflasche in der Hand.

„Ich weiß, dass du da eine Kamera drin hast", faucht Lincoln.

Kamera? Niemand darf Aufnahmegeräte mit ins Black Light bringen. Keine Handys, keine Kameras. Das ist einer der Gründe, weshalb ich mich hier so sicher fühle. Keine Fotos. Keine Paparazzi.

Oh, Scheiße. Ist das ein Stalker, der mich fotografiert?

Die Füße des Kerls zappeln in der Luft und sein Gesicht wird langsam lila. Er versucht, etwas zu sagen, aber die Worte klingen gepresst.

Ich schaffe es, aufzustehen und zu ihnen zu watscheln. Die Rolle der Sub habe ich nun komplett abgelegt. Ich bin stinksauer, und nackt und gefesselt zu sein, macht mich nur noch wütender. „Lincoln – *hey!"*

Einer der Sicherheitstypen des Black Lights brüllt Lincoln an, den Kerl loszulassen, aber – genau wie in der Nacht, als er Joe um ein Haar umgebracht hätte – hört Lincoln nicht auf ihn. Antwortet nicht.

Es braucht zwei der Sicherheitsmänner, um Lincoln von dem Typen fortzureißen, und sogar dann windet er sich aus ihren Griffen und boxt dem Kerl mit der Flasche ins Gesicht. Dann bringt er ihn zu Boden und reißt ihm die angebliche Wasserflasche aus der Hand. Anschließend schlägt er sie mit aller Wucht gegen den Schädel des Kerls, wo sie aufbricht und die Elektronik darin enthüllt.

„Lincoln, nicht!", schreie ich.

Nicht dass ich nicht das Gleiche mit diesem Arschloch anstellen wollte, aber ich weiß aus Erfahrung, dass Lincoln unfassbar gefährlich ist, wenn er im Angriffsmodus ist, und ich will nicht noch eine Anzeige an der Backe haben oder – Gott bewahre – für seine Kaution aufkommen müssen, weil er wegen Totschlags in U-Haft sitzt.

„Was zur Hölle ist hier los?" Ein Typ, den ich vage wiedererkenne, taucht aus der Menge auf. Neben ihm steht eine große, modelartige Schönheit in Highheels und einem aufreizenden, roten Kleid.

Etwas an seinem autoritären Tonfall lässt Lincoln innehalten und er wirbelt herum. Erst dann wird mir klar, woher ich den Kerl kenne. Es ist Victor Jannakos, der Inhaber der Sicherheitsfirma, die meine Bodyguards stellt. Lincolns Boss.

Victors Partnerin – vielleicht seine Frau, ich bin nicht ganz sicher – eilt zu mir. „Kommen Sie, ich helfe Ihnen aus den Seilen, Ms. A", murmelt sie und fingert an den Knoten herum. „Oder wissen Sie was, bringen wir Sie erst mal von diesem Shitstorm hier weg." Behutsam legt sie mir die Hand auf den Rücken und führt mich von der chaotischen Szene der brüllenden, zornigen Männer fort in die Damenumkleide.

„Heilige Scheiße, was ist denn da gerade passiert?", fragt die Frau, als die Tür hinter uns zufällt. „Ich bin übrigens Mariana, Direktorin von Personal Protection Security. Sie sind eine Klientin von uns."

„Ich weiß", erwidere ich, aber mein Fokus liegt nicht auf ihr. Ich starre auf die Tür, als könnte ich hindurchschauen – ich muss wissen, was zur Hölle da draußen vor sich geht.

Mariana nimmt ihren Versuch, mich aus dem Seil zu befreien, wieder auf, aber sie weiß nicht, wo sie überhaupt anfangen soll, und schafft es nicht, auch nur einen Knoten zu lösen. „Mist, ich brauche ein Messer oder eine Schere oder so", gesteht sie schließlich.

„Holen Sie einfach Lincoln her", sage ich. „Er kann mich losbinden."

Ich muss ihn sehen. Muss wissen, dass er niemanden umgebracht hat, und herausfinden, was genau passiert ist.

„Wollen Sie ihn sehen?", fragt sie zweifelnd. „Was macht er überhaupt mit Ihnen? War er nicht der Bodyguard, den Sie letztes Jahr gefeuert haben?"

„Ja", murmle ich. Meine Lippen sind taub, mein Magen wie verknotet, und aus irgendeinem Grund fangen meine Augen an zu brennen, als müsste ich gleich weinen. Vielleicht ist das die Erinnerung an den Schmerz, als es das letzte Mal passiert ist. Der Schmerz und die

Scham darüber, den besten Angestellten zu feuern, den ich jemals hatte.

Genau in diesem Augenblick hämmert eine schwere Faust gegen die Tür.

Lincoln.

Ich weiß, dass er es ist, auch wenn es ohne Weiteres auch einer der vielen anderen Alphamänner da draußen im Club sein könnte.

Er wartet nicht auf eine Antwort, sondern drängt durch die Tür und marschiert direkt auf mich zu. Die anderen Frauen in der Umkleide schreien auf und schnappen nach Luft.

„Wo zur Hölle willst du hin?"

„Du darfst hier nicht rein, Kumpel."

Victor und einer der Wachmänner des Black Lights folgen Lincoln, aber er ignoriert sie, kommt einfach schnurstracks auf mich zu, eine Decke in der Hand.

Eine Decke.

Er hätte da draußen beinahe einen anderen Mann umgebracht, wurde zu Boden gerungen, von seinem Boss und den Sicherheitsmitarbeitern konfrontiert, und jetzt marschiert er mit einer Decke in der Hand in die Damenumkleide.

Er legt mir die Decke um die Schultern, stopft sie unter die Knoten über meinen Brüsten, sodass ich vollkommen bedeckt bin, dann fängt er an, das Seil aufzuwickeln. Arbeitet blind unter der Decke.

„Lincoln, was ist passiert?", verlange ich, bleibe aber fügsam unter seiner Berührung stehen, da ich ihm noch immer bedingungslos vertraue.

„Sag mir, dass du nicht für sie geboten hast?", verlangt Victor, Lincolns Boss. Und sieht wahnsinnig sauer aus.

Lincoln antwortet ihm nicht, sondern senkt einfach nur den Kopf und öffnet die Knoten an meinem Körper der Reihe nach.

Mariana schaut mich an. „Hat er das?"

Ich nicke wortlos.

Victor verschränkt die Arme vor der Brust. „Warum?"

„Ja, warum?", fragt Mariana.

Lincoln antwortet nicht.

Ich durchbohre ihn mit meinem Blick. „Ja, Lincoln. Warum? Sag uns, warum du eine zweite Hypothek aufgenommen hast, nur um eine Nacht mit mir zu verbringen?"

Meine Frage ist eine Herausforderung. Eine Mutprobe.

Vielleicht bin ich auch ein bisschen gemein.

Denn Lincoln hat mir noch immer keine zufriedenstellende Antwort gegeben und ich muss es wirklich wissen. Das Eis, auf dem ich stehe, ist viel zu dünn. Ich mag Lincoln. Sehr.

Ich habe es geliebt, heute Abend seine Partnerin zu sein.

Ich habe es wie verrückt vermisst, ihn um mich zu haben.

Aber unterm Strich weiß ich einfach sehr wenig über ihn und seine Motive. Und er öffnet sich einfach nicht. Ich muss es wirklich wissen – was soll das alles?

LINCOLN

VERDAMMTE SCHEIẞE. Das hier ist mein schlimmster Albtraum. Ein riesiges Publikum, das nur darauf wartet, dass ich mein Herz ausschütte.

Ich schlucke den festen Knoten in meinem Hals hinunter.

Drück mir ein Gewehr in die Hand und sag mir, dass ich einen Feind ausschalten soll, der vierhundert Meter entfernt ist. Schick mich auf einer Selbstmordmission ins Feindesland. Aber bitte, bitte, nicht das hier.

Soll ich mir jetzt hier die Blöße geben? Die Tiefe meiner Gefühle für Scarlett gestehen? Genau erklären, warum ich das letzte Jahr damit verbracht habe, zu lernen, wie ich der beste Dom überhaupt sein kann?

Fuck. Sie wird glauben, ich bin ein vollkommen durchgeknallter, besessener Fan. Sie alle werden das glauben.

„Ich will einfach nur meinen Job zurück", zwinge ich mir über die tauben Lippen.

Etwas in Scarletts Gesicht macht zu und ich weiß, dass ich Scheiße gebaut habe. Riesenscheiße.

„Soll das ein verdammter Witz sein?", donnert Victor. „Das ist vollkommen inakzeptabel. Ganz im Ernst, Lincoln. Ich fange gerade wirklich an, an deiner Zurechnungsfähigkeit zu zweifeln. Das hier ist mehr als unprofessionell, es ist regelrecht grenzverletzend." Er wendet sich an Scarlett. „Ms. A, unter diesen Umständen glaube ich, dass diese Paarung für heute Abend sofort aufgehoben werden sollte. Lincoln", er dreht sich wieder zu mir um, „Du solltest den Club sofort verlassen, wenn du deinen Job bei Personal Protection behalten willst."

Suchend schaue ich zu Scarlett. Meine Hände werden feucht und mein Herz hämmert in meiner Brust. „Willst du das, Rotschopf?"

Sie bewegt sich nicht, sagt kein Wort. Die Stille fühlt sich an wie eine Ewigkeit. Dann, endlich, sagt sie, „Ja, ich schätze, das ist das Beste."

Das Herz rutscht mir in die Hose.

„Ich meine, es sei denn, du hast eine bessere Erklärung …"

Vier Augenpaare richten sich auf mich. Oder besser gesagt, mehr als zehn, denn alle Frauen in der Umkleidekabine hören ebenfalls gefesselt zu.

„Ja, hab ich", zwinge ich mir über die Lippen. Aber dann kommt nichts mehr aus meinem Mund. Die Luft im Raum ist erstickend. Ich kann nicht mehr atmen.

Was für eine Scheiße. Es gibt nichts, was ich sagen kann, was mein Verhalten erklärt. Ich habe buchstäblich keine Worte dafür.

„Ist auch egal", murmle ich. Ich drehe mich um, denn wenn ich weiter in Scarletts Gesicht schaue, werde ich nicht länger gehen können. Und jeder hier will, dass ich verschwinde.

Irgendwie schaffe ich es in den Hauptraum, schnappe mir meine Tasche, hole anschließend mein Handy aus dem Schließfach und verschwinde.

KAPITEL FÜNF

S *carlett*

IN DEM AUGENBLICK, als Lincoln verschwunden ist, wird mir mein Fehler bewusst. Ich habe versucht, ihn zu einer Erklärung zu zwingen, aber er ist kein Mann, dem die Worte leicht über die Lippen kommen.

Und tatsächlich hat er meinen Bluff durchschaut. Ich wollte nicht, dass er geht.

Aber nun stehe ich hier splitterfasernackt, bis auf diese Decke, die er mir mitgebracht hat – *wie süß*. Ich kann ihm schlecht hinterherlaufen. Ich kann nicht einmal diese Umkleidekabine verlassen.

Ich drehe mich zu Mariana um. „Ähm, würde es Ihnen etwas ausmachen …"

„Ich hole Ihre Sachen", sagt sie entschieden. Es gibt einen Grund, weshalb sie Direktorin von Personal Protection ist. „Wo sind sie?"

„Ähm …"

Mir wird bewusst, dass ich mir nicht sicher bin, ob ich wieder in mein Kostüm für den Abend schlüpfen will. Vielleicht sollte ich einfach das Kleid anziehen, in dem ich hergekommen bin, und nach Hause fahren.

Na ja, wie auch immer, ich brauche meine Sachen dennoch wieder. „An der hinteren Wand, glaube ich. Es sei denn, Lincoln hat sie mitgenommen." Plötzlich fühlt sich mein Verstand wie vernebelt an.

Es klopft an der Umkleidetür. Victor und der Sicherheitsmann sind bereits verschwunden.

Das Herz hüpft mir in den Hals. Ist Lincoln zurückgekommen?

Als Mariana die Tür öffnet und mit einem Sicherheitsmann spricht, haut mich meine Enttäuschung um.

Natürlich ist er nicht zurückgekommen. Ich habe ihn fortgeschickt. Wie ein Idiot.

Wieder einmal.

Als Mariana sich herumdreht, hält sie mein Outfit in der Hand. „Lincoln hat den Wachmann gebeten, Ihnen das zu bringen", sagt sie leise.

Ich blinzle eilig. „Das war nett von ihm." Der Kloß in meinem Hals wird immer größer.

Ich gehe zu meinem Schließfach und ziehe mir die Sachen an, in denen ich hergekommen bin. „Ich glaube, ich habe Mist gebaut", gestehe ich laut. Mariana ist noch immer hier, als hätte sie beschlossen, meine persönliche Leibwächterin zu sein, obwohl Martin, ein Typ ihrer Firma, in seinem Wagen draußen vor dem Club auf mich wartet.

„Sie haben nichts falsch gemacht", erwidert Mariana wie aus der Pistole geschossen.

„Nein, ich meine, ich wollte, dass Lincoln bleibt."

Sie kneift die Augen zusammen und mustert mein Gesicht. „Ach ja? Sein Verhalten kommt mir komisch vor. Sehr suspekt."

„Ich weiß. Aber … wenn ich nach seinen Taten gehe und nicht nach seinen Worten, hat er sich bisher immer ausgesprochen ehrbar und aufrecht verhalten."

Plötzlich wird mir bewusst, wie sehr seine Taten für ihn sprechen. Und dennoch habe ich seine Worte – oder der Mangel daran – übertönen lassen, was ich tief im Innersten weiß.

Lincoln ist gut. Ich bedeute ihm etwas. Vielleicht liebt er mich sogar – wer weiß?

Und ich weiß nicht, ob ich sagen könnte, dass ich ihn liebe – ich meine, wenn ich mich an seine Worte halte, kenne ich ihn kaum. Aber wenn ich nach seiner Präsenz gehe? Seiner Energie? Seinen Taten?

Er gibt mir ein gutes Gefühl. Gibt mir das Gefühl, besonders zu sein. Wertgeschätzt sogar. Ich war glücklicher, als er in meinem Leben war.

Und wenn ich nach heute Nacht gehe?

Der Mann hat meine verdammte Welt auf den Kopf gestellt.

Er war von Kopf bis Fuß mein Traum-Dom.

Ich stoße ein zitterndes Lachen aus. „Haben Sie als Kind jemals *Shel Silverstein* gelesen? *Wo der Gehweg endet?*"

„Natürlich", erwidert Mariana und klingt verblüfft.

„Erinnern Sie sich an das Gedicht ‚Tauber Donald'? In dem die geschwätzige Sue immerzu versucht, Donald dazu zu bringen, ihr zu sagen, dass er sie liebt, aber er kann es nur in Gebärdensprache ausdrücken?"

Mariana wird ganz still, als würde sie begreifen, was ich damit sagen will. „Ja. Und am Ende verlässt sie ihn, obwohl er die ganze Zeit über gesagt hat, dass er sie liebt."

Tränen brennen in meinen Augen. „Ja. Genau. Ich glaube, genau das habe ich gerade getan."

Ihr Gesicht wird ganz weich. „Lincoln liebt Sie." Es ist eine Feststellung, keine Frage. „Natürlich tut er das. Deshalb war er bereit, für Sie zu töten."

„Ja." Kummer und Glück strömen gleichzeitig durch mich hindurch und verflechten sich zu einem Knoten aus Emotionen. „Die Sache ist die, mir sagen ständig irgendwelche Verrückten, sie würden mich lieben. Schicken mir irgendwelchen Mist in der Post und verhalten sich krank und besessen. Als er heute Nacht hier aufgetaucht ist, hat es mich also argwöhnisch gemacht. Mittlerweile kommt es mir ein bisschen übertrieben vor, verstehen Sie?"

Sie nickt.

„Aber er war überhaupt nicht seltsam oder verrückt." Ich kaue auf meiner Unterlippe herum. „Er war perfekt." Beim letzten Wort bricht meine Stimme.

„Wenn Sie ihm etwas bedeuten, dann ist er nicht wirklich aus Ihrem Leben verschwunden." Das sagt sie mit so viel Zuversicht, dass ich mich voller Hoffnung an ihre Worte klammere.

„Richtig." Ich nicke, greife nach meiner Jacke und gehe zur Tür. „Oh." Ich bleibe stehen, drehe mich zu ihr um. „Ähm, könnte ich seine Nummer haben?"

Mariana lacht. „Natürlich. Ich muss sie allerdings erst raussuchen. Ich schicke sie Ihnen spätestens in zehn Minuten. Versprochen."

„Super." Ich ziehe die Tür auf, schlüpfe hinaus und hoffe, dass niemand meinen überstürzten Abgang bemerkt.

~

LINCOLN

ANSTATT in mein Auto zu steigen und zurück in meine zweifach verpfändete Wohnung zu fahren, gehe ich zu Fuß los. Mein Körper muss sich bewegen und ich muss einen klaren Kopf bekommen.

Oder vielleicht bin ich einfach nicht gewillt, zu verschwinden, wenn Scarlett so nah ist.

In der Nacht, als sie mich gefeuert hat, hatte ich mich in einem Nebel aus Scham und Selbsthass verloren. Ich fuhr mit ihrem Date – dem Kerl, den ich beinahe umgebracht hätte – ins Krankenhaus und beantwortete die Fragen der Polizei.

Ich informierte Victor sofort, nachdem es passiert war, da ich wollte, dass er es von mir erfuhr. Er hat zurückgerufen, als die Polizei mich entlassen hatte, wofür er sicherlich in irgendeiner Weise verantwortlich war.

„Es tut mir so verdammt leid", sagte ich sofort und presste mir das Handy ans Ohr, während ich vor der Polizeistation auf mein Uber wartete. „Ich habe die Situation falsch verstanden."

„Ich weiß, Lincoln. Hör zu. Du wirst nicht zu Scarletts Hotelzimmer oder ihrer Villa in L.A. zurückkehren. Ich lasse deinen Nachfolger deine Sachen in der Villa zusammenpacken.“

Ich erstarrte und hatte das Gefühl, als würde mir das Blut in den Adern gefrieren. „Nein.“

„Scarlett will nicht, dass du zurückkommst. Immerhin reicht sie keine offizielle Beschwerde gegen dich ein und hat außerdem angeboten, deinen Lohn fortzuzahlen, bis du einen nächsten Auftrag hast.“

„Fuck.“ Ich fuhr mit den Fingern durch mein kurzes Haar. „Ich hatte nicht einmal die Gelegenheit, mich zu entschuldigen.“

„Ich richte es ihr aus. Aber du verstehst das sicherlich. Der heutige Abend hat bei allen einen üblen Nachgeschmack hinterlassen. Besser, reinen Tisch zu machen. Sobald ich einen passenden Auftrag habe, besetze ich ihn mit dir. Geh in ein anderes Hotel und versuche nicht, Ms. A zu kontaktieren. Verstanden?“

„Ja, Sir“, versicherte ich ihm und befolgte seine Anweisungen, so wie immer.

Denn wenn Scarlett mich nicht mehr sehen wollte, konnte ich mich ihr schließlich nicht aufdrängen.

Jetzt allerdings fühlt es sich an, als hätte ich einen Fehler gemacht. In jener Nacht und heute Nacht.

Ich muss wenigstens versuchen, ihr zu sagen, was sie mir bedeutet. Wenn sie dann noch immer will, dass ich verschwinde, werde ich verschwinden.

Ich mache kehrt und gehe zurück zum Black Light. Ich habe keinen verdammten Schimmer, was ich tun oder sagen werde, wenn ich dort angekommen bin, ich weiß nur, dass ich mir verdammt noch mal besser etwas überlegen muss.

Denn wenn ich das nicht tue, werde ich es für den Rest meines Lebens bereuen.

Ich komme am Black Light an und wie durch ein Wunder lassen sie mich rein. Ich gehe schnurstracks die Treppe hinunter und stoße die Tür auf, werfe um ein Haar die Frau um, die gerade gehen will.

„*Scarlett*.“ Ich fange sie auf und ergreife ihren Arm. „Du gehst.“

Sie starrt mich mit großen Augen an. „Was machst du hier?"

„Hör zu, ich weiß, du hast mich gebeten, zu gehen. Und das werde ich auch. Aber zuerst muss ich dir noch etwas sagen."

Ich lasse ihren Arm los – nicht, weil ich will, sondern weil es das Richtige ist. Sie tritt einen Schritt zurück.

„Was denn?"

Zittert ihre Stimme etwa? Fuck, ich hoffe, ich habe sie nicht zu sehr aufgebracht.

Ich zwinge mich, zu sprechen. „Scarlett, ich bin heute Abend hierhergekommen ... Ich bin hier, weil ich dich liebe." Die Worte purzeln nur so aus meinem Mund, eins direkt nach dem anderen. „Und ich meine damit nicht, dass ich Scarlett A den Popstar liebe. Ich meine, ich liebe *dich*. Die Person, die in diesem Augenblick vor mir steht. Und ich habe mich langsam in sie verliebt, mit jedem Tag ein bisschen mehr. Zu sehen, wie sie ihre Freunde verwöhnt, wie sie dafür sorgt, dass alle glücklich sind, sogar wenn sie vergessen haben, nach ihr zu fragen. Wenn sie zu viel genommen haben. Zu lange geblieben sind.

Ich liebe die Frau, die spontan Lieder für ihre Nichten erfindet, die mit ihnen sieben Tage hintereinander nach Disneyland fährt, obwohl Menschenmassen ihr größter Albtraum sind.

Ich liebe die Frau, die nie Pause macht. Die jeden Tweet ihrer Fans beantwortet, die die ganze Nacht lang wach bleibt, um Songs zu schreiben, Akkorde zu spielen, die immer arbeitet. Die Frau, die sich nach den Kindern ihrer Haushälterin erkundigt, die sich an die Geburtstage ihrer Mitarbeiter erinnert.

Und ich habe dich heute Nacht angelogen, als ich gesagt habe, ich wolle nur meinen Job zurück." Ich fahre mir mit der Hand über den Kiefer. „Ich meine, das tue ich natürlich. Wenn du mich wieder einstellen willst, bin ich da. Aber ich will mehr als den Job. Was ich wirklich will, Scarlett, ist es, der Typ zu sein, der dich jede Nacht zum Schreien bringt. Der dich heiß macht, wenn du Erleichterung brauchst. Oder wenn du einfach nur im Arm gehalten werden willst. Ich will dein Mann sein, Rotschopf."

Ich höre auf zu sprechen, versuche, das Gefühl zu ignorieren, viel zu viel gesagt und mich zu weit aus dem Fenster gelehnt zu haben, ohne Chance, jemals wieder festen Boden unter den Füßen zu spüren.

Scarlett starrt mich mit diesen ausdrucksvollen grünen Augen an, aber ausnahmsweise habe ich keine Ahnung, was sie denkt.

Ich versuche, zurückzurudern. „Oder du könntest das alles einfach vergessen und mir meinen Job zurückgeben."

Sie schlägt mir gegen die Brust und ich kann Tränen in ihren Augen erkennen, als sie lacht. „Ja."

Ich reiße sie an meinen Körper, schlinge einen Arm um ihren Rücken und vergrabe die Finger der anderen in ihren Haaren. „Ja, was?" Meine Stimme klingt heiser.

„Ja, ich will dich zurück. Als mein Bodyguard ..."

Mein Herz sinkt.

„Bodyguard mit besonderen Vorzügen?" Sie hebt den Blick und verdammt, die Verletzlichkeit in ihren Augen bringt mich dazu, Berge versetzen zu wollen, um sie zu beschützen. „Ich habe dich so vermisst, Lincoln. Ohne dich hat sich nichts mehr richtig angefühlt. Der neue Typ treibt mich in den Wahnsinn. Ich kann es nicht leiden, ihn in meiner Nähe zu haben. Ich fühle mich einfach nicht wie *ich selbst*, wenn du nicht da bist. Du hast vielleicht nicht viel gesagt, aber ich habe deinen Rückhalt immer gesprüht. Deinen Humor. Dein Mitgefühl. Ich wusste, dass ich immer auf dich zählen konnte, egal was kommt." Sie streicht sich die Haare aus dem Gesicht. „Und heute Nacht war einfach unglaublich. Ich will definitiv mehr von dieser Seite an dir sehen."

Heilige Scheiße.

Ich erobere ihren Mund, küsse sie beinahe brutal und ziehe ihre Hüften gegen meinen steif werdenden Schwanz. Sie gibt sich mir hin, vollkommen, öffnet die Lippen für meine Zunge und erwidert den Kuss. Ihre Arme schlingen sich um meinen Hals und ihre Fingernägel gleiten durch die Haare in meinem Nacken.

Ich hebe ihre Oberschenkel an, woraufhin sie springt und ihre Beine um meine Taille schlingt.

Mit Scarlett in meinen Armen spaziere ich aus dem Club, ihre

Lippen noch immer auf meine gepresst, bis wir am Ausgang ankommen, dann stelle ich sie widerwillig auf die eigenen Füße. „Da draußen sind womöglich noch mehr Leute mit Kameras, die ein Foto wollen."

Wieder springt sie in meine Arme. „Ist mir egal." Sie beißt in mein Ohr.

KAPITEL SECHS

S *carlett*

Lincoln schickt meinen derzeitigen Bodyguard nach Hause, nimmt ihm die Autoschlüssel ab und erklärt, dass er nun fahren würde. Ich schreibe Mariana, die mir Lincolns Nummer geschickt hat, eine Nachricht, um sie auf den neuesten Stand zu bringen, immerhin ist sie der Boss von beiden Männern und muss Bescheid wissen.

Auf dem Weg zu meiner Villa werde ich nervös. Oder vielmehr fangen die Gedanken an, Kontrolle über meinen Körper und mein Herz zu übernehmen. Ähm, wie genau soll das funktionieren, wenn er mein Angestellter ist, ich aber einen Dom will?

Natürlich ist Lincoln so schweigsam wie eh und je. Es würde mir normalerweise nichts ausmachen, doch die Dinge fühlen sich ungeklärt an.

Ich kaue auf meiner Unterlippe herum. „Ich erstatte dir die Kosten für die Auktion", biete ich an.

Er wirft mir einen schrägen Blick zu. „Drauf geschissen. Nein. Mir gefällt die Vorstellung, für die nächsten zehn Jahre jeden Monat für dich zu zahlen."

Ich stoße ein überraschtes Lachen aus. „Ach ja? Das ist ..." Ich verstumme und schüttle den Kopf, bringe kein Wort heraus, das zu diesem Level von Verrücktheit passt. „Na ja, möglicherweise gibt es einen Unterzeichnungs-Bonus, wenn du den Job annimmst."

An einer roten Ampel hält Lincoln den Wagen an, wendet sich zu mir um und nimmt mein Kinn zwischen Daumen und Zeigefinger. „Versuchst du etwa, mich daran zu erinnern, wer hier das Sagen hat, Rotschopf?"

Ich werde rot, denn das ist genau das, was ich versuche, zu begreifen. „Nein, ich meine ..."

„Hör zu. Ich beschütze dich nicht des Geldes wegen. Ich beschütze dich, weil ich niemand anderem mit dieser Aufgabe traue. Weil ich es tun muss. Und ich nehme den Job, dich zu beschützen, sehr ernst. Das bedeutet möglicherweise die ein oder andere Veränderung, Baby." Die Ampel springt auf Grün und er fährt los, windet sich gekonnt durch den nächtlichen Verkehr von L.A.

„Was für Veränderungen?" Da ist ein Lächeln auf meinem Gesicht, denn plötzlich muss ich nicht länger alles unter Kontrolle haben. Lincoln wartet nicht auf Ansagen oder Führung von mir. Er hat einen Plan. Er wird ihn ausführen.

„Ich werde dich jeden Abend zu einer vernünftigen Stunde ins Bett bringen und sicherstellen, dass du gut schläfst. Und wenn das bedeutet, dir vor dem Schlafengehen den Arsch zu versohlen, dann werde ich derjenige sein, der das macht."

Meine Pussy zieht sich zusammen und ein Schauder durchfährt mich. Es ist nicht nur sexuell, sondern etwas Tieferes. Wärmeres. Das Gefühl, umsorgt zu werden.

„Was noch?" Meine Stimme klingt wie purer Sirup. Ich strecke die Hand nach seinem Bein aus und drücke es.

Seine Mundwinkel zucken und er biegt in die Ausfahrt zu meiner Villa ein. „Ich werde deine Freunde und deine Schwester rausschmei-ßen, wenn sie deine Gastfreundschaft überbeanspruchen. Und deine

Arbeit wird auf zehn Stunden pro Tag beschränkt. Nicht mehr." Er zieht vielsagend eine Augenbraue hoch.

Ich grinse wie ein Narr. „Damit kann ich leben."

„Gut." Wieder wirft er mir einen Blick zu. „Du kannst der Alpha sein, wann immer wir in der Öffentlichkeit sind. Wann immer du es sein musst. Aber im Schlafzimmer habe ich das Sagen."

Ich schmelze noch ein wenig. Bis er mich aus dem Auto pellt, werde ich eine weiche Pfütze sein. „Ja, Sir", murmle ich.

Er wirft mir ein richtiges Lächeln zu, und als er mich anschaut, ist sein Blick voller Wärme.

„Ich habe die letzte Runde Roulette gar nicht gespielt", bemerke ich, nicht, um mich zu beschweren, sondern um ihn wissen zu lassen, dass ich noch immer bereit für ein Spiel bin, wenn er es auch ist.

„Hm. Dann entscheiden wie uns doch einfach für *Wahl des Doms*."

Ich lächle. „Ist es das nicht sowieso immer?"

Seine Antwort ist ein Zwinkern, dann breitet sich eine warme, unbeschwerte Stille zwischen uns aus.

Lincoln, mein starker, stiller Krieger. Fähig. Dominant.

Perfekt.

EPILOG

L *incoln*

ICH ENTDECKE SCARLETT, wie sie auf dem Waschtisch im Badezimmer sitzt und Tweets beantwortet.

„Hm." Ich lasse meine Stimme enttäuscht klingen, woraufhin sie zusammenzuckt, vom Waschtisch springt und das Handy hinter ihrem Rücken versteckt. „Sieht so aus, als hätte jemand gegen die Regeln verstoßen."

Sie legt den Kopf in den Nacken und schaut zu mir hoch. Ihre Wangen werden rot, ihre Lippen öffnen sich einladend.

Ich kralle meine Faust in ihre Haare und ziehe ihren Kopf noch weiter zurück. „Ich glaube, da muss heute Abend jemand bestraft werden."

Scarlett wird fast jeden Abend bestraft, also ist das keine weltbewegende Ansage. Sie kann ohne diese Erleichterung nicht schlafen, und ich verstehe es als meine Pflicht, sicherzustellen, dass sie tief und fest schläft. Also beinhaltet unser abendliches Ritual beinahe immer irgendwelche Schmerzen und Lust, bevor ich sie zum Schlafen in meine Arme ziehe.

Ich lege eine Hand auf ihre Brust und drücke sie grob. Scarlett trägt nichts als ein Tanktop und Höschen, womit sie niedlicher aussieht, als erlaubt sein sollte. Sie hat sich für mich in ein Babygirl verwandelt, was ich nicht erwartet hätte.

Bevor ich wieder hier eingezogen bin, hatte Scarlett die totale Schmerzschlampe gespielt. Aber jetzt begrüßt sie meine beschützende Dominanz und lässt ihr Kontrollbedürfnis los. Wir lachen öfter, necken uns und haben Spaß. Es wird gekichert und gekitzelt und übers Knie gelegt und der Hintern versohlt.

Und ja, quasi jeden zweiten Tag fessle ich sie noch immer und ficke sie heftig.

Ich beuge mich hinunter und beiße in ihr Ohr. „Unartiges Mädchen. Geh ins Schlafzimmer und zieh dich aus."

Sie huscht aus dem Bad, die Wangen rot vor Erregung.

Ich gebe ihr ein paar Momente, dann gehe ich ins Schlafzimmer und entdecke sie, wie sie sich nackt und mit weit gespreizten Beinen über die Bettkante beugt.

Wunderschöne Frau.

Wie immer fühle ich mich zu erfüllt und befriedigt, sogar in meinem Hunger für sie. Ich kann nicht glauben, dass ich hier bin und das Privileg habe, derjenige zu sein, dem Scarlett Zutritt in ihr Leben gestattet hat. In ihr Bett.

Langsam gehe ich zu ihr hinüber, während ich eine laute Show daraus mache, meine Gürtelschnalle zu öffnen und den Gürtel aus den Schlaufen zu ziehen.

Ihr Rücken spannt sich an und ein leichter Schauder durchfährt sie.

Ich lächle und weiß, wie sehr sie das hier liebt. Der Beweis für ihre Erregung schimmert bereits zwischen ihren Beinen.

Ich wickle mir die Gürtelschnalle um die Faust und schwinge ich den Gürtel durch die Luft. Zunächst benutze ich ihn nur leicht, um sie aufzuwärmen, dann schlage ich fester zu und hinterlasse rote Schwielen auf ihrer Porzellanhaut.

Sie zuckt, stöhnt unter meinen Schlägen und obwohl ihr Atem heftiger geht, protestiert sie nicht.

Ich nehme mich etwas zurück. Es geht nicht darum, ein bisschen zu bestrafen und es dabei zu belassen. Scarlett braucht Zeit, um den Zustand aufzubauen; Zeit, darin zu verweilen; Zeit, sich an die Schmerzen zu gewöhnen, um herausgefordert zu werden. Ich verpasse ihr zwanzig leichte Schläge, dann werde ich wieder fester.

Jetzt ist sie bereit.

Sie wimmert in das Laken und fleht mich an, es gut sein zu lassen.

Ich lasse den Gürtel fallen und fahre mit der flachen Hand federleicht über ihren erhitzten Arsch. „Du weißt, was passiert, wenn du mir nicht gehorchst."

„Ja, Sir."

„Und was?"

„Ich werde in den Arsch gefickt."

„Ganz genau, Rotschopf. Du wirst heftig in den Arsch gefickt, nicht wahr?"

Sie stöhnt.

Ich schnappe mir das Gleitgel vom Nachttisch und tropfe eine großzügige Menge davon zwischen ihre Arschbacken. Ich bin härter als Stein – was mehr oder weniger Normalzustand ist, wann immer ich in Scarletts Nähe bin. Ich befreie meine Erektion und schmiere meinen Ständer mit dem Gleitgel ein.

Zuerst gleite ich in ihre Pussy und necke sie ein paarmal, bevor ich mich wieder herausziehe.

„Neeeeein", stöhnt sie.

„Du weißt, was dich erwartet", erinnere ich sie. „Spreiz deine Backen für mich."

Sie gehorcht und ich stupse mit meiner Eichel gegen ihren Anus, ohne Druck auszuüben. Begrüße nur das Loch, dass ich nun bestrafen werde. Sie ist gut darin, stillzuhalten und sich nicht zu sträuben.

Sie hat jede Menge Analtraining erhalten – Analsex ist nicht wirklich eine Strafe, es ist ein Vergnügen, aber drücke es gerne so aus, weil es sie so dermaßen erregt.

Ich dränge etwas vor und warte darauf, dass sie sich öffnet. Sie drückt zurück und ich gleite hinein, fülle sie langsam aus.

„Uh-uh", stöhnt sie und schnappt bebend nach Luft.

„So ist's richtig, Rotschopf. Ich fülle deinen Arsch mit meinem großen Schwanz aus. Und dann werde ich dich lange und heftig ficken."

„Ja", stöhnt sie. „Bitte, Sir."

Ja, verdammt. Ich fange an, die Kontrolle zu verlieren, wenn sie so verflucht geil ist. Ich lege meine Hand auf ihren Hals und streichle über diese schlanke Säule, während meine Lenden gegen ihren Arsch klatschen.

„Oh, Gott, Lincoln, ja."

Mit meiner Hand um ihren Hals hebe ich ihren Kopf an, sodass sie den Rücken durchbiegt. Mit der anderen Hand greife ich um ihren Körper herum und kneife in ihren Nippel. Sie schreit auf, ihre Stimme verzweifelt.

„Ich wette, du hoffst, ich würde meine Finger in deine Pussy stecken, oder?"

Ihre Antwort ist unverständlich. Gut. Sie ist genau da, wo ich sie haben will. Vollkommen verloren in mir. Blind vor Verlangen. Verzweifelt.

Ich lasse ihren Nippel los und gleite mit meiner Hand unter ihre Hüfte, reibe ihren Kitzler. Sie schreit. Ihre Pussy ist triefend nass.

Meine Eier ziehen sich zusammen. Über ihren Körper zu befehlen, ihren Orgasmus herauszuwringen, lässt mich immer die Kontrolle verlieren.

Ich stoße meine Finger in ihren glitschigen Schlitz und pumpe schnell und hart. Sie schreit meinen Namen. Ich schreie ihren.

Das Zimmer dreht sich. Ich komme in ihren Arsch und sie kommt auf meine Finger.

„Lincoln. Lincoln." Ich weiß nicht, wie lange sie schon meinen Namen krächzt.

„Ja, Baby?" Ich ziehe mich aus ihr heraus und hole einen Waschlappen, um sie sauberzumachen. Als ich fertig bin, lasse ich mich aufs Bett fallen und ziehe sie in meine Arme.

„Was, Engel?"

Sie schmiegt ihr Gesicht an meine Brust. „Nichts. Ich brauche dich einfach."

Sie braucht mich. Ich liebe diese Frau.

Ich streichle ihre Haare. „Ich brauche dich auch, Rotschopf."

„Wann fragst du mich endlich?"

Ich werde ganz still. „Dich was fragen, Baby?"

Sie hebt den Kopf, schaut mich an. „Ob ich dich heiraten will?"

Ich bin mir ziemlich sicher, dass mein Herz stehenbleibt.

Fuck, ja. Ich will sie heiraten. Aber ich habe bisher noch nicht den Mut aufgebracht, sie zu fragen, weil ich mir nicht sicher war, ob sie es auch will. Sie war bereits einmal verheiratet – unglücklich verheiratet. Und ich würde in einer Ehe so viel mehr gewinnen als sie.

Ich drehe sie auf den Rücken, setze mich rittlings auf ihre Hüfte und halte ihre Handgelenke auf dem Bett neben ihrem Kopf fest. Meine Lippen schweben wenige Zentimeter über ihren. „Heirate mich, Rotschopf."

„Ja." Ihre Lider flattern. Sie lächelt.

„Ja? Du willst das wirklich?"

Sie lacht und kämpft gegen meinen Griff an. Ich gebe nicht nach. „Natürlich will ich. Du etwa nicht?"

Ich koste genüsslich ihre Lippen. „Ich brauche keine Eheurkunde, die mir sagt, was ich längst weiß."

„Und was ist das?"

„Dass du mir gehörst."

Sie strampelt mit den Beinen.

„Dass nichts auf der Welt mich jemals von deiner Seite wegreißen könnte."

Ihre Lider werden schwer und sie windet ihre Handgelenke in meinen Händen, um meine Finger zu greifen.

„Dass ich dir von dem Augenblick an verpflichtet war, in dem ich dir das erste Mal begegnet bin."

Sie zieht meinen Kopf hinunter und drückt Küsse überall auf mein Gesicht. „Ich liebe dich, Lincoln."

„Ich liebe dich noch viel mehr." Ich erobere ihren Mund, bedecke ihren Körper mit meinem und zeige ihr, wie sehr ich sie anbete.

GEBROCHEN

Copyright © 2019 Black Light: Valentine's Roulette "Broken" und 2023 Gebrochen von Renee Rose und Renee Rose Romance und Black Collar Press

Alle Rechte vorbehalten. Dieses Exemplar ist NUR für den Erstkäufer dieses E-Books bestimmt. Kein Teil dieses E-Books darf ohne vorherige schriftliche Genehmigung der Autorin in gedruckter oder elektronischer Form vervielfältigt, gescannt oder verbreitet werden. Bitte beteiligen Sie sich nicht an der Piraterie von urheberrechtlich geschützten Materialien und fördern Sie diese nicht, indem Sie die Rechte der Autorin verletzen. Kaufen Sie nur autorisierte Ausgaben.

Veröffentlicht in den Vereinigten Staaten von Amerika

Renee Rose Romance und Midnight Romance

Dieses E-Book ist ein Werk der Fiktion. Auch wenn vielleicht auf tatsächliche historische Ereignisse oder bestehende Orte Bezug genommen wird, so entspringen die Namen, Charaktere, Orte und Ereignisse entweder der Fantasie der Autorin oder werden fiktiv verwendet, und jegliche Ähnlichkeit mit tatsächlichen Personen, lebenden oder toten, Geschäftsbetrieben, Ereignissen oder Orten ist rein zufällig.

Dieses Buch enthält Beschreibungen von BDSM und vieler sexueller Praktiken. Da es sich jedoch um ein Werk der Fiktion handelt, sollte es in keiner Weise als Leitfaden verwendet werden. Die Autorin und der Verleger haften nicht für Verluste, Schäden, Verletzungen oder Todesfälle, die aus der Nutzung der im Buch enthaltenen Informationen resultieren. Mit anderen Worten probiert das nicht zu Hause, Leute!

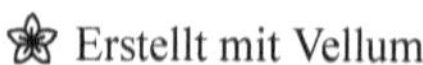 Erstellt mit Vellum

KAPITEL EINS

Durchsichtiges Leder und Netzkleid: Check.

Fick-mich-Pumps: In der Tasche.

Push-up-BH, der allerdings nicht wirklich etwas hochzuhalten hat: Bereits angezogen.

Stringtanga, damit sie ihre Möse nicht vor versammelter Menge präsentieren muss: Auch schon angezogen.

Was noch? Ein letztes Mal wühlte Jennifer durch die kleine Tasche mit ihren Sachen für das Valentinsroulette, bevor sie ihre Einzimmerwohnung in dem Stadthaus verließ.

Sie würde sich umziehen, sobald sie dort war. In ihrem Outfit mit der U-Bahn zu fahren, würde ihr im besten Fall eine Anzeige einbringen. Ganz abgesehen von der Tatsache, dass sie von der Haltestelle an der Rosslyn Station noch über die Key Bridge bis zum Black Light marschieren musste. Immerhin hatte sie Zeit gehabt, nach Hause zu fahren und ihre Army-Uniform auszuziehen. Sie zog es vor, dass man sie im Black Light nicht in ihrer Uniform sah. Wenn irgendjemand im Pentagon herausfinden sollte, dass Major Dibbs, die Tochter von General Dyson Dibbs, darauf stand, sich in einem BDSM-Club den Arsch versohlen zu lassen, würde sie den ihr unterstellten Männern nie wieder Befehle erteilen können.

Sie schloss ihre Wohnungstür ab, ging zur Union Station und spürte, wie ihr Blut vor Vorfreude kribbelte, weil sie wusste, dass sie bald die oh-so-begehrten Schmerzen empfangen würde – ihre Droge der Wahl.

Sie brauchte die Schmerzen, verzehrte sich danach. Seit der Eröffnung des exklusiven Clubs war sie jedes Wochenende im Black Light gewesen. Es war der einzige Ort, wo sie den angestauten Stress abbauen konnte, den ihr Beruf mit sich brachte. Immerhin wollte sie jedermanns Erwartungen an sie als die perfekte Soldatin übertreffen.

Sie hatte ihre gesamte Karriere damit verbracht, zu beweisen, dass Frauen die gleiche Behandlung innerhalb der Armee verdient hatten wie Männer. Die Ironie, dass sie vor einem Mann auf die Knie gehen musste, um all das loslassen zu können, entging ihr nicht.

Sie stieg in eine überfüllte U-Bahn und hielt sich an einem Haltegriff über ihrem Kopf fest. Um sie herum drängten sich Paare, die auf dem Weg zu ihren Valentinsdates waren und ihre Zuneigung in engumschlungenen Küssen öffentlich kundtaten.

Jennifer brauchte nichts davon. Rosen und Pralinen waren für sie nie Teil von Romantik gewesen. Sie brauchte nichts weiter als ein langes, festes Auspeitschen, um sich wie ihm Himmel zu fühlen.

Jedes verdammte Mal.

Die U-Bahn fuhr in die Rosslyn Station ein, Jennifer stieg aus und ging forschen Schrittes die dunklen Straßen entlang. Ihr Blick war wachsam und ihre Haltung voller Selbstbewusstsein.

Niemals Angst zeigen.

Das war eine der vielen Lektionen gewesen, die ihr Vater seinem einzigen Kind eingebläut hatte, seit sie alt genug gewesen war, seine Lektionen zu verstehen. Genauso wie, *Niemals aufgeben, Keine Schwäche zeigen* und *Harte Arbeit zahlt sich aus.* Er mochte ein harter Knochen gewesen sein, aber er hatte ihr Fähigkeiten beigebracht, die ihr ermöglicht hatten, auf der Überholspur zum Rang der Majorin aufzusteigen, und das mit erst neunundzwanzig Jahren.

Nicht dass sie Angst hatte, nachts allein unterwegs zu sein. Wenn die Armee ihr eines beigebracht hatte, dann, wie sie sich verteidigen konnte, allerdings gab es keinen Grund, den Ärger extra anzulocken.

Sie kam am Runway vorbei, einem irre populären, neuen Club, wo sich am Wochenende ganze Teams von wunderschönen Zwanzig- und Dreißigjährigen vor dem Eingang auf dem Gehweg aufreihten. Doch Jennifer war wegen dem hier, was sich einige Meter weiter befand — das Black Light.

Sie bog um die Ecke und ging zum Wahrsagerladen weiter, betrat ihn und marschierte in den hinteren Teil des Geschäfts, wo ein Sicherheitsmitarbeiter neben einer Tür an der Wand lehnte. Jennifer hielt ihm eine nichtssagende, weiße Schlüsselkarte hin, auf der allerdings unter dem Schwarzlicht des Wachmanns in fetten Lettern die Worte *Black Light* erschienen. Ohne sich umzudrehen, griff der Wachmann hinter sich, drehte am Knauf und öffnete die Tür für sie. Sie ging die Treppe hinunter und durch einen Tunnel. Der Tunnel war klamm und kalt, aber wenigstens nicht windig, so wie die Straßen draußen. Am Ende des Tunnels drückte Jennifer eine Tür auf und betrat den Raum mit den Schließfächern, der von einer Kombination aus Schwarzlicht und versenkten LEDs in einem violetten Licht schimmerte.

„Hi, Danny." Sie legte dem Sicherheitsbeamten hinter dem Tresen erneut ihre Karte vor.

Er grinste sie an. „Hey, Puppe." Rechts von ihr ging automatisch ein Schließfach auf. „Das gehört dir. Du kennst die Regeln."

„Allerdings." Sie legte ihr Handy in den Spind. Sämtliche elektronische Geräte mussten hier eingeschlossen werden, um zu verhindern, dass jemand das Geschehen hier filmen oder anderweitig aufzeichnen konnte. Was einer der Gründe war, weshalb sie genug Vertrauen in diesen Club hatte, um zu kommen. Ha. Alle Wortspiele definitiv beabsichtigt. Aber ja, es war dennoch riskant, anonym hierherzukommen. Wenn jemals herauskommen sollte, dass es ihr gefiel, gefesselt und ausgepeitscht zu werden, bis sie am ganzen Körper zitterte, wäre ihre Karriere vorbei.

Heute Abend würde sie sich einen Monat kostenloser Mitgliedschaft verdienen, den sie voll und ganz ausreizen würde. Die Mitgliedschaft im Black Light kostete ein Vermögen, praktisch ihr gesamtes monatliches Budget.

Doch das war es wert. Sie brauchte es, wie sie Essen, Wasser und

Sport brauchte, was der Grund war, weshalb sie ausnahmslos jedes Wochenende hier war. Und immer, um diesen einen Dom zu sehen.

Nur diesen einen Dom.

Gott, sie hoffte, Master D würde am Rouletterad ihren Namen auslosen. Niemand sonst konnte sich so um ihre Bedürfnisse kümmern wie er.

Allerdings waren die Chancen ziemlich gering. Es gab fünfzehn Doms, die alle eine Nummer ziehen würden, die die Reihenfolge bestimmten, in der sie am Rouletterad ihre Sub-Partnerinnen auslosen würden.

Bitte lass es Master D sein.

Jennifer trat aus dem Raum mit den Schließfächern. Ein weiterer Sicherheitsmitarbeiter zog ihr die Tür auf und sie betrat den Club, atmete den berauschenden Duft der Leder- und Vanilleduftkerzen ein. Der Club war voll besucht, aber die Atmosphäre war eine ganz andere als im Nachtclub über ihnen.

Heute hatte das Runway geschlossen, aber normalerweise versammelten sich betrunkene Partygäste vor dem Club, ihre Libido vom Alkohol angefeuert, alle Hemmungen gesenkt. Im Black Light gab es keine unangenehm betrunkenen Gäste. Es herrschte eine sehr genaue Wahrnehmung dafür, wie die Gäste miteinander interagierten. Die Energie im Raum knisterte und war aufgeladen mit Vorfreude, wie eine Bogensehne, die gespannt und bereit zum Abschuss war.

Die Zuschauer hatten sich bereits ihre Plätze für die Abendunterhaltung rund um die Bühne oder den Szenen gesichert, die sie nicht verpassen wollten. Beliebt waren beispielsweise die Spankingböcke oder die Arena für Feuerspiele.

Sie betrat den Hauptraum und Alarmglocken begannen zu schrillen. Ihre extrem sensible Wahrnehmung hatte ihn gespürt und sie ließ ihren Blick durch den Raum wandern, um ihn zu suchen. Da – auf der anderen Seite des vollen Raumes, den Rücken an die Wand gelehnt, die Arme vor der breiten Brust verschränkt – *Master D*.

Sie hatte fünf Touren in den Irak hinter sich, war öfter in lebensgefährliche Situation gekommen, als sie zählen konnte, war aus Flugzeugen gesprungen und hatte sich von Brücken abgeseilt. Doch bei diesem eisblauen Blick überschlug sich ihr Magen und ein Schauder lief ihr über den Rücken, während sich gleichzeitig Hitze auf ihrer Haut ausbreitete.

Mein Master.

Er war ihr Dom. Nicht dass sie sich jemals darüber verständigt hätten. Sie hatten keine Abmachung – das hatte Jennifer ehrlich gesagt abgelehnt. Sie sprachen kaum und das mochte sie, aber jeden Freitag- oder Samstagabend trafen sie sich hier und er gab ihr, was sie brauchte.

Zu dumm, dass sie heute Abend vermutlich die Peitsche eines anderen Doms spüren würde. Sie hoffte einfach nur, dass dieser andere Dom kein stümpernder Vollidiot war. Hoffte, er würde es ihr heftig genug besorgen und ihr geben, wonach sie sich sehnte.

Master Ds Gesicht zeigte keinerlei Regung. Er hob weder das Kinn, noch winkte oder zwinkerte er ihr zu, um ihr zu zeigen, dass er sie gesehen hatte, aber sein Blick glühte wie ein Laser und verbrannte sie von innen heraus. Er hatte diesen schneidenden, abschätzenden Blick aufgelegt, mit dem er alles wahrnahm und nichts verriet. Sie fragte sich, ob er während seiner Zeit bei der Armee jemals Verhöre durchgeführt hatte.

Denn er war definitiv vom Militär. Selbst wenn sie ihn letzte Woche nicht zufällig im Pentagon erspäht hätte, hätte sie es an seinem Verhalten erkannt – die geraden Schultern, die rausgestreckte Brust. Seine Statur und seine ruhige Präsenz. Er sah aus wie ein Navy SEAL oder ein Soldat der Special Forces oder der Marine – wachsam. Bereit. Tödlich. Was sie vollkommen aufrieb. Ja – er war ihr Typ, wenn sie denn einen hatte. Zum Ficken, nicht zum Daten.

Die vertraute Nervosität, die in seiner Gegenwart immer in ihr aufstieg, ließ sie beinahe rot werden. Doch sie unterdrückte es, reckte das Kinn noch höher und marschierte in die Damenumkleide, wobei ihr Kitzler bereits zu pochen begann.

DEREK BEOBACHTETE, wie seine kleine Schmerzhure aus der Damenumkleide trat und die heißesten Fetzen überhaupt trug – Leder und Netz, die in horizontalen Streifen zusammengenäht waren und sie wie an eine Gefangene und Sklavin aussehen ließen. Sein Schwanz regte sich in seiner Jeans.

Sie war ein Traum von einer Sub für einen Sadisten wie ihn.

Ihre sandblonden Haare trug sie offen, wie er immer von ihr verlangte. Wie sollte er auch sonst seine Hand dort hineinkrallen und an ihnen ziehen?

Hatte sie dieses knappe, sexy Kleid für ihn gekauft? Nein. Sie hatte sich für das Publikum in Schale geschmissen, das heute Abend zuschauen würde. Vermutlich würde sie heute auch nicht seine Partnerin sein, ein Gedanke, bei dem er am liebsten durch den Raum gestürmt wäre, sie über seine Schulter geworfen und sie hier herausgetragen hätte, bevor diese verdammte Veranstaltung überhaupt richtig angefangen hatte.

Allerdings würde sie ihm nie gestatten, Anspruch auf sie zu erheben. Während einer Szene, ja. Aber nicht außerhalb dessen. Und verdammt, er wollte unbedingt herausfinden, ob da etwas zwischen ihnen war, was über die Magie dieser Abende im Club hinausging.

Ihre Augen flatterten erneut zu ihm und sie tat so, als ob sie desinteressiert wäre. Er wusste es besser. Ihr Körper reagierte auf ihn wie eine Violine auf ihren Meister. Sie sah tough aus und spielte mit harten Bandagen, doch er wusste, wie er Major Jennifer Dibbs kommen lassen konnte wie einen Güterzug.

Mit diesem Namen sprach er sie natürlich nicht an. Hier im Black Light war sie einfach nur ‚Sklavin des Schmerzes‘.

Eigentlich sollte er ihren Namen gar nicht kennen, aber er hatte sie letzte Woche zufällig im Pentagon gesehen. Er hatte es kaum gewagt, sie anzuschauen, konnte sich allerdings ihren Namen und ihren Rang einprägen, um ein paar Nachforschungen über diese wunderschöne Blondine anzustellen, die jedes Wochenende seine Welt auf den Kopf stellte.

Die jüngste Frau, die jemals zum Rang der Majorin aufgestiegen war, und sie kam aus einer Militärfamilie. Ihr Vater war General in der Army. Sie hatte hinter den Kulissen maßgeblich an der bahnbrechenden Entscheidung von 2015 mitgewirkt, dass Frauen in aktiven

Kämpfen die gleichen Positionen einnehmen durften wie Männer. Sie verbrachte die Arbeitswoche damit, ihre Stärke unter Beweis zu stellen, damit niemand daran zweifelte, dass sie Seite an Seite mit Männern kämpfen konnte.

Und jedes Wochenende unterwarf sie sich ihm.

Seit der Eröffnung des Black Light im November hatte er mehrere Szenen mit ihr gespielt. Er hatte sich umgehört, aber niemand wusste viel über sie, abgesehen davon, dass sie am Eröffnungsabend als Gast von Senator Kane aufgetaucht war. Anscheinend hatten sie in der Vergangenheit gemeinsame Szenen gespielt, hatten aber keine romantische Verbindung.

Gott, er würde die Nacht nie vergessen, in der sie sich das erste Mal begegnet waren.

SEINE SUB hing am Andreaskreuz und Derek hatte sie gerade gründlich bearbeitet. Die Sub war mit ihrem eigenen Dom hergekommen – ihrem Mann, der die Szene mit Derek arrangiert hatte und sie anschließend vom Kreuz nahm und sich um sie kümmerte, was Derek Zeit verschaffte, die Ausrüstung zu säubern.

Jennifer war aus den Schatten getreten, von wo aus sie die Szene beobachtet hatte. Er hatte sie dort natürlich bemerkt. Seine Ausbildung als Navy SEAL ließ ihn extrem aufmerksam für alles um ihn herum sein. Ihre Körpersprache strahlte Domme aus – der Rücken gerade, das Kinn gereckt. Sie kam in ihren fünfzehn Zentimeter hohen Stilettos direkt auf ihn zu, ihre langen, schlanken Beine ließen seinen Schwanz steif werden, bevor sie vor ihm auf die Knie sank.

Er vergrub seine Finger in ihren Haaren und zog ihren Kopf zurück, um ihr hübsches Gesicht anzuheben. „Willst du an dieses Kreuz, Baby?"

Sie leckte sich über die Lippen und nickte. In diesem Moment wusste er, dass er verloren war. Sie war seine perfekte Partnerin. Wunderschön. Anmutig. Erfahren. Und er schätzte, dass sie vollkommen durchgeknallt sein musste, denn das waren alle guten Subs.

Er zog sie bis auf ihren G-String und die Stilettos aus und band sie am Kreuz fest, bevor er mit einer biegsamen Lederkelle begann. Sie seufzte auf – kein zufriedenes Seufzen, sondern ein Seufzer der Ungeduld.

Er krallte die Faust in ihre Haare und riss ihren Kopf zurück. „Hast du gerade verdammt noch mal geseufzt, kleine Sub?"

Ihr Arsch zog sich zusammen. Gott, er liebte diese Reaktion einer Sub auf seine Dominanz. Wie eine Hündin, die den Schwanz einzog. Eine Sub, die Angst davor hatte, was er mit diesem hübschen Hintern anstellen würde. Und die sollte sie auch haben.

„Tut mir leid, Sir", keuchte sie atemlos.

„Es tut dir leid." Er ließ seine Stimme hart und enttäuscht klingen, als ob ihre Seufzer der größte Verstoß in der gesamten Geschichte des BDSM gewesen wären. „Was genau ist denn das Problem?" Er krallte die Finger in ihren Oberschenkel, der zu zittern begonnen hatte. Der Schenkel war muskulös, so wie der Rest ihres Körpers. Sie war fit – aber nicht Yoga-fit. Eher CrossFit-fit. Vom Militär, wie er jetzt wusste.

Wieder leckte sie sich über die Lippen, die trocken aussahen. „Nichts, Sir."

Er hob eine Wasserflasche an ihre Lippen. „Trink." Das Wasser lief über ihr Kinn und ihren Hals, als er es absichtlich zu schnell in ihren Mund kippte. „Bist du ungeduldig, kleine Sub? Kannst du es nicht abwarten, dass ich endlich loslege?"

Sie zögerte und er wusste, dass sie darüber nachdachte, ob es klug wäre, ihm die Wahrheit zu verraten.

„Ich bestrafe Lügnerinnen, Baby."

„Ja, Sir." Ihre atemlose Stimme ließ seinen Schwanz in der Hose unangenehm anschwellen.

Sein Griff an ihrem Bein wurde lockerer und er streichelte liebkosend über ihren Oberschenkel. „Braves Mädchen. Ich mag es, wenn du deinem Master die Wahrheit sagst."

Die Wange gegen das Kreuz gepresst, blinzelte sie ihn unter langen, dichten Wimpern an, während ihre Brust sich mit kurzen Atemzügen hob und senkte.

„Ich verstehe. Das hier ist unsere erste Szene. Du bist dir nicht sicher, ob ich dir geben werde, was du brauchst. Ich kann dir auf der

Stelle sagen, dass ich dich nie unbefriedigt lassen werde, Baby. Aber ich habe hier das Sagen, was das Timing angeht."

„Ja, Sir", erwiderte sie augenblicklich, als ob sie noch immer hoffte, ihn dazu antreiben zu können, direkt mit dem guten Teil weiterzumachen.

Er musste ein Lachen unterdrücken. Das arme Mädel brauchte es ganz dringend.

„Ich werde dir eine Lektion in Geduld geben müssen, kleine Sub."

Ihr Gesicht verriet nichts, akzeptierte seine Erklärung wortlos.

Er ging zu seiner Tasche und wühlte darin herum, bis er einen Vibrator fand. „Der ist sterilisiert", versicherte er ihr, um alle Befürchtungen zu vertreiben, steckte seinen Finger unter den Saum ihres Tangas und fand sie ... verflucht triefend nass vor.

Um ein Haar knurrte er mit dem Verlangen auf, sie auf der Stelle um den Verstand zu ficken, doch irgendwie schaffte er es, sich zurückzuhalten. Er ließ den Bulletvibrator in sie hineingleiten, stellte ihn an und beobachtete ihr Gesicht, während er langsam seinen Gürtel aus den Schlaufen seiner Jeans zog.

Ihre blauen Augen rollten ihr in den Kopf und ihre Wangen wurden von fiebrigem Verlangen gerötet.

„Das sollte dir Geduld beibringen, meine Liebe." Er wickelte sich die Schnalle seines Gürtels um die Faust und ließ das andere Ende über ihren angespannten Hintern peitschen. Kein Zurückhalten.

Sie stieß ein kehliges Geräusch aus und kniff den Hintern noch mehr zusammen.

Irgendwann würde er ihr beibringen müssen, die Backen locker und weich zu lassen. Aber nicht an diesem Abend. Er wollte sehen, wie viel seine wunderschöne, ungeduldige Sub ertragen konnte.

Er peitschte sie schnell und hart aus, achtete auf sein Ziel, damit er nur die untere Hälfte ihrer Arschbacken und die Rückseite ihrer Oberschenkel erwischte. Als er schließlich fertig war, waren ihre Augen glasig und sie war am Keuchen und triefend nass.

Er hielt inne und ließ die Stille widerhallen. Es war ihre ganz eigene Musik nach dem schnellen Rhythmus des heftigen Auspeitschens. Ihr Körper würde nun zucken, kribbeln, pochen. Der

Schmerz würde in den Augenblicken, die nun folgten, noch heftiger werden.

Sie wand sich am Kreuz.

Lässig schlenderte er zu ihr und strich ihr die Haare aus den Augen. „Ja?"

Ihr Blick war verwirrt und voller Verlangen.

Er drückte ihr die Wasserflasche gegen die Lippen. „Sag es."

Sie leckte sich das Wasser von den Lippen. „Was?" Ihre Stimme war nicht mehr als ein Krächzen.

„Flehe mich darum an."

„Worum?", wisperte sie.

Er antwortete ihr nicht, sondern ließ die Stille sich ausbreiten und heraufbeschwören, was auch immer es war, was sie brauchte.

In diesem Augenblick kam sie. Genau in diesem Moment. Ein Schauder durchfuhr ihren ganzen Körper, ihr Kopf fiel in den Nacken und die Augen rollten ihr in den Kopf.

Als es vorüber war und ihre hübschen Wimpern wieder aufflatterten, schüttelte er den Kopf, während er eine enttäuschte Miene auflegte. „Unartiges Mädchen."

Ihr benommener Ausdruck verflog und eine kleine Furche der Sorge erschien zwischen ihren Augenbrauen.

„Habe ich gesagt, dass du kommen darfst?"

„Nein, Sir. Tut mir leid."

„Ich habe dir gesagt, du sollst mich darum anflehen. Ich habe dir gesagt, dass das hier eine Lektion in Geduld ist. Hast du heute Abend Geduld geübt?"

Sie kam verdammt noch mal ein weiteres Mal.

Herr im Himmel, noch nie im Leben hatte er eine so wunderschöne, reaktionsfreudige Sub gesehen. Er wollte dieses Mädchen. Brauchte sie. Das war es, wovon er in all den Jahren geträumt hatte, in denen er in der BDSM-Szene gespielt hatte. Sie war es, wonach er gesucht hatte.

Nachdem ihr zweiter Orgasmus verklungen war, hing sie förmlich von ihren Handfesseln, gebrochen und schlaff.

Wieder schüttelte er den Kopf und zog bedrohlich eine Augenbraue hoch. „Sieht so aus, als ob du jetzt den Rohrstock zu spüren bekommst."

Noch immer surrte der Vibrator in ihr und folterte sie vermutlich höllisch. Er ergriff die fieseste Rattanrute, positionierte sich an ihrer Seite, tippte mit dem Rohrstock einmal gegen ihren Arsch, um sein Ziel anzuvisieren.

Swisch.

Sie verschluckte einen Schrei, dann presste sie die Lippen zusammen, als ob sie wild entschlossen wäre, nicht noch einmal laut aufzuschreien.

„Unartiges Mädchen." Wieder schnitt der Rohrstock durch die Luft, hinterließ eine zweite Strieme, direkt unter der ersten. „Du kommst verdammt noch mal nicht ohne meine Erlaubnis." Noch einmal ließ er die Rute auf ihren Arsch niederfahren.

„Tut mir leid!" Ihr atemloser Schrei verriet einen Anflug der Panik.

„Es wird dir auch leidtun." Wieder und wieder peitschte er sie aus und malte insgesamt zehn tiefe Linien quer über ihren Arsch und hinunter zu ihren Oberschenkeln.

Als er sie schließlich vom Kreuz losband, zitterte das arme Mädchen wie ein Blatt im Wind. Er war sich nicht sicher, ob sie noch mehr aushalten konnte oder ob er die Szene an dieser Stelle beenden sollte, drückte sie dann allerdings auf ihre Knie hinunter und knöpfte seine Hose auf.

Sie stürzte sich förmlich auf seinen Schwanz wie eine gierige, kleine Sub, benutzte ihre Hände und ihren Mund mit einem Enthusiasmus, den er selten gesehen hatte. Und die ganze Zeit über surrte der Vibrator in ihr.

Sie lutschte ihn heftig und ihr Kopf wippte auf seinem Ständer auf und ab, bevor sie mit flehender Miene zu ihm aufblickte.

Sie wollte kommen. Schon wieder. Sie wagte es sogar, den Mund von seinem Schwanz zu nehmen und zu fragen, „Bitte, Sir? Darf ich ..." Sie beendete den Satz nicht, denn er warf ihr einen finsteren Blick zu, als sie seinen Schwanz aus dem Mund nahm, und nun kehrte sie eilig zu ihrem fiebrigen Lutschen zurück.

„Ich komme zuerst." Seine Finger krallten sich in ihre Haare, zwangen ihren Kopf schneller vor und zurück. „Und wenn ich fertig bin und du mich sauber geleckt hast, lasse ich dich kommen."

Sie summte ihre Zustimmung, was ihn an den Abgrund brachte.

Während sie ihn bearbeitete, lenkte er sich damit ab, sich ihre Schönheit einzuprägen – das Schimmern ihrer dicken, blonden Haare, die Kurven ihrer schlanken, aber muskulösen Schultern, die lange Säule ihres Halses. Seine Fingerspitzen fanden einen ihrer Nippel und folterten ihn, drückten und zwirbelten ihn zwischen Daumen und Zeigefinger. Kniffen ihn fest und zogen daran, genau in dem Augenblick, als er wie eine verfluchte Rakete in ihren Hals kam.

Sie nahm alles. Schluckte ihn. Leckte ihn sauber. Dann zog er sie auf die Füße, drehte sie um, sodass sie mit dem Rücken zu ihm stand, und steckte die Finger zwischen ihre Beine. Dreimal rieb er ihren Kitzler. Mehr brauchte es nicht und sie kam erneut, krallte ihre Finger um sein Handgelenk und zog seine Hand auf ihren Venushügel, während sie den Kopf zurück gegen seine Schulter warf.

Sie roch nach einer fruchtigen Seife, dem Leder des Kreuzes, und nach ihm.

Er biss in ihren Nacken und strich über ihren Venushügel, bedeckte ihn ganz mit seinen sich windenden Fingern, während sie zuckte und erschauderte.

Schließlich zog er den Vibrator heraus, legte ihr eine Decke um die Schultern und hielt sie für eine Weile auf einer Couch im Arm, während er ihr immer wieder kleine Schlucke Wasser zu trinken gab und sie wieder zu sich kam. „Wie heißt du?", fragte er, als sie anfing, sich auf seinem Schoß zu versteifen.

„Ich bin als Sklavin des Schmerzes bekannt."

Ausnahmsweise einmal wollte er nicht ihren verdammten Szenenamen wissen. Er wollte ihren echten Namen wissen. Wollte ihre Adresse. Ihre Telefonnummer. Aber so funktionierte das hier nicht.

„Ich bin Master D."

Sie stand auf und sammelte ihre Sachen zusammen. Er beeilte sich damit, die Ausrüstung sauber zu machen, da er nicht wollte, dass sie verschwand, bevor er mit ihr sprechen konnte.

„Tja, Danke passt irgendwie nicht richtig, aber ... ", sagte sie, und eine Befangenheit trübte die Selbstsicherheit, die sie vorher ausgestrahlt hatte.

„Ich würde dich gern wiedersehen. "

„Nächsten Freitagabend? Gleiche Zeit, gleicher Ort? ", schlug sie vor.

Genau. Er hatte nicht das Black Light gemeint, aber er nahm, was er kriegen konnte.

„Auf jeden Fall. Kann ich dir meine Nummer geben? "

Eilig schüttelte sie den Kopf, als ob sie auf diese Frage vorbereitet gewesen wäre. „Nein, ich treffe mich außerhalb des Clubs nicht mit Männern. "

Er nickte. Er mochte ein Dom sein, aber er drängte nicht, wenn es darum ging, Absprachen zu treffen. Eine Sub musste sich sicher fühlen. Wenn sie die Regel für sich aufgestellt hatte, diese Sache auf den Club zu beschränken, dann würde er das respektieren. Zumindest vorerst.

Das war vor zwei Monaten gewesen.

Seitdem hatten sie beinahe jedes Wochenende zusammen Szenen gespielt, und doch hatte er es noch immer nicht geschafft, ihre Mauern zu durchbrechen und ein Date abzustauben.

Heute Abend. Verdammt, heute Abend musst er ihre Nummer bekommen, denn dieses Valentinsroulette hatte ihn bereits jetzt schon so weit gebracht, dass er sie am liebsten fesseln, sie sich über die Schulter werfen und mit ihr aus dem Club marschieren wollte.

Er wollte nicht, dass sie mit einem anderen Dom spielte.

Nicht einmal für eine Sekunde.

Jennifer schluckte und ihre Augen flogen hinüber zu Master D. Er tat so, als ob er sie nicht sehen würde. Er starrte direkt durch sie hindurch – sein Blick heiß, finster und fordernd.

Sie widerstand dem Verlangen, sich die klammen Hände an ihrem Kleid abzuwischen.

Niemals Angst zeigen.

Sie hatte keine Angst, nicht wirklich. Kein Dom hier konnte irgendetwas tun, womit sie nicht klarkam. Die Armee hatte sie verdammt noch mal abgehärtet. Und trotzdem schwirrte eine unterschwellige Nervosität durch sie hindurch. Ihr Vater hatte immer gesagt, die beste Art, mit Angst umzugehen, war, sie zu benennen und mit einer Handgranate in die Luft zu jagen. Wovor also hatte sie Angst?

Es hatte etwas mit Master D zu tun. Sie hatte Angst, *nicht* mit ihm zusammen zu sein. War das dasselbe, wie Angst vor ihrem Dom zu haben? Nein, war es nicht.

Hatte sie das Gefühl, ihm untreu zu sein?

Dieser Gedanke traf sie wie ein Schlag in die Magengrube.

Ja. Tat sie. Tatsächlich hatte sie Angst vor Master Ds Reaktion darauf, sie bei einer Szene mit jemand anderem zu sehen. Er hatte ihr seine Nummer angeboten und seit Wochen immer wieder nach ihrer gefragt. Sie hatte sich standhaft geweigert und ihre eiserne Regel befolgt, BDMS und ihr Privatleben zu trennen.

Sie ging auf keine Dates. Das funktionierte einfach nicht. Punkt. Sie hatte es versucht – und wie sie es versucht hatte. Während der Grundausbildung hatte sie sich verliebt. Sal war ein heißer Alphamann aus New Jersey gewesen. Er hatte sie mit seiner starken, entschlossenen Persönlichkeit angezogen. Doch das, was sie angezogen hatte, hatte schließlich auch ihr Ende bedeutet. Er war übermäßig beschützend und besitzergreifend gewesen und wollte sie in allem kontrollieren. Er wurde eifersüchtig. Und als sie so schnell in den Rängen des Militärs aufgestiegen war, hatte er das nicht ertragen. Es hatte ihn wahnsinnig gemacht, dass sie einen höheren Rang hatte als er. Irgendwann hatte er sie schließlich gehasst und alles getan, um sie zu Fall zu bringen.

Sie war in den Irak geschickt worden und Sal nach Afghanistan, und das hatte den Schlussstrich bedeutet. Später hatte Jennifer herausgefunden, dass diese Trennung das Werk ihres Vaters gewesen war.

Was Sinn ergab, denn schließlich war er der allererste Mann in ihrem Leben gewesen, der sie kontrolliert hatte.

Nein. Was sie sexuell erregte, würde im echten Leben nicht funktionieren. Würde es einfach nicht. Sie war eine Karrierefrau, die stark sein musste. Die Sorte Mann, die sie mochte – ein Alphamann, kein Beta – würde damit nicht umgehen können.

Sie zuckte zusammen, als Master D plötzlich vor ihr auftauchte, seine breite Brust und die harten Muskeln unter seinem engen, schwarzen T-Shirt deutlich erkennbar.

„Gott, wo kommst du denn plötzlich her?"

Für einen derart großen Kerl bewegte er sich verdammt verstohlen.

Er drängte sie gegen die Wand, ergriff ihre Handgelenke mit einer Hand und fixierte sie über ihrem Kopf. Mit der anderen griff er nach ihrem Kiefer, um ihr Gesicht festzuhalten. Sein Oberschenkel schob sich zwischen ihre Beine, zwang ihre Füße auseinander und gab ihr etwas, woran sie sich reiben konnte. „Hast du dieses Kleid für sie angezogen?", knurrte er.

Eine Welle der Erkenntnis überkam sie. Ja. Er würde es als Betrug ansehen. Etwas in ihrem Bauch zog sich zusammen. Sie entschied sich für eine Wahrheit, die ihn nicht sauer machen würde.

„Ich habe es für dich gekauft."

Der Daumen seiner Hand, die sich in ihren Kiefer grub, wurde weicher und streichelte über ihre Wange. „Hast du das?" Seine Stimme war nunmehr ein Schnurren.

„Ja." Sie war vollkommen atemlos. Das schien immer zu passieren, wenn er über sie kontrollierte.

Manchmal hasste sie sich dafür – es war ihr schließlich nicht gestattet, Angst zu empfinden. Doch sie hatte irgendwann eine Grenze gezogen. Die Sub, die sie im Black Light war, war jemand anderes. Jemand, die es mochte, sich zu unterwerfen. Die es mochte, Angst zu bekommen und von einem Mann erregt zu werden, der größer war als sie. Das sagte nichts über Major Jennifer Dibbs aus. Es war kein Charakterfehler – es war eine Perversion. Es ging nur um Sex und darum, wie sie ihn am liebsten mochte. Ein weiterer Grund dafür, die

Dinge fein säuberlich zu trennen. Sie konnte es nicht gebrauchen, dass ihr Kopf von ihrer Perversion durcheinandergebracht wurde.

Master D riss den Ausschnitt ihres Kleids bis unter ihre Brüste. Wenn der Stoff nicht so elastisch gewesen wäre, wäre er gerissen. Als Nächstes riss er die Körbchen ihres BHs nach unten. „Wirst du sie diese hübschen kleinen Titten sehen lassen?"

Autsch. Ja, sie waren klein. Das wusste sie. Nicht gerade ihr bester Körperteil. Trotzdem gefiel es ihr nicht unbedingt, wenn er sie als *kleine Titten* bezeichnete. Das hatte er vermutlich erraten, so wie er alles über sie zu erraten schien. Seine Hand legte sich auf eine ihrer Brüste und ließ sie irgendwie größer wirken, indem er seine Finger spreizte und auch den Muskel an ihrer Flanke festhielt. Wie lieb von ihm.

„Ich weiß nicht."

Er zog eine Augenbraue in die Höhe. „Du weißt nicht?" Seine Stimme klang ungläubig. „Tja, dann entscheidest du dich besser ganz schnell, kleine Sklavin, oder ich treffe die Entscheidung für dich."

Ihr Kopf wippte auf ihrem Hals auf und ab. „Wahrscheinlich", wisperte sie.

Sein Gesicht verwandelte sich in Stein. Er kniff in ihren Nippel und zwirbelte ihn.

Sie schrie auf und versuchte, sich auf die Zehenspitzen zu stellen, doch er hielt sie zu sehr fest.

„Du wirst für alle und jede Überschreitung, die ich heute Abend sehe, bestraft werden."

Was zur Hölle? Sie hatten keinerlei Regeln oder Abmachungen aufgestellt, gegen die sie verstoßen konnte. Aber bei seinen Worten war ihre Pussy gerade geschmolzen, die Vorstellung einer Strafe, die sie durch seine Hände empfangen würde, war so schrecklich erregend, dass es sie nicht kümmerte, wie unfair seine Aussage war.

Noch immer hielt er ihren Nippel viel zu fest, schickte Blitze des Schmerzes durch ihre Brüste.

„Ja, Sir", quietschte sie.

Er wartete einen Herzschlag ab. Zwei. Dann wurde sein Griff um ihre Brust und ihre Handgelenke lockerer und seine Handfläche massierte ihren schmerzenden Busen, während er sich vorbeugte und in ihr Ohr biss. „Ich werde dich im Auge behalten", knurrte er gegen ihren Hals, bevor er ihn küsste. Seine Lippen waren plötzlich ganz weich und die Geste seltsam zärtlich.

Ihre Knie wurden weich.

Gut, dass er sie noch immer festhielt.

KAPITEL ZWEI

Es bereitete Derek eine gewisse Befriedigung, zu wissen, dass er seine wunderschöne Sub gerade heiß gemacht hatte.

Für irgendeinen anderen Arsch.

Er trat einen Schritt zurück, verstaute ihre Brüste wieder in ihren gepolsterten BH-Körbchen und vergewisserte sich, dass sie sicher auf beiden Beinen stand, bevor er sie losließ. Die Subs und Doms versammelten sich langsam neben der Bühne und machten sich für die Auslosung der Paare bereit.

„Showtime. Und nicht vergessen – ich werde dich im Auge behalten." Er machte eine ‚Ich behalte dich im Auge'-Geste, die so übertrieben war, dass sie beide grinsen mussten.

Er wusste, dass diese besitzergreifende Nummer sie anmachte und gleichzeitig verunsicherte. Es kam einer persönlichen Beziehung zu nah, und das war etwas, was sie mit ihm nicht wollte.

„Gehen wir." Er griff nach ihrem Ellenbogen und führte sie zur Bühne. Als ob sie seine Hilfe bräuchte. Nein, dieses Mädel konnte auf sich selbst aufpassen. Das wusste er. Aber Beschützen lag ihm im Blut. Er konnte den Wunsch nicht unterdrücken, in jedem Augenblick an ihrer Seite zu sein, bereit, ihre Sicherheit oder Ehre zu verteidigen.

Wie sich herausstellte, hatte er sich mit der Annahme geirrt, dass sie vollkommen verrückt wäre. Sie war absolut perfekt und trug kein bisschen Irrsinn in sich. Er hatte in ihr die perfekte Spielpartnerin gefunden – intelligent, begierig auf seine Befehle, unmöglich gehorsam, und immer bereit, zu kommen wie eine Rakete, sobald sie ihre Bestrafung empfangen hatte. Sie wollte mehr Schmerzen spüren als jede andere Sub, der er je begegnet war, und brauchte null emotionale Unterstützung, nicht dass er jemals versucht hätte, ihr diese anzubieten. Er war kein verschmuster, warmer Dom, aber er verstand die Dynamiken gut genug, um zu wissen, dass eine Sub nach einer Szene verletzlich war und Fürsorge brauchte.

Nach besonders heftigen Szenen ließ sie zu, dass er sich um ihre körperlichen Bedürfnisse kümmerte – ließ sich von ihm in eine Decke wickeln und auf einer Couch im Arm halten, bis das Zittern verebbte, allerdings weinte sie nie. Wollte nie reden. Sondern stand am Ende immer auf und ging allein davon.

Also war sie vielleicht nicht verrückt, aber er glaubte dennoch, dass irgendwas nicht mit ihr stimmte. Sie hatte ein Geheimnis. Er war zwischenzeitlich zu dem Schluss gekommen, dass sie verheiratet sein musste. Oder berühmt.

Doch als er sie schließlich im Pentagon erblickt hatte, fügten sich die Puzzleteile zusammen. Sie musste ihre Karriere beschützen. Eine extrem beeindruckende Karriere. Er bewunderte sie maßlos für das, was sie in der Armee erreicht hatte.

Und das machte sie nur umso begehrenswerter.

Tatsache war, dass Jennifer ihn unfassbar faszinierte. Er wollte mehr von ihr, aber er hatte noch nicht herausgefunden, wie er die starren Grenzen durchbrechen konnte, die sie für sich selbst aufgestellt hatte.

Was nicht hieß, dass sie keinen Sex hatten. Sie lutschte ihm den Schwanz, wenn er es verlangte, und er hatte sie hin und wieder sogar gefickt.

Aber so bizarr es für ihn auch sein mochte – den Sadisten, der nicht auf Happy Ends stand – sehnte er sich nach einer tieferen Verbindung. Er wollte mit ihr Kaffee trinken gehen und sie zum Lachen bringen. Er wollte mehr als das, was sie bereits teilten.

Heute Nacht würde das allerdings vermutlich nicht passieren. Und das machte ihn verdammt sauer.

Beinahe hätte er sich nicht für dieses dämliche Roulette angemeldet. Wenn Jaxon ihn nicht persönlich gefragt hätte, weil sie noch einen Dom brauchten, hätte er es nicht getan. Wie zum Teufel sollte er Jennifer jetzt im Auge behalten und sicherstellen, dass ihr nichts Schlimmes zustieß? Wie konnte er sicherstellen, dass sie bekam, was sie brauchte, wenn er mit einer anderen Sub spielte? Was, wenn sie irgendeinen Arsch abbekam, der nur angeben wollte und nicht wusste, was er tat?

Gott, wenn ihr irgendein Typ blöd kommen sollte, würde er ihn in der Luft zerreißen. Mit bloßen Händen. Und damit ... nun ja. Er steckte in einer Zwickmühle und wusste nicht, wie er eine Szene mit jemand anderem durchstehen sollte, ohne den Verstand darüber zu verlieren, was mit seiner Sub passierte. Ja, *seiner* Sub.

Denn Jennifer gehörte ihm. Sie passten zusammen. Das wusste sie ebenfalls auf einer unterbewussten Ebene, auch wenn sie noch nicht bereit war, es sich einzugestehen.

Sie traten an die Bühne und gesellten sich zu den anderen Doms und Subs, die sich dort versammelt hatten.

Chase, einer der beiden perversen, hübschen Boys, denen das Runway oben und das Black Light gehörten, trat ans Mikrofon und erklärte dem Publikum, wie der Abend ablaufen würde. Jeder Dom würde das Rouletterad drehen, um eine Sub auszuwählen. Dann würde die Sub das Rad drehen, um die Szenen auszuwählen. Sowohl Subs als auch Doms hatten im Vorfeld vier harte Limits festlegen können. Derek hatte keine Limits. Jennifer auch nicht, so wie er sie kannte. Und er würde ganz sicher nicht wollen, dass sie irgendeinen gefährlichen Mist mit einem Wichser veranstaltete, der nicht wusste, was er tat.

Er knirschte mit den Zähnen. Die einzige Lösung war, dass das Rouletterad die Sklavin des Schmerzes für ihn auswählte. Er *musste* heute Nacht ihr Dom sein. Wenn er jemals etwas Glück gebraucht hatte, dann in diesem Augenblick.

Er steckte seine Hand in den Lostopf, den Chase herumreichte, und zog seine Nummer. Vier.

Fuck. Er brauchte die Eins, um die Chancen zu verbessern, sein Mädchen abzubekommen. Seine Fingernägel gruben Furchen in seine Handflächen, als er sich in die Reihe am Rand der Bühne stellte.

Jennifer warf ihm einen weiteren, schnellen Blick zu und diesmal konnte er ein Aufflackern der Nervosität in ihren Augen erkennen. Sie brauchte ihn so dringend, wie er derjenige sein wollte, der sich um sie kümmerte.

„Hoffen Sie auf Ihre übliche Sub oder suchen Sie nach etwas Neuem?", fragte ihn der Dom neben ihm mit starkem Südstaatenakzent. Ein Senator, der seit Langem in den diskretesten Kreisen spielte, und den Derek bereits ein paarmal im Black Light gesehen hatte. Groß und blond sah Senator Kane dank seines patrizischen, blaublütigen, guten Aussehens aus wie ein ‚Geldsack‘. Er hatte ein Auge auf eine nervös aussehende Sub in einer schwarzen Maske geworfen, die sich hinter den anderen Subs zu verstecken schien, aber nicht anders konnte, als immer wieder unverhohlen den Kopf zu recken und den Senator anzustarren.

„Ja."

„Diese Roulette-Nummer ist verdammt nervig. Ich würde viel lieber einfach tun, was ich will."

Derek schmunzelte. „Gesprochen wie ein wahrer Dom. Sieht so aus, als würde das Mädchen mit der Maske Sie kennen."

Die Lippen des Senators verzogen sich zu einem Grinsen. „Ja", erwiderte er. „Ich glaube fast, das tut sie. Und ich glaube auch, sie ist mehr als nur ein bisschen überfordert mit der Situation."

„Nun ja, hoffen wir mal, Sie bekommen sie ab, nicht ich." Derek wusste, dass der Senator ein präziser und intensiver, aber sehr fürsorglicher Dom war. Er würde ein guter Partner für eine Anfängerin sein, im Gegensatz zu Derek. Anfängerinnen den Arsch zu tätscheln, war nicht Dereks Ding. Er wollte Szenen mit einer Sub spielen, die er nicht betüdeln musste.

„Als Nächstes ist Master D an der Reihe", verkündete Chase.

Derek schlenderte zum Rouletterad und warf die Kugel ein wenig zu heftig in das Rad, nachdem Chase es angekurbelt hatte.

„Immer mit der Ruhe, Großer", unkte Chase.

Die Kugel hüpfte herum und landete schließlich in der Kerbe von
… *Ms. Jones.*

Das Mädchen des Senators in dem schwarzen Kleid und der Maske
stolperte vor.

„Ms. Jones!", rief Chase. Er drückte Derek ihre Karte mit den
harten Limits in die Hand. *Elektrische Schmerzspiele, Blutspiele,
Nadelspiele, Wasserspiele.*

„Ms. Jones, wirf deine Kugel ins Rad."

Die Sub, die verängstigt, aber tatsächlich nicht besonders unterwürfig aussah, trat an das Rad mit den Aktivitäten und warf ihre Kugel
hinein.

„Sybische Orgasmusfolter!"

Ms. Jones' Schultern zuckten etwas nach oben.

Derek rief Ms. Jones mit gekrümmtem Finger zu sich, musste
aber alle Willenskraft aufwenden, nicht zu Jennifer
hinüberzuschauen.

Sorry, Süße. Ich wollte dich.

Als Nächstes trat Senator Kane an das Rouletterad. Und landete auf
… *Sklavin des Schmerzes.*

Die Götter lachten sich über ihn gerade den Arsch ab. Das war die
einzige Erklärung, denn warum zur Hölle sonst, hatten der Senator und
er das Mädchen des jeweils anderen bekommen? Einerseits musste er
sich so natürlich keine Sorgen um Jennifer machen – sie war schon
einmal die Partnerin des Senators gewesen und sie würden miteinander
klarkommen. Doch wenn der Typ mit seinem Schwanz auch nur
ansatzweise in ihre Nähe kam, würde Derek ihm die Eier abschneiden
müssen. Ernsthaft.

Suchend wandte er sich zu ihr. Wenn Jennifer seinen Blick nicht
erwidert hätte, hätte er es womöglich auf sich beruhen lassen. Allerdings hatte sie nicht zu Senator Kane geschaut, sondern zu ihm. Sie
wollte ihn – brauchte ihn. Sie sollte nicht mit irgendjemand anderem
eine Szene spielen müssen.

„Sklavin des Schmerzes", verkündete Chase und reichte dem
Senator ihre Karte.

Derek fragte sich, ob sie überhaupt irgendwelche harten Limits aufgelistet hatte. Vermutlich nicht – das Mädel schreckte vor keiner Herausforderung zurück.

„Schauen wir mal, was die reizende Dame auslost."

Unfassbar anmutig trat Jennifer in ihren Stilettos vor, obwohl er sie sich genauso gut in Combat Boots vorstellen konnte. Chase drehte das Rouletterad und sie warf ihre Kugel hinein.

Senator Kane trat zu ihr und erhob seinen Anspruch auf sie, indem er ihre Hand ergriff, während sie beide die Kugel beobachteten, die im Roulettekessel herumhüpfte. Jennifer verspannte sich und starrte auf ihre verschränkten Hände, als ob sie verwirrt darüber wäre, warum er so etwas tat. Es brachte Derek beinahe zum Lächeln. *Beinahe.*

Klackernd kam die Kugel auf *Ageplay* zum Ruhen.

Jennifer versteckte ihr Augenverdrehen nicht.

Chase lachte. „Sklavin des Schmerzes sieht nicht sehr begeistert aus. Vielleicht wird sie *Rot* sagen."

Jennifer schüttelte den Kopf.

Die Frau benutzte ihr Safeword nie, und Derek hatte das Gefühl, als steckte dahinter nicht nur Stolz, sondern auch eine hohe Schmerztoleranz. Offensichtlich glaubte sie nicht, dass Ageplay auch nur ansatzweise ihre Bedürfnisse befriedigen würde. Denn sie wussten beide, wie brutal sie es brauchte.

Er stand da und wartete, bis die restlichen Paare ausgelost waren und ihre Aktivitäten ausgewählt hatten, dachte jedoch die ganze Zeit darüber nach, wie er mit dem Senator Partnerinnen tauschen konnte. Er könnte natürlich versuchen, ihn zu fragen, aber er wusste, dass Chase und Jaxon das niemals durchgehen lassen würden. Das Spiel war das Spiel, ganz egal, wie dämlich der Senator und er es fanden.

Nein, es war besser, die Angelegenheit selbst in die Hand zu nehmen …

Das Paar, das gerade an das Aktivitäten-Rad treten sollte, zankte sich bereits so sehr, dass sie Chase' Aufforderung nicht hörten.

„Was?", warf der Dom der Sub entgegen, die ihn finster anstarrte.

„Und eins, und zwei, und …", rief Chase laut und dirigierte die Menge, als ob sie ein Orchester wäre. Der gesamte Saal rief zurück, „Was?"

Das Paar zuckte erschrocken zusammen und das Publikum lachte.

Als auch das letzte Paar gefunden worden war, griff Derek nach Ms. Jones Ellenbogen, um sie von der Bühne zu führen, bevor er einen einzelnen Sitzplatz in der Menge wählte, neben dem sich keine weiteren, freien Stühle befanden. Er setzte sich hin und deutete auf seine Füße.

Ms. Jones rückte ihre Maske zurecht, auch wenn sie bereits gerade auf ihrem Gesicht saß, und trat von einem Fuß auf den anderen.

„*Hinknien*, Ms. Jones.“

Ihre Lippen verzogen sich zweifelnd. „Ähm …“

Er starrte sie auf eine kalte und missbilligende Weise an. „Kleine Sub, wenn du nicht willst, dass ich deine Orgasmusfolter mit dem schlimmsten Auspeitschen deines Lebens starte, dann kniest du dich besser hin. *Jetzt.*“

Okay, vielleicht versuchte er tatsächlich, ihr Angst einzujagen. Er hätte dem Mädchen, das so offensichtlich überfordert war, ein wenig Mitgefühl entgegenbringen können. Aber als sie zurücktaumelte und „*Rot*“, wisperte, konnte er nicht anders, als laut aufzulachen.

JENNIFER HATTE null Interesse an einer Ageplay-Szene. Senator Kane schien belustigt zu sein und sie hatte das Gefühl, dass er vermutlich einen großartigen Daddy-Dom abgeben würde. Doch das war einfach nicht ihr Ding. Sie musste nicht von einem Dom verhätschelt werden. Tatsächlich sehnte sie sich nach dem genauen Gegenteil – köstliche, kalte Grausamkeit. So wie Master D es ihr besorgte.

Sie seufzte und hielt noch immer die Hand des Senators, der sie durch die Menge zu einem plüschigen Sofa führte. Er setzte sich und zog sie auf seinen Schoß.

Igitt.

Absolut nicht ihr Ding. Sie warf einen Blick quer durch den Raum, wo ihr sechster Sinn sie auf Master Ds Gegenwart hinwies. Er deutete auf den Boden zu seinen Füßen und hatte diesen harten, dominierenden Blick aufgelegt, den sie so sehr liebte.

Sie musste beinahe lachen. Seine arme Sub hatte keinen Schimmer, was auf sie zukam.

„Also, was sollte das Augenverdrehen auf der Bühne, kleines Fräulein?"

„Kommen Sie, Senator. Sie wissen, dass Ageplay nicht gerade mein Fall ist."

„Stimmt. Du magst es, einen großen Bogen um alle Emotionen zu machen."

Autsch. Auch wenn das stimmen mochte, hörte sie es nicht gern. „Und was ist das Problem damit?", fragte sie, ein wenig zu defensiv.

Er griff nach ihrem Ohr und zog daran, als wäre sie ein unartiges Kind, auch wenn sie die Belustigung in seinen Augen sehen konnte. „Pass auf, was du sagst, kleines Fräulein."

Mit großer Mühe verkniff sie sich ein weiteres Augenrollen. Doch dann machte ihr Herz einen Sprung.

Master D stand plötzlich mit seiner Sub im Schlepptau vor ihr. Das Mädchen sah aus, als würde sie jeden Augenblick um Hilfe schreien.

„Wir tauschen die Subs." Er griff nach Jennifers Hand, während er seine verängstigte Sub auf den Senator zuschubste.

Kane schob Jennifer von seinem Schoß und schlang beschützend den Arm um Ms. Jones' Taille. Sie kannten sich irgendwoher, aber Jennifer würde ihr letztes Hemd dafür verwetten, dass sie noch nie zusammen eine Szene gespielt hatten, denn Ms. Jones war eine BDSM-Jungfrau wie sie im Buche stand.

Master D zog sie an seinen harten, muskulösen Körper und ihre Körpertemperatur stieg augenblicklich um mindestens zwei Grad an.

„Was soll das?", stotterte Ms. Jones.

„Sie hat ihr Safeword benutzt", erklärte Master D. „Aber ich will nicht, dass sie so schnell rausfliegt. Sie braucht einfach einen anderen Dom."

„Klingt so, als ob du jetzt mir gehören würdest", bemerkte der Senator in seinem Südstaatenakzent. „Es sei denn, du willst dein Safeword für den ganzen Abend einsetzen."

„Ihr sorgt noch dafür, dass wir alle disqualifiziert werden", protestierte Jennifer, allerdings ohne viel Überzeugung. Ja, sie konnte die gratis Mitgliedschaft wirklich gebrauchen, allerdings würde sie natürlich tausendmal lieber mit Master D spielen.

„Ich bespreche es mit dem Kerkeraufseher. Abgesehen davon wird der Senator unsere Mitgliedsbeiträge übernehmen, falls wir disqualifiziert werden und die Gratismitgliedschaft nicht gewinnen." Er zwinkerte dem Senator zu, der sein Gesicht verzog, allerdings nicht widersprach.

Jennifer musste das Lachen unterdrücken, das in ihr blubberte. Sowohl Master D als auch der Senator waren offensichtlich Männer, die die Dinge gern selbst in die Hand nahmen. Sich an die künstlichen Regeln des Roulettespiels zu halten, funktionierte für sie einfach nicht. Sie hatten ihre eigenen Vorstellungen davon, mit wem sie ihre Szenen spielen wollten, und wie es schien, hatte Master D gerade dafür gesorgt, dass sie beide ihren Wunsch bekamen.

Master D und der Senator tauschten die Karten ihrer Subs, nicht dass auf ihrer Karte irgendwelche Limits gestanden hätten. „Verabschiede dich vom Senator", knurrte ihr Dom in ihr Ohr.

Sie lächelte und spürte, wie die Vorfreude auf ihre Lust die Endorphine durch ihren Körper rauschen ließ. „Amüsiert euch schön." Sie winkte dem Senator und Ms. Jones zum Abschied zu, als Master D sie davonzog.

„Gott sei Dank", sagte sie kaum hörbar. „Ich hätte Ageplay als Limit angeben sollen."

Master D blieb wie angewurzelt stehen und wirbelte zu ihr herum. „Gott sei Dank, dass wir beide jetzt miteinander spielen, oder Gott sei Dank, dass du kein Ageplay machen musst?"

Oh, bitte. Etwas an den männlichen Egos hier war einfach zu viel.

„Beides", erwiderte sie diplomatisch.

„Oh, wir werden immer noch Ageplay machen, Baby."

Sie stemmte die Hände in die Hüften. „Wirklich?" Er musste den Verstand verloren haben – sie hatte nie einen Dom getroffen, der von einem Daddy-Dom weiter entfernt war als er.

Ein Funkeln blitzte in Ds Augen auf – ein Funkeln, das ihr nicht gefiel.

„Was? Glaubst du etwa, ich könnte dich als dein Daddy nicht

brechen? Hast du etwa Angst, dich über mein Knie zu legen und dir den nackten Hintern versohlen zu lassen?"

Sie lachte grunzend. Diese Vorstellung war grotesk. D hatte sie noch nie übers Knie gelegt. Zum einen war er kein gefühlsduseliger Daddy-Dom. Zum anderen teilte er hart aus, was einen vollen Bewegungsspielraum für seinen Arm und das Werkzeug seiner Wahl verlangte, was meistens ein Rattanrohrstock war. Also, ja, die Vorstellung, von ihm übers Knie gelegt zu werden und den Hintern versohlt zu bekommen, war so wenig furchteinflößend, dass es geradezu lachhaft war.

„Ich glaube, die Situation verlangt nach einem Kostümwechsel." Seine Mundwinkel zuckten auf eine Weise, die ihr verriet, wie gehörig er sich amüsierte, als er Jennifer in Richtung des Kostümraums zog.

Er wandte sich kurz zu ihr um, woraufhin sie die Augen verdrehte.

„Mh-mh." Er zog sie an seine Seite und führte sie durch das Labyrinth von Tischen und Stühlen, Sofas und Kissen. „Wenn du noch einmal die Augen verdrehst, wird Daddy dich in Windeln stecken. Und ich bin mir ziemlich sicher, das wäre wirklich eine Strafe für dich."

Würg. Ernsthaft?

Ihr Magen zog sich zusammen. Hitze breitete sich über ihrer Brust und ihrem Hals aus, während ihre Nasenflügel sich vor Abscheu weiteten.

„Tut mir leid, Daddy", forderte er sie auf und verpasste ihr einen Klaps auf den Hintern.

Sie presste aufmüpfig die Lippen zusammen. So spielten sie nicht. Er gab ihr keinen *Klaps* auf den Hintern, er peitschte sie aus und war dabei nicht zimperlich.

Sein Grinsen wurde breiter.

Er blieb mitten im Raum stehen und wirbelte sie zu sich herum. Obwohl viele Paare mittlerweile überall im Black Light mit ihren Szenen begonnen hatten, zogen D und sie eine Menge Aufmerksamkeit auf sich.

Ohne ein weiteres Wort packte er ihr Kleid am Rücken und riss es ihr vom Leib, wobei der Stoff zerriss.

Verdammt. Sie hatte das Teil gerade erst gekauft und es war nicht billig gewesen.

Ein paar Frauen in der Nähe schnappten hörbar nach Luft. Als Nächstes war ihr BH dran. „Schuhe ausziehen", bellte er und tippte gegen ihren Unterschenkel.

Sie schlüpfte aus ihren Stilettos, die er zusammen mit dem zerrissenen Kleid vom Boden aufhob. Sie stand nun in nichts als ihren halterlosen Strümpfen und einem winzigen Tanga da, sauer, aber mehr als nur ein bisschen angeturnt von seiner unvermittelten und unerwarteten Demonstration von Dominanz.

Er musterte sie kritisch, seine Augen wanderten über ihre kleinen Brüste, ihren Bauch und anschließend ihre langen Beine hinunter. Zu ihrem Entsetzen beugte er sich schließlich hinunter und riss ihr auch die Strümpfe von den Beinen.

Ihr Magen bebte vor Erregung. Das war der Master, den sie kannte. Hart und fordernd. Unbeugsam und unnachgiebig in seiner Dominanz über sie. Seine feste Hand gab ihr Halt, während sie gleichzeitig ins Schwanken geriet. Denn auch wenn sie seine Kontrolle mochte, hasste sie es, einen Fehler zu machen. Hasste es, wie er sie in diesem Augenblick mit schmalen, missbilligenden Lippen ansah.

„Sorry ... *Daddy*", wisperte sie, als seine eisblauen Augen auf ihre trafen.

Irgendetwas funkelte in seinem Blick auf, allerdings wusste sie nicht genau, ob er es mochte, dass sie sich entschuldigte, oder, dass sie ihn *Daddy* nannte.

Sie wusste nur, dass es sie einiges kosten würde, sich wie ein kleines Mädchen zu verhalten. Sie mochte es, die Sklavin zu spielen. Sie hätte ihm die Stiefel geleckt, wenn er es verlangt hätte. Hätte sich vor ihn hingekniet und, ohne zu zögern, als sein Fußabtreter gedient. Aber das hier – diese Daddy-Nummer – war Neuland für sie.

Es war zu kuschelig. Legte eine Nähe und eine emotionale Verbindung nahe, die sie nicht teilten. Nicht einmal als Kind hatte sie sich wie ein kleines Mädchen verhalten. Der Tod ihrer Mutter, als Jennifer sechs Jahre alt gewesen war, hatte ihre Kindheit beendet. Für ihren Vater, den hochgradig distanzierten und anspruchsvollen General Dibbs, hatte sie schnell erwachsen werden und Leistung erbringen müssen.

D stupste ihre Nase an. „Es sollte dir auch leidtun, Baby. Wenn Daddy dir einen Befehl gibt, dann wirst du ihn augenblicklich befolgen. Verstanden?"

Es überraschte sie, wie mühelos ihm der Daddy-Talk über die Lippen kam. Sie hatte erwartet, dass es sich untypisch für ihn anhörte, doch das tat es nicht.

Bei seiner anhaltenden Missbilligung schlug ihr Herz schneller. Sie fürchtete sich nicht vor seiner Bestrafung – der Teil gefiel ihr – sie mochte es einfach nicht, etwas falsch zu machen. Sie mochte es nicht, zu scheitern.

Er hakte einen Finger unter ihr Kinn. „Antworte mir mit Worten, Baby."

Sie blinzelte eilig. „Ja, Daddy." Ihre Worte waren kaum mehr als ein Wispern und sie verfluchte ihre Stimme dafür, zu versagen.

Seine Miene wurde weicher. Normalerweise war sein Blick ausdruckslos oder streng und finster, wenn er als Dom eine Szene spielte. Diesen Blick allerdings hatte sie nie zuvor gesehen. „Braves Mädchen."

Sie blinzelte, überrascht von den Schmetterlingen, die bei diesen Worten in ihrem Bauch flatterten, und davon, dass ihre Pussy noch feuchter für ihn wurde.

Es schien, als ob er sie mit jeder Art der Dominanz zum Schmelzen bringen konnte – sogar mit Daddy-Dominanz.

Seine Finger flochten sich in ihre Haare. Es begann als Liebkosung, doch sie wusste, dass sie jeden Augenblick mit Schmerzen rechnen musste, und tatsächlich, als er an ihrem Hinterkopf angekommen war, ballte er die Finger zu einer Faust und zog an ihren Haaren. „Ich liebe diesen Ausdruck an dir verdammt noch mal."

Ihre Pussy zog sich zusammen und entspannte sich wieder, die Erregung über seine Dominanz und seine Worte ließen ihr die Hitze in die Beine laufen. „Welchen Ausdruck?" Sie hasste das Zittern in ihrer Stimme.

„Unterwerfung. Diese wunderschönen blauen Augen werden groß, deine Brust und deine Schultern entspannen sich und du hast nur noch Augen für mich." Er zog sie vorwärts an seinen Körper. Die harte Beule seines Ständers presste gegen ihren Bauch und ihr Atem stockte, ihre Erregung von seinem offensichtlichen Interesse gesteigert. „Daddy ist schon hart für dich, Baby."

Abrupt ließ er ihre Haare los und trat einen Schritt zurück. Mit einer Hand an ihrem Ellenbogen verpasste er ihrem Arsch einen schallenden Schlag, bevor er sie barfuß und beinahe komplett nackt durch die Menge zum Kostümraum führte.

Jennifers Herz schlug hektisch gegen ihre Rippen wie ein Kolibri auf Kokain. Ihre Lippen kribbelten, ihr Gesicht spannte. Die Verbindung von öffentlicher Demütigung und Master Ds Schelte brachten sie völlig aus dem Konzept. Und er hatte ihr noch nicht einmal den Arsch versohlt.

Nicht, dass sie glaubte, eine Tracht Prügel über Ds Knie würde ihr irgendetwas geben. Sie hatte einen Arsch aus Stahl. Sie bekam selten Striemen, selbst bei den grausamsten aller Werkzeuge. Normalerweise brauchte es das Andreaskreuz und einen Rohrstock, um sie über den Abgrund und in den Subspace zu befördern.

Diese Daddy-Nummer allerdings war Neuland. Sie hatte Ageplay immer für bescheuert und oberflächlich gehalten. Etwas für Subs, die es mochten, sich unterwürfig zu fühlen, aber nicht wirklich auf Schmerzen standen. Die Sorte, die verhätschelt und betüdelt und wie eine Prinzessin behandelt werden wollte – vor und nach dem Spanking. So war sie nicht. Bei weitem nicht. Sie konnte alles aushalten, was ein Dom austeilte.

Dennoch hatte sie nicht mit der Flut von Emotionen gerechnet, die sie empfand, als Master D ihr die Kleider vom Leib gerissen hatte. So eine simple Bestrafung. Irgendwie hatte er einfach gewusst, wie er ihre Rüstung durchbrechen konnte, und jetzt plötzlich fühlte sie sich gar nicht mehr so selbstsicher oder zufrieden mit dem, was sie gleich da oben auf der Bühne zur Unterhaltung aller tun würden.

Master D führte sie am Whirlpool vorbei zum Kostümraum, hielt allerdings kurz inne, bevor sie den Raum betraten, und drängte sie mit funkelnden Augen und einer Hand an ihrem Hals gegen die Wand.

Sie grinste und fiel aus der Rolle. „Ich glaube nicht, dass Daddy-Doms ihre kleinen Mädchen gegen Wände drängen."

Sein langsames Grinsen war ungezähmt, aber sein Griff an ihrem Hals wurde lockerer. „Vermutlich hast du Recht, Püppchen." Seine Hand strich über ihren Hals, hinunter zu ihrer nackten Brust, wo er ihren steifen Nippel zwischen Daumen und Zeigefinger nahm und zudrückte. „Sind diese kleinen Nippel steif für mich, kleines Mädchen?"

Allein beim Klang seiner tiefen, rumpelnden Stimme wurde ihr winziger Tanga feucht. „Immer", gestand sie.

Er belohnte sie mit einem zufriedenen Grinsen, das ihre Brust ganz warm werden ließ. „Braves Mädchen." Seine Hand wanderte an ihre Hüfte, die er besitzergreifend drückte.

„Dann ist ja gut, dass der Senator und seine Sub tauschen wollten."

Mhm ... diese Stimme!

„Ach ja, warum?" Sie klang atemlos.

„Ich hätte ihm die Faust ins Gesicht geschlagen, wenn er dich heute Abend gefickt hätte."

Sie schnappte nach Luft und der gleichzeitige Rausch von Lust und Nervosität schoss durch ihre Adern. Er hatte diesen Besitzanspruch schon einmal gezeigt. Vor etwa einem Monat hatten sie gerade eine Szene beendet und er hatte an ihren Haaren gezogen und ihren Hals geküsst. „Dein Master wird für ein oder zwei Wochen außer Landes sein", hatte er gesagt. „Ich will nicht, dass du ohne mich hier-herkommst."

Ihr Magen hatte einen Salto vollführt. Sie brauchte ihn. Ihn zwei Wochen lang nicht zu sehen, würde sie umbringen. Allerdings würde sie sich keine Vorschriften machen lassen. „Tut mir leid, Master, aber ich muss. Ich kann keine zwei Wochen ohne meine Befriedigung durchstehen."

Seine Augen hatten sich zu gefährlich schmalen Schlitzen verengt. „Ich verstehe." Er hatte sie losgelassen. Sie hatte erwartet, dass er mit ihr diskutieren würde. Stattdessen war er vollkommen verstummt, was viel schlimmer gewesen war. Schweigend hatte er die Ausrüstung sauber gemacht, seine Tasche gepackt und zum Abschied salutiert, was ihre Vermutung bestätigt hatte, dass er beim Militär war.

In der kommenden Woche war sie nicht ins Black Light gegangen. Sie hatte versucht, sich einzureden, es läge daran, weil Master D ihr gesagt hatte, sie sollte nicht kommen, doch in Wahrheit hatte sie sich nicht dafür begeistern können, eine Szene mit einem anderen Dom zu spielen. In der darauffolgenden Woche war sie wieder in den Club gegangen und er war ebenfalls wieder da gewesen. Er musste sich umgehört haben, denn er hatte gewusst, dass sie ohne ihn nicht hier gewesen war. Eine Tatsache, die ihn so sehr erfreut hatte, dass er sie im Laufe der Nacht mit fünf unglaublichen Orgasmen belohnt hatte. Dieser Abend war so etwas wie Zuneigung am nächsten gekommen. Aber sogar das war keine Daddy-Nummer gewesen.

Es war genau dieser Besitzanspruch, der ihre Entscheidung untermauerte, nie jemanden wie Master D zu daten. Ihre Beziehung musste auf das beschränkt bleiben, was sie derzeit war – anonyme Wochenendnummern im Black Light. Kein Austauschen von Telefonnummern. Keine Treffen außerhalb dieses sicheren Ortes. Punkt. Denn auch wenn sein Besitzanspruch schmeichelnd war, würde es aufgrund dessen, wie sie ihr Leben leben musste, einfach nie funktionieren.

Doch diese Gedanken verflogen, als er ihren Arsch knetete und ihn grob drückte, bevor sein Mund sich auf ihren senkte.

Der Raum um sie schien sich zu drehen, bevor sie die Augen schloss und sich ihm vollkommen hingab, sich von seinen Lippen befehligen und von seiner Zunge erobern ließ. Er schmeckte nach Minze und seine Haut roch zart nach Seife. Er dominierte sie und legte seine große Hand auf ihren Hinterkopf, um sie festzuhalten und seine Besitzansprüche unmissverständlich klarzumachen. Als er den Kuss löste, lehnte er seine Stirn gegen ihre und seine Finger wanderten zwischen ihre Beine, unter den Saum ihres Slips.

„So ist es richtig, Baby." Seine Stimme klang tief und kehlig. Blitze zuckten durch ihren Körper, als er mit einem Finger durch ihren saftigen Schlitz glitt. „Du bist immer feucht für Daddy, oder etwa nicht?"

Sie biss sich auf die Unterlippe, um nicht laut aufzustöhnen.

Er zog seine Hand fort und schob ihre Beine auseinander. „Oder etwa nicht?" Er verpasste ihr einen brennenden Hieb zwischen die Beine, der sie beinahe zum Höhepunkt gebracht hätte.

Sie blinzelte in dem Versuch, ihren lustvernebelten Verstand zu klären. Was hatte er gefragt? Ach, ja. „Ja, Daddy", erwiderte sie, denn es stimmte. Sobald er sie berührte, wurde sie feucht. Das war mehr oder weniger eine Regel. Zur Hölle, vermutlich wurde sie schon feucht, wenn sie nur im selben Raum mit ihm war.

„Das liegt daran, dass dieser kleine, heiße Körper mir gehört", knurrte er und verpasste ihrer Pussy erneut einen Schlag. „Oder etwa nicht?"

Gott, nur noch ein oder zwei Hiebe und sie würde kommen. Sie musste den Kopf gegen die Wand lehnen, um ihn hochzuhalten. „Nochmal, Daddy", wisperte sie.

Seine Mundwinkel zuckten, aber anstatt ihr die Befriedigung zu schenken, nach der sie sich sehnte, griff er nach ihrem Ellenbogen und zog sie in den Kostümraum.

Ihr unbefriedigtes Verlangen machte sie ganz benommen und sie nahm den hellen, ordentlichen Raum kaum wahr. Er war bis unter die Decke vollgestopft mit Kostümen – Kleiderständer um Kleiderständer voll von jedem perversen Rollenspiel, das man sich nur vorstellen konnte.

„Ich brauche ein Kleines-Mädchen-Kostüm", erklärte Master D der niedlichen, kleinen Mieze von Sub, die in Leder-Plateauschuhen hinter dem Tresen hervorgestackst kam.

Sie lächelte Jennifer warm an, die allerdings nicht zurücklächelte. „Wie toll! Ich habe ein paar richtig niedliche Outfits hier drüben. Woran hast du gedacht?" Sie deutete auf einen Kleiderständer mit Strampelanzügen in Erwachsenengrößen, aufgebauschten *Alice im Wunderland*-Petticoats und katholischen Schulmädchenuniformen.

Jennifer betrachtete die Auswahl mürrisch und schob die Hüfte vor, um zu überspielen, wie verletzlich sie sich so nackt fühlte.

„Hm." Master D tippte sich gegen die Lippen und sie konnte nicht anders, als sie anzustarren. Sein Mund war sinnlich und weich, was bei jedem anderen Mann feminin gewirkt hätte, aber zusammen mit seinem kantigen Kiefer, den harten, männlichen Narben und den kurz geschnittenen Haaren ließ es ihn einfach verdammt sexy aussehen.

„Definitiv nicht die hier – es sei denn, sie ist richtig ungezogen." Er schob die Einteiler die Kleiderstange hinunter.

Gott sei Dank. Wenigstens kannte er sie. Er schien stets zu wissen, was ihr gefiel und was nicht.

„Und sogar die hier sind ein bisschen zu jung." Damit sortierte er die *Alice im Wunderland*-Rüschchenröcke aus. „Vielleicht etwas in dieser Art." Er hielt einen winzigen Minirock mit Pelzborte hoch, der von einem Reifrock aufgebauscht wurde.

Nur die Androhung der Windel hielt sie davon ab, erneut die Augen zu verdrehen.

Er nahm den Rock vom Kleiderbügel und drückte ihn ihr in die Hand. „Zieh den an, Baby."

Es war ein einfacher Rock, den man hinten zusammenband, was ihn für jede Größe passend machte. Das Miezenmädchen huschte um Jennifer herum, um ihr beim Zubinden zu helfen.

Okay, vielleicht war der Rock doch keine Einheitsgröße, denn er reichte nicht, um ihren Hintern zu bedecken. Oder war es eine Schürze?

Sie wirbelte herum und reckte den Hals, um hinter sich zu schauen.

„Mhmm", bemerkte Master D anerkennend. „Das ist hübsch. Jeder wird deinen rosigen Arsch – ich meine, Hintern – sehen können, wenn ich mit dir fertig bin."

Seine Verbesserung zwang ein Lächeln auf ihre Lippen und ihre Blicke trafen sich. Seine wunderschönen eisblauen Augen waren von zarten Lachfältchen umgeben. Hatte sie die je zuvor gesehen? Hatte sie ihn vor heute Nacht überhaupt schon einmal lächeln sehen? Wenn ja, dann war es ihr nicht so aufgefallen wie in diesem Augenblick.

Etwas in ihrer Brust flatterte – der Wunsch, sich dieses Lächeln noch einmal zu verdienen. Tja, das war seltsam. Auch wenn sie mit einem Dom immer alles ‚richtig' machen wollte – vor allem mit ihm – wurde es für sie nie persönlich.

„Obenrum will ich etwas ganz Einfaches. Vielleicht eine Schulmädchenbluse, die aufgeknöpft und an der Taille zusammengeknotet ist, damit ich mit diesen hübschen, kleinen Titten spielen kann." Er nahm eine ihrer zu kleinen Brüste in die Hand und drückte sie.

Nein. Sie empfand *kein* Anschwellen der Lust, wenn er ihre Brüste so beschrieb. Irgendwie fühlte sie sich nicht länger wie eine versierte, sexy Sub, sondern viel eher wie eine unbeholfene Teenagerin, die sich ihres Körpers und ihrer Wünsche nicht sicher war und nicht wusste, wie sie sich verhalten sollte.

Dieser verdammte Mann – er machte das mit Absicht.

Das Miezenmädchen brachte die Bluse und half ihr hinein. Jennifer schlug ihre Hände fort, um die Bluse selbst zuzuknoten, aber Master D schlug ihr auf den Arsch – fest. „Unartig, Baby. Lass dir von der netten Mieze helfen oder Daddy wird dir den Hintern versohlen müssen."

Als ob ihr das Angst machen würde.

„Über *ihr* Knie gelegt."

Okay, das war seltsam. Und peinlich. Und definitiv nichts, was sie ausprobieren wollte.

Sie schluckte, ließ die Hände sinken und schaute demonstrativ zur Seite, über die Schulter des Miezenmädchens. „Sorry, Daddy", murmelte sie.

Wieder spielten die Lachfältchen um seine Augen. Ihm gefiel das hier viel zu sehr.

Die Mieze knotete ihr die Bluse fertig zu. „Sie braucht Zöpfe", verkündete sie.

Jennifer schaffte es gerade noch, nicht ein paar der Nahkampfgriffe anzuwenden, die sie im Dienst perfektioniert hatte.

„Definitiv", stimmte Master D zu.

Das Miezenmädchen eilte hinter ihren Tresen und kam mit einer Bürste und Zopfgummis zurück. Sie bedeutete Jennifer, sich auf einen Stuhl zu setzen, und band ihre Haare in zwei hohe Pferdeschwänze.

„Wollt ihr Schleifen?"

D legte nachdenklich den Kopf zur Seite. „Nee, so ist gut."

Das Mädchen trat einen Schritt zurück und betrachtete Jennifer mit einem zufriedenen Lächeln. „Niedlich."

Kein Wort, mit dem Jennifer sich jemals freiwillig selbst bezeichnen würde.

„Ja", sagte Master D langsam. „Das ist sie wirklich." Er streckte seinen langen Arm aus, legte seine Hand in ihren Nacken und zog sie aus dem Stuhl eng an seinen Körper.

Die Beule seines steinharten Schwanzes drückte sich gegen ihren nackten Bauch und etwas in ihr erwachte lodernd zum Leben, die Unbeholfenheit verschwand und Hitze durchströmte ihren Körper.

Mit einem weiteren, fordernden Kuss senkte sich sein Mund auf ihren. Vor heute Abend hatten sie sich noch nie geküsst. Nie. Sie hatte nicht geglaubt, dass das sein Stil war. Ihrer war es ganz sicher nicht.

Doch als seine Zunge in ihren Mund drängte, seine Lippen sich auf ihre pressten, sie bestraften und Besitz von ihr ergriffen, wurden ihre Knie weich und ihr knapper Tanga ganz feucht.

„Daddy wird seinem kleinen Mädchen heute Abend eine lange, harte Lektion erteilen", knurrte er, als sich ihre Lippen voneinander lösten.

Ihr Magen schlug einen Salto.

Obwohl sie rational betrachtet noch immer bezweifelte, dass er ihre Bedürfnisse auf diese Weise befriedigen konnte, reagierte ihr Körper auf seine Worte, und der Nervenkitzel der Angst rauschte durch ihre Adern. Sie liebte es verdammt noch mal, dass er wusste, wie er das anstellen musste. Wie er genau das Richtige sagte, damit sie schwach und trunken vor Unterwerfung wurde.

Sogar als Daddy-Dom.

KAPITEL DREI

erek drehte sich zu dem Miezenmädchen um und deutete auf den Haufen mit Jennifers Anziehsachen und Schuhen. „Kannst du ihre Sachen für mich in eine Tasche packen, damit ich sie nachher abholen kann?"

„Natürlich." Das Mädchen warf ihm ein strahlendes Lächeln zu und Jennifer sah so aus, als würde sie ihr am liebsten die Augen auskratzen.

Er unterdrückte ein Grinsen und schob seine Hände unter Jennifers Achseln. „Hoch mit dir, Baby."

Panik blitzte in einer komischen Grimasse über ihr Gesicht. „Was?"

Diesmal unterdrückte er seine Belustigung nicht. „Du hast mich gehört. Daddys tragen ihre kleinen Mädchen."

„Oh, Gott", stöhnte sie, folgte seiner Aufforderung jedoch und sprang in seine Arme, als er sie erneut hochzog.

„Oh, Fuck, ja", knurrte er, als die nackte Haut zwischen ihren Brüsten genau in seinem Gesicht landete. Mit der Zunge fuhr er die Länge ihres Brustbeins entlang bis zu der kleinen Kuhle unter ihrem Hals. „Baby, du machst deinen Daddy so verdammt hart."

Ein widerwilliges Lächeln zuckte in Jennifers Mundwinkeln.

Im Hauptraum des Clubs war ein Tumult ausgebrochen. Eine Sub rief, „Rot – *Rot*, verdammt noch mal!", und stand auf. Sie trug ein Halsband und ihr Dom hielt sie an der Leine. Anscheinend war Petplay nicht ihr Ding.

Derek warf Jennifer in die Luft und korrigierte ihre Position, sodass sie nun auf seiner rechten Hüfte saß, genau wie ein kleines Mädchen. „Lass uns eine Runde Pferdchen spielen, Mäuschen."

Sie kreischte, als er losgaloppierte und an den Rändern des Clubs entlang sauste, wo er sich ungehindert bewegen konnte. Unfähig, sich weiterhin würdevoll oder stoisch zu verhalten, schlang Jennifer die Arme um seinen Hals, während ein Kichern aus ihrem Mund drang.

Es gefiel ihm, sie zum Lachen zu bringen, seine kleine Jennifer. Normalerweise war sie viel zu ernst. Es war nicht sein Stil, aber die Rolle zu spielen half ihnen beiden, sich aus ihrer Norm zu befreien. Und zur Hölle, wenn man bedachte, dass er sie in zwei Monaten nicht dazu bringen konnte, sich mit ihm zu verabreden, mussten sie die strenge Form womöglich etwas lockern.

Er hatte nicht vorgehabt, ins Zentrum der Aufmerksamkeit zu rücken, aber er bemerkte, dass die Hauptbühne leer war, und es brauchte nicht mehr als einen Stuhl für die Szene, die ihm vorschwebte. Er suchte Chase' Blick, als er an ihm vorbeijoggte, zog er seine Augenbrauen hoch und nickte fragend in Richtung Bühne.

Chase grinste und wedelte mit der Hand zur Bühne, als wollte er sie hinaufwinken.

Derek hob einen Finger und ließ Jennifer hinunter, damit sie beide wieder zu Atem kommen konnten. Er wollte mit ihr auf eine Wellenlänge kommen, bevor sie die Bühne betraten. Eine Sub in die Unterwerfung zu schicken, war etwas, was der Hypnose sehr nahekam. Es gab bestimmte Anzeichen, auf die man achten musste, um zu erkennen, ob sie unter seinem Bann standen und für das bereit waren, was man von ihnen verlangen würde. Und es würde einfacher sein, Jennifer unter vier Augen an diesen Punkt zu bringen, als auf der Bühne.

„Darf ich für unsere nächste Runde etwas anderes anziehen?" Jennifer verbarg ihre Abneigung gegen das Babydoll-Outfit nicht, in das er sie gesteckt hatte. Und das war der Grund, weshalb er sie es nicht ausziehen ließ.

„Nein, Baby. Du wirst den Rest des Abends als meine Kleine verbringen." Mit dem Zeigefinger stupste er sanft auf ihre Nase.

Sie rümpfte die Nase, was sie haargenau wie ein bockiges Kind aussehen ließ.

„Weißt du", sagte er, schlang seinen Arm um ihren Rücken und zog ihren weichen Körper gegen seinen harten. „Du könntest eine heftige Dosis Daddy-Zeit gut gebrauchen. Ich weiß, das willst du nicht akzeptieren – und ehrlich gesagt kann ich nicht glauben, dass ich es dir anbiete. Vermutlich ist das hier eine einmalige Gelegenheit für dich, Puppe, also solltest du sie ergreifen, solange du kannst."

„Stimmt, weil es ja so wahnsinnig erfreulich ist." Ihre Stimme troff förmlich vor Sarkasmus.

Er legte den Kopf zur Seite und warf ihr einen strengen, warnenden Blick zu, während seine Hand sich auf eine sehr undaddyhafte Weise um ihren Hals legte. „Achtung, Baby."

Er wusste, wie man gefährlich klang. Er hatte diese kühle, gepflegte Dom-Art an sich, und um das zu untermauern, besaß er auch noch Deadly D – eine Seite, die er normalerweise nur dann zeigte, wenn es bei seiner Arbeit um alles ging. Doch manche Frauen liebten es, das zu hören, und Jennifer war eine von ihnen.

Sie erschauderte unter seiner Hand.

Ohne die Hand von ihrem Hals zu nehmen, strich er mit seinem Daumen über ihren Kiefer. Seine andere Hand wanderte an ihrem Körper hinunter, legte sich auf ihren Arsch und krallte sich mit genug Wucht in ihre Arschbacke, dass sie nach Luft schnappte. „Wirst du für Daddy ein braves Mädchen sein?" Noch immer sprach er mit seinem finsteren, warnenden Tonfall.

Ihre Augen weiteten sich und ihr Körper schmolz unter seiner Berührung. Er hatte ihre Unterwerfung. „Ja, Sir", stieß sie atemlos hervor.

Er wusste, dass sie jede Sekunde seiner Drohung liebte, noch bevor er seine Hand von ihrem Arsch nahm und sie unter dem fluffigen Minirock auf ihren Venushügel legte, bevor er einen Finger unter den Saum ihres Höschens schob.

Triefend nass.

Sein Blut rauschte, sein Schwanz wurde noch steifer und drängte gegen den Reißverschluss seiner schwarzen Jeans.

Mit seinem Finger glitt er vor und zurück durch ihren glitschigen Schlitz, bevor er in sie eindrang.

Alarmiert flogen ihre Augen auf und sie stellte sich auf die Zehenspitzen, um der Bewegung seines Fingers zu folgen. Mit der Hand an ihrem Hals hielt er sie fest, während er mit seinem Finger in sie hineinpumpte.

Sie wimmerte und ihr Ausdruck wurde flehend und lüstern.

Er zog seinen Finger aus ihr heraus und schlug ihr auf den Arsch. „Du willst, dass Daddy diese kleine, enge Pussy fickt, oder etwa nicht?"

Sie schluckte und nickte.

„Willst du, dass er das auf der Bühne macht?"

Er beobachtete den Aufruhr auf ihrem Gesicht. Einerseits machte seine kleine Sub niemals einen Rückzieher, weder vor einer Herausforderung noch vor einem Befehl. Andererseits war sie keine Exhibitionistin. Wenn er raten müsste, würde er sagen, dass sie nur beim Roulette mitgemacht hatte, um den Gratismonat für ihre Mitgliedschaft zu gewinnen. Das Black Light kostete ein verdammtes Vermögen und beim Militär wurde man nicht gerade reich. Das war der Grund, weshalb er ausgeschieden und zu einer privaten Firma gewechselt war. Jetzt verdiente er dreimal so viel wie als Navy SEAL.

Sie zuckte mit den Schultern und antwortete schließlich mit gesenktem Blick. „Was immer du willst, Daddy."

„Mhm." Er belohnte ihre Kapitulation, indem er mit beiden Händen über ihren Körper strich, dann beide Arschbacken in die Hände nahm und kräftig drückte und knetet. „Du bist so ein braves Mädchen. Immer so ein braves Mädchen für deinen Daddy."

Mit ihrem Arsch so köstlich nackt, ließ er einen Finger in ihre Ritze gleiten, suchte nach ihrem verborgensten Loch und rieb in festen, kreisenden Bewegungen darüber. Gleichzeitig wanderte seine andere Hand nach vorn und versank in ihrer feuchten Hitze. „Willst du, dass Daddy dich hier fickt?" Er wackelte mit dem Finger an ihrem Anus.

Ihre Pussy zog sich zusammen, ihre Muskeln versteiften sich um seinen Finger. Ein verwirrter, panischer Ausdruck huschte über ihr Gesicht. „Nicht wirklich …?"

Mit einem groben Stoß vergrub er zwei Finger bis zum Anschlag in ihrer Pussy, ließ Jennifer vorwärtsfallen und sich mit den Händen an seinen Bizeps festklammern. „Lüg mich nicht an, kleines Mädchen, oder ich werde dir so fest den Arsch versohlen, dass du eine Woche lang jedes Mal an mich denken musst, wenn du dich setzt."

Röte legte sich über ihr liebliches Gesicht und ihren Nacken.

„Ich werde dir die ganze Nacht lang den Arsch versohlen, bis er ganz verbraucht ist und du vor Unterwerfung humpelst. Und dann werde ich deinen engen, kleinen Arsch ficken und dir zeigen, wie sehr es dir gefällt."

Wieder zuckte ihre Pussy um seine Finger und sie errötete noch mehr.

„Gott, D", wimmerte sie.

Seine Finger glitten aus ihr heraus und er warf ihr ein ungezähmtes Lächeln zu. „Bist du bereit für deine Lektion?"

Unsicherheit flackerte über ihr Gesicht, aber dann holte sie tief Luft und nickte. „Ja, Sir … ich meine, Daddy."

Seine Lippen verzogen sich zu einem wölfischen Grinsen. Es war so verflucht niedlich, wenn sie ihn so nannte, vor allem, weil es nicht ihre Art war. Irgendwie mochte er die Intimität, die es vermittelte.

„Daddy wird dir so heftig den Arsch versohlen, dass du eine Woche lang nicht sitzen kannst. Oder zumindest einen Tag", verbesserte er sich, fiel für eine Sekunde aus der Rolle und warf ihr ein verschwörerisches Grinsen zu.

Das schnelle, dankbare Lächeln, das sie ihm schenkte, ließ sein Herz heftiger hämmern.

„Du glaubst nicht, dass ich dich als Daddy-Dom brechen kann, oder?"

Sie zögerte. „Nein, Sir … Daddy."

„Du glaubst, ich werde dich nicht zum Weinen bringen können wie das kleine Mädchen, das du spielst?" Er hatte sie noch nie weinen sehen – nicht einmal während all der Male, wenn er sie bestraft hatte, bis sie zitternd und bebend zu Boden gefallen war. Weil er wusste, dass ihre nicht-unterwürfige Seite genauso ehrgeizig war wie er, sagte er, „Ich wette, ich schaffe es."

Sie drehte sich zu ihm herum und starrte ihm unverwandt in die Augen. „Was wettest du?"

Angebissen. Er hatte sie durchschaut. Um dorthin zu kommen, wo sie in der Army stand, musste sie eine Typ-A-Persönlichkeit haben. Sie war ambitioniert, vermutlich Perfektionistin, und mit Sicherheit zielstrebig. Mit diesen Eigenschaften suchte sie auch nach ihrer Befriedigung – sie bat immer um mehr und musste viel weiter getrieben werden, als andere es je aushalten würden.

Er blieb stehen und drehte sie, sodass sie ihn anschauen musste. „Ein Date. Außerhalb des Black Lights. Du und ich."

Ihr herausforderndes Lächeln erlosch und irgendetwas in ihrem Gesicht machte zu.

„Ich weiß, dass du die Dinge nicht persönlich werden lässt, Baby. Aber ich finde, ich habe eine Chance verdient. Eine Chance, dich außerhalb dieses Clubs zu treffen."

Sie hob das Kinn und presste die Lippen zusammen, bevor sie antwortete. „Ich date nicht."

„Angst, die Wette zu verlieren?", spöttelte er.

Ihre Nasenflügel bebten. „Nein."

Er zog eine Augenbraue hoch.

„Na schön. Ich nehme die Wette an."

Sie willigte nicht etwa ein, auf ein Date zu gehen. Nein, Jennifer war sich sicher, dass sie die Wette gewinnen würde. Tja, sie hatte keine Ahnung, wie fest entschlossen ein Mann wie er sein konnte. Er würde sie heute Abend zum Weinen bringen und dieses verdammte Date bekommen.

Auf der Bühne trat Chase ans Mikro. „Als Nächstes kommt unser Ageplay-Paar – hier im Black Light als Master D und Sklavin des Schmerzes bekannt. Master D und Sklavin, bitte kommt auf die Bühne."

„Gut." Er griff sich einen Stuhl aus dem Publikum, warf sich seine Tasche über die Schulter und zerrte sie auf die Bühne. Er ließ Jennifer in der Mitte der Bühne stehen, setzte sich auf den Stuhl und ließ seine

Dom-Tasche mit den Spielzeugen vor sich auf den Boden fallen. „Stell dich mit gespreizten Beinen vor mich, den Rücken zum Publikum." Er öffnete seine Tasche und fischte eine hölzerne Haarbürste und den Gegenstand, den er bei einem Impulskauf auf dem Weg hierher erstanden hatte, hervor. Es musste eine göttliche Eingebung gewesen sein, denn es schien geradezu perfekt zu sein – ein Stück Ingwerwurzel.

„Halte deinen Rock hinten auf, Baby. Präsentiere ihnen deinen perfekten Hintern." Mit dem Taschenmesser, das er immer bei sich trug, schälte er zügig den Ingwer und schnitzte daraus einen dicken Finger mit knubbeligem Ende.

Jennifer zog die Augenbrauen hoch, gehorchte aber und zog den Saum ihres Rocks nach vorne, um die Lücke an ihrem Hintern zu vergrößern und ihren muskulösen Arsch zu präsentieren, der von ihrem knappen Tanga halbiert wurde.

Er zog ihr Höschen nach unten, bis es auf ihre Füße fiel. „Daddy muss deinen Hintern nackt für dein Spanking haben, Engel."

Als sie erstarrte und ihren Kiefer anspannte, wusste er, dass er an ihre Grenzen gestoßen war. Allerdings stand sie mit dem Rücken zum Publikum – sie konnten ihre Möse nicht sehen – nur er. Und obwohl sie feste persönliche Grenzen hatte, wusste er, dass sie ihr Safeword nicht benutzen würde. Nein – seine Jennifer würde so ziemlich alles ertragen, was er ihr während einer Szene entgegenwarf. Das hatten ihn die köstlichen Erfahrungen mit ihr bereits gelehrt.

Er klopfte auf seinen Schoß.

Jennifer wollte schon die Augen verdrehen und kam seiner Bitte schnell nach, um es zu verbergen.

Er ergriff ihre Zöpfe in seiner Hand und zog seine Faust zurück, um ihren Kopf anzuheben „Glaub nicht, das hätte ich nicht gesehen, kleines Mädchen", knurrte er.

Sie kicherte tatsächlich.

Es war so seltsam, diese ernste Sub lachen zu sehen, dass auch er laut auflachte. „Lach nur, Kleine. Wenn ich fertig mit dir bin, wirst du nicht mehr lachen."

„Okay, Daddy", unkte sie, eindeutig unbeeindruckt.

„Greif nach hinten und halte deine Arschbacken auf."

Sie gehorchte. Er hatte sie noch nie zuvor anal bestraft, auch wenn er ein großer Fan von Plugs und Analsex war, um einer Sub zu zeigen, wer das Sagen hatte. Es war ihm für Jennifer einfach nicht richtig vorgekommen – sie brauchte Schmerzen, und zwar eine Menge, und nicht so sehr die Demütigung. Heute Abend würde sie allerdings das volle Programm bekommen.

Er nahm den Ingwer in die Hand und lutschte kurz daran, um ihn mit Speichel zu benetzen. Kein Gleitgel fürs Figging – das ruinierte den Effekt. Mit dem Ende des Ingwerstücks drückte er vorsichtig gegen ihren Anus.

„Aufmachen."

Stattdessen zog sie ihr Loch zusammen.

Er übte weiter sanften Druck auf den engen Muskelring aus. „Ausatmen, Baby."

Ihre Muskeln entspannten sich, als sie einen tiefen Atemzug ausstieß, und er schob die Ingwerwurzel hinein. „Du hast dir ein Figging verdient, Baby, für all das Augenverdrehen." Er pumpte den Ingwer rein und raus, drehte ihn hin und her, um sicherzustellen, dass der Saft in ihre Membranen drang. „Hier ist der Deal. Ich will, dass du diesen Ingwer das ganze Spanking über in deinem kleinen Poloch lässt. Er muss drin bleiben, bis ich ihn rausnehme. Verstanden?"

Er bemerkte, wie sich ihr Beckenboden anhob, als würde sich ihre Pussy zusammenziehen. Gut – es machte sie so sehr an wie ihn.

„Ja, Daddy." Er wusste, dass ihr das Wort *Daddy* noch immer nicht leicht über die Lippen kam, und er liebte es, sie damit ringen zu sehen.

MÖGLICHERWEISE WAR sie der Sache nicht gewachsen. Verdammt, sie hatte sich immer etwas darauf eingebildet, mit allem umgehen zu können, was ihr entgegengeschleudert wurde. Mit allem. Ballgags und Augenbinden, Blutspiele, Atemspiele wären sogar okay für sie gewesen. Aber Master D *Daddy* zu nennen, war einfach …

Was? *Komisch. Bizarr.* Ja, alles davon. Aber was genau bereitete ihr solches Unbehagen? Es war die Zuneigung darin.

Eine Zuneigung, die sie *verletzte.* Ihre Brust schmerzte.

Das tat verflucht noch mal mehr weh als jedes Auspeitschen, das er ihr je verpasst hatte – und er wusste definitiv, wie man es hart besorgte. Ja, Master D, mit seinen harten Muskeln, den schnellen Reflexen und seiner körperlichen Geschicklichkeit, wusste genau, wie er ihr auf die richtige Weise wehtun konnte. Seine Peitsche schlang sich nie um ihre Taille, nie versohlte er eine Backe heftiger als die andere. Er steigerte die Intensität, teilte den Schmerz in bemessenen Dosen aus, um sie stets weiter zu treiben, als sie es für möglich hielt. Er wusste, wann er innehalten musste, wann er sie zu Atem kommen lassen und wann er sie gnadenlos auspeitschen musste.

Normalerweise sagte er nicht viel. Sie hatte ihn immer für den starken, stillen Typen gehalten. Heute Abend hatte sie mehr Worte aus seinem Mund gehört als bei allen anderen Szenen zusammen. Und süße Worte aus seinem Mund zu hören, anstatt der kalten, knappen Befehle, brachte sie völlig aus dem Konzept.

Sie wollte keine Zuneigung von ihm. Wollte nicht lachen, wollte keine verschwörerischen Blicke oder heimliches Kichern teilen. Und ganz sicher wollte sie nicht wie ein Baby behandelt werden.

Der Ingwer hatte seine volle Wirkung noch nicht entfaltet. Sie hatte noch nie zuvor ein Figging über sich ergehen lassen, hatte es aber definitiv recherchiert, denn sie informierte sich unermüdlich über sämtliche BDSM-Praktiken. Es konnte bis zu einer halben Stunde dauern, bis die Ingwersäfte wirkten, und dann würde sich ein Brennen in ihrem Anus ausbreiten.

Kein Problem. Sie konnte mit Schmerz umgehen, sogar, wenn er zusammen mit einer heftigen Dosis Demütigung ausgeteilt wurde. Sie konnte auch mit Demütigung umgehen, auch wenn sie sie nicht liebte. Aber zur Hölle, sie hatte schließlich auch die Grundausbildung durchgestanden. Sie hatte genug öffentliche Demütigung überlebt.

Master D versohlte ihr mit der flachen Hand den Hintern, um ihren Arsch auf die Bürste vorzubereiten. Er war umsichtig in dieser

Hinsicht, obwohl er wusste, dass sie sich nicht beschweren würde, wenn er direkt mit den harten Bandagen einsteigen würde.

„Das Aufwärmen verhindert blaue Flecken, kleine Sklavin", hatte er ihr irgendwann einmal erklärt, nachdem sie ungeduldig darauf gewartet hatte, dass er endlich zur Sache kam. Natürlich hatte er sie für ihre Ungeduld bestraft.

„Du hast dir richtig Ärger eingehandelt, kleines Mädchen." Master Ds dunkles Knurren brachte ihren gesamten Körper zum Vibrieren und schien durch ihr Inneres zu hallen. Das einzige Geräusch, das an ihre Ohren drang. So schnell hatte sie sich der Unterwerfung hingegeben, trotz des Publikums und der ungewohnten Position. Seine Hand schlug in einem schnellen Rhythmus, rechte Arschbacke, linke Arschbacke, während er seinen linken Arm eng um ihre Taille geschlungen hatte, um sie festzuhalten, obwohl sie natürlich nie zappelte oder austrat.

Sie war keine Sub, die gerne so tat, als ob sie es hasste, nicht dass sie das verurteilte. Sie musste nicht festgebunden oder in Handschellen gelegt oder an eine Spanking-Bank gekettet werden. Sie war stolz darauf, die Anweisungen ihres Doms haargenau zu befolgen.

Trotzdem erregte es sie, wie er sie auf eine so intime Weise festhielt. Die Hitze seines Schoßes, der Halt seines Arms, der fast wie eine Umarmung wirkte. Ein zartes Spanking – eine vollkommen fremde Erfahrung für sie.

„Weißt du, warum?"

Er hielt inne.

Oh, mein Gott. Würde das eine dieser Frage-Antwort-Szenen werden? Sie würde einen Ballgag und eine Augenbinde vorziehen, damit es schön anonym und stumm bliebe.

„Nein, Daddy."

Er fuhr mit seinen Schlägen fort und sie hob ihm den Hintern entgegen. Wie immer hatten ihre Arschbacken das perfekte Level an Brennen erreicht, sodass die zunehmende Intensität, die er nun einsetzte, ihr System nicht überforderte, sondern als köstlicher Schmerz registriert wurde.

Sie atmete in das Feuer hinein, ließ ihren Körper von Endorphinen fluten, die Anfänge der Glückseligkeit bereits deutlich spürbar.

„Du hast dich von mir ferngehalten, kleines Mädchen."

Sie hätte es nicht für möglich gehalten, denn er schlug sie nur mit einer Hand, aber sein Spanking wurde noch fester. Sie saugte die Empfindungen auf und konzentrierte ihre Wahrnehmung auf nichts als seine Stimme. Seine Hand. Ihren Körper, der ihm gehörte. Seine Worte ergaben für sie keinen Sinn – auf welche Weise hatte sie sich von ihm ferngehalten? Doch sie würde nicht nachfragen oder widersprechen. Was auch immer er sagte, war in diesem Augenblick die Wahrheit.

„Du tauchst hier auf, empfängst deine Strafe und verschwindest wieder. Woche um Woche, seit das Black Light aufgemacht hat. Das ist nicht gut genug, kleines Mädchen."

Nicht gut genug.

Sie biss die Zähne zusammen. Sie war niemals *nicht gut genug.* Oder zumindest verbrachte sie jede Minute ihres Lebens damit, sicherzustellen, dass sie alle Erwartungen erfüllte. Was zur Hölle wollte er denn noch von ihr?

Er hielt im Spanking inne und pumpte und drehte den Ingwer in ihrem Arsch. Eine leichte Wärme kribbelte überall dort, wo die Wurzel ihre Haut berührte, ein Auftakt für das Brennen, das mit Sicherheit folgen würde.

Sehnsucht stieg in ihr auf, allerdings nicht nur nach Schmerz. Dieses fremde Verlangen irritierte sie wie ein kratziger Pulli. Sie hatte geglaubt, sie hätte diesen Ort verstanden. Sie unterwarf sich, empfing Schmerzen und fand Erleichterung. Doch dieses neue Sehnen – dieses blendende Verlangen nach Anerkennung, in den Augen ihres Masters alles richtigzumachen?

Igitt.

Als er mit seinen Hieben fortfuhr, kamen sie mit der flachen, glatten Seite der Haarbürste.

Sie hielt die Luft an, um sich unter den Schlägen nicht zu winden, und ihre Augen wurden feucht vor Schmerzen. „Was willst du?", keuchte sie und wusste, dass sie respektlos klang, schockiert über ihr eigenes Brechen des Protokolls.

„Ich will, dass du mir alles gibst, Sonnenschein. Ich will dich. Alles von dir."

Sie antwortete nicht, wusste nicht, was sie sagen sollte. Sie wollte nicht sprechen, während jeder Teil ihres Körpers mit den gleichmäßigen Schlägen der Haarbürste auf ihrem empfindlichen Arsch in Gleichklang kam.

Ein Stöhnen drang aus ihrem Mund.

„Böses Mädchen."

Normalerweise benutzte er solche Ausdrücke nicht, und sie trafen sie wie ein Speer direkt in ihre Brust. Normalerweise waren ihre Schmerzen zu seinem Vergnügen – ein Sadist, der seine Folter genoss. Diese Missbilligung allerdings aus seinem Mund zu hören, verursachte ihr mehr Unbehagen als das Spanking, das immer intensiver wurde. Die Schmerzen wuchsen an, ihr Arsch wurde heiß, eine pochende Masse von Nervenenden, die protestierend gegen die dumpfen, unnachgiebigen Hiebe der Haarbürste aufschrien.

„Nein."

Scheiße. Hatte sie tatsächlich gerade *Nein* gewimmert? Was zur Hölle? Sie war keine Sub, die bettelte, und ganz sicher keine, die jemals *Nein* zu ihrem Dom sagte.

„Nein?" Seine Stimme klang schneidend und grausam und er ließ die Bürste mit noch mehr Wucht auf sie herunterfahren.

Sie spannte ihre Kehle an, um zu verhindern, dass ihr ein weiteres Wimmern entwischte.

„Hast du dich mir hingegeben, kleines Mädchen? Lässt du mich hinter diese perfekte Unterwürfigkeit schauen, Sub?"

„Nein."

Warum zur Hölle brannten da echte Tränen in ihre Augen? Nicht die Sorte, die einfach durch die Schmerzen kamen, sondern echte, emotionale Tränen. Ihr Hals war wie zugeschnürt und sie hielt die Luft an.

„Und warum, Baby? Hast du Angst davor, das Protokoll zu brechen?"

Warum stellte er ihr diese Fragen? Natürlich hatte sie Angst davor, das Protokoll zu brechen! Sie brach das verdammte Protokoll nicht!

„Was passiert, wenn du einen Fehler machst?"

Sie rutschte auf seinem Schoß hin und her, verstieß gegen ihren eigenen Schwur, für ihren Dom immer stillzuhalten. Sie wollte, dass diese verdammte Szene endlich vorbei war. Das hier war einfach nicht ihr Ding. Nicht im Geringsten. Und zu allem Übel fing der Ingwer in ihrem Arsch nun ernsthaft an zu brennen, und das Unbehagen machte sie unruhig – sie wollte aufstehen und weglaufen – nein – *wegrennen* und diese ganze, verrückte Veranstaltung hinter sich lassen.

Ihr Master machte gnadenlos weiter und versohlte ihr nun mit zu viel Wucht den Arsch – es war alles zu viel. Als er sprach, klang seine Stimme hart und wütend. „Ich habe dir eine Frage gestellt. Was passiert, wenn du einen Fehler machst?"

„Du versohlst mir den Arsch!", schrie sie und war nun ebenfalls wütend.

„*Wortwahl*, kleines Mädchen! Das hier ist keine Kerkerszene." Dieses Mal war sein Tadel kalt und knapp.

Was zur Folge hatte, dass sie ihre umherirrenden Emotionen einfing und sie fein säuberlich an der Grenze aufreihte, die er für sie gezogen hatte.

„Entschuldige dich und versuche es noch einmal."

Oh, Gott. Sie hasste es, Fehler zu machen. Hasste es mehr als alles andere auf der Welt. Ihr Gesicht glühte und hinter ihren Augen und ihrer Nase baute sich Druck auf. „Sorry … Daddy. Du versohlst mir den *Hintern*." Ihre Stimme klang erstickt, aber sie schaffte es, etwas Sarkasmus ins letzte Wort zu legen.

„Das stimmt, Baby. Ist das also anders, als wenn du keinen Fehler machst?"

Was für ein verfickter Mindfuck war das denn?

Sie wollte dieses Spiel wirklich nicht länger spielen.

„Ist es das?" Seine Stimme knallte wie eine Peitsche.

„Nein, Sir." Eine Träne tropfte auf die Bühne unter ihr.

Herrgott nochmal. Das war nicht sie. Sie weinte nicht.

Er korrigierte sie nicht.

„Warum ist es also nicht okay, einen Fehler zu machen?"

Aufhören. Hör einfach auf. Er musste dieses Verhör beenden.

Wie immer schien ihr Dom genau zu wissen, was in ihr vorging, denn diesmal erzwang er keine Antwort.

„Wer wollte, dass du perfekt bist, Engel?" Seine Stimme klang nun sanfter, eine Zärtlichkeit nach der Schärfe, obwohl die unglaublichen, regelmäßigen Schläge der Haarbürste für keinen Moment aufhörten, nie innehielten.

Sie brauchte einen Augenblick, um seine Frage zu begreifen. Fragte er sie gerade nach ihrer Kindheit?

„War es dein Vater?"

Oh, Fuck, nein.

Etwas in ihr zerriss. Sie war wieder ein Kind, das Kind, das die Erwartungen nie erfüllte. Sie war nie körperlich bestraft worden – nein. Das wäre eine Erleichterung gewesen, im Vergleich zum Liebesentzug, den sie erlebt hatte, wann immer sie einen Fehltritt begangen hatte. Der General hatte extrem hohe Erwartungen an sein einziges Kind gehabt, an die Tochter, die er immer und immer wieder daran erinnert hatte, dass sie ein gutes Licht auf ihn werfen musste.

„Musstest du für ihn perfekt sein?"

Ein Schluchzen formte sich in ihrem Hals und brach hervor. Tränen strömten aus ihren Augen und tropften auf den Bühnenboden unter ihr.

Mit nur einer blöden Frage hatte sie gekuscht und sich in den Schatten von *nicht gut genug* verkrochen. Von *falsch*. Von dem einen Ort, von dem sie immer vermutet hatte, dass sie dorthin gehörte, und den zu meiden sie sich ihr ganzes Leben lang abgemüht hatte.

Ihre Schultern bebten vor Schluchzen – echtes Weinen, mit echten Tränen, nicht einfach nur ein Wegatmen der Schmerzen. Oh, Gott, sie war ein totales Wrack.

Alles kam in einer Flut aus ihr herausgeschossen, schnürte ihr die Kehle zu.

Brach sie.

DEREKS SCHLÄGE WURDEN SANFTER, obwohl der Rhythmus gleich blieb. Er gab Jennifer die Gelegenheit, alles rauszulassen, was in ihr hochkam.

Er war sich nicht sicher gewesen, ob er es schaffen würde. Der

Großteil seiner Fragen war nur ein Raten gewesen, denn er und Jennifer hatten bisher während ihrer Szenen kaum mehr als unbedingt nötig gesprochen. Allerdings hatte er eine Mauer eingerissen und die echte Jennifer trat auf die wunderschönste, chaotischste Weise hervor.

Ja, Ageplay war nicht sein Ding, aber er würde diesen Augenblick gegen nichts in der Welt eintauschen wollen. Zu Jennifer durchzudringen, herauszufinden, was sie so gut versteckt hatte, und ihr dabei zu helfen, ihre Dämonen loszulassen, bedeutete ihm mehr, als er geahnt hatte.

Und auch wenn chaotisches, emotionales Zeug normalerweise nicht sein Ding war, hieß er diese Gelegenheit willkommen, seine süße Sub festzuhalten und ihr allen Trost zu schenken, den sie brauchte.

Nach und nach verklang ihr Schluchzen und er hörte auf, ihr den Hintern zu versohlen, und legte die Bürste neben seinem Stuhl auf den Boden. Vorsichtig zog er den Ingwer aus ihrem Anus und ließ ihn zurück in die Plastiktüte fallen, in der er ihn gekauft hatte.

Dann strich er Jennifers Rock zurück, hob sie auf die Füße und stand auf, damit er sie in den Arm nehmen konnte.

Das Publikum applaudierte.

Und dann schwang sie mit der Faust nach ihm.

Fuck.

Er duckte sich unter ihrer fliegenden Faust hinweg, woraufhin der Applaus abrupt verstummte und von angespanntem Schweigen abgelöst wurde, das von nichts als leisem Keuchen und Flüstern gebrochen wurde.

„Wow – unangebracht!", rief eine Frau, seinetwegen entrüstet. „Dafür gibt es Safewords!"

Sein Herz hämmerte bis in seinen Hals. Er war zu weit gegangen. Oder nicht weit genug. Wie auch immer, seine Sub war stinksauer auf ihn, und wenn er die Situation nicht ganz schnell in Ordnung brachte, verlor er sie womöglich für immer.

Inakzeptabel.

Er hob die Hand, um die Mengen zum Schweigen zu bringen, ohne den Blick von Jennifers erhitztem Gesicht abzuwenden. Ihre Augen waren gerötet, ihr Mascara verschmiert. Ihre Hände waren an ihrer

Seite zu Fäusten geballt und ihre Brust hob und senkte sich mit raschen, flachen Atemzügen.

Seine Brust zog sich zusammen, als er sie so sah, obwohl er es gewesen war, der ihren Schmerz verursacht hatte. Das war Sadismus – mit dem Verlangen, Schmerzen zuzufügen, kam auch ein ebenso starkes Verlangen, zu trösten und zu beschützen.

„Es ist okay. Ich verstehe. Ich habe dich verletzt. Willst du mich verletzen?" Auffordernd winkte er mit der Hand. „Komm, schlag noch mal nach mir. Diesmal werde ich mich nicht ducken, versprochen."

Ihre Knöchel krachten in seinen Kiefer, nicht mit genug Wucht, um ihn umzuwerfen, aber definitiv fest genug, um Blutergüsse zu hinterlassen.

Er rieb sich den Kiefer, während die Menge erneut tuschelte. „Du hast einen ordentlichen rechten Haken, Baby. Und jetzt …"

Doch Jennifer stürmte bereits davon, und er befürchtete, dass er sie nie wieder sehen würde, wenn es ihm nicht gelang, sie einzuholen.

Sie marschierte schnurstracks auf die Ausgangstür des Clubs zu, dann schien sie sich daran zu erinnern, wie sie angezogen war, und bog nach rechts zur Damenumkleide ab. Gott sei Dank trug sie nichts, was man auf der Straße tragen konnte.

Er joggte los, um sie einzuholen. Chase hatte die Bühne betreten und kündigte das nächste Paar an, um die Aufmerksamkeit dankenswerterweise von Dereks Drama abzulenken. Er wurde schneller und erreichte Jennifer direkt vor der Tür der Umkleide, wo er sich vor sie stellte und ihr den Weg versperrte.

Der Sicherheitstyp, Terry, trat neben sie und funkelte sie finster an.

Jennifer versuchte, an Derek vorbei in die Umkleide zu kommen, aber Derek bewegte sich mit ihr.

„Okay, vielleicht braucht sie einfach eine kleine Pause", bemerkte Terry.

Derek musste sich verdammt anstrengen, seine Hände nicht zu Fäusten zu ballen. „Gib uns ein bisschen Privatsphäre. Ich fasse sie nicht an, außerdem hat sie ihr Safeword nicht benutzt. Es gibt keinen Grund für dich, dich einzumischen."

Jennifers Lippen verwandelten sich in eine schmale Linie, ihr tränenüberströmtes Gesicht vollkommen verschlossen und wütend.

Er suchte ihren Blick und versuchte, ihn zu halten, aber sie starrte nur entschlossen über seine rechte Schulter. „Hör mir zu" – *Baby* klang irgendwie nicht richtig – „Jennifer."

Als sie ihren Namen hörte, wurden ihre Augen groß, ihr Gesicht allerdings noch zorniger.

„Wir hatten eine schlechte Szene. Du bist aufgebracht. Ich werde dich nicht ohne Aftercare hier verschwinden lassen."

Ein Anflug der Überraschung blitzte in ihren Augen auf, bevor sich ihre Miene erneut verschloss.

„Du musst nicht mit mir darüber sprechen, was in deinem Kopf vorgeht. Du musst kein verdammtes Wort sagen, aber ich muss sicherstellen, dass es dir gut geht."

Sie richtete sich auf, ein Effekt, der davon durchkreuzt wurde, dass ihre Lippen noch immer zitterten und Niederlage ihre Augen trübte. „Ich brauche niemanden, der sich um mich kümmert."

„Baby." Er sprach das Wort sanft aus, durchtränkt von Bedauern. Er wollte mit ihr diskutieren, ihr sagen, dass er verdammt gut wusste, dass das nicht stimmte, doch die Entschlossenheit in ihrem Gesicht zu sehen, ließ ihn diese Taktik aufgeben. „*Ich* brauche es."

Ihre Augen blitzten auf. „Es ist mir scheißegal, was du brauchst."

Irgendwo auf der anderen Seite des Clubs schrie eine Sub auf, als sie in ein Wasserbecken geworfen wurde.

Der verdammte Sicherheitstyp lungerte noch immer in ihrer Nähe herum und wartete darauf, sich einmischen zu können. Derek entschied, das zu seinem Vorteil auszunutzen. „Gut." Er warf Terry einen Blick zu. „Wenn du es nicht von mir annehmen möchtest, dann wird Terry jemand anderen suchen, der sich um dich kümmert, aber du wirst diesen Club nicht ohne Aftercare verlassen." Ehrlich gesagt wollte er sie in ihrem zerbrechlichen Zustand auf gar keinen Fall in der Obhut eines anderen Doms lassen, aber wenn das die einzige Option war, dann waren ihm letzten Endes ihre Bedürfnisse wichtiger, als sein Verlangen, an ihrer Seite zu sein.

Sie drehten sich beide zu Terry um, der verblüfft darüber schien, plötzlich in diese Sache hineingezogen zu werden. Derek betete, dass zwischen ihnen beiden genug brüderliches Vertrauen herrschte, dass Terry ihn unterstützen würde.

Terry dachte für einen Moment darüber nach, dann nickte er einmal knapp. „Stimmt."

Jennifer verdrehte die Augen, aber er konnte die Anzeichen eines weiteren Zusammenbruchs erkennen – Tränen, die erneut in ihre Augen traten, und eine zitternde Unterlippe.

Er bewegte sich schnell und legte federleicht seinen Arm um ihre Taille. „Komm, Engel", murmelte er ermutigend. „Ich peitsche dich aus, wenn du es noch immer brauchst."

Dieses Angebot war das Zuckerbrot für sie, nicht die sprichwörtliche Peitsche. Nur in der kopfstehenden Welt des Black Lights war das eine Belohnung und keine Strafe.

Ihre Schultern entspannten sich etwas und ihre Lippen zuckten.

„Du darfst mir sogar nochmal ins Gesicht schlagen."

Sie stieß ein ersticktes Grunzen aus, gestattete ihm jedoch, sie von der Damenumkleide fortzuführen. Auf dem Weg schnappte er sich die Tasche mit seiner Dom-Ausrüstung und eskortierte sie in einen der Ruheräume, in denen man abseits der Szenen runterkommen und sich ausruhen konnte, wenn man zu viel gehabt hatte. In dem Raum befanden sich rote Ledersofas und er wurde von warmem Licht erhellt. Niemand sonst war hier.

„Nur du und ich, so wie es sein soll." Er zog eine Decke aus seiner Tasche und hüllte Jennifer darin ein, bevor er sie in seine Arme hob. „Ich weiß, wir machen so etwas normalerweise nicht, aber heute Abend ist anders."

Sie lehnte ihre Stirn an seinen Kiefer, eine Geste, die ihn beinahe brach. Er hasste es, sie so zerbrechlich zu sehen, aber die Ehre, sich in diesem Augenblick um sie kümmern zu dürfen, war unbezahlbar.

Vorsichtig ließ er sich auf eins der Sofas sinken und zog sie an seine Brust.

„Baby, ich weiß, ich habe dich heute Abend an deine Grenzen getrieben." Er zog die Haargummis aus ihren Zöpfen. „Ich werde nicht sagen, dass ich das nicht gewollt habe, denn wir wissen beide, dass ich es wollte." Seine Finger kämmten durch ihr seidig blondes Haar, und er beobachtete, wie sich die Strähnen über ihre Schultern legten. „Ich habe nicht versucht, dich zu demütigen, zumindest nicht auf eine Weise, die nicht sexy ist."

Er streichelte über ihren Rücken und küsste ihren Scheitel.

Sie hob die Augen.

Ja, er wusste es. Zugeneigter Dom war normalerweise nicht sein Ding, aber das bedeutete nicht, dass er nicht wusste, wie es ging. Und mit ihr fühlte es sich richtig an.

„Es ging auch nicht darum, die Wette zu gewinnen." Er hielt die Luft an, betete, sie würde ihm nicht sagen, dass die Wette abgeblasen war, denn er wusste, dass sie kurz davor war, alle Brücken einzureißen.

Sie wurde still, hörte ihm eindeutig zu, sagte aber nichts.

„Es stammte aus der tiefen Verbundenheit zu dir. Ich will nicht, dass du dich Woche um Woche so verdammt hart anstrengst, mir zu gefallen. Und das ist etwas, was du vermutlich nie wieder aus dem Mund eines Doms hören wirst."

Sie lachte leise auf.

Er strich ihr die Haare aus der Stirn und nahm ihr Gesicht in beide Hände. „Du *bist* die perfekte Sub." Als sich eine leichte Röte auf ihre Wangen legte, lächelte er. „Ich glaube, zwischen uns ist etwas. Etwas, was über das Black Light hinaus funktionieren könnte."

Sie bewegte ich unruhig.

„Nein, warte – ich weiß, dass du deine Mauern hochgezogen hast. Du willst die Dinge fein säuberlich trennen. Aber das Leben ist nicht fein und säuberlich. Und ich will Teil deines Chaos sein."

Ihre Nasenflügel bebten und ihre Augen weiteten sich in einem Anflug von Panik.

Er zog die Arme enger um sie, da er fürchtete, sie würde jeden Augenblick die Flucht ergreifen. „Renn verflucht noch mal nicht vor mir davon", knurrte er.

Diese dominante Drohung gefiel ihr. Ihre Pupillen wurden weit, ihr Atem floss flacher über ihre süßen Lippen.

„Glaubst du, ich würde im echten Leben nicht mit dir klarkommen?"

„Ich mache das hier im echten Leben nicht." Wieder sträubte sie sich gegen seine Umarmung und wollte eindeutig von seinem Schoß aufstehen.

„Ich weiß, dass du ranghöher bist als ich, Engel."

Sie erstarrte. Drehte sich auf seinem Schoß herum und sah ihm direkt in die Augen.

„Ich habe die Abzeichen auf deiner Uniform gesehen, Baby. Glaubst du wirklich, mir wäre die heißeste Soldatin in der gesamten verfickten Army nicht aufgefallen, als sie an mir vorbeigelaufen ist?"

Ein widerwilliges Lächeln zuckte in Jennifers Mundwinkeln. „Du warst in Zivilkleidung."

„Ehemaliger Navy SEAL, der jetzt für eine private Firma arbeitet. Du bist bereits Majorin und stellst das Militär regelrecht auf den Kopf. Deine Karriere überstrahlt meine bei Weitem." Er bemühte sich, seinem Ausdruck und seiner Stimme anmerken zu lassen, dass seine Bewunderung aufrichtig war und in Wahrheit weit über Bewunderung hinaus ging. Er war regelrecht stolz auf das, was sie erreicht hatte. „Ja, ich stehe unter dir. Aber möglicherweise kann ich dich zumindest mit meinem Level an Sicherheitsfreigaben beeindrucken." Er zwinkerte ihr zu.

„Navy SEAL ist beeindruckend genug", murmelte sie und wurde rot.

Er drückte ihr einen federleichten Kuss auf den Nasenrücken. „Was ich sagen will, ist, dass ich weiß, wer du bist. Hier drin und da draußen. Und ich will beides."

Sie schüttelte den Kopf. „Das funktioniert nicht."

„Sag einem SEAL verdammt noch mal nicht, dass er etwas nicht hinbekommen kann."

Sie verdrehte die Augen und er war froh, dass ihr Humor langsam zurückkehrte. „Ich kenne nicht mal deinen Namen."

„Ach nein? Derek. Derek King."

Er lehnte seine Stirn an ihre. „Also, wirst du mir dieses Date zugestehen?"

„Ich glaube … nicht …", wisperte sie, aber er konnte die Sehnsucht in ihrer Stimme hören.

„Ich *habe* die Wette immerhin gewonnen." Er ließ seine Stimme neckend klingen und hoffte, er würde sie nicht wieder verärgern. „Komm schon, nur ein Date. Um zu sehen, was zwischen uns noch möglich ist." Als sie nicht antwortete, forderte er sie auf, „Also, haben wir ein Date?"

Suchend schaute sie in sein Gesicht.

Er hielt die Luft an, da er sich nicht sicher war, wonach sie suchte.

Sie zog die Unterlippe zwischen ihre Zähne, holte tief Luft und nickte, während sie langsam den Atem ausstieß.

Er musste sich zwingen, nicht die Faust in die Luft zu reißen. „Gut." Er küsste ihre Stirn. „Du wirst es nicht bereuen." Er strich mit den Händen über ihren Körper. „Bist du bereit, noch einmal das Rouletterad zu drehen? Oder willst du diesmal *Wahl des Doms* akzeptieren?"

Sie blinzelte und musste sich offensichtlich an den Gedanken gewöhnen, wieder eine Szene zu spielen. „Wahl des Doms", murmelte sie.

Sein Herz schwoll an. Sie vertraute ihm. Sie hatten auf Anhieb perfekt harmoniert, da sie ihm ohne Zögern oder Fragen die Führung überlassen hatte. Wenn man bedachte, wer sie im echten Leben war, bedeutete das alles.

KAPITEL VIER

Tatsächlich brauchte Jennifer das versprochene Auspeitschen nicht. Obwohl sie höllisch wütend gewesen war, hatte sie dank der Haarbürste dennoch den gleichen Rausch aus Endorphinen empfunden, und jetzt, nachdem alle Emotionen aus ihr herausgewrungen und wieder hergestellt worden waren, brauchte sie nichts weiter.

Na gut, ein Orgasmus oder zwei wären schön. Aber sogar die waren nicht notwendig. Sie verspürte einen unglaublichen Frieden in ihrem Herzen, den sie nie zuvor empfunden hatte. Oder war das nur Erschöpfung? Nein, es war Frieden. Sie fühlte sich entspannter in Dereks Gegenwart, aber auch zerbrechlich – als ob etwas kommen und es ihr jeden Augenblick entreißen könnte.

Und ganz ehrlich, wenn sie die Wette nicht eingegangen wäre, hätte sie einem Date niemals zugestimmt. Master D – Derek – glaubte, er wolle sie daten, aber was wusste er schon über sie, abgesehen davon, dass sie ein ordentliches Spanking aushalten konnte? Im echten Leben war sie keine Sub – konnte es nicht sein. Sie musste tough sein. Stark.

Sobald er das herausgefunden hatte, würde er fies werden und versuchen, sie zu Fall zu bringen, so wie Sal es getan hatte. Und sie konnte die Vorstellung nicht ertragen, ihn zu verlieren. Nicht wenn sie ihn als ihren Wochenend-Dom brauchte, um bei klarem Verstand zu bleiben.

Derek führte sie zum Rouletterad, aber Chase winkte sie zur Bühne, bevor sie am Rad angekommen waren. Auf der Bühne standen ein Dom und seine Sub. Der große, glattrasierte Dom, den Jennifer nicht kannte, sah in seinem roten Hemd, der schwarzen Hose und der schwarz-rot gestreiften Krawatte sehr smart aus. Derek neigte sein Ohr an Chase' Mund.

„Master D, kannst du Adam eine schnelle Auffrischung im Benutzen der Peitsche geben?"

„Eine Bullenpeitsche?"

Ein Schauder lief Jennifer über den Rücken, als sie diesen Namen hörte. Bei ihrer dritten gemeinsamen Szene hatte Derek diese Peitsche benutzt und es war unglaublich gewesen und hatte all ihre Kerkerfantasien erfüllt.

„Warte kurz hier, Baby. Ich bin gleich zurück", murmelte Derek und drückte ihre Hüfte, bevor er davonging. Der Dom auf der Bühne stellte seine Sub, eine große, kurvige Frau mit langen, dunkelbraunen Locken, in einen Käfig. Derek unterhielt sich kurz mit ihm, dann banden sie mit Klebeband ein Kissen in der Mitte eines Andreaskreuzes fest, damit der Dom daran üben konnte. Jennifer konnte nicht hören, was sie sagten, doch scheinbar gab Derek dem anderen Dom ein paar Tipps, bevor er ihm kurz die Hand und zu ihr zurückkam.

Als er ihr Interesse an der Szene bemerkte, biss er in ihr Ohr. „Vielleicht stelle ich dich als Nächstes an das Kreuz, Babygirl."

„Mhm", war alles, was sie herausbrachte.

Derek schob sie zum Rouletterad weiter. Sie warf die Kugel in das sich drehende Rad, ohne sich darum zu kümmern, wo sie landete. Sie landete auf *Auspeitschen*.

Dereks dunkles Glucksen schickte Schauder der Lust durch sie hindurch. „Sieht so aus, als ob das Rad genau wüsste, was du brauchst, Baby", murmelte er in seiner tiefen Stimme, die direkt bis in ihr Innerstes fuhr. „Warum drehst du das Rad nicht noch einmal, damit wir nicht noch mal zurückkommen müssen?"

Sie gehorchte, landete dieses Mal auf *Analer Penetration mit Kondom*.

„Das klingt gut", knurrte Derek, das zufriedene Grinsen auf seinem Gesicht regelrecht wölfisch.

Sie erschauderte. Er hatte sie noch nie zuvor in den Arsch gefickt, auch wenn er es hin und wieder angedroht hatte. Normalerweise nahm das Schmerzspiel all ihre gemeinsame Zeit in Anspruch.

„Gehen wir, Baby." Derek duckte sich und warf sie sich über die Schulter – ihr Arsch flog in die Luft, wobei der winzige Rock hinabrutschte und vermutlich nicht nur ihren nackten Hintern vor dem gesamten Club entblößte.

Sie schlug ihm auf den Rücken. „Das ist kein Ageplay, das ist eine Wikingerfantasie."

Sein tiefes Lachen schüttelte seinen ganzen Oberkörper. Er schlug ihr auf den Arsch. „Es ist das, was ich sage, das es ist, Mäuschen." Er stürmte davon und zischte durch den Raum wie vorhin, bis sie kreischend lachte.

Verdammt noch mal, sie wollte nicht so viel Spaß mit ihm haben. Sie fing an, sich ihm ... *nah* zu fühlen.

Jemand im Publikum lachte.

Derek drehte Kreise durch den Raum, dann blieb er vor der Spanking-Bank stehen und stellte sie ab.

„Hinknien, kleines Mädchen."

Also war sie noch immer ‚kleines Mädchen'? Lustig, es machte ihr nicht mehr so viel aus wie vorhin. Sie hatte sich auf jeden Fall in dieses kleine Mädchen verwandelt, mit den dazu passenden Tränen und dem Wutanfall, aber es war alles gut ausgegangen. Die Welt war nicht stehengeblieben, weil sie Schwäche gezeigt hatte.

Und es war gut gewesen, dass Derek sie davon abgehalten hatte, zu gehen. Denn wenn er sie nicht runtergebracht hätte, hätte sie ihn vermutlich für immer gehasst und wäre aus falscher Scham niemals ins Black Light zurückgekommen.

Jetzt war ihr Zorn von einem warmen Glühen ersetzt worden. Die ganze Veranstaltung kam ihr verändert vor – weniger stressig, viel einladender. Sie kniete sich auf die mit Leder gepolsterten Kniestützen der Bank, beugte ihren Torso vornüber und platzierte ihre Unterarme auf den beiden anderen Stützen.

Derek schnallte sie mit einer Effizienz fest, die sie mittlerweile von ihm erwartete. Gott, sie wusste einen erfahrenen Dom wirklich zu schätzen. Nein, nicht *irgendeinen* erfahrenen Dom, denn sie hätte heute Abend auch die Gelegenheit gehabt, mit Senator Kane zu spielen, der schon in der Vergangenheit ihr Szenenpartner gewesen war, und diese Vorstellung hatte sie in keiner Weise erregt.

Derek streichelte ihr über den Arsch. „Also … Auspeitschen und dann einen Arschfick."

„Wortwahl, Daddy", säuselte sie mit gespielter Babygirl-Stimme.

Er schlug ihr mit der flachen Hand auf den Arsch. Fest. Ihre Haut war noch immer empfindlich von der Haarbürste und es brannte, sodass sie nach Luft schnappte. „Dann eben Hinternfick."

Sie kicherte.

Er knetete und streichelte ihren zuckenden Arsch. „Ich meine … Daddy wird seinem kleinen Mädchen eine lange, harte Lektion mit seinem Riemen erteilen, und dann wird er diesen unartigen, kleinen Arsch noch ein wenig mehr mit seinem Schwanz bestrafen."

Das machte etwas mit ihr. Ihre Pussy zog sich zusammen, ihr Beckenboden hob sich flatternd.

Er hörte mit seiner Streicheleinheit auf und kramte einen dicken Lederriemen aus seiner Tasche.

Sie erschauderte und wusste, dass es sich dabei um ein ernstzunehmendes Instrument handelte, vor allem, wenn man bedachte, wie wund sie bereits war.

„Du bekommst jetzt richtig Ärger, kleines Mädchen." Er ließ den Riemen in seine offene Handfläche knallen. „Weißt du, warum?"

Oh, Gottchen. Wieder ein Frage-Antwort-Spielchen? „Nein, Daddy", erwiderte sie heiter, setzte die Kessheit in ihrer Stimme als subtile Rebellion ein.

Er schmunzelte, doch noch bevor das dunkle Rumpeln verstummt war, explodierte bereits eine Strieme aus Feuer auf ihrem Arsch.

Sie zuckte zusammen, die Hand- und Fußschellen schnitten in ihre Gelenke und sie verfluchte sich für dieses instinktive Zurückzucken.

Sie war stolz auf ihre Fähigkeit, jede Position während eines Auspeitschens durchzuhalten. Mit langen, tiefen Atemzügen, versuchte sie sich dazu zu bringen, stillzuhalten. Es war nur die Überraschung des ersten Hiebes gewesen, die sie hatte zucken lassen.

Wieder schlug er zu. Diesmal war sie vorbereitet und öffnete sich für den Schmerz, hieß ihn willkommen. Das war der Trick. Wenn man sich dagegen wehrte, dauerte es länger, bis die Lust einsetzte. Sie mochte es, jede brennende Schwiele als einen weiteren Hieb auf dem Weg zu ihrem Orgasmus zu sehen – ordnete es in ihren Gedanken bereits als Lust ein, auch wenn es noch wehtat.

„Du rennst *niemals* vor mir davon, Baby." Seine Stimme war leise und gefährlich. Er klang so, als ob er es sehr ernst meinte, und sie liebte es verdammt noch mal, wenn er diesen Tonfall benutzte. Nur dass es diesmal um etwas ging, was wirklich passiert war. Was das hier zu einer Bestrafung anstatt zum Lustspiel machte.

Wieder peitschte er sie aus und ihre kurze Ablenkung führte dazu, dass sie einmal mehr zusammenzuckte. *Verdammt.* Sie war heute Abend wirklich nicht bei der Sache. Weitere Striemen aus Feuer knallten auf sie herab.

Sie atmete gleichmäßig durch zusammengebissene Zähne ein und bemerkte, wie ihr Tränen in die Augen stiegen.

Was zur Hölle? Vielleicht strömte das Wasser nun nur so, nachdem der Damm einmal gebrochen war?

„Wenn du sauer auf mich bist" – er platzierte einen weiteren Hieb und sie biss sich auf die Unterlippe – „dann bleibst du da und sagst es mir."

Verdammt, dieser Mann wusste wirklich mit einem Riemen umzugehen. Ein leichter Schweißfilm legte sich auf ihren Rücken und ihre Brust.

„Vorzugsweise auf eine respektvolle Art und Weise, aber wenn du das nicht hinbekommst, sagst du es mir trotzdem. Ich kümmere mich dann später um deine Ungezogenheit."

Uuuund ihre Pussy wurde feucht.

„Aber du läufst nie wieder fort." Er ließ den Riemen auf die Rückseite ihrer Unterschenkel knallen, woraufhin sie den Kopf in den

Nacken warf, die Augen zusammenkniff und die Luft anhielt, um nicht laut aufzuschreien. „Antworte mir." Der kalte Befehlston riss sie aus ihren Schmerzen und in die Gegenwart zurück. Hatte er ihr eine Frage gestellt? Nein.

„Ja, Sir. Daddy. Sir."

Wieder peitschte er den Riemen auf ihren Arsch. „Entschuldige dich."

Ihr Herz explodierte in einem Galopp. Sie hatte das Gefühl, etwas falsch gemacht zu haben und zur Verantwortung gezogen zu werden. Sie hasste es, aber irgendwie liebte sie ihn auch dafür, sie in diesen Ort zu zwingen. Und sie hasste ihn dafür, definitiv.

„Tut mir leid, dass ich abgehauen bin." Ihre Stimme bebte ein wenig.

Derek musste es gehört haben, denn plötzlich tauchte sein Gesicht neben ihrem auf, seine blauen Augen abschätzend, aber warm. Er hockte sich neben sie und seine große Hand fiel auf ihren Kopf, seine Finger vergruben sich ihn ihren Haaren und massierten ihre Kopfhaut. „Tut mir leid, dass du geglaubt hast, du hättest keine andere Wahl gehabt." Seine Stimme war so leise, dass nur Jennifer sie hören konnte. „Du bist bei mir immer sicher, Baby. Sogar, wenn du zerbrichst."

Oh, dieser verdammte Mann.

Sie wandte das Gesicht ab, aber sein Griff in ihren Haaren wurde augenblicklich brutal, hob ihren Kopf an und drehte ihn zu sich. Tränen vernebelten ihre Sicht. „Stopp", sagte sie zitternd.

„Nein", spuckte er schnell und mit absoluter Entschlossenheit aus.

Eine Träne rollte über ihre Nase. Er wischte sie mit dem Daumen ab.

„Glaubst du, ich würde dich brechen und dann fallen lassen? Keine verdammte Chance, Baby."

„Halt den Mund", krächzte sie.

Er küsste ihre Schläfe und lehnte seine Stirn an ihre. „Ich bin kein Daddy-Dom. Nicht einmal ansatzweise. Aber ich weiß, wie ich mich um dich kümmern muss. Und das werde ich. Das verspreche ich dir."

Wieder wollte sie aus der Szene flüchten. Ihre Emotionen spielten verrückt, die stärkste von allen war jedoch Angst.

Wie immer bemerkte es ihr aufmerksamer Dom. Er ließ sie los und nahm den Riemen in die rechte Hand, während er sich aufrichtete. Es war der Ausdruck seiner Enttäuschung, der sie brach.

Sie erwartete nicht, dass er gnädig wäre, was er auch nicht war. Das dicke Leder zischte mit harten Schlägen auf sie herab und erfüllte die Luft mit lautem Knallen, als es auf ihre nackte Haut schlug.

Ihr Rücken bebte mit drohenden Schluchzern, die sie jedoch hinunterschluckte. Diesmal würde sie nicht versagen.

„Stopp!", schrie sie.

Stopp war kein Safeword und die meisten Doms würden verlangen, dass sie ein Safeword benutzte oder den Mund hielt, aber Derek kniete sich wieder neben sie.

„Ja?"

Tränen rannen in verzweigten Linien über ihre Wangen, tropften in ihren Mund und ihre Nase. „Was willst du von mir?", schluchzte sie.

Er wischte die Tränen mit seiner Hand ab, auch wenn die Geste nicht besonders zärtlich war. Eher pragmatisch.

„Ich will, dass du aufhörst, dich vor mir zurückzuziehen. Gib mir eine Chance." Er streichelte ihre Haare zurück und diesmal war seine Berührung eine Liebkosung.

„Ich ... kann nicht", krächzte sie. Sie erwartete mehr Wut. Mehr Auspeitschen. Aber sein Ausdruck veränderte sich nicht und er bewegte sich auch nicht.

„Sag mir, wovor du solche Angst hast."

Sie schloss die Augen und ließ den Tränen freien Lauf. „Vor dir", wisperte sie. „Vor allem. Ich *kann* einfach nicht."

DEREKS BRUST FÜHLTE SICH AN, als ob ein Amboss hineingekracht wäre. Jennifers Widerstand war so viel stärker, als er erwartet hatte. Doch er hatte seinen Zug gemacht und jetzt würde er nicht aufgeben, bis er sein Ziel erreicht hatte.

Jennifer gehörte ihm, verdammt. Sie hatte ihm gehört, seit sie an diesem ersten Abend auf ihn zugetreten war und sich vor ihn gekniet hatte. Er musste sie nur dazu bringen, es ebenfalls zu begreifen.

Etwas hatte ihr furchtbare Angst vor Beziehungen eingejagt und er musste herausfinden, was es war.

„Wer hat dich verletzt, Baby?"

Kurz wurde ihr Gesicht weicher und ihre Augen groß. Sie leckte sich über die Lippen.

„Was ist passiert? Was befürchtest du, was ich tun werde?"

Sie machte eine unruhige Bewegung. „Master …" Sie schluckte „Derek, bitte. Lass mich aus diesem Ding raus."

Er schüttelte den Kopf. „Nein. Es gibt nur zwei Auswege. Einer ist das Safeword. Du weißt, ich lasse dich augenblicklich raus, aber ich wäre verdammt enttäuscht. Der andere ist es, durch diesen Mist hindurchzuwaten, bis wir auf der anderen Seite angekommen sind. Du bist Soldatin, Engel – willst du wirklich aufgeben, sobald die Dinge hart werden?"

Es war ein Schlag unter die Gürtellinie, an ihren Soldatinnenstolz zu appellieren, aber er hatte die Samthandschuhe längstens ausgezogen.

Ihr Blick wurde trotzend. Wenn sie gestanden hätte, hätte sie das Kinn gereckt.

Er grinste. „Dachte ich es mir doch." Er erhob sich wieder. „Ich werde dich jetzt zu Ende auspeitschen. Und dann werde ich mir deinen Arsch nehmen – ich meine, deinen unanständigen, kleinen Hintern – und wenn ich mit dir fertig bin, wirst du besser bereit sein, mit deinem Daddy zu reden und ihm zu sagen, was du brauchst."

Bevor er wieder hinter sie trat, sah er, wie Verwirrung über ihr Gesicht flatterte. Sie sah so wunderschön aus, für ihn auf dieser Bank gefesselt und ausgestreckt. Ihr winziger Rock war auf ihren Rücken hochgerutscht, sodass ihr köstlicher Arsch und ihre Pussy präsentiert wurden. Sie hatte bereits eine Menge ausgehalten. Ihre Arschbacken waren geschwollen und rot von der Haarbürste, und wiesen nun auch Striemen von dem Lederriemen auf. In den nächsten Tagen würde sie beim Sitzen definitiv Schmerzen haben.

„Noch zehn Schläge, weil du dich weigerst, mit Daddy zu sprechen."

Ihr Kopf drehte sich herum, aber er fing mit den Peitschenhieben an, bevor sie protestieren konnte.

Er ließ den Riemen auf ihre bebenden Arschbacken sausen. „Zähle sie."

„Eins, Sir", schrie sie im perfekten Militärston. Wieder schlug er sie. „Zwei, Sir."

„Es heißt *Daddy*." Noch ein Hieb.

„Drei, Daddy." Sie klang atemlos.

Er verpasste ihr einen vierten Hieb, einen fünften. Sechsmal. Sein Schwanz drückte schmerzhaft gegen seinen Hosenstall. Er sollte es nicht mögen, Frauen wehzutun, aber er hatte es längst aufgegeben, sich gegen dieses Verlangen zu wehren. Solange seine Partnerin es auch liebte, musste es okay sein.

Jennifers Stimme wurde heiserer, erstickter.

Sieben, acht, neun Hiebe.

Er konnte Tränen in ihrer Stimme hören. Sein armes Baby. Vor heute Abend hatte sie noch nie geweint. Das hier musste sie umbringen – nicht die Schmerzen, sondern den Kampf gegen die Tränen tatsächlich zu verlieren.

„Zehn, Daddy!"

Er ließ den Riemen fallen und strich mit der flachen Hand über die wunderschöne Kurve ihres Rückens. „Braves Mädchen. Daddy vergibt dir."

Sie sackte zusammen und war in diesem Moment vermutlich nur noch halb bei Verstand. Das war Teil der Grausamkeit, eine Sub zu zwingen, die Hiebe mitzuzählen – von ihnen zu verlangen, zu sprechen, wenn sie nur davonfliegen wollten.

Nun also zu ihrer Belohnung.

Und seiner.

Auf der anderen Seite des Kerkers fickte ein Dom seine Sub in einer Umzäunung und ihre geilen Schreie erfüllten den gesamten Raum.

Aus seiner Tasche holte er einen kleinen Bulletvibrator und stellte ihn an. Als er ihn an Jennifers Schlitz hielt, sprang sie förmlich in die Luft, ihr Beckenboden zog sich zusammen, ihre Oberschenkel zuckten und drängten gegen ihre Fesseln. Langsam zog er den Vibrator auf und ab durch ihren Schlitz und neckte ihre Öffnung, ohne dabei ihren Kitzler zu berühren. Jennifers Zehen krümmten sich.

Bezaubernd.

Kurz glitt er über ihren Kitzler und sie stieß ein ersticktes Geräusch aus. Noch eine flüchtige Berührung. Beim dritten Mal hielt er inne und ließ den Vibrator um ihren geschwollenen Kitzler kreisen, während er mit dem Daumen seiner anderen Hand ihren Anus massierte.

Sie wimmerte.

Unter protestierendem Stöhnen entfernte er den Vibrator von ihrem Kitzler und drang damit in sie ein, schob ihn hoch, bis er gegen ihren G-Punkt stieß. Dort ließ er ihn stecken, dann tropfte er eine großzügige Menge Gleitgel auf ihren Anus, knöpfte seine schwarze Jeans auf und befreite seinen enormen Ständer.

Ohne die Augen von dem verfickt *unglaublichen* Anblick seiner Sub zu wenden, die ihm bebend und zitternd präsentiert wurde, rollte er ein Kondom auf seinen Schwanz und rieb ihn mit mehr Gleitgel ein. „Okay, schönes Mädchen." Er öffnete ihre Handschellen und zog ihre Hüfte ein paar Zentimeter von der Bank zurück. „Du wirst jetzt perfekt stillhalten, verstanden, Baby?"

„Ja, Sir – Daddy."

Er wusste, dass sie das tun würde. Man gab ihr einen Befehl und sie befolgte ihn. Er griff um ihre Hüften, wo jetzt ein wenig Luft war, und strich federleicht über ihren Kitzler.

Ihr Stöhnen war nichts als Geilheit. Er führte seinen Schwanz gegen ihr Arschloch und drückte vorsichtig dagegen. „Tief einatmen, Hübsche."

Ihr Rücken weitete sich, als sie seiner Aufforderung nachkam.

„Und jetzt ausatmen." Als sie ausatmete, schob er vorwärts und drängte durch den engen Ring aus Muskeln. „Braves Mädchen", lobte er sie und bewegte sich langsam, gab ihr Zeit, sich zu entspannen und durch den Schock des Eindringens zu atmen.

„Weißt du, warum Daddy dich in den Arsch fickt, Baby?"

Sie schüttelte den Kopf. „Weil ich auf ihn gefallen bin?"

Er verpasste ihrem Kitzler einen Klaps. „Werd nicht frech, Kleine." Wieder verpasste er ihr einen Schlag. „Oder Daddy wird dich wieder bestrafen, bevor wir hier fertig sind."

Ihr Atem zitterte hörbar, als sie nach Luft schnappte.

„Nein, Daddy fickt den Arsch seines kleinen Mädchens, weil er ihm *gehört*." Er wartete darauf, dass sie widersprach, aber das tat sie nicht. „Wenn du unartig bist, wird dein Arsch gefickt. Wenn du brav bist, wird dein Arsch gefickt. Wenn du daran erinnert werden musst, wer das Sagen hat, wird dein Arsch gefickt. Und vor allem wird dein Arsch gefickt, weil dein Daddy es will." Er streckte seine freie Hand vor, krallte seine Finger in ihre Haare und hob ihren Kopf hoch. „Ist das richtig, Baby?"

„Ja, Daddy", keuchte sie.

„Braves Mädchen." Er griff nach ihrer Hüfte, stieß tief in sie und pumpte in schnellen, aber gleichmäßigen Stößen in sie hinein und wieder heraus.

Ihr Atem war mittlerweile ein kurzes Keuchen und hohes Wimmern, das aus ihrem Hals drang.

„Muss mein Baby kommen?"

„Ja, Master", keuchte sie. „Ich meine, Daddy … Oh, Gott, *bitte!*"

Seine Schenkel bebten vor Verlangen und seine Eier zogen sich zusammen. „Fuck, ja", knurrte er, knallte seine Hüften vorwärts und schaffte es kaum, sie nicht ins Vergessen zu hämmern. „Du … nimmst … Daddys … Schwanz … wie … ein … braves … Mädchen." Mit jedem Stoß spuckte er ein Wort aus, vergrub sich beim letzten Stoß tief in ihr und überfiel ihren Kitzler mit hektischen Hieben. „Komm jetzt, Baby."

Sie schrie, ihr ganzer Körper zitterte. Er schaffte es, seine Fingerspitzen in ihre Pussy zu stecken, und wollte spüren, wie sich ihre Muskeln zusammengezogen, während sie auf ihnen kam.

„Das ist mein braves Mädchen", murmelte er und rieb mit den Fingerspitzen durch ihren geschwollenen, glitschigen Schlitz. „So ein braves Mädchen."

Ein Schluchzer drang aus ihrem Hals, während sie zusammensackt und unter ihm erschlaffte.

Er wartete ab, bis er wieder zu Atem gekommen war, denn die Intensität dieses Augenblicks machte es ihm schwer, einen klaren Gedanken zu fassen. Schließlich zog er sich behutsam aus ihr heraus und entfernte das Kondom, bevor er Jennifer eine Decke über den Rücken legte.

Er war hin- und hergerissen zwischen dem Wunsch, ihr all die Fürsorge zu schenken, die sie brauchte, und der Verantwortung, die Bank zu säubern, damit das nächste Paar hier spielen konnte. Er löste die Fesseln ihrer Fußgelenke und half ihr, aufzustehen, während er die Decke enger um ihren Körper zog. „Schließ die Augen. Bleib hier stehen und zähle bis dreißig. Ich mache die Bank sauber und dann gehen wir in den Ruheraum", murmelte er.

Sie gehorchte, schloss die Augen und nickte.

Er gab ihr einen Klaps auf den Hintern. „Braves Mädchen."

NOCH NIE IN ihrem Leben war Jennifer so bearbeitet worden. Ihr Körper fühlte sich an, als wäre sie aus Gummi und hätte keine Knochen. Sie war sich nicht einmal sicher, wie sie es schaffte, zu stehen. Dereks Befehl, ihre Augen zu schließen, war ein Geschenk des Himmels gewesen, denn sie wollte weder das Publikum um sie herum noch die anderen Paare oder irgendetwas anderes sehen.

Ihre Pussy pochte noch immer von diesem unglaublichen Höhepunkt und ihr Anus brannte. Ihr Arsch pochte im Rhythmus ihres Herzschlags. Glückseligkeit überkam sie, rauschte durch ihre Brust, ihren Bauch, ihr Innerstes. Sie mochte gut und gerne ein paar Zentimeter über dem Boden schweben.

Derek wollte allerdings noch immer reden. Was hatte er gesagt?

Wenn ich mit dir fertig bin, wirst du besser bereit sein, mit deinem Daddy zu reden und ihm zu sagen, was du brauchst.

Sie wusste nicht einmal, was er damit meinte. Sie brauchte nichts, abgesehen davon, dass sich zwischen ihnen nichts veränderte. Sie brauchte ihn als ihren Wochenend-Kerkermeister, nicht mehr, nicht weniger.

Dereks starker Arm schlang sich um ihre Taille. „Okay, Baby." Mit einer zügigen Bewegung hatte er sie in seine Arme gehoben und wiegte sie wie ein Baby. Das Tragen vorhin hatte ihr nicht gefallen, aber diesmal fühlte es sich richtig und notwendig an.

Er hielt sie mit einer Leichtigkeit in den Armen, als würde sie nichts wiegen, und sich ihm hinzugeben schien diesmal ebenfalls leichter zu sein.

Er trug sie zum Ruheraum und setzte sich mit ihr auf eins der roten Ledersofas.

„Bereit, zu reden?"

Sie schüttelte den Kopf.

Anstatt eine ernste Miene aufzulegen, zuckten seine Mundwinkel und er stupste sanft ihre Nase an. „Zu dumm. Du wirst mir jetzt erzählen, warum du dir so sicher bist, dass wir keine Beziehung haben können."

Sie überlegte, damit zu argumentieren, dass sie eine Beziehung *hatten* – eine Beziehung, die perfekt funktioniert hatte, so wie sie war, aber sie wollte ihn nicht verärgern. Nicht, wenn sie sich so gut fühlte.

„Wer hat dich verletzt? Was hat er getan?"

Sie versuchte, den festen Kloß in ihrem Hals hinunterzuschlucken.

„Hat er dich betrogen?"

Sie schüttelte den Kopf.

„Dich sitzen gelassen?"

„Nein, Sir", wisperte sie und hoffte, er würde sie nicht korrigieren. Sie zog *Sir* wirklich diesem *Daddy* vor. Sie versuchte, die Worte zu finden, um es Derek zu erklären, doch die Vorstellung, über Sal zu sprechen – den unwichtigen, kleinlichen, jämmerlichen Sal – wenn es um *ihre* Beziehung ging, kam ihr unendlich falsch vor. Aber spielte er nicht ohnehin bereits eine Rolle in ihrer Beziehung? War es nicht Sal, der ihre derzeitigen Beziehungsregeln diktierte? Sie hatte sich von ihm getrennt, und dennoch gestand sie ihm noch so viel Macht über sich zu. War Derek so wie Sal?

Unter diesem Gesichtspunkt schienen sie vollkommen unterschiedlich zu sein. Natürlich waren Derek und sie viel älter, als Sal und sie gewesen waren. Sie brachten eine gewisse Reife mit.

„Ich kann einfach nicht …" Sie wollte es ihm erklären, wollte nicht, dass er glaubte, es läge an ihm. „Ich kann im echten Leben keine Sub sein. Ich kann einfach nicht. Es ist schwer genug, Männer anzuführen, die es hassen, Befehle einer Soldatin zu befolgen. Ich habe das Gefühl, als müsste ich mich immerzu beweisen. Ich habe keine Energie, das auch in eine Beziehung zu machen."

Dereks Blick wurde mitfühlend. „Baby", sagte er leise. „Ich würde mich dir niemals in den Weg stellen. Du weißt, ich empfinde nichts als Respekt für dich – da draußen und hier drinnen. So funktioniert das hier. Du sagst *Gelb*, und ich passe ganz genau auf. Du sagst *Rot*, und ich höre auf. Du hast immer die Kontrolle über mich und das, was ich tue." Er streichelte über ihre Wange. „Ich weiß, dass eine Sub kein Fußabtreter ist. Ich erwarte nicht, dein Leben zu kontrollieren. Ist es das, wovor du Angst hast?"

Sie musterte ihn vorsichtig und suchte nach dem Haken. „Ja." Diesmal ließ sie das *Sir* weg, ein Test. Sie sprachen über das echte Leben. Würden sie da draußen ebenbürtig sein?

„Baby, in Wahrheit bin ich ein ziemlich entspannter Typ. Ich komme gut mit Befehlen klar. Und ich kann gut führen. Ich bin offen für Verhandlungen darüber, wie und wann du mir die Führung zugestehen willst. Und ich würde deine Unterwürfigkeit niemals für selbstverständlich halten. Ich weiß, dass sie ein Geschenk ist."

Es klang zu gut, um wahr zu sein, aber sie konnte das Feuerwerk nicht aufhalten, das in ihrer Brust und ihrem Herzen explodierte.

„Ich würde deine Karriere zu hundert Prozent unterstützen. Wenn du nach einem langen Tag total verspannt nach Hause kommst, würde ich dir Abendessen kochen und dir anschließend den Arsch versohlen, bis du wieder ganz weich bist. Bis deine Pussy triefend nass für mich ist und du bereit bist, mir alles zu geben, worum ich dich bitte."

Sie stieß ein zitterndes Lachen aus. „Ja?"

Er lehnte seine Stirn gegen ihre. „Ja."

„Ich komme einfach nicht gut mit … Kontrolle klar."

Er schmunzelte. „Oh, du kommst wunderbar mit Kontrolle klar. Du musst nur deine Grenzen abstecken – die Bereiche in deinem Leben, in denen du sie nicht tolerierst."

Sie nickte und Erleichterung rauschte durch sie hindurch. Er ließ es so einfach klingen. „Ja", sagte sie leise.

„Das verstehe ich. Und ich will dich trotzdem." Er griff nach ihrer Hand und küsste die Innenseite ihres Handgelenks, seine Lippen unmöglich weich für einen so toughen Mann.

„Ich auch."

Überraschung und Freude blitzen in seinen Augen auf. „Du bist dabei?"

Sie nickte. „Ja, ich bin dabei."

Abrupt stand er auf, hielt sie noch immer im Arm. „Komm, lass uns hier verschwinden."

Verspielt wippte sie mit den Füßen. „Wohin denn?"

„Raus hier. Ich bringe dich nach Hause. Zu dir oder zu mir?"

„Moment – was ist mit dem Roulette-Event? Wir könnten einen Preis gewinnen!"

Er schüttelte den Kopf. „Ich habe den Preis gewonnen, für den ich hergekommen bin."

Ihr Herz schlug einen doppelten Salto und landete mit zum Victory-Zeichen ausgestreckten Armen auf der Erde. Als sie wieder so weit zu Atem gekommen war, um zu lachen oder zu protestieren, war Derek bereits beim Kostümraum angekommen, wo er nach ihrer Tasche mit dem zerrissenen Kleid und ihren Schuhen verlangte.

„Derek – Daddy – willst du noch immer, dass ich dich so nenne?"

Er grinste sie an. „Master, Sir, Daddy, Derek. Funktioniert alles für mich. Kommt auf den Moment an, schätze ich. Wir finden es heraus, was meinst du?"

Sie konnte sich das dämliche Grinsen einfach nicht vom Gesicht wischen.

Vor der Damenumkleide stellte er sie ab. „Zieh dich um. Du hast genau" – er schaute auf seine Armbanduhr – „zwei Komma fünf Minuten."

Sie lachte und betrat die Umkleide. Sie musste ihre Muskeln zwingen, sich zu bewegen, denn Eile war im Augenblick nichts, wozu sie wirklich in der Lage war. Während sie sich anzog, erfüllte Derek jeden ihrer Gedanken – die Vorstellung, mit ihm nach Hause zu gehen, war nun aufregend, anstatt tabu.

Als sie aus der Umkleidekabine trat, entdeckte sie ihn, wie er auf seine Uhr schaute.

„Zwei dreiundzwanzig. Du machst vor keiner Herausforderung halt, oder, Baby?"

Sie lachte. „Niemals."

Er zwinkerte ihr zu. „Das ist der Grund, weshalb ich mich für dein Team gemeldet habe. Ich will niemals gegen dich kämpfen müssen, Schöne."

Und damit verpuffte auch die letzte Angst, die Sal in ihr hinterlassen hatte, und löste sich in Luft auf. Derek schlang den Arm um ihre Taille und zog sie an seine Seite, beugte sich zu ihr und drückte ihr einen Kuss auf den Scheitel.

„Ich hätte nie geglaubt, dass du ein Typ bist, der eine Frau auf den Scheitel küsst."

„Ist das eine Enttäuschung?"

Sie lachte. „Nein … nur unerwartet."

„Es gibt viel, was du noch über mich herausfinden wirst, Baby." Als sie zu ihm hinaufschaute, zwinkerte er ihr zu. „Nur Gutes, das schwöre ich."

Ihr Herz flog bereits voraus, durch den Tunnel, die Treppen hinauf und in ihre gemeinsame Zukunft. Für den Moment konnte sie nichts anderes tun, als den Kopf an seine Schulter zu lehnen, sich an ihn zu schmiegen und ein tiefes Seufzen auszustoßen. „Ich kann es nicht erwarten, es herauszufinden."

DAS WAR VERDAMMTE PERFEKTION, Renee, und ein Geschenk für die Anthologie. Wie immer fantastisch!

GEFÄHRLICHES VORSPIEL

BLACK LIGHT ROULETTE

Copyright © 2020 und 2021 Black Light: Roulette Wars "Prelude" und Gefährliches Vorspiel von Renee Rose und Renee Rose Romance und Black Collar Press

Alle Rechte vorbehalten. Dieses Exemplar ist NUR für den Erstkäufer dieses E-Books bestimmt. Kein Teil dieses E-Books darf ohne vorherige schriftliche Genehmigung der Autorin in gedruckter oder elektronischer Form vervielfältigt, gescannt oder verbreitet werden. Bitte beteiligen Sie sich nicht an der Piraterie von urheberrechtlich geschützten Materialien und fördern Sie diese nicht, indem Sie die Rechte der Autorin verletzen. Kaufen Sie nur autorisierte Ausgaben.

Veröffentlicht in den Vereinigten Staaten von Amerika

Renee Rose Romance und Midnight Romance

Dieses E-Book ist ein Werk der Fiktion. Auch wenn vielleicht auf tatsächliche historische Ereignisse oder bestehende Orte Bezug genommen wird, so entspringen die Namen, Charaktere, Orte und Ereignisse entweder der Fantasie der Autorin oder werden fiktiv verwendet, und jegliche Ähnlichkeit mit tatsächlichen Personen, lebenden oder toten, Geschäftsbetrieben, Ereignissen oder Orten ist rein zufällig.

Dieses Buch enthält Beschreibungen von BDSM und vieler sexueller Praktiken. Da es sich jedoch um ein Werk der Fiktion handelt, sollte es in keiner Weise als Leitfaden verwendet werden. Die Autorin und der Verleger haften nicht für Verluste, Schäden, Verletzungen oder Todesfälle, die aus der Nutzung der im Buch enthaltenen Informationen resultieren. Mit anderen Worten probiert das nicht zu Hause, Leute!

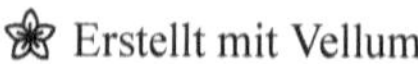 Erstellt mit Vellum

ANMERKUNG DER AUTORIN

„Vorspiel" wurde ursprünglich in der englischsprachigen Anthologie *Black Light: Roulette War* veröffentlicht. Eine deutschsprachige Ausgabe der Anthologie ist derzeit nicht verfügbar.

KAPITEL EINS

R^{avil}

Warum irgendwer dafür *bezahlen* würde, eine Frau auszupeitschen, war mir ein Rätsel.

Andererseits ist Valdemar nicht in der *Bratwa*, so wie ich. Er ist ein Diplomat. Gediegen. Interessiert sich nur für geschlossene Veranstaltungen, die sowohl Prestige als auch Sexappeal vermitteln. Außerdem genießt er nicht die gleichen Privilegien wie wir, die wir nach dem Diebeskodex leben.

„Du begleitest mich also zum Valentins-Roulette?", drängt er. Wir befinden uns in seinem Haus in Georgetown und er gießt mir weitere zwei Fingerbreit seines präferierten russischen Wodkas ein, Beluga Noble.

Ich stelle mir vor, dass er sich selbst als eine Art Adliger begreift.

Ich zucke mit den Schultern. „Warum nicht? *Da*. Natürlich."

Für gewöhnlich bin ich kein Arschkriecher, aber Valdemar ist der Schlüssel zu unserem Handel mit Schmuggelwaren und ich wurde vom

Moskauer *Pachan* – dem Boss der Bratwa – angewiesen, dieses Rädchen weiterhin fleißig zu schmieren.

Das Valentins-Roulette ist irgendeine Veranstaltung in seinem Sexclub. Eine Gameshow, in der Doms mit Subs gepaart werden, und drei weitere Spiele, um die jeweiligen Szenen auszuwählen.

Ich mag Sex. Ich mag es, Frauen zu dominieren. Ich muss ganz sicher kein Vermögen ausgeben, um in diesen Genuss zu kommen, aber wie auch immer. Valdemar zuliebe werde ich es tun.

Valdemar liebt seinen exklusiven Club, das Black Light in Washington D.C., in dem die reiche Elite sich gegenseitig den Arsch versohlt

Ich hatte geglaubt, er wollte mit mir über wichtige Geschäfte sprechen, aber das ist in Ordnung. Er hat mich gerne als Copiloten dabei. Oder womöglich ist er auch meiner. Ich vermute, er glaubt, dass meine Tattoos und mein gefährliches Auftreten ihm einen zusätzlichen Vorteil in einer Situation verschaffen, in der von Männern erwartet wird, Alphatiere zu sein. Er weiß, dass Frauen mich attraktiv finden, und hofft, dass sie über sein Geburtsmal von der Größe Leningrads hinwegsehen, wenn er mit mir zusammen dort auftaucht.

Das letzte Mal, als wir zusammen unterwegs waren, hat er mich die ganze Zeit über bei Fuß gehalten, hat die Frauen mit mir geteilt, mich eingeladen, für ihn die Ernte einzufahren. Hat eine große Show daraus gemacht, seine Technik zu besprechen. Als ob es nur einen richtigen Weg gäbe, Sex zu haben. Nein, man dominiert die Frau, bis sie um Erlösung bettelt und vor Lust schreit. Oder die Kontrolle verliert und dann vor Lust schreit.

Es ist mir egal. Die Frauen, mit denen wir gespielt haben, fanden es heiß, so objektiviert zu werden. Sie haben Valdemar toleriert. Ich habe dafür gesorgt, dass sie beide gekommen sind.

„Du musst deine Bewerbung ausfüllen." Er klappt einen Laptop auf und öffnet das Dokument. „Diese Informationen hier." Er schiebt mir den Computer hin. „Ich weiß, dass sie dich aufnehmen werden, weil ich schon angerufen und mein diplomatisches Können habe spielen lassen. Sie sagen, es ist kein Problem, solange sie eine gerade Anzahl an Teilnehmern haben."

Schnell fülle ich den Antrag aus und klicke auf Senden. „Erledigt.“

Er grinst mich an. „Gut. Dann werden wir morgen Abend auf unsere Kosten kommen.“

„Bin ich deshalb hier?“

Er zuckt mit den Schultern. „Zum Teil. Außerdem benötige ich deine Dienste.“ Er wechselt ins Russische. „Ich will, dass du jemandem eine Lektion erteilst.“

Ich verdrehe um ein Haar die Augen. Ernsthaft? Ist diesem Arsch nicht klar, dass ich in Chicago hundert Männer unter mir habe, die sich um so einen Mist kümmern? Ich bin der Bratwa-Boss. Der Strippenzieher. Ich mache mir nicht mehr die Hände schmutzig.

Ich hätte einen *schestjorka* schicken können – jemanden in den niedersten Rängen der Organisation, der solche Aufgaben übernimmt. Oder, wenn es vertraulich sein sollte, hätte ich meinen besten Handlanger geschickt, den stummen Oleg, der sich um die Sache gekümmert hätte.

Ich entspanne meinen verkrampften Kiefer und strecke entgegenkommend die Hände aus. „Wie du willst.“

Er strahlt mich an. „Gut. Lass uns sofort los.“

Ich stehe auf und lasse die Wirbel in meinem Nacken knacken.

Na schön.

Aber nur, weil wir diesen Mann brauchen, um die Geschäfte am Laufen zu halten.

LUCY

„ICH HABE DEFINITIV Zweifel an dieser Sache.“ Ich schüttle meine Hände aus und kralle die Finger ineinander.

Ich bin bei Gretchen, meiner ehemaligen Mitbewohnerin und besten Freundin aus dem Jurastudium. Sie ist nach unserem Examen in Georgetown in D.C. geblieben. Jetzt ist sie irgendein Ass im Büro des Generalstaatsanwaltes und ich bin …

Vollkommen verloren.

Ich schüttle die Niedergeschlagenheit ab, die mich in letzter Zeit immer mitten ins Herz zu treffen scheint. So hatte ich mir mein Leben mit fünfunddreißig nicht vorgestellt.

„Nö", erwidert sie, als ob ein *Nein* meine Zweifel hinwegfegen würde. „Das ist genau das, was du brauchst, um Jeffrey zu vergessen und nach vorn zu schauen."

Das von einer Frau, die keine nennenswerten Langzeitbeziehungen aufzuweisen hat. Sogar während des Studiums hat sie One-Night-Stands vorgezogen, während ich auf der Suche nach „dem Einen" war.

Und verdammt, ich hatte geglaubt, ihn gefunden zu haben. Aber letzten Monat musste ich endlich einsehen, dass mein Jeffrey, mein scheinbar perfekter Freund, keine Absichten hatte, mich jemals zu heiraten. Acht Jahre als mein Freund und er hat es nicht geschafft, sich zu binden. Wollte mir keinen Ring anstecken oder mir dabei helfen, die Familie zu gründen, nach der ich mich gesehnt habe.

Also habe ich es endlich losgelassen.

Was schwerer gewesen war, als ich gedacht hätte.

Es ist einfacher, wenn ein Kerl fremdgeht oder die eigenen Freunde oder Familie beleidigt oder etwas Konkretes tut, das man ihm vorwerfen könnte. Aber nein, Jeffrey war ein perfekter, netter, gutaussehender Kerl, dem ich wichtig war, ... aber eben nicht wichtig genug.

Wie auch immer.

Thank you, next, wie die süße Ariana Grande sagen würde. Aber ich fühle mich im Augenblick *verflucht noch mal nicht dankbar.*

Nein, ich fühle mich, als ob ich von einer Dampfwalze niedergemäht worden wäre.

Als Gretchen also mit dieser verrückten Idee ankam, ich solle sie zu einer besonderen Veranstaltung in ihren BDSM-Club begleiten, habe ich zugestimmt.

Aber jetzt fange ich definitiv an, meine Zweifel zu haben. Ich bin nicht abenteuerlustig. Und die *Rocky Horror Picture Show* verwirrt mich immer nur.

„Was ziehst du an?", fragt Gretchen und tut so, als ob es abgemachte Sache wäre. Sie zieht den Reißverschluss eines Kleidersacks auf, den ich an den Schrank in ihrem Gästezimmer gehängt habe, und starrt auf die Auswahlmöglichkeiten.

„Ähm …“ Anscheinend findet sie meine Auswahl nicht besonders überzeugend.

„Das rote Kleid“, sage ich leidenschaftslos.

Sie zieht es vom Bügel und hält es hoch. Es ist ein aufreizendes Wickelkleid aus weichem, anschmiegsamem Stoff und hat einen tiefen Ausschnitt. „Das wäre gut – *für eine Verabredung mit einem Anwalt.*“

„Ich bin Anwalt“, bemerke ich unnötigerweise.

„Aber nicht heute Nacht. Heute Nacht bist du eine Sexsklavin. Eine Sub.“ Sie wirft das rote Kleid auf das Bett und nimmt meine Hand, führt mich in ihr eigenes Schlafzimmer. „Heute Nacht wirst du lernen, dich der Kontrolle zu unterwerfen. Sobald du dich unterwirfst, kann dir das Universum den richtigen Mann schicken. Es wird eine unfassbare Ehre für diesen Kerl sein, dein Mann zu werden, und er wird mit dir ganz viele süße, blonde Babys machen und …“

„Ich verstehe nicht so ganz, wie meinen Körper der Folter auszusetzen das Gleiche ist, wie mich dem Universum hinzugeben.“

Gretchen öffnet die unterste Schublade ihre Kommode, wo sie offensichtlich ihre Outfits für den Kerker aufbewahrt.

Ich schrecke zurück, als ich die winzigen Latexteile entdecke, die sie hervorzieht.

„Na ja, das ist es auch nicht. Aber du wirst Gefallen daran finden, dich zu unterwerfen. Es ist eine Übung. Gib für drei Stunden die Kontrolle ab. Lass jemand anderen die Zügel in die Hand nehmen und für dein Vergnügen sorgen.“

„Was, wenn ich kein Vergnügen daran finde?“ Ich halte ein Paar glänzende, rote Latexshorts hoch, deren Schritt aus Spitze gefertigt ist. Super heiß – für eine Stripperin. „Tut mir leid, ich glaube nicht, dass ich jemals so was tragen könnte.“

„Ein Dom ist für dein Vergnügen verantwortlich.“

„Er ist aber auch dafür verantwortlich, mir Schmerzen zuzufügen.“

Ein breites Grinsen breitet sich auf ihrem Gesicht aus. „Das ist womöglich *sein* Vergnügen.“ Sie zuckt mit den Schultern. „Und vielleicht auch deins.“

Gretchen ist ein Switch – jemand, der sowohl gerne Top als auch Bottom ist. Natürlich nicht gleichzeitig.

Heute Abend wird sie Domme sein, weil das Black Light – der exklusive BDSM-Club, in dem sie Mitglied ist – sie darum gebeten hat, nachdem sie ihre Anmeldung für das Valentins-Roulette eingereicht hatte. Der Club hält jedes Jahr eine besondere Veranstaltung ab. Gretchen hat mir schon im letzten Jahr darüber erzählt, nur dass ich damals noch als neugieriger Voyeur zugehört habe und mir nie im Leben vorgestellt hätte, selbst einmal meinem Namen in den Ring zu werfen, um daran teilzunehmen.

Die Veranstaltung dreht sich um ein Roulettespiel, bei dem die Partner ausgelost und bis zu drei Szenen festgelegt werden. Auf meiner Anmeldung konnte ich nur vier strikte Limits auswählen, was mich fast umgebracht hätte, weil ich am liebsten alles auf der Liste ausgeschlossen hätte bis auf Geschlechtsverkehr.

Nein, das stimmt nicht. Gretchens Lebensweise hat mich von Anfang an fasziniert. Ich bekomme nur jetzt kalte Füße, wo ich mit dem Gedanken spiele, selbst meine Zehen ins Wasser zu tunken.

„Na schön, zieh das rote Kleid an, wenn du dich dann wohler fühlst. Sag mir nur bitte, dass du sexy Unterwäsche hast."

Ich versuche, beherzt zu sein. „Ich hatte gedacht, vielleicht auf die Unterwäsche zu verzichten." Ich zwinkere ihr zu.

„Das ist mein Mädchen!" Sie schnippt mir einen Tanga ins Gesicht und ich pruste los, als ich ihn auffange. „Es wird dir Spaß machen. Versprich mir, dass du dir erlaubst, Spaß zu haben?"

Ich hole tief Luft und nicke. Ich bin kein Feigling. Ich bin eine knallharte Anwältin, die gnadenlose Verbrecher verteidigt, ohne ins Schwitzen zu geraten. Zur Hölle, ich verwalte die Konten einer der mächtigsten Verbrecherfamilien in Chicago. Dann werde ich doch wohl mit dem klarkommen, was mich im Black Light erwartet.

Hoffe ich.

KAPITEL ZWEI

R *avil*

Das Black Light ist ein geheimer Club, der hinter dem Laden einer Wahrsagerin versteckt ist. Der Türsteher kennt Valdemar, aber ich muss meinen Ausweis vorzeigen, um Zutritt zu bekommen.

Valdemar bleibt stehen und grüßt jeden, den er kennt, also drücke ich mich an ihm vorbei und gehe zur Bar.

„Whiskey auf Eis", sage ich der Barfrau.

Ich nicke dankbar, als sie mir den Drink hinstellt, und schiebe ein großzügiges Trinkgeld über den Tresen.

Valdemar flirtet mit zwei Frauen und winkt mir zu und ich hebe grüßend mein Kinn. Ich werde nicht hinüberspazieren und mich vorstellen, was genau das ist, was er von mir erwartet. Wenn sie mich kennenlernen wollen, dann müssen sie schon zu mir kommen.

Ich bin vollkommen zufrieden damit, hier zu sitzen und alles zu beobachten.

Zwei Frauen betreten den Club und die Atmosphäre im Raum

verändert sich. Männer wie Frauen mustern die beiden Neuankömmlinge unverhohlen.

Die beiden Frauen sind groß. Eine blond, die andere mit langen braunen Haaren. Zuerst glaube ich, sie sind beide Dommes, weil sie eine solche Macht verströmen. Sie scheinen die Kontrolle und das Selbstbewusstsein zu besitzen, die nötig sind, um andere zu dominieren.

Aber dann bemerke ich, dass die Blondine zu verkrampft ist. Das Selbstbewusstsein ist nur eine Fassade – eher ein Verteidigungsmechanismus als eine verinnerlichte Eigenschaft.

Aus irgendeinem Grund lässt das meinen Schwanz steif werden. Es gefällt mir, die Schwäche in anderen zu erkennen. Und diese hier ist absolut köstlich.

Ihr Outfit ist vollkommen daneben. Sie trägt kein Kostüm für ein Rollenspiel, auch nichts Freizügiges mit leichtem Zugriff.

Sie trägt ein rotes Kleid, das an ihren Kurven klebt – die unerheblich sind. Sie ist zu dünn, als ob sie ihren Körper demselben rigorosen Standard unterzieht, mit dem sie auch alle anderen misst. Ihr Hals ist lang und steif wie der einer Ballerina. Ihre Haare sind eingedreht und hochgesteckt.

Wenn sie meine Partnerin wäre, würde ich als Erstes ihre Haare aufmachen und meine Faust darin einwickeln.

Ihren Kopf zurückziehen und diesen Hals freilegen.

Mit meiner Zunge über die Kuhle an ihrem Schlüsselbein fahren und sie schmecken.

Und plötzlich will ich sie unglaublich dringend zur Partnerin haben. Vor allem, weil ich mir ziemlich sicher bin, dass sie es hassen würde. Eine Frau wie sie will einen der Diplomaten. Einen Mann in Anzug und Krawatte. Einen Mann, der eine Show daraus macht, seine Manschettenknöpfe zu öffnen und seine Ärmel hochzukrempeln, um ihr den Hintern zu versohlen.

Keinen tätowierten, russischen Köter in schwarzer Jeans und schwarzem T-Shirt.

Und weil ich ein Mann bin, der jenseits des Gesetzes steht, der nach dem Diebeskodex lebt, gleite ich augenblicklich von meinem Barhocker, um die Sache ins Rollen zu bringen.

„Wen muss ich hier bezahlen, um das richtige Mädchen abzukriegen?", murmle ich Valdemar auf Russisch zu.

Er unterbricht seine Unterhaltung mit den beiden überaus engagierten Frauen und zieht eine Augenbraue hoch. „Das geht nicht."

Ich lache spottend auf. „Natürlich geht das. Irgendjemanden kann man immer bezahlen. Wen bezahle ich? Wem gehört dieser Laden?"

Valdemar schüttelt erneut entschieden den Kopf. „Nein, das ist unmöglich. Es hängt allein von der Roulettekugel ab. Das habe ich dir doch erklärt. Ein Glücksspiel. Niemand kann es beeinflussen."

Mein Kiefer verkrampft sich, als ich mich umblicke. Ich glaube Valdemar, aber ich will seine Antwort nicht akzeptieren.

Ich will die Blondine. Sie verspricht so viel mehr Spaß als diese übereifrigen Frauen, die nur darum betteln, dass ich ihnen Schmerzen zufüge.

Sie muss lernen, loszulassen.

Lernen, Schmerzen zu empfangen.

Lernen, sich zu unterwerfen.

Erst dann sollte sie Lust verspüren.

Erst dann *kann* sie Lust verspüren.

Weil ich ernsthaft bezweifle, dass diese Frau in ihrem ganzen Leben jemals einen vernünftigen Orgasmus hatte.

Sie und ihre fantastische Freundin gehen zur Bar. Ich bin versucht, meinen Platz wieder einzunehmen, nah genug zu sitzen, um ihre Unterhaltung mit anzuhören, aber ich halte mich zurück. So schnell lasse ich mir nie in die Karten schauen.

Es hat einen Grund, weshalb man mich den Direktor nennt.

Abgesehen davon muss ich meine nächsten Schritte überdenken. Wenn ich diese Frau nicht gewinnen sollten, was für Möglichkeiten bleiben mir dann? Ich könnte den Mann bezahlen, der sie gewinnt, damit er mit mir tauscht.

Da. Das ist ein guter Plan.

Ich werde nicht zulassen, dass er sich weigert. Ich kann sehr überzeugend sein.

Ich trinke meinen Whiskey aus und stelle das Glas auf einem Tablett ab. Das wäre also geklärt.

So oder so, diese Frau wird heute Nacht mir gehören.

~

LUCY

„ALLE SCHAUEN DICH AN", murmelt Gretchen, als wir uns an die Bar des Black Lights setzen. Ich bestelle einen Rotwein, worüber Gretchen prompt die Augen verdreht.

„Weil ich nicht richtig angezogen bin?", frage ich. Natürlich liegt es daran, dass ich nicht richtig angezogen bin, ich weiß gar nicht, warum ich überhaupt frage.

„Nein, weil sie neugierig sind. Es ist fast zu schade, dass heute Abend Roulette gespielt wird, weil du an jedem normalen Abend vermutlich freie Wahl bei den Männern hättest." Sie schaut sich um. „Wen würdest du dir aussuchen?"

Ich nippe an meinem Wein und drehe mich auf dem Barhocker herum, schaue mich um. Ehrlich gesagt habe ich kaum etwas wahrgenommen, als wir den Club betreten haben. Ich war zu sehr damit beschäftigt gewesen, meine knallharte Gerichtssaalfassade aufzulegen, damit nur niemand bemerkt, wie nervös ich bin.

Es gibt Männer in jedem Alter – viele sind älter als wir, was nur Sinn ergibt, wenn man bedenkt, wie teuer die Mitgliedschaft in diesem Club ist. Die wenigen jüngeren Männer, die ich entdecken kann, sehen aus wie Playboys, die ihr Vermögen verprassen. Die meisten von ihnen sehen absolut fickbar aus.

„Diesen da", murmle ich und lasse meinen Blick in Richtung eines Mannes mit dunklen Haaren und teurem Anzug schweifen.

Gretchen lächelt. „Gute Wahl. Das hast du nicht von mir gehört, aber das ist Trent Joyner, der CEO der McFennel Holdings – der Firma, die die Hälfte aller Kohleminen in Amerika besitzt. Leider hast du Pech, er ist ein Bottom. Als Domme hatte ich einmal das Vergnügen mit ihm und das war ein ziemlicher Spaß."

Verdammt. Ich versuche mir vorzustellen, wie ich als Domme jemanden dominiere, so wie Gretchen. Ich glaube, ich würde es hinbekommen – vielleicht wäre ich sogar gut darin. Wenn nötig, kann ich die perfekte Zicke spielen. Aber die Wahrheit ist, dass das nur eine Rolle ist. Eine Figur, die ich mir überziehe, weil das von Frauen, die Anwältinnen für Strafrecht sind, so erwartet wird. Aber es macht mich nicht an.

Nein, im wahren Leben mag ich es vielleicht nie zulassen, aber in meinen dunkelsten Fantasien übernimmt ein Mann die Kontrolle über mich. Als Teenagerin habe ich unter der Bettdecke heimlich Wikingerromane gelesen. Sie begannen immer mit irgendeinem feschen jungen Wikingerkrieger, der die Heldin als seinen Siegespreis davontrug. Und ich habe ihm immer die Daumen gedrückt, dass er sie schließlich für sich gewinnen könnte.

Gretchen hat recht. Sie kennt mich besser, als ich mich manchmal selbst kenne.

„Was ist mit dem da?", frage ich und wende meine Aufmerksamkeit einem extrem gutaussehenden Mann in einem Anzug zu, der so viel Charme versprüht, dass die Gruppe von Frauen um ihn herum scheinbar am liebsten augenblicklich ihre Höschen fallen lassen würden.

Gretchen verdreht die Augen. „Master Lancelot. Ja, den will jede und leider weiß er das auch."

„Er nennt sich selbst Master Lancelot?" Ich lache abschätzig auf. „Okay, ja. Den überspringe ich lieber."

„Du wirst es dir nicht aussuchen können", erinnert mich Gretchen. „Unterwerfen, du erinnerst dich? Bitte das Universum, dich mit dem perfekten Dom zusammenzubringen, und es wird es tun."

„Mhm." Gretchen hat schon immer an positives Denken geglaubt, um voranzukommen. Und ich muss sagen, für sie zumindest funktioniert es auch. Mit ihr hier zu sein erinnert mich daran, wie sehr es mir fehlt, von ihrer ansteckenden Sichtweise auf das Leben umgeben zu sein. Als ob alles möglich wäre.

Sie hatte recht. Das hier ist genau das, was ich brauche, um über Jeffrey hinwegzukommen und über die Wirklichkeit dessen, mit fünfunddreißig wieder Single zu sein und meine biologische Uhr lauthals ticken zu hören, die mir sagen will, es ist zu spät – viel zu spät –, um einen Mann zu finden und die Familie zu gründen, von der ich immer geträumt habe.

Ich will das Spiel weiterspielen, auf Männer zu deuten und mir von Gretchen den neusten Klatsch über die Kerle zuraunen lassen, aber der Moderator – ein sehr attraktiver, junger schwarzer DJ, der sich Elixxir nennt – bittet die Teilnehmer auf die Bühne.

Ich kippe den Rest meines Rotweins auf einmal hinunter und stehe auf. „Wird schon schiefgehen", murmle ich Gretchen zu.

Sie stößt mich mit der Hüfte an. „Mach sie fertig, Frau Anwältin."

Wir haken uns ein und gehen zur Bühne.

„Ich nehme es zurück. Es war falsch, das zu sagen. *Unterwerfen* – gib einfach die Kontrolle ab. Vertraue jemand anderem, dass er sich um dich kümmert."

Ich zittere am ganzen Körper, aber ich nicke trotzdem.

Richtig. *Vertrauen.*

Sie hat leicht reden. Sie ist heute Abend diejenige, die die Zügel in der Hand hält.

Wir teilen uns auf, als wir zur Bühne kommen – sie geht zu der Stufe, auf der die Doms stehen, ich warte unten auf dem Parkett zusammen mit den anderen Subs. Ich lasse meinen Blick über die Doms schweifen, damit ich dem Universum meine Bestellung durchgeben kann. Wenn ich Gretchens Glauben an quasi spirituelle Manifestation folgen soll, kann ich genauso gut auch ganz ausdrücklich werden.

Er nicht. Er nicht. Er nicht. Er vielleicht. Vielleicht. Ihn würde ich nehmen. Auf gar keinen Fall. Mein Blick verharrt auf einem blonden Mann mit enganliegendem schwarzen T-Shirt. Er scheint bereit für ein Fotoshooting zu sein, ein Bodybuilder-Körper, von Tattoos bedeckt, nur dass die Tattoos nicht schön sind. Das sind nicht Bilder von bunten Drachen oder die Designs, die man heutzutage auf den Armen von jungen Männern sieht.

Seine Tattoos sind schwarz oder dunkelblau, die Muster auffällig, und was ich sehe, lässt mir das Blut in den Adern gefrieren.

Ich habe solche Muster schon einmal gesehen.

Auf den Fotos von Leichen, die der Staatsanwalt mir zugeschickt hatte, als sie einen meiner Klienten befragen wollten.

Es sind Symbole einer Gang, aber nicht die typische amerikanische Straßengang.

Es sind russische Symbole.

Was bedeutet, dass dieser Mann Mitglied einer russischen Verbrecherorganisation ist.

Der *Bratwa*, wie sie, glaube ich, heißt. Was auf Russisch *Bruderschaft* bedeutet.

Ich erschaudere.

Nicht er, Universum.

Auf keinen Fall er.

~

RAVIL

ICH GLAUBE NICHT AN ZUFALL. Ich bin meines eigenen Glückes Schmied. Wenn man auf den Straßen von Leningrad aufwächst, wenn man Zeit in einem sibirischen Gefängnis verbringt – dann lernt man, dass es nur eine Person gibt, auf die man sich verlassen kann, das Schicksal zu verändern.

Auf sich selbst.

Manche glauben, sie könnten der Bruderschaft vertrauen, aber ich weiß, dass immer jemand darauf wartet, mir ein Messer in den Rücken zu rammen. Vor allem jetzt, wo ich so weit aufgestiegen bin.

Ich bitte nicht um Glück, als ich meine Nummer ziehe, die die Reihenfolge der Paare bestimmt. Ich bitte nicht um Glück, als ich nach vorne gerufen werde, um das Rad für meine Sub zu drehen.

Ich habe keinerlei Erwartungen, dass meine Kugel auf der Zahl für die Frau im roten Kleid landet. Mein Plan, sie auf einem anderen Weg zu bekommen, steht. Ich achte nicht einmal auf das Drehen des Rads oder auf den Namen, den sie verkünden, als die Kugel zum Liegen kommt. Ich mustere desinteressiert die Gruppe der Subs, gestatte mir nicht, meine Beute überhaupt anzuschauen.

„Master R wird mit Lady Luck gepaart", lässt der DJ verlauten.

Ich wollte mein reizendes Ziel eigentlich gar nicht anschauen, aber es ist ihre erschrockene Reaktion, die durch ihren ganzen Körper fährt, die mich in ihr Gesicht blicken lässt.

Unsere Blicke treffen sich. Ihrer ist voller Beunruhigung, dann blinzelt sie ein paar Mal und tritt vor.

Sie ist Lady Luck?

Mir stockt der Atem.

So einfach? Ich musste nicht einmal dafür arbeiten.

Lady Luck, allerdings. Vielleicht sollte ich doch an Glück glauben. Ich trete vor und lege meine Hand auf ihren unteren Rücken, fordere sie mit einer leichten, aber besitzergreifenden Berührung ein.

Ich höre zu, als der DJ die wichtigen Informationen vorliest. „Die strikten Limits von Lady Luck sind: *ABDL oder Windelfetisch, Blutspiele, Nadelspiele* und *Fisting*."

Ich höre es mir ohne Reaktion an. Sie wendet den Kopf, um mich anzuschauen, schafft es aber nicht, mir wirklich in die Augen zu blicken. Sie riecht nach Rotwein und fruchtigem Shampoo. Das Verlangen, ihr über den Hals zu lecken, meldet sich mit einem plötzlichen Kribbeln in meinen Eiern zurück.

Ich entschließe mich dazu, mich nicht dagegen zu wehren. Vor allem nicht, weil ich weiß, dass sie nicht glücklich über unsere Paarung ist und ich klarstellen muss, dass es mein Wille ist, dem sie sich jetzt zu unterwerfen hat, ob es ihr gefällt oder nicht. Ich beuge meinen Kopf hinunter und streiche mit meiner Zunge über die Stelle, an dem ihr Hals in ihre Schulter übergeht.

Sie hört auf zu atmen.

Ich lasse meine Zunge über ihre Haut fahren und ein Schaudern überkommt sie. Ein stärkeres Beben als das leise Zittern, das ich ohnehin schon spüre.

„Komm, Lady Luck. Du musst unsere Unterhaltung bestimmen", flüstere ich ihr ins Ohr.

Ein weiteres Schaudern, aber sie macht ihren Rücken noch gerader – was mir fast unmöglich vorkommt – und gestattet mir, sie zum Roulettekessel zu führen.

Ihre Finger zittern merklich, als sie die Kugel hochnimmt und sie so ungerichtet wirft, dass sie kaum im Kessel bleibt, kreuz und quer herumspringt und lange braucht, bis sie stillliegt.

„Wachsspiele", verkündet der DJ.

„Ah, eine weitere glückliche Wahl für Lady Luck", murmle ich.

Sie schickt einen messerscharfen Blick in meine Richtung. Dieses Mal erwidere ich ihren Blick. Ihre Augen stehen weit auseinander und sind von einem weichen Braun, wie ein Reh. Eine reizende Kombination mit den blonden Haaren, die naturblond zu sein scheinen. Ihre Haut ist blass und glatt wie die einer Eisprinzessin. Sie hat hohe Wangenknochen und ein Grübchen in der Mitte ihres Kinns.

Sie hätte Modell sein können, als sie jünger war. Aber dafür ist sie zu schlau. Ihre Augen versprühen Intelligenz. Ich kann es in ihrer Skepsis erkennen, darin, wie sie eilig ihre Umgebung mustert. Ihr Verstand ist wie wild am Arbeiten.

Und ich muss umso härter arbeiten, um ihn auszutricksen.

„Komm, Kätzchen. Lass uns nach ein bisschen Wachs suchen."

LUCY

ICH WERDE GRETCHEN SAGEN MÜSSEN, dass diese ganze Sich-dem-Universum-anvertrauen-Sache ausgemachter Blödsinn ist. Sie war es, die den Namen *Lady Luck* für mich ausgewählt hatte, weil sie sagte, es würde helfen, die Dinge zu benennen, an die man glauben will.

Aber das hier ist das Gegenteil von Glück.

Ich habe ausdrücklich gesagt, *nicht er.*

Obwohl mir jetzt wieder einfällt, dass sie mir möglicherweise auch gesagt hat, niemals um etwas in der Verneinung zu bitten, weil das Unterbewusstsein – oder das Universum – oder welche mentalen Verrenkungen auch immer Gretchen zu der Zeit gerade praktizierte – nicht die Verneinung hört, sondern nur das, worauf man sich konzentriert. Und in diesem Fall war das der Russe.

Verdammt.

Master R führt mich von der Bühne und zum Glück hält er meinen Ellenbogen fest, denn meine Knie sind so weich, dass ich kaum in den Stilettos laufen kann, in denen ich sonst für gewöhnlich ohne Probleme daher stolzieren kann.

Ich weiß nicht, ob er merkt, wie viel Angst ich habe, oder nicht. Er ist ziemlich undurchschaubar.

Weil er viel zu verbergen hat, bemerkt meine innere Anwältin.

Er führt mich zum Geschenkeladen des Clubs, wo eine hübsche, junge Verkäuferin ihn bedient. Er bestellt das Wachs und außerdem eine lederne Klopfpeitsche. Trotz meiner Beklommenheit und meinem totalen Widerwillen, mit diesem Kriminellen auf irgendeine Art und Weise intim zu werden, kann ich den Anflug von Interesse, der beim Anblick der Peitsche durch mich hindurchschießt, nicht leugnen. Das ist das einzige Gerät, das ich ausprobieren wollte, vor allem, weil Gretchen erzählt hat, es könne auch auf eine sinnliche und sanfte Weise eingesetzt werden, abgesehen von den Schmerzen, die es zufügt.

Mir wird bewusst, dass ich kein Wort gesagt habe, seit wir zusammengewürfelt wurden, und die Anwältin in mir bricht hervor. „Wozu die Peitsche?", frage ich, während er die Sachen entgegennimmt und mich aus dem Zimmer führt. „Die Kugel ist nicht auf Auspeitschen gelandet."

„Hmm."

Wie bitte? Was ist das denn für eine Antwort?

Er hält inne und nimmt mein Kinn in die Hand. „Es hat mir besser gefallen, als du nicht gesprochen hast."

Mir fällt vor Schreck der Mund auf. Wie *unverschämt.*

„Sagen wir doch einfach: kein Wort, außer es ist das Safeword. Du bist mit den Safewords im Black Light vertraut, nehme ich an?"

Ich knirsche mit den Zähnen. Jetzt bin ich irgendwie sauer.

Belustigung spielt über sein Gesicht und ich erkenne, dass das seine Absicht war. Sein Blick fällt auf meine Brüste und ich folge seinen Augen. Ich trage keinen BH und meine Nippel stehen in steifen Spitzen hervor. Als ob es mir *gefallen* würde, dass er ein Arsch ist, der mir befiehlt, den Mund zu halten.

Grrr.

„Ich brauche jetzt eine Antwort von dir, *kotjonok*. Sag mir, ob du dich an die Safewords erinnerst."

Meine Augen werden schmal. Ich will nicht antworten, einfach nur, um ihn zu ärgern. Aber ich bin in dieser Umgebung zu unsicher, um solche Spielchen zu spielen. Überall um mich herum sehe ich Foltergeräte und er könnte jedes davon aussuchen und an mir benutzen. Nicht, dass ich nicht einfach das Safeword aussprechen könnte und aus dem Schneider wäre.

Ehrlich gesagt, *ich könnte das Safeword auch jetzt sofort benutzen und wäre aus der ganzen Sache raus.*

Ich müsste nur *rot* sagen und die Nacht wäre vorbei. Wir beide würden zwar offiziell „verlieren", aber das ist mir egal.

Nur, dass es das irgendwie doch nicht ist.

Ich bin extrem ehrgeizig, eine Persönlichkeit vom Typ A, die, die es nicht ertragen können, zu verlieren.

Verdammt.

Ich zwinge die Worte über meine Lippen. „Ich erinnere mich."

Er berührt meinen Mund. „Weniger giftig, Kätzchen. Ich weiß, dass du Angst hast. Das brauchst du nicht –"

„Ich habe keine Angst", unterbreche ich ihn, vergesse für einen Moment, dass es mir nicht gestattet ist, zu sprechen.

Zu meiner Überraschung stimmt er zu. „Natürlich nicht." Er kommt auf mich zu. „Du bist sehr stark." Ich trete einen Schritt zurück, aber er kommt hinterher, drängt mich gegen eine Wand. „Aber bei mir ist es in Ordnung, Angst zu zeigen." Er streicht mit der Rückseite seiner Finger über meine Wange. „Ich bin für dich verantwortlich. Du musst mir alles offen zeigen, damit ich weiß, wie weit ich dich treiben kann. Ansonsten kann ich dir keine Lust verschaffen."

Ein Schaudern durchfährt mich. Es kommt mir so vor, als ob ich jedes Mal erschaudere, wenn dieser Mann mit mir spricht, nur diesmal bemerke ich ein Kitzeln von Hitze, das das Beben begleitet, nicht die Eiseskälte, die ich vorher verspürt habe.

Gänsehaut breitet sich auf meinen Armen aus. Er spricht über Lust, so wie Gretchen es versprochen hat.

Er löst meine Haare aus dem Knoten, von dem Gretchen schon gesagt hat, dass er vollkommen falsch wäre. Dann fällt seine Hand auf meine Beine und gleitet nach oben, schiebt den Saum meines Kleides höher und höher, bis er nur noch zu meiner Hüfte reicht. Seine Augenbrauen zucken erstaunt in die Höhe. „Kein Slip?" Sein Grinsen ist ungebändigt. „Gute Wahl, Kätzchen. " Er streicht mit der Fingerspitze um meinen Oberschenkel und fährt an der inneren Rundung meiner Arschbacke entlang.

„Das ist dein erstes Mal hier, habe ich recht?"

„Ist das so offensichtlich?" Ich weiß nicht, ob ich sprechen darf, aber das letzte Mal hat er es auch durchgehen lassen.

Er schüttelt den Kopf. „Für niemanden außer mich", verspricht er, was ich bezweifle. Ich muss knirschend anerkennen, dass er versucht, meinen Stolz zu beschützen. Das überrascht mich, wenn man bedenkt, dass es bei diesem Spiel vorrangig um Erniedrigung geht.

„Wir werden jetzt Folgendes machen, *kotjonok*. Ich werde dir dabei helfen, dich auf das Wesentliche zu konzentrieren. Werde dir helfen, loszulassen. Schließ deine Augen."

Ich will nicht.

Ich will das *wirklich* nicht.

Ich starre ihn herausfordernd an, aber er ist zuversichtlich. Geduldig. Als ob er wüsste, dass ich schließlich tun werde, was er will.

Na schön. Ich schließe die Augen.

In dem Augenblick, als sich meine Lider schließen, öffnet er mein Wickelkleid und zieht es mir vom Körper. Meine Augen fliegen auf. Ich habe unter dem Kleid nichts an, stehe jetzt also splitternackt vor allen anderen!

„*Augen zu.*" Sein Befehl klingt überhaupt nicht mehr wie die schmeichelnden Worte, mit denen er noch vor wenigen Augenblicken mit mir gesprochen hat. Es ist ein rauer, kehliger Befehl. Ein Befehl, der augenblicklichen Gehorsam verlangt. Mein Körper reagiert noch vor meinem Verstand. Ich kneife die Augen zu.

Er verbindet mit dem Gürtel meines Kleides meine Augen und verknotet ihn an meinem Hinterkopf.

Für einen Augenblick stehe ich nur da und warte darauf, dass etwas passiert.

Nichts passiert. Ich spüre, wie er vor mir steht, kann seinen sanften Atem hören, spüre die Wärme seines Körpers. Er berührt mich und ich zucke überrascht zusammen. Seine Hand legt sich auf meine Rippen – leicht. Ganz leicht. Er fährt mit den Fingern meine Seite hinunter, bis er an meiner Taille ankommt. Dann fährt er über meinen unteren Rücken und bis zu meinem Hintern.

„So ist es einfacher, oder nicht? Du bist jetzt nur noch auf mich konzentriert. Du musst mir vertrauen, dich zu führen."

„Das gefällt mir nicht."

Sein Lachen ist sanft. „Ich weiß, *kotjonok*."

„Was bedeutet das?", verlange ich.

„Es bedeutete *Kätzchen*. Ein Kosewort, keine Geringschätzung deiner Bissigkeit." Er streicht mit einem Finger über meine Unterlippe – vielleicht sein Daumen. „Für mich lässt du deine Krallen aber schön stecken, oder etwa nicht, meine wunderschöne Löwin?"

Ich habe keinen Schimmer, woher er diese Vorstellung von mir nimmt. Sie ist unverschämt und besänftigt gleichermaßen meinen Zorn. Aber das ist Blödsinn. Vermutlich sagt er das zu jeder.

Und aus irgendeinem Grund macht mich das sauer.

Seine Fingerspitze umkreist meinen rechten Nippel. Mein Schaudern wird stärker.

„Dir ist nicht etwa kalt, Lady Luck?"

Ich schüttle den Kopf. Die Heizung im Club ist hochgedreht – um sicherzustellen, dass den spärlich bekleideten Subs warm ist, nehme ich an. Ich bin mir allerdings nicht sicher, ob es den Männern in den dreiteiligen Anzügen auch gefällt.

Sosehr ich es auch hasse, meine Augen verbunden zu haben – und ich verabscheue es wirklich zutiefst –, Master R hatte recht damit, was es bewirkt.

Ich bin komplett auf ihn fokussiert. Seine Nähe. Seine Stimme. Und vor allem auf seine Berührungen. Jedes Mal, wenn er mich berührt, rauscht eine Schockwelle der Hitze durch mich hindurch.

Und die Tatsache, dass seine Berührungen so federleicht sind, erhöht meine Aufmerksamkeit nur noch zusätzlich. Jeder seiner Atemzüge ist mir nun gnadenlos bewusst. Die Distanz zwischen unseren Körpern. Der Raum dazwischen.

Er verändert seine Berührung, drückt mit seinen Handknöcheln auf mein Brustbein und fährt langsam daran hinunter. Mein Bauch bebt, als er darüberfährt und dann hinunter zu meinem frisch gewachsten Venushügel gleitet.

Ich bringe mich in Verlegenheit, da ich ein winziges Wimmern ausstoße, als er über meine Schamlippen streicht.

„Spreizen."

Ein einziges Wort als Befehl. Kein *bitte*. Kein *danke*. Absolute Überzeugung, dass ich ihm Gehorsam leisten werde.

Ich schlucke. Rutsche auf meinen Absätzen herum, um meine Beine einen Zentimeter weiter zu spreizen.

„Weiter."

Ein Finger fährt leicht über meinen Schlitz.

Meine Muschi zieht sich zusammen. Mein Bauch spannt sich an.

„Noch nicht reif", bemerkt er. „Bald."

„Bald was?" Ich erwarte immer noch, dass er mich früher oder später dafür bestraft, zu sprechen, aber bis jetzt hat er es nicht getan.

„Bald wird sie darum betteln."

„*Sie*? Hast du meine Muschi gerade personifiziert?"

Seine Lippen streifen über mein Schlüsselbein und ich zucke bei der Berührung zusammen. „Ab jetzt wird nicht mehr gesprochen, Kätzchen. Es sei denn, du sagst zuerst *gelb*."

„Gelb." Ich bin so verdammt dickköpfig. Ist mir schon klar. So habe ich das Jurastudium durchgestanden und sichergestellt, dass mich die Partner meines Vaters respektieren, als ich in der Kanzlei zu arbeiten angefangen habe.

„Sprich, Kätzchen." Ein Anflug von Milde schwingt in seinem Tonfall mit. Als ob ich ein Kindergartenkind wäre, das seine Grenzen austestet, und er mir demonstrieren würde, dass die Regeln so funktionieren, wie sie sollen.

„Ich mag die Augenbinde nicht."

Er rückt den Stoffstreifen zurecht. „Ziept sie an den Haaren? Ist sie zu eng?"

„Nein", gebe ich zu.

„Dann bleibt sie." Als ich meinen Mund öffne, wiederholt er es in einem *Leg-dich-besser-nicht-mit-mir-an*-Tonfall. „Sie bleibt oder du sagst *Rot* und beendest das hier. Aber ich glaube, das willst du nicht wirklich." Er nimmt meinen linken Nippel zwischen seine Finger und kneift ihn, erhöht nach und nach den Druck, bis· ich nach Luft schnappe. „Oder doch, Kätzchen? Du darfst antworten."

„Nein."

„*Nein, Master*", korrigiert er mich.

Arschloch.

„Nein, Master."

Er lässt meinen Nippel los. „Braves Mädchen."

∾

*R*AVIL

S*IE IST VORZÜGLICH*. Reizend und stark, aber auch zerbrechlich. Ich liebe es, mit ihr zu spielen.

Es wird ein langes Spiel werden. Ich muss langsam machen. Und auch, wenn mir klar ist, dass es bei der Roulette-Veranstaltung um Zufall und Unterhaltung geht, bin ich geneigt, diverse Reize einzusetzen, um eine Erfahrung für sie zu schaffen. Und Wachs allein wird meine Lady Luck vermutlich nicht feucht machen. Ich muss mit Sinnesentzug anfangen. Sie an mich binden. Ihre Sinne schärfen. Sie dazu bringen, sich nach meiner Berührung zu verzehren.

Nur dann wird das heiße Wachs sinnlich genug sein, um sie heiß zu machen.

Bondage könnte auch helfen. Sie muss so verletzlich und so ausgestellt wie möglich sein.

„Ich sehe einen Platz, an dem wir spielen können", sage ich ihr. „Soll ich dich führen oder tragen? Du darfst jetzt antworten."

Manchen Frauen nimmt man alle Entscheidungen ab. Gibt alles vor. Aber ihr überlasse ich ein Quäntchen Kontrolle, an dem sie sich festklammern kann. Es ist natürlich nicht echt. Die einzige wirkliche Kontrolle, die sie hat, ist ihr Safeword, aber ich bin bereit, ihr diese Illusion zu lassen.

„Führen."

Ich wusste, dass das ihre Antwort sein würde. Zu schade. Es hätte mir gefallen, wenn sie diese schlanken Arme um meinen Nacken geschlungen und ich ihr Gewicht in meinen Armen gespürt hätte. Vielleicht später.

Ich lege meinen Arm eng um ihre Taille und nehme mit der anderen Hand ihren Ellenbogen, sodass unsere Hüften eng aneinandergepresst sind. So ist es einfacher, sie zu führen, trotz ihrer zögerlichen Schritte.

Sie nackt auszuziehen, war hilfreich für ihren Kopf. Meinen Gedanken bringt es nichts.

Ich werfe den Zuschauern, die uns interessiert und wertschätzend beobachten, einen mordenden Blick zu, während ich meine wunderschöne Lady Luck durch das Publikum führe. Für gewöhnlich bin ich kein eifersüchtiger Mann. Aber etwas an ihr beschwört einen wilden Beschützerinstinkt in mir empor. Vielleicht liegt es daran, dass die Frauen, mit denen wir in der Vergangenheit gespielt haben, die Aufmerksamkeit genossen haben.

Diese hier tut das nicht, glaube ich. Oder zumindest noch nicht.

Ich führe sie zu einem gepolsterten Tisch, dann drehe ich sie um und schiebe sie so, dass sie sitzt. „Auf den Rücken, *kotjonok*." Ich bringe sie in Position, lege meine Hand unter ihren Hinterkopf, um ihn hinunterzuführen.

Schnell fessle ich ihre Hand- und Fußgelenke. Augenblicklich testet sie die Fesseln aus, dreht ihre Handgelenke und zerrt an den ledernen Handschellen.

Sie ist eine reizende Gefangene – blasse Haut und nervös, nicht wollüstig wie die anderen Subs hier. Unter ihrer Unsicherheit verbirgt sich Verlangen, aber es muss erst herausgelockt werden.

Ihr Atem geht stockend, ihr flacher Bauch bebt mit jedem Einatmen. Ihre Lippen öffnen sich und sie wendet das Gesicht etwas nach rechts, als ob sich nach mir lauschen würde.

„Ich schaue nur zu, Kätzchen", sage ich und ihre verbundenen Augen schnellen in meine Richtung. „Du bietest einen wunderschönen Anblick. Geradezu engelsgleich."

Ihre Lippen bewegen sich, wollen ein Wort formen, aber dann fallen sie wieder zu. Vielleicht hat sie sich endlich an meine Regel erinnert, nicht zu sprechen.

Ich nehme die Peitsche in die Hand und lasse sie von der Kuhle an ihrem Schlüsselbein hinunter zu ihren Brüsten gleiten. „Du hattest Interesse hieran."

Überraschung flackert über ihr Gesicht – ob sie überrascht ist, weil ich ihr Interesse bemerkt habe oder weil sie sich ihres eigenen Interesses nicht bewusst war, kann ich nicht sagen. Eine Peitsche ist ein perfektes Spielzeug für eine Anfängerin. Die Lederriemen können sich wie die zärtlichste Liebkosung anfühlen, wenn sie sanft eingesetzt werden. Und selbst ihr Biss kann warm und einhüllend sein, wenn er korrekt angewendet wird.

Ich lasse mir Zeit, fahre über ihre Brüste, ihre Seiten hinunter, kitzle ihre Rippen. An der Unterseite ihrer ausgestreckten Arme entlang. Ich streiche über die Seite ihres Gesichts, verlangsame meine Bewegungen und beobachte, wie ihr Atem sich meiner Geschwindigkeit angleicht.

Ich schnicke mit dem Handgelenk und lasse die Spitzen der Riemen über die Seite ihre Brust schlagen. Sie schreit auf, zuckt überrascht zusammen. Mir ist klar, dass es nicht wehgetan hat – vielleicht ein kurzes Brennen –, aber sie ist mir jetzt komplett hörig.

Ich belohne sie, indem ich die weichen Riemen über ihren Bauch und zwischen ihre Beine gleiten lasse. Ihr Beben verrät ihre Erregung. Ich fahre weiter an der Innenseite ihres Schenkels entlang und kitzle ihre Fußsohle, dann arbeite ich mich an ihrem anderen Bein wieder nach oben.

Schnell lasse ich die Riemen über ihre Muschi peitschen und ihr Rücken biegt sich vom Tisch. Ihr Schrei ist dieses Mal noch erotischer. Sie fällt unter meinen Bann.

Mein Schwanz drückt gegen den Stoff meiner Jeans, aber ich ignoriere ihn. Andere Subs hier fänden es vielleicht erregend, auf die Knie gezwungen zu werden und einen Schwanz in ihren Mund gestopft zu bekommen, aber diese hier nicht.

Ein langes Spiel.

Ihr Vergnügen kommt zuerst.

Ich muss sie davon überzeugen, Lust von mir zu empfangen, bevor ich eine Gegenleistung erwarten kann.

Wieder lasse ich die Riemen der Peitsche zwischen ihre Beine gleiten. Ich sehe, wie ihre schimmernden Säfte dort zusammenströmen. Ich möchte sie mit meinem Finger prüfen, sie mit meiner Zunge schmecken, aber ich halte mich zurück. Finger und Zunge wären zu diesem Zeitpunkt zu überstürzt.

Sie benötigt mehr Vorbereitung. Peitsche und Wachs.

Dann kommt ihr nächster Wurf mit der Kugel. Dann der dritte Wurf. Ich besitze diese Kreatur für drei Stunden. Ich kann mir mit ihrer Verführung also Zeit lassen.

Es ist seltsam, wie viel Befriedigung mir dieses Spiel bereitet – ich bin tatsächlich froh, dass Valdemar mich mitgeschleppt hat. Vermutlich ist es die Herausforderung. Es ist Jahre her, dass mich eine Frau zuletzt herausgefordert hat. Sogar amerikanische Frauen werfen sich mir zu Füßen dank des Reichtums und der Macht, die ich angehäuft habe.

Somit stellt diese hier eine Herausforderung dar und der Direktor in mir – der Schöpfer von Gelegenheiten, der Strippenzieher des Erfolgs der Bratwa in Nordamerika – liebt es, Herausforderungen zu lösen.

Ich fahre mit meiner trägen Erkundung ihrer Haut mit den Quasten fort, streichle, peitsche, benutze ihren Körper, während ich ihre Fantasie reize.

„Das ist mal was anderes für dich."

Ich muss meine Irritation darüber verbergen, Valdemars Stimme zu hören. Er steht am anderen Ende des Tisches, zusammen mit einer niedlichen Sub in Schulmädchen-Outfit, die sich an ihn klammert.

„Was genau?", presse ich hervor.

„Ich bin es nicht gewohnt, dich so sanft mit einer Frau zu sehen. Wo ist die Reitpeitsche? Die Tränen? Ist die hier etwa aus Glas?"

Mudak.

Im Ernst, was für ein Idiot. Für einen Diplomaten hat Valdemar verdammt wenig Fingerspitzengefühl.

Ich würde ihm am liebsten eine Ohrfeige verpassen.

„Lady Luck verlangt ein langsameres Vorgehen. Nicht jede Sub liebt Schmerzen. Steht denn deine darauf?"

Das Mädchen mit den Pferdeschwänzen kichert. „Nur, wenn ich ein unartiges Mädchen bin."

Meine Taktik hat funktioniert, weil Valdemar seine Aufmerksamkeit wieder seiner Sub zuwendet und sie davon spazieren.

„Entschuldige meinen Freund", murmle ich und lasse die Peitsche über ihre Brüste gleiten. „Ich habe nicht vor, dich zum Weinen zu bringen."

Ihre Lippen öffnen sich, dann schließen sie sich wieder. Ich lasse einen weichen Lederriemen über ihren Mund streifen.

„Danke", sagt sie schließlich, als ich die Quasten ihren Hals hinunterfahren lasse.

Ihr Zugeständnis entgeht mir nicht. Vielleicht haben Valdemars Bemerkungen eher geholfen als geschadet. Ist mir nur recht.

Meine Gedanken fokussieren sich. Sie lässt sich tief in den Raum fallen, den ich ihr bereitet habe. Ich möchte am liebsten damit anfangen, sie richtig auszupeitschen, aber das würde ihre Haut von dem Schock des heißen Wachses ablenken, also lege ich die Peitsche beiseite und gestatte ihr einen Augenblick, um etwas runterzukommen.

Für einen langen Moment bewege ich mich nicht. Ich beobachte sie dabei, wie sie den Kopf neigt, mich mit ihren Sinnen zu suchen scheint. Das letzte Mal habe ich sie versichert. Jetzt lasse ich sie im Ungewissen.

Sie öffnet den Mund, als ob sie etwas sagen wollte, aber dann hält sie sich zurück. Ich gebe ihr noch ein paar Sekunden Zeit, dann umkreise ich einen ihrer Nippel mit meiner Fingerspitze.

Sie zuckt zusammen und ein Beben rollt durch ihren Körper.

„Hübsch", bemerkte ich und umkreise ihren anderen, ebenfalls steifen Nippel. Ich zwicke sie gleichzeitig und drücke sie zusammen. „Die würden sich in Klammern sehr gut machen. Würde dir das gefallen? Nicke mit dem Kopf, wenn es dir gefallen würde."

Ihr Kopf rollt uneindeutig herum. Kein Nicken, kein Kopfschütteln.

Ich versetzte ihrer Brust einen leichten Hieb. „Ja? Na gut. Dann werde ich später welche besorgen. Ich werde dich nicht unbeaufsichtigt hier zurücklassen."

Ich weiß nicht, warum ich sie auf diese Weise rückversichere. Ich sollte sie nervöser machen. Sie sowohl rückversichern als auch verunsichern.

„Hast du jemals heißes Wachs auf deiner Haut gespürt?"

Sie schüttelt den Kopf.

Ich zünde die Kerze an und lasse die Flamme eine Pfütze an geschmolzenem Wachs brennen. „Es gibt nichts zu befürchten. Etwas Hitze, dann kühlt es ab. Dieses Wachs schmilzt schon bei relativ niedrigen Temperaturen, also wird es deine hübsche Haut nicht beschädigen. Es ist der Ort, an dem ich das Wachs benutze, der dich um *Gnade* winseln lassen wird."

Sie schüttelt den Kopf.

„Das ist niedlich." Ich stupse ihre Nasenspitze an. „Du kannst mir nichts verbieten. Es sei denn, du benutzt das Safeword. Aber das bezweifle ich. Du gibst nicht auf."

Wieder schüttelt sie den Kopf, als ob sie mir zustimmen würde.

Ich schwenke das Wachs in der Kerze herum, dann halte ich sie über ihren Bauch und lasse einen Tropfen hinunterfallen.

Ich liebe es zu sehen, wie sich ihr Bauch zusammenzieht, sie mit einem langgezogenen Atemzug nach Luft schnappt. Sie ist zu dünn. Wenn sie meine Frau wäre, würde ich sicherstellen, dass sie besser mit ihrem Körper umgeht. Sich nicht solchen strikten Standards unterwirft.

Ich frage mich, was sie beruflich macht. Pharmavertreterin? Nein, sie sieht gut genug aus, aber sie ist keine Bittstellerin. Sie ist eher der Typ CEO.

Meine Neugierde ist seltsam. Ich will meine Partnerinnen eigentlich nicht näher kennenlernen. Ich bevorzuge es, Begegnungen wie diese unpersönlich zu lassen. Geheimnisse verstärken nur die Erregung.

Außerdem geht es im Black Light ausdrücklich um Anonymität. Ein Ort, an dem die Reichen und Berühmten, die einflussreichen Menschen dieser Welt, sich ihren sexuellen Vorlieben hingeben können ohne Angst, geoutet zu werden.

Ich lasse einen weiteren Tropfen Wachs fallen, dann einen weiteren. Ich forme mit dem Wachs einen Kreis um ihren Bauchnabel, male ein Muster. Dann wende ich mich ihren Nippeln zu. Sie zuckt zusammen und faucht, als der erste Tropfen hinunterfällt, aber ihre Nippel werden größer, schwellen unter dem Wachs an und werden hart.

Ihr Atem geht schneller, in kurzen Stößen. Sie windet sich rastlos, zieht an den Fesseln.

„Ich will jetzt deine Stimme hören", sage ich ihr. „Sag mir, was du brauchst."

„Brauche?" Sie ist ganz atemlos. Sie klingt verwirrt. „Ich-ich brauche ..."

„Was, *kotjonok*? Braucht deine Pussy etwas Aufmerksamkeit?" Ich lasse etwas von dem Wachs auf ihren Venushügel tropfen und sie schnappt nach Luft.

„Ja – *nein!*"

Ein weiterer Tropfen. Er landet auf ihrer Schamlippe. „Was brauchst du?" Ich lasse einen weiteren Tropfen fallen, dann einen weiteren. „Was bereitet dir Vergnügen, Lady Luck?" Ich lasse das Wachs auf die Innenseite ihrer Schenkel tropfen.

Sie wimmert.

Wenn sie bereit wäre, würde ich sie um Erlösung flehen lassen, aber ich habe sie noch nicht ganz für mich gewonnen. Sie ist stolz und reserviert und ihr zu befehlen, zu betteln, würde sie am Ende nur stur machen. Einfach nur zu verlangen, dass sie eine Bitte äußert, ist der erste Schritt.

„Sag es mir, Kätzchen."

„Kannst du mich ... anfassen?"

„Hier?" Ich bringe meinen Daumen zu ihrem Schlitz und berühre ihren Kitzler. Gleichzeitig lasse ich etwas Wachs auf ihren Nippel tropfen.

Ihre Hüften schnellen in die Höhe. „Ja! Ähm … ja, dort. Und…" Ihr Kopf fliegt hin und her.

Es ist so verflucht schön. Als ob ich eine seltene und exotische Kreatur in ihrem natürlichen Umfeld beobachten würde. Den Schneeleoparden des Himalayas. Meine wilde und sinnliche Löwin.

Ich presse meinen Daumen weiter auf ihren Kitzler und reibe ihre Öffnung mit Zeigefinger und Mittelfinger. Ihr Schoß ist geschwollen und feucht und meine Finger gleiten ungehindert in sie hinein.

Ich lege die Kerze zur Seite. „Ist es das, was du brauchst?"

„Ja, bitte."

Na also, ich habe ein *bitte* erhalten und musste es noch nicht einmal einfordern. „Ja, Master", korrigiere ich sie.

Ich reibe ihre innere Wand, such nach ihrem G-Punkt. Als ich ihn finde, ziehen sich ihre Muskeln um meine Finger zusammen und ihre Beine zucken.

Ich lasse mir Zeit. Langsam streichle ich über die empfindliche Haut. Ich könnte sie jetzt auch hart mit meinen Fingern ficken, diesen Punkt mit jedem Stoß berühren, und sie würde in weniger als dreißig Sekunden kommen.

Aber ich will sie bis an ihre Grenze treiben.

Sehen, wie verzweifelt sie wird, wenn sie die Erlösung wirklich braucht. Ihren Widerstand noch ein wenig mehr brechen.

Ich mache weiter, warte so lange, bis sie kleine Geräusche von sich gibt, bis ihr Körper bebt und zittert, direkt dort vor dem Abgrund. Dann lasse ich meine Finger herausgleiten.

Sie schnappt nach Luft. Ihre Lippen öffnen sich, warten ab. Als ich mich nicht bewege, nichts sage, bettelt sie mich an. „B-bitte, Master?"

Mein Schwanz wird steinhart.

Ich löse die Fesseln an ihren Füßen, dann die Handschellen.

Sie setzt sich auf. „W-was ist los?" Sie ist völlig verwirrt.

„Auf die Knie, Kätzchen", sage ich sanft. „Zeig mir, wie sehr du es willst."

Das beleidigt sie. Ich kann es an der Starre erkennen, die in ihren Rücken fährt. Daran, wie steif ihre Schultern werden.

Aber sie will es. Ihre Wangen und ihr Hals werden rot, die Hitze ihres Körpers schwebt zwischen uns.

Ich ziehe an ihrem Ellenbogen und sie geht vor dem Tisch in die Knie.

Ich knöpfe meine Jeans auf und befreie meine Erektion. „Finde Lust darin, Lust zu schenken, *kotjonok*", ermuntere ich sie.

Sie öffnet bereitwillig ihren Mund und ich lasse meinen Ständer hineingleiten.

Es ist ein langsamer Anfang. Es dauert ein paar Augenblicke, bis sie wieder in der Stimmung angelangt ist, die ich für sie erschaffen habe, aber dann ist sie wieder da.

Und als es so weit ist, ist es einfach fantastisch.

Ihre Hände legen sich auf meine Hüften und sie macht ihre Wange hohl, um mich heftig zu lutschen. Sie sitzt mit gespreizten Knien auf dem Boden, ihr Rücken ist gebogen. Ihr Enthusiasmus erregt die Aufmerksamkeit der Leute um uns herum und die Energie im ganzen Raum knistert.

Am liebsten will ich sagen, dass sie sich alle verpissen sollen, aber das würde meine wunderschöne Unterworfene alarmieren und ich kann nicht zulassen, dass sie gehemmt wird. Ich nehme den Flogger in die Hand und lasse die Riemen sanft auf die Seiten ihrer Schenkel schlagen, während sie mir den Schwanz lutscht, bis sie um meinen Ständer herum zu stöhnen beginnt.

Ich lasse für eine Weile die Zügel locker, überlasse ihr die Führung, bis ich die Kontrolle zu verlieren beginne. Dann greife ich nach ihrem Hinterkopf und nehme mir, was ich will. Zuerst verspannt sie sich, dann wird ihr Kiefer locker und sie lässt mich in ihren Mund pumpen.

„Genau so", lobe ich sie. „Braves Mädchen."

Ihre Zunge kreist über die Unterseite meines Schwanzes. Meine Eier ziehen sich zusammen. Ich will, dass es niemals aufhört, aber ich brauche das auch, um meine Erregung loszuwerden, damit ich es entspannt genießen kann, meine Lady Luck zu dominieren.

Ich schließe die Augen und gebe mich ganz dem köstlichen Gefühl ihres heißen, feuchten Munds und den kleinen Geräuschen, die sie ausstößt, hin.

„Ich komme, Kätzchen", warne ich sie. „Lutsche ihn schön ordentlich und schlucke jeden letzten Tropfen wie ein ganz braves Mädchen."

Ich gebe der Sache eine 50-50-Chance, dass sie meinem Befehl Folge leistet, aber sie scheint wirklich Lady Luck zu sein, denn sie ist gehorsam.

Ich ziehe ihr die Augenbinde vom Kopf, weil ich ihre Augen sehen will. Sie blinzelt mich überrascht an und lässt mich aus ihrem Mund gleiten, sinkt zurück auf ihre Fersen.

„Braves Mädchen." Ich hebe ihr Kleid hoch und lege es ihr wie einen Kimono um die Schultern, dann greife ich nach ihrem Ellenbogen und helfe ihr auf die Füße.

Verwirrung huscht über ihr Gesicht.

„Auf deine Befriedigung lasse ich dich noch warten", erkläre ich ihr.

~

LUCY

DAS IST *NICHT* SEIN ERNST.

All die aufgestaute Energie verwandelt sich in Zorn, als mir klar wird, dass er mich nur dazu gebracht hat, ihm den Schwanz zu lutschen, ohne mir meinen hart erarbeiteten Orgasmus zu bescheren.

Okay, vielleicht nicht ganz so hart erarbeitet, aber ich habe trotzdem das Gefühl, ordentlich durch die Mangel genommen worden zu sein. Das Wachs und das Auspeitschen haben zwar nicht wehgetan, aber die ganze Erfahrung an sich war einfach intensiv.

Er muss meinen Zorn bemerken, denn er nimmt mein Kinn in seine tätowierten Finger. Seine Berührungen waren nichts als sanft, aber ich zucke dennoch jedes Mal zusammen, wenn er die Hand nach mir ausstreckt.

„Was immer du jetzt sagen willst, sag es lieber nicht. Du gehörst noch für die nächsten beiden Szenen mir. Du wirst deine Belohnung bekommen, wenn ich es so entscheide." Sein Akzent fängt an, mir zu gefallen. Vielleicht, weil seine Stimme das Einzige war, woran ich mich halten konnte, als meine Augen verbunden waren.

Ich schüttle seine Hand ab und ziehe den Stoff meines Kleides um meinen Körper zusammen, dann verknote ich den Gürtel. Das harte Wachs klebt noch immer an meiner Haut, in einer ständigen Erregung meiner sensibelsten Körperregionen.

Alles schwirrt. Mein Innerstes ist ganz heiß und erregt. Beinah schon unangenehm. Das muss die weibliche Form von Kavaliersschmerzen sein. Mir war nicht klar gewesen, dass sowas existiert. Noch nie im Leben war ich so aufgegeilt.

Ich schätze, ich bin schnell gestresst. Angespannt. Ich kann an einer Hand abzählen, wie oft ich tatsächlich mit einem Partner zusammen zum Höhepunkt gekommen bin.

Und ich war so verdammt kurz davor.

Und dann musste dieser Russe – Master R – seine Hand zurückziehen.

Im Ernst, wenn ich heute Nacht nicht komme, werde ich das diesem Mann nie verzeihen.

Nicht, dass ich ihn jemals wiedersehen werde. Aber der lebenslange Groll einer Fremden wäre ihm sicher.

Er mustert mich kühl.

Ich möchte ihm am liebsten gegen das Schienbein treten.

Ein ganzer Raum voller Gentlemen und ich erwische ausgerechnet den russischen Straßengangster.

Aber das ist nicht fair. Dieser Kerl verhält sich tatsächlich wie ein perfekter Gentleman, unabhängig von seinem rauen Äußeren.

Was nicht heißt, dass ich nicht glaube, dass er verdammt gefährlich ist.

Ich vertrete eine der größten italienischen Mafiafamilien. Ich weiß es besser, als charmant mit sicher zu verwechseln. Ich sollte mit Gretchen darüber sprechen, diesem Kerl die Mitgliedschaft im Black Light zu entziehen.

Allerdings zieht sich mir bei diesem Gedanken der Magen zusammen. Er hat nichts falsch gemacht. Und es gibt nichts, was mich glauben lässt, es würde dazu kommen. Trotzdem, ich bin mir sicher, er ist so gut in all dem, weil er jede Art von Folter perfektioniert hat.

Auf der anderen Seite des Raumes schreit eine Frau plötzlich, „Das ist kein Alkohol! Gib es mir zurück!"

Ich kann sehen, wie einer der Sicherheitstypen im Club ihr eine Wasserflasche abnimmt. Ihr Dom führt sie zur Bar. Hoffentlich nicht, um ihr mehr Alkohol zu kaufen.

„Willst du was trinken?", fragt mein Dom höflich, als ob wir auf einem Date wären.

Mein erster Instinkt ist es, abzulehnen, weil meine Schutzschilde wieder hochgefahren sind, aber ehrlich gesagt würde mir ein Glas Rotwein dabei helfen, mich zu entspannen.

Ich nicke steif. „Ja, bitte."

Er legt seinen Arm um meine Taille, seine Handfläche liegt leicht auf der oberen Wölbung meiner Pobacke.

Wenn das hier eine Verabredung wäre, würde ich diese Hand wegschieben, aber mein Körper steht noch immer in Flammen und die Berührung fühlt sich gut an. Mein Körper hat keine Ahnung, dass ich diesen Mann weder mag, noch ihm vertraue.

An der Bar spricht der Dom der Frau mit dem Alkohol leise mit ihr, bietet ihr eine Flasche Wasser an.

Ich bestelle einen Merlot. Master R fragt nach Wasser.

Er bleibt eng bei mir, schiebt mich gegen die Bar, eine Hand weiterhin auf meiner Taille. Jetzt, wo wir uns so nah sind, kann ich sehen, dass seine schwarzen Jeans eine Designermarke ist. Sein T-Shirt ist weich und teuer. Er mag vielleicht angezogen sein wie ein Gangster, aber er hat Geld.

Also nicht aus den unteren Rängen der *Bratwa*.

Er sieht gut aus unter den ganzen Tattoos und Narben. Eisblaue Augen. Sandblondes kurzes Haar, das vorne ganz zerzaust ist. Seine Muskeln treten unter dem T-Shirt hervor. Ich muss gerade einen Eisprung haben, weil ich an nichts weiter denken kann als daran, wie es sich anfühlen würde, ihn auf mir zu spüren.

Wie hübsch unsere Babys aussehen würden.

Nicht, dass ich jemals einen Mann wie ihn als Vater meiner Kinder auswählen würde.

Ein Schmerz schießt durch mein Herz. Dieser verfluchte Jeffrey, der mir all die Jahre gestohlen hat, ohne sich jemals zu binden.

„Das hier ist ein Rebound", sagt Master R und ich blicke erschrocken zu ihm auf. „Versuchst du, über jemanden hinwegzukommen?"

Ich dachte immer, ich wäre gut darin, die Menschen zu lesen, aber das ist wirklich unheimlich.

Mein Gesicht wird heiß. Ich nippe an meinem Rotwein und versuche, meine Fassung wiederzufinden. „Woran erkennst du das?"

Er fährt sanft mit seinem Daumen über meine Wange. „Eine Spur von Traurigkeit in deinen Augen. Wie unpassend dieser Ort für dich ist."

Ich blinzle, versuche zu entscheiden, ob ich geschmeichelt oder beleidigt sein soll, dass er das Black Light als unpassend für mich hält.

„Wieso sagst du das?"

Er zuckt mit den Schultern und fährt mit seinen Lippen über die Seite meines Halses. Er riecht nach Seife und einem leichten Aftershave. Eine angenehme Mischung. „Du fühlst dich unwohl. Das hier ist nicht deine Szene. Du willst dominiert werden, aber nicht auf diese Art und Weise."

Er hat nicht unrecht.

Ich trinke noch einen Schluck von meinem Wein. „Wie meinst du denn, dass ich dominiert werden will?"

Sein Grinsen wird wild. „Du willst, dass dir die Kontrolle abgenommen wird, damit du nicht mehr nachdenken oder recht haben musst. Davon hast du ohnehin schon genug. Du magst es vielleicht heftig, aber du musst dem Mann vertrauen können. Und so weit bist du mit mir noch nicht."

Mir entgeht nicht, dass er *noch nicht* gesagt hat. Als ob er glauben würde, mich heute Nacht bis zu diesem Punkt zu bringen.

Die Erregung, die diese Vorstellung in meinem Körper hervorruft, sagt mir, dass er recht hat. Es *würde* mir gefallen. Und jetzt fantasiere ich darüber, mit ihm zusammen zu sein.

Aber heftig ist vermutlich nicht einfach nur eine Szene für ihn. Dieser Mann ist tatsächlich heftig.

Mein nächster Schluck verpasst meinen Mund und ich schütte mir den Wein wie ein Idiot über das Kinn.

Ohne innezuhalten, greift der Russe nach meinen Haaren und zieht mir den Kopf in den Nacken, legt meinen Hals frei. Dann leckt er mit kleinen Bewegungen seiner Zunge die Weintropfen von meiner Haut.

Meine Muschi zieht sich zusammen.

„W-woher weißt du so viel darüber, ein Dom zu sein?"

Ich kann mich nicht zurückhalten, den Angeklagten zu verhören.

Ein weiteres lässiges Schulterzucken. „Es gehört zu meinem Geschäft, zu wissen, was die Leute wollen. Was sie bereit sind, dafür zu zahlen."

Ich kippe den letzten Schluck meines Weins hinunter und stelle das Glas auf der Bar ab. „Das möchte ich wetten."

Er deutet auf mein Glas. „Noch einen?"

Ich schüttle den Kopf. Gretchen hat mir erklärt, dass im Black Light ein Limit von zwei alkoholischen Getränken gilt. Sie wollen nicht, dass die Leute hier im Rausch spielen, weshalb der Sub vorhin auch ihr heimlich eingeschmuggelter Alkohol weggenommen wurde.

„Ich würde dich gerne betrunken erleben", bemerkt er.

Ich ziehe skeptisch die Augenbrauen hoch. „Warum?"

„Du verhältst dich sehr reserviert. Ich frage mich, was zum Vorschein kommt, wenn du dich gehen lassen würdest."

Seine Worte treffen mich ein wenig zu sehr und es verunsichert mich, wie viel er in mir zu erkennen scheint. „Na ja, das wird nicht passieren", sage ich ihm.

„Natürlich nicht." Immer willig, mir zuzustimmen. „Bereit für das nächste Spiel?"

Stur weigere ich mich, mich von der Stelle zu rühren. „Wirst du mir erlauben, zu kommen?"

Ich kann Belustigung in seinen Augen tanzen sehen. „Wir werden sehen, Kätzchen."

Grr.

KAPITEL DREI

L *ucy*

ICH BIN DANKBAR, dass ich etwas sehen kann und mein Kleid anhabe, als ich zur Bühne zurückkehre. Ich werfe die Kugel in den sich drehenden Kessel. Sie springt hin und her und landet schließlich in einer Einkerbung.

Ich halte den Atem an. *Bitte lass es nichts Furchtbares sein.*

„Analspiele für Lady Luck", verkündet DJ Elixxir.

Mein Anus zieht sich bei dieser Ansage zusammen.

Oh Gott.

Dafür bin ich sowas von nicht bereit. Ich bin eine komplette Anal-Jungfrau. Aber wem will ich hier eigentlich was vormachen – ich habe absolut null Erfahrungen in den meisten Dingen auf dem Tapis.

Wenigstens ist die Kugel nicht auf Fisting gefallen.

Oder auf eine der vielen anderen Möglichkeiten, die nicht schlimm genug waren, als dass ich sie als striktes Limit ausgewählt hätte, die mir aber dennoch eine Heidenangst einjagen.

Ich werfe meinem Dom einen verstohlenen Blick zu, aber wie immer ist sein Gesicht ausdruckslos. Immer nur dieselbe kühle Indifferenz.

„Stehst du auf … Analspiele?“, frage ich, als er mich von der Bühne führt. Ich weiß nicht, warum ich versuche, eine Unterhaltung aufrechtzuerhalten. Ich vermute, ich habe einfach das Bedürfnis nach mehr Informationen – irgendwelchen Informationen – darüber, was mich erwartet.

Er zuckt mit den Schultern. „Es ist gut. Gut für dich. Es wird dir gefallen.“

Zweifelnd ziehe ich eine Augenbraue hoch und sein Mundwinkel verzieht sich in ein schiefes Grinsen. „Du glaubst mir immer noch nicht?“

„Langsam fange ich damit an“, muss ich zugeben. Er scheint nicht nur zu wissen, was er tut, sondern auch mich und meine Bedürfnisse besser zu verstehen als ich mich selbst.

Meine Antwort zaubert ein ehrliches Lächeln auf sein Gesicht. „Hab keine Angst, *kotjonok*. Ich weiß, was ich tun muss, damit es gut wird.“

Wieder betreten wir den Laden, wo er einen kleinen Butt-Plug, Gleitgel und einen Vibrator kauft. Die Verkäuferin hält ihm alle Artikel in einer kleinen Tüte hin, zusammen mit einem wiederverschließbaren Päckchen Desinfektionstücher.

Das finde ich irgendwie beruhigend. Ich habe bemerkt, dass die meisten der Doms ihre eigenen Spielzeuge mitgebracht haben, aber meiner kam mit leeren Händen hierher.

„Bringst du keine eigenen Spielsachen mit?“, frage ich ihn, als wir am Ausgabetresen stehen.

Er schüttelt den Kopf. „Nein.“ Einsilbig. Keine Erklärungen.

Ich versuche es wieder. „Kommst du oft hierher?“

Ich bemerke, wie seine Lippen sich wieder zu einem Grinsen verziehen. „Ist das eine Anmache, Kätzchen?“

„Träum weiter, mein Freund.“

Er wendet sich zu mir. „Oh, ich würde uns nicht als Freunde

bezeichnen." Sein Lächeln kommt nicht in seinen Augen an. „Jedenfalls noch nicht."

Mein Herz beginnt, schneller zu schlagen, als sich unsere Blicke treffen. Er mustert mich ausdruckslos, seine blauen Augen verraten nichts außer klarer, scharfer Intelligenz. Mein ganzer Körper wird heiß.

Verdammt.

Dieser Mann wird mir immer attraktiver.

Ich kann mich nicht entscheiden, ob es seine mysteriöse Art ist oder sein Können als Dom. Oder liegt es nur an der männlichen Aufmerksamkeit, mit der er mich überschüttet?

Das ist nichts, wovon ich besonders viel abbekommen habe. Jeffrey war kein besonders sexueller Freund. Ich vermute, deswegen hat Gretchen auch geglaubt, dass dieses Erlebnis mein neues Liebesleben auf Touren bringen würde. Mir eine neue Welt voller Möglichkeiten eröffnen würde.

„Komm, meine Schöne." Er nimmt meinen Ellenbogen und führt mich aus dem Geschenkeladen heraus, lässt seinen Blick durch den offenen Raum schweifen.

Alles wirkt plötzlich laut und ablenkend. Ich ertappe mich dabei, wie ich mir fast die Augenbinde zurückwünsche. Die Möglichkeit, meine Welt wieder nur auf den Mann neben mir und auf das, was er mit meinem Körper macht, zusammenschrumpfen zu lassen. So abschreckend ich es auch zunächst gefunden hatte, ich muss zugeben, dass mein Dom weiß, was er tut.

Er geht auf eine der furchteinflößenden Spanking-Bänke zu, aber ein anderes Pärchen nimmt sie zuerst in Beschlag, also führt er mich stattdessen zur Couch. „Ich werde dich über meinen Schoß legen. So ist es intimer, nicht?"

Bei dem Wort intim zucke ich innerlich zusammen.

Weil Intimität möglicherweise nicht gerade mein Ding ist. Wenn es zwischen Jeffrey und mir mehr Intimität gegeben hätten, hätten wir vielleicht nicht Jahre damit verschwendet, nicht voranzukommen. Er hätte gewusst, wie wichtig mir Kinder sind. Oder ich hätte verstanden, dass er kein wirkliches Interesse daran hatte.

Und die Augenbinde hat funktioniert, weil sie mich vor Intimität bewahrt hat. Ich war in meiner eigenen kleinen Welt. Ich musste nicht über den Mann nachdenken, der mich berührt. Über seine Tattoos und Narben. Darüber, mit welchen illegalen Dingen er womöglich sein Geld verdient.

Er setzt sich auf das Sofa und zieht mich kopfüber über seinen Schoß, arrangiert in Ruhe ein Kissen unter meinem Kopf und meinen Schultern.

„Hast du es bequem, *kotjonok*?“

Ich nicke.

„Ja, Master“, sagt er mir vor.

„Ja, Master.“ Ich grummle es nicht einmal. Vielleicht liegt es an der stetig wachsenden Wertschätzung für die Sorge, mit der mich dieser Mann behandelt.

Er schiebt mir mein Kleid den Rücken hoch und fährt mit seiner Hand über meinen Arsch. In Gedanken stelle ich mir die tätowierten Fingerknöchel vor. Die muskulösen Unterarme. Sein brutales Gesicht.

Sosehr ich mir aufgrund dieser Dinge auch gewünscht habe, dass er heute Abend auf keinen Fall mein Partner wird, ich werde trotzdem feucht, wenn ich nur daran denke. Er ist furchteinflößend.

Und etwas in mir findet das aufregend, selbst während der andere Teil in mir am liebsten davonrennen würde.

Aber er hat schon bewiesen, ein aufmerksamer und zuvorkommender Partner zu sein.

Er zieht mir die Arme auf den Rücken und bindet meine Handgelenke mit einem weichen Stoff zusammen. Augenblicklich fühle ich mich hilflos. Ich wünschte immer noch, meine Augen wären verbunden, aber ich kann mein Gesicht in das Kissen pressen und alles andere ausblenden.

Alles, außer seiner Hand, die meinen Arsch liebkost.

Klatsch!

Ich schnelle fast von der Couch, als er seine Hand auf meine Arschbacke knallen lässt.

So viel härter als erwartet.

Er versetzt auch der anderen Seite einen Hieb, dann noch einmal, links und rechts.

Heilige Scheiße. Ähm, ja. Es tut weh. Ich rutsche auf seinem Schoß hin und her, versuche, den Schlägen auszuweichen, aber er hat seinen Arm um meine Taille gelegt und hält mich fest.

Ich presse die Lippen zusammen, um nicht aufzuschreien, und presse mein Gesicht fester in das Kissen. Er macht immer weiter damit, mir ordentlich den Arsch zu versohlen, bis mein ganzer Hintern brennt.

„Aua", stöhne ich schließlich.

„Schmerzen können Lust entstehen lassen", erklärt er mir und lässt seine Handfläche auf meiner heißen Haut ruhen.

Ich bin versucht, ein paar Dinge auszustoßen, die alles andere als damenhaft sind, also presse ich meine Lippen weiterhin fest zusammen.

Er gleitet mit seinem Finger zwischen meine Schenkel und ich bin erschrocken, wie glitschig feucht ich bin. Anscheinend hat er recht. Schmerzen lassen Lust entstehen.

Er reibt mich sanft, seine Berührung ist nachlässig, beinah beruhigend. Empfindungen erblühen zu noch größerer Hitze.

Aber dann spreizt er meine Arschbacken und ich ziehe sie automatisch zusammen. Es ist peinlich. Bloßstellend.

Nicht. Richtig.

Ich kann eine Plastikverpackung rascheln hören und rieche den leicht beißenden Geruch von Desinfektionstüchern. Er säubert die Spielzeuge, die er gekauft hat.

Als ich den Tropfen kalten Gleitgels spüre, der auf meinem Anus landet, zucke ich zusammen. Ich hatte damit gerechnet, abzuwarten – so, wie er mich auch auf das Wachs hatte warten lassen –, aber die runde Spitze des Butt-Plugs drückt augenblicklich gegen meinen Hintereingang.

Ich kneife alles zusammen – meine Augen, meine Pobacken, mein Arschloch.

Er schlägt auf meinen Oberschenkel, was fünfzigmal mehr weh tut als der Hieb auf meinen Hintern.

„Autsch!", protestiere ich.

„Aufmachen."

Ich will nicht. Aber ich habe schon gelernt, dass es nichts bringt, sich zu weigern. Ich habe nicht vor, das Safeword zu benutzen, also kann ich mich genauso gut fügen.

Ich atme tief ein und langsam wieder aus, zwinge meinen Körper dazu, sich zu entspannen. Sich zu öffnen.

Er presst den runden Kopf des Plugs gegen meinen Anus und wartet.

Worauf, da bin ich mir nicht sicher.

Aber dann entspannt sich der feste Ringmuskel wie von allein und er schiebt den Plug weiter, als ob er auf genau diesen Moment gewartet hätte.

Wieder bin ich erleichtert, einen erfahrenen Partner abbekommen zu haben.

Ich hasse das Gefühl des Plugs in meinem Hintern. Das Eindringen. Nicht, weil es wehtut, auch wenn es mein Arschloch natürlich etwas dehnt. Aber es ist die Demütigung dieses Dings. Das Gefühl der Unrichtigkeit.

Das Brennen der Dehnung wird größer, als er den Plug weiter hineinpresst.

Ich beginne, mich zu verspannen, aber er macht ein verneinendes Geräusch.

„Akzeptiere den Plug, Kätzchen."

Ich wimmere ein wenig, als er weiter in mich eindringt, aber sobald er die engste Stelle passiert hat, findet der Plug seinen Platz und das Brennen erlischt. Jetzt verspüre ich nur das Gefühl, völlig ausgefüllt zu sein. Und eine Stimulation an meinem Anus, den der Schaft des Plugs weiterhin aufspannt.

„Braves Mädchen."

Ich atme noch einmal tief aus. Ich hasse es nicht. Aber ich liebe es auch nicht.

Aber dann beginnt er erneut, mir den Hintern zu versohlen. Der Plug drängt sich in meinen Arsch, lässt noch mehr Reize entstehen.

Automatisch ziehe ich meinen Anus zusammen, aber mit dem Plug an Ort und Stelle wird die Stimulation nur noch größer.

Und verdammt, ich finde es wahnsinnig erregend.

Was sich schrecklich falsch anfühlt.

Er schlägt mir auf die eine Arschbacke, dann auf die andere, lässt mich auf seinem Schoß hin und her hüpfen. Bei jedem Wackeln, jeder Bewegung spüre ich den Plug in mir. Winde mich um den Plug. Es wird immer intensiver. Nicht schmerzhaft – ich spüre das Brennen der Hiebe kaum noch.

Alle meine Sinne sind auf die Empfindungen in meinem Arsch konzentriert.

Er versohlt mir weiter den Hinter – immer stärker. Meine Schenkel spannen sich an, aber ich erkenne, dass er recht hat – ich begrüße den Schmerz nun beinah. Es ist wie das Kratzen eines Juckreizes. Es befriedigt das brennende Verlangen in mir, das mit jedem Moment anwächst.

Dann plötzlich entsteht eine Pause und ich komme zu Atem.

Und dann schnappe ich wieder nach Luft, als Maser R die vibrierende Spitze des Dildos gegen meine Muschi presst. „Oh", rufe ich überrascht aus.

Ja.

Es ist. So. Gut.

Er versenkt den Vibrator in mir und lässt ihn dort, dann versetzt er mir noch ein paar Hiebe auf den Arsch.

Es ist zu viel. Nicht der Schmerz – die Empfindungen. Alles auf einmal. Der Plug in meinem Arsch, der mit jedem Hieb in mich drängt. Das konstante Vibrieren in meinem Innersten. Die brennenden Schmerzen mit jedem Schlag.

Ich brauche Erlösung.

Unbedingt.

Zu allem Übel fängt er nun an, meinen Arsch mit dem Plug zu ficken und mir mit der anderen Hand weiter den Hintern zu versohlen.

Mir sind die Geräusche peinlich, die ich ausstoße.

Lüstern.

Notgeil.

Rasend.

„Bitte", flehe ich, auch wenn ich mir nicht sicher bin, worum ich ihn anbettle. Mehr? Weniger? Irgendwas anderes?

Ich weiß nur, dass ich es unbedingt brauche, was auch immer es ist.

„Bitte, Master, darf ich kommen", sagt er mir vor.

Ernsthaft? Na schön.

„Bitte, Master, darf ich kommen?"

„Da. Komm jetzt, *kotjonok.* Aber lass mich dein Gesicht sehen."

Ich kann mich auf nichts konzentrieren außer auf *Komm jetzt.* Mein Innerstes zieht sich zusammen, meine Pussy klammert sich um den Vibrator.

Er krallt sich meine Haare und zieht sie nach oben, um mein Gesicht in seine Richtung zu wenden, fickt die ganze Zeit über meinen Arsch mit dem Plug.

Ich öffne meinen Mund zu einem stummen Schrei und unsere Blicke treffen sich. Seine Augen sind dunkel, aber ich kann Hitze in seinem für gewöhnlich so kühlen Ausdruck erkennen. Ich ziehe mich um die beiden Phallen zusammen, springe auf seinem Schoß auf und ab und frage mich, wie es wohl wäre, ihn in mir zu spüren.

Werde ich es herausfinden?

Sein Schwanz presst sich hart gegen meine Hüfte. Ich will ihn wieder lutschen. Will ihm dieses unfassbare Vergnügen zurückgeben, das noch immer durch meinen Körper rauscht, der vermutlich längste Orgasmus aller Zeiten.

Woge um Woge der Lust rollen über mich hinweg. Jedes Mal, wenn ich glaube, es ist vorbei, bringt die kleinste Bewegung die beiden Plugs zum Vibrieren und ich komme von Neuem.

„So ist gut, meine Lady Luck. Komm nur immer weiter", treibt er mich an, lässt die Stöße des Butt-Plugs langsamer werden, hört aber nicht auf. „Jetzt erkennst du den Vorteil darin, deine Befriedigung hinauszuzögern."

„Oh Gott, ja", gebe ich zu. Ich mag vielleicht stolz sein, aber ich bin auch bereit einzugestehen, wenn ich falsch lag.

Vor allem, wenn ich so voller Dankbarkeit bin. Und voll von warmer, köstlicher Lust.

❧

RAVIL

. . .

Ich bin verzaubert.

Ich weiß nicht, was ich an dieser Frau so faszinierend finde, aber zu sehen, wie sie so derart die Kontrolle verliert, lässt mich wiederum völlig die Kontrolle verlieren.

Ich will ihre Nummer haben. Mit ihr zusammen sein. Sie dazu bringen, sich in mich zu verlieben.

Und nichts davon tue ich üblicherweise. Vor allem nicht mit Frauen, mit denen ich in einem Sexclub spiele.

Mache ich nicht. Kann ich nicht. Ich wohne ja noch nicht einmal in dieser Stadt.

Aber es bringt mich durcheinander, wie sehr ich es will.

Ihr makelloses Gesicht ist errötet, ihre Haare ein zerzaustes Chaos.

Aber was mich am meisten berührt, ist die Art und Weise, wie sich ihre Augen in meinen Blick vertiefen. Die verwunderte Ekstase, die in ihnen aufgeblitzt war, als ich ihr einen Orgasmus nach dem nächsten abgerungen habe.

Die Weichheit, die sich jetzt in ihnen ausbreitet.

Wie würde sich diese starke, sexy Frau verändern, wenn ich sie jeden Abend so kommen lassen würde? Wer würde sie dann werden?

Denn Sexualität ist Macht. Und Frauen, die Herrin über ihre Sexualität sind, sind Herrinnen über die Welt.

Ich lasse den Vibrator aus ihr herausgleiten und stelle ihn aus. Dann streichle ich über ihren Rücken, damit sie sich genug entspannt, um den Plug herauszuziehen. Schnell säubere ich die Spielzeuge und stecke sie zurück in den Beutel, in dem ich sie ausgehändigt bekommen habe.

„Komm her." Ich helfe ihr, sich auf meinem Schoß aufzusetzen, dann drehe ich ihre Beine nach vorn, damit sie sich in meine Arme zurücklegen kann. „Genieße es einfach für einen Augenblick." Ich streiche ihr die Haare aus dem Gesicht, dann fahre ich mit meinen Fingerspitzen über ihren Arm. „Du fühlst dich gut, oder?"

Alles in ihrem Gesicht hat sich verändert. Die Anspannung in ihrem Kiefer ist verschwunden, die Anspannung in ihrem Hals. „So gut", stimmt sie zu. „Danke."

Ich greife mit der Hand um ihre Hüfte, schiebe ihr Kleid so weit nach oben, dass ich sie zwischen den Beinen streicheln kann. Nicht, um ihr einen weiteren Orgasmus zu verschaffen, nur um sie zu entspannen.

Ein Beben durchfährt sie und sie stößt ein zufriedenes Geräusch aus – ein leises Summen.

„Was machst du beruflich, Kätzchen? Sagst du es mir?"

Etwas ihrer Reserviertheit kommt zurück und ich bedaure augenblicklich, dass ich so neugierig war. Ich weiß nicht, warum ich überhaupt so neugierig bin. Ich werde diese Frau nie wiedersehen. Es würde keinen Unterschied machen. Sie kann machen, was auch immer ich mir für sie vorstelle.

Sie schüttelt den Kopf.

„Ich hätte nicht fragen sollen", gestehe ich. „Deine Geheimnisse sind ohnehin Teil deines Reizes."

Sie blinzelt mich an. „Du findest mich reizvoll?"

Ich nicke. „Sehr."

„Ich weiß doch noch nicht einmal, was ich hier überhaupt mache."

Ich lächele sie vielsagend an. „Das ist Teil des Charmes." Ich lasse meine Hand unter ihrem Kleid nach oben gleiten und umfasse eine ihrer Brüste. „Hast du Durst? Willst du Wasser? Oder etwa anderes?"

Sie setzt sich auf und mein Körper protestiert gegen die Distanz zwischen uns. Ich hätte sie den ganzen Abend lang ohne Murren im Arm halten können. „Wasser, bitte." Sie lächelt mich verlegen an. „Davon kriegt man viel Durst, vom Kommen."

„Das stimmt." Ich hebe sie auf die Füße und stehe auf, dann führe ich sie zu der Bar und bestelle uns beiden eine Flasche Wasser.

„Hat mir gefallen, euch zuzuschauen", bemerkt plötzlich ein Mann auf der anderen Seite von Lady Luck.

Meine Lippen wollen sich in ein verächtliches Grinsen kräuseln, aber ich halte mich zurück.

Der Kerl beugt sich vor und schaut mich an. „Aber ich hätte diesen Arsch richtig hart gefickt, wenn ich du gewesen wäre."

Normalerweise habe ich mich vollkommen unter Kontrolle. Ich zeige keine Emotionen, nichts bringt mich aus der Fassung. Aber jetzt blitzt weißglühende Rage durch mich hindurch. Und prompte Vergeltung ist seit jeher Teil meiner Welt.

Meine Hand schnellt vor und legt sich um den Hals des Kerls. „Sei noch einmal so respektlos ihr gegenüber und ich reiße dir deine Zunge aus dem Maul", warne ich ihn. Dann lasse ich ihn so schnell wieder los, wie ich angefangen habe.

Kaum jemand hat es mitbekommen. Vielleicht sogar nur meine wunderschöne Unterworfene.

Der Mann würgt und hustet, schaut sich Hilfe suchend um, während ich ihm einen mordenden Blick zuwerfe.

Ein lauter Schlag irgendwo in der Nähe lässt mich und alle anderen an der Bar zusammenfahren und sich umschauen. Ein Schild am anderen Ende der Bar ist umgefallen. Aufmerksam wie immer bemerke ich Lady Lucks Bewegung, noch bevor ich mich wieder zu ihr umgedreht habe.

Ich sehe, wie sie eilig, mit wiegenden Hüften davongeht, ihre Haare zurückwirft. Verschwunden ist ihre Weichheit, die sie noch vor einem Moment innehatte.

Jetzt ist sie ganz und gar geschäftig, schreitet in ihren Stilettos mit langen Schritten davon, als ob sie in ihnen auf die Welt gekommen wäre, ihr Rücken steif und gerade wie eine Eisenstange.

Bljad.

Ich laufe ihr hinterher.

Ich will keine Szene machen. Das Black Light hat überall Sicherheitspersonal positioniert und es wird von jedem hier erwartet, Teil der Unterhaltung zu sein. An einem Abend wie diesem gibt es im Black Light so etwas wie Privatsphäre nicht.

Ich muss mich sputen, um Lady Luck einzuholen, ohne ihren Namen zu rufen.

Sie ist in der Nähe des Ausgangs. „Warte." Ich erwische ihren Ellenbogen, dann lasse ich sie sofort wieder los, als sie meine Hand abschütteln will. „Lauf nicht davon."

Als sie sich zu mir herumdreht, glüht Feuer in ihren Augen. „Rot."

Fuck. Ich lege meine Hand über ihren Mund und schiebe sie gegen die Wand. „Pst. Nicht. Bitte nicht. Es tut mir leid, dass du das sehen musstest. Ich weiß, dass dich das aufgebracht hat. Bleibst du hier und sprichst mit mir darüber?"

Ich nehme meine Hand von ihrem Mund. Ihn zu bedecken war ein direkter Regelbruch des Black Lights. Man darf ein Safeword nicht unterbinden. Ich habe definitiv eine Grenze überschritten, aber ich bin nicht bereit, dieses Ende zu akzeptieren.

Nicht für uns.

Noch nicht.

Sie starrt mich an. „Ich weiß, was du bist."

Ihre Worte treffen mich wie ein Schlag mitten in die Brust. Härter als ein Hieb von Oleg, meinem begabtesten Vollstrecker. Härter als eine Pistolenkugel in eine schusssichere Weste. Oder der knochenzerschmetternde Hieb des Schlagstocks eines Gefängniswärters.

Ich weiß, was Scham ist. Ich muss mit der Scham über das, was ich getan habe, leben. Die Welt, in der ich aufgewachsen bin, ist brutal. Mit den meisten meiner Verbrechen kann ich leben. Mit ein paar nicht.

Aber die Scham, die mich jetzt durchfährt, ist frisch und mächtig und krallt sich in jede meiner Zellen wie ein Krebs.

„Was weißt du?" Ich bringe es kaum heraus.

Ihr Blick ist ruhig. Vorhin mag sie nervös gewesen sein, aber ich erkenne jetzt, dass es vor allem der sexuellen Anspannung geschuldet war, der Unsicherheit über ihre Rolle. Jetzt weiß sie genau, wer sie ist. Weiß, was sie durchgehen lässt und was nicht.

Und sie zeigt mir die Grenzen auf.

„Du bist *Bratwa*. Russische *Mafija*." Ihr Blick fällt auf meine nackten Unterarme, wo die schwarze Tinte meine Zeit im Gefängnis, meine Verbrechen aufzeichnet. „Ich weiß, was diese Symbole bedeuten." Sie schluckt. Jetzt kann ich einen Anflug von Angst erkennen. „Du bist ein Mörder."

Eine einzelne Träne rollt über ihr Gesicht. Das hatte ich nicht kommen sehen. Kein anderer Teil ihres Gesichts sieht so aus, als ob sie weinen würde.

Womöglich ist es der Subdrop von der Szene, die wir gerade

hatten. Oder ihr Bedauern darüber, sich mit einem Mann wie mir eingelassen zu haben. Darüber, von mir angezogen zu sein – weil ihr Körper sogar noch jetzt auf mich reagiert. Sie wird weich, dort, wo ich sie gegen die Wand dränge. Als ob es sich richtig anfühlen würde.

Ich wische die Träne mit meinem Daumen ab. Lege meine Stirn auf ihre. „Ja", gebe ich zu.

Ich fürchte, dass mein Geständnis ihr noch mehr Angst machen wird, aber stattdessen scheint es sie zu beruhigen. Als ob sie nur die Wahrheit gebraucht hätte.

Also gebe ich ihr mehr. Ich teile niemals meine Geheimnisse. Lasse mir nie in die Karten schauen, nicht einmal von meiner eigenen Zelle. Aber jetzt bricht alles hervor. „Ich bin in D.C., um ein Rädchen zu schmieren." Ich deute mit dem Kopf in Valdemars Richtung, der gerade eine Sub auf einem Andreaskreuz auspeitscht. „Das Rädchen hat darauf bestanden, dass ich ihn heute hierher begleite, also bin ich mitgekommen."

Sie rührt sich nicht. Hört sich an, was ich zu sagen habe, als ob sie die Luft anhalten würde.

Gibt es etwas, was ich sagen kann, um ihre Entscheidung zu gehen, bevor wir fertig sind, abzuwenden? Etwas, was ich tun könnte?

Die Träne ist abgewischt, aber ich streichle ihr noch immer über die Wange. Die Tatsache, dass sie es zulässt, ermutigt mich, weiterzugehen. „Ich hatte nie erwartet, jemanden so… Na ja, du bist etwas Besonderes", gebe ich zu. „Anders. Ich habe unsere gemeinsame Zeit sehr genossen. Und ich glaube, du auch."

Ihre Wimpern flattern und ich weiß, dass ich zumindest darin ihre Zustimmung habe.

„Es tut mir leid, dass ich die Straßen von Leningrad habe durchscheinen lassen. Ich weiß, was Gewalt ist. Aber ich wollte dir nie Angst machen. Oder dich beleidigen. Es hat mich nur aufgeregt, dich so despektierlich behandelt zu sehen."

Ich spüre ein Zittern in ihrem Körper aufsteigen. Eine Vibration, ein Beben. Liegt das an ihrer Unschlüssigkeit? Lässt das meine wunderschöne Lady Luck erschaudern? Oder ist es Verlangen?

„Bitte lass meinen Fehler nicht unsere gemeinsame Nacht beenden."

Sie hat reizende braune Augen. Groß und leicht gebogen.

„Bitte. Du kannst noch einmal das Rouletterad drehen. Es würde mir sehr gefallen, dir mehr Lust zu bereiten, als du jemals erfahren hast."

„Das hast du schon." Es ist nur ein Wispern. Als ob sie es nicht zugeben oder es niemand anderen als mich hören lassen wollte.

Ermutigt lasse ich meine Hand ihre Seite hinuntergleiten. „Es gibt noch so viel mehr, Kätzchen. Nur noch ein einziges Spiel. Bitte bleib. Ich werde niemandem die Zunge herausreißen. Oder es androhen. Versprochen."

Das ringt ihr ein Lächeln ab und der zentnerschwere Druck auf meiner Brust lichtet sich etwas.

„Bleibst du?"

Sie schlägt die Augen nieder. Dann hebt sie mir ihr Gesicht entgegen. Und zu meinem Schrecken berührt sie mit ihrem Mund meine Lippen.

Ich küsse keine Frauen. Vor allem nicht an einem Ort wie diesem. Ich bin von der *Fick-sie-hart-und-dann-geh*–Sorte. Aber in dem Augenblick, als ich ihren zurückhaltenden Kuss spüre, bin ich hin und weg. Ich schiebe sie gegen die Wand und mache mich über ihren wunderschönen Mund her. Schiebe ein Bein vielsagend zwischen ihre Schenkel, presse meinen ganzen Körper über ihren, öffne meinen Mund und trinke von ihren Lippen.

Ihr ganzer Körper wird weich, ihre Lippen gierig. Ich spüre ihre Hände auf meinen Armen, die mich drängen, näherzukommen. Ich reibe meine Erektion an der Vertiefung zwischen ihren Beinen, gleite mit meinem Mund ihren Hals hinunter, knabbere an ihrer Schulter.

Sie beißt zurück.

Ich schiebe meine Hüften gegen ihre, plötzlich von dem verzweifelten Verlangen überkommen, sie zu verzehren. Tatsächlich bin ich längst so weit, ein Kondom zu finden, es überzustreifen und sie direkt hier an der Wand zu nehmen, aber sie schnappt nach Luft. „Ja. Okay. Noch ein Spiel."

Richtig.

Noch ein Spiel.

Das Roulettespiel.

Ich lächle und flechte meine Finger in ihre, rücke mit der anderen Hand meinen drängenden Schwanz zurecht. Neben ihr gehe ich zur Bühne zurück.

Ich bekomme noch eine Szene mit ihr. Ich werde dafür sorgen, dass es gut wird.

KAPITEL VIER

L*ucy*

Es ist schwer, das Pulsieren zwischen meinen Beinen nicht zu beachten. Der Geschmack des Russen auf meiner Zunge.

Ich hätte nicht für möglich gehalten, dass er so leidenschaftlich sein kann – er war die ganze Zeit über so kühl und gepflegt, aber nun hat er mir einen kleinen Teil seines Inneren gezeigt.

Und das ist der einzige Grund, weshalb ich mit ihm zurückgehe.

Mir seine Schwäche zu offenbaren, hat die nagende Stimme in meinen Gedanken beruhigt, die sich gefragt hat, was zur Hölle ich hier eigentlich mache.

Ich sollte eigentlich nicht mehr Vertrauen in diesen Gangster haben, aber das tue ich.

Zu hören, wie er diesen anderen Mann bedroht – zu sehen, wie schnell er gewalttätig werden kann –, war ein Warnsignal. Es hat mir Angst gemacht. Mich daran erinnert, was dieser Mann ist.

Aber er hat sich mir gegenüber demütig verhalten. Er hat mich angefleht.

Das hat mir etwas meiner Angst genommen. Mir meine Macht zurückgegeben.

Und mir gegenüber war er nicht gewalttätig. Er war ausnahmslos sanft. Seine Drohung war zu meiner Verteidigung.

Und auch wenn ich das nicht gutheiße, ist es doch nicht so anders als die Art und Weise, auf die mein Dad das Rechtssystem genutzt hat, um seine Familie zu beschützen und zu verteidigen, sobald er eine Gefahr verspürt hat.

Sie kommen nur aus verschiedenen Gesellschaftsschichten.

Mein Blick fällt auf unsere verflochtenen Finger. Es liegt eine gewisse Zärtlichkeit in dieser Geste. Es schafft eine engere Verbindung als die kontrollierende Art, mit der er vorhin meinen Ellenbogen genommen hat. Zu dem Zeitpunkt war diese Berührung angemessen. Jetzt ist diese hier passender.

Und das, mehr als alles andere, ist es, was meine Zurückhaltungen auslöscht.

Der Mann an meiner Seite ist vollkommen zurechnungsfähig. Er ist aufmerksam. Er versteht, was in dieser Situation angebracht ist. Was ich brauche.

Zur Hölle, das ist mehr, als ich von Jeffrey je bekommen habe, so nett er auch sein mochte.

Wir betreten die Bühne und der DJ begrüßt uns mit Namen. „Lady Luck und Master R sind zurückgekehrt, um das letzte Mal die Kugel in das Rouletterad zu werfen. Nur zu, Lady Luck." Er reicht mir die kleine Kugel und ich werfe sie in den sich drehenden Kessel.

Lustig, dass es mir mittlerweile fast egal ist, wo die Kugel landet.

Ich vertraue dem Mann neben mir. Selbst, wenn die Kugel auf etwas landen sollte, was mir eine Heidenangst macht, ich habe das Gefühl, dass er es mir schon schmackhaft machen würde.

Aber das passiert nicht.

Der Ball springt und hüpft und landet schließlich in der Kerbe mit dem gewöhnlichsten aller Akte – man kann es nicht einmal eine Perversion nennen: vaginaler Geschlechtsverkehr.

Ich muss tatsächlich auflachen.

Der Russe lächelt, aber seine blauen Augen verraten ein Vorhaben. Irgendwas lässt mich daran zweifeln, dass es einfach nur Blümchensex sein wird. Er wird es noch so drehen, dass es pervers sein wird.

Der Schauder, der mich durchfährt, besteht aus nichts als Vorfreude.

Master R führt mich die Stufen von der Bühne hinunter.

„Ich gehe schnell zur Toilette", sage ich ihm.

„Wir treffen uns vor dem Geschenkeladen."

„Keine Kondome dabei?", frage ich überrascht. Was könnte er denn sonst brauchen?

Er grinst mich an. „Ich habe Kondome. Ist eine Überraschung. Wir treffen uns in fünf Minuten."

„Ja, Master", erwidere ich mit einem Grinsen. Das ist ein bisschen spöttelnd, aber auch kokett.

Der Blick, den er mir schenkt, lässt mein Herz schneller schlagen. Es ist derselbe unergründliche Ausdruck wie immer, mit einem Hauch von Wohlwollen. Sehr dominant. Sehr sexy.

Ich verschwinde auf der Toilette und als ich zurückkomme, sehe ich ihn vor dem Geschenkeladen auf mich warten.

Er wirft einen Blick auf die öffentliche Fläche des Clubs. Die meisten der Bänke und Tische werden gerade benutzt.

Er hält inne und schaut mich nachdenklich an. „Exhibitionismus steht sicher nicht besonders weit oben auf deiner Liste von Vorlieben, oder?"

Ich schüttle den Kopf. „Nicht besonders weit oben, nein."

„Komm." Er nimmt meinen Ellenbogen und führt mich zu einer Ecke des Raumes, von der Gretchen mir schon erzählt hatte, dass es dort halb private, mit Vorhängen abgeteilte Separees gibt.

Vorhin hätte es mir vielleicht Angst eingeflößt, allein mit ihm zu sein, aber jetzt bin ich nichts als begierig.

Er schiebt einen Vorhang zur Seite und lässt mich eintreten. Sofort, als er den Raum betreten hat, wirft er die Tüte mit den Spielzeugen auf das Sofa und lässt seine Hände hungrig über meinen ganzen Körper gleiten. Als ob wir ein heißes Date hinter uns hätten und gerade in meine Wohnung zurückgekommen wären.

Er küsst mich, drängt mich gegen die Wand, während seine Handflächen auf meinem Hintern liegen, dann meine Wirbelsäule hinauf wandern. Mein Kleid fällt mit einer einzigen, eiligen Bewegung zu Boden.

Ich begrüße seine Hände auf meiner Haut. Der harte Stahl seiner Muskeln presst sich gegen meinen Körper. Ich zerre an seinem T-Shirt und er zieht es sich über den Kopf.

Sein Körper ist bedeckt von Tattoos. Über seiner Brust, seinen Schultern, auf seinen Armen. Manche sind primitiv. Andere sind kunstfertiger.

Dieser Mann ist eine gefährliche Bestie. Ein Killer.

Aber in diesem Augenblick macht das seinen Sexappeal nur noch größer.

Ich fahre mit meinen Fingern über die hervortretenden Muskeln seiner Brust. Sie ist von goldenen Haaren bedeckt, die sich weich unter meinen Fingerspitzen kräuseln. Als ich in einen seiner Brustmuskeln beiße, hält er meine Handgelenke neben meinem Kopf fest und drängt sich heftig zwischen meine Beine.

„Bist du jemals an einer Wand gefickt worden, *kotjonok?*" Ein weiterer heftiger Stoß. Ich kann seinen pulsierenden Schwanz zischen meinen Beinen spüren.

Ich schüttle den Kopf. Nein.

„Dann fangen wir damit an." Er zieht ein Kondom aus der Hintertasche seiner Jeans und knöpft seine Hose auf. Wir schauen beide zu, wie er das Gummi über seinen enormen Ständer abrollt. Er hebt eins meiner Knie an und reibt meinen feuchten Schlitz.

Ich stöhne auf, als er in mich eindringt. Schnappe nach seinem Ohrläppchen.

„*Da.* Zeig mir deine Krallen, Kätzchen. Ich wusste, dass du wild bist."

Ich hätte mich selbst nie als wild im Schlafzimmer bezeichnet. Im Gerichtssaal, sicherlich. Aber mein Sexleben war bisher immer mit zu viel Nervosität behaftet, als dass ich mich ganz der Leidenschaft hingegeben hätte.

Seine Ermutigung treibt mich an. Ich schlinge meine Arme um seinen Nacken und lasse meine Fingernägel über seine Haut kratzen.

„Schling deine langen Beine um meine Hüfte."

Ich hebe meinen anderen Fuß vom Boden. Der Russe hält meinen Arsch in seinen Händen, seine Finger krallen sich in meine Haut, während er in mich hineinstößt. Mein Rücken presst sich gegen die Wand, hält etwas von meinem Gewicht, während er den Rest auffängt.

„Drück meinen Schwanz, feste", weist er mich an.

Das ist keine Anweisung, die ich jemals zuvor gehört habe, aber ich ziehe meine Muskeln um ihn herum zusammen, trainiere meinen Beckenboden, und er faucht vor Vergnügen.

„So ist gut, Kätzchen. So eng."

Mir ist schwindelig von Lust und ich bin fast erschrocken über die animalische Art und Weise, auf die wir es treiben. Wie schnell wir von Punkt A zu Punkt B gekommen sind. Wie weit abseits meiner Norm dieser ganze Abend gewesen ist.

„Glaubst du, ich würde dich so kommen lassen?", knurrt er in mein Ohr.

Für einen Moment stockt mir der Atem, als seine Worte durch mich hindurchrauschen. Richtig. Da ist ja noch diese ganze Sache mit dem um Erlaubnis fragen, ob ich kommen darf. Deine Lust gehört deinem Dom und so.

Will er, dass ich ihn anflehe?

„Bitte?", frage ich, viel williger, zu betteln, als ich es noch vor zwei Stunden gewesen bin.

Er lächelt – ein ehrliches Lächeln, das ihn zehn Jahre jünger erscheinen lässt. „*Njet*."

Ich schnappe nach Luft, meine Nägel versinken in seinen Schultern. „Was soll das heißen, *njet*?"

„Es heißt nein."

„Das hatte ich mir schon gedacht, aber –"

„Noch nicht, Kätzchen. Ich habe dich noch für vierzig Minuten. Glaubst du, ich würde dich in unserer ersten Position kommen lassen?"

Erste ... *Position*?

Oh Gott. Dieser Mann ist Sex auf zwei Beinen.

Wissend, dass noch mehr kommen wird – viel mehr –, lasse ich mich völlig auf die Sache ein. Das macht es natürlich schwerer, mich zu halten.

Er hebt mich von der Wand fort und stellt mich auf die Füße. Sobald ich lande, dreht er mich herum und beugt mich über die Lehne des kleinen Sofas im Zimmer. „Spreiz deine Beine."

Ich warte, rechne damit, dass er von hinten wieder in mich eindringt, aber stattdessen spüre ich das scharfe Brennen des Floggers, den er diesmal wie eine Peitsche schwingen lässt.

Ich schnappe nach Luft, meine Muschi zieht sich zusammen. „Autsch."

Wieder lässt er die Peitsche auf meinen Arsch knallen.

Und noch einmal.

Nach sechs Hieben gewöhnt sich meine Haut an die Schläge der Riemen. Mein Arsch wird warm und kribbelt. Mein Innerstes scheint zu schmelzen.

Das hier.

Deshalb haben Subs so ein Verlangen nach Schmerzen. Jetzt verstehe ich es, denn ich will einfach nur immer mehr. Jeder Hieb des Floggers schickt Wellen der Lust durch meinen Körper. Zieht die Feder immer enger auf.

Er verändert die Bewegung der Peitsche, schwingt sie jetzt kreisförmig – oder vielleicht ist es eine Achterfigur. Die Spitzen der Riemen fegen über die Rundungen meiner Arschbacken wie ein Wischmopp in einer Autowaschanlage über einen Wagen.

Es ist … göttlich.

Kaum ein Brennen. So viel Hitze und Lust.

Er wendet sich meinen Schenkeln zu, dann meinen Hüften. Ich liebe alles daran.

Als er die Peitsche zwischen meine gespreizten Beine knallen lässt, schreie ich allerdings auf.

„Offen lassen." Sein Befehl klingt kehlig. Sein Akzent stärker.

Ich liebe es, so eine Wirkung auf ihn zu haben.

Ich lasse meine Stilettos weiter auseinander rutschen. Nie im Leben habe ich mich so sexy gefühlt. Jede Zelle meines Körpers ist wachgeküsst. Angeregt. Jubelt.

Wieder lässt er den Flogger zwischen meinen Beinen landen.

Ich schnappe nach Luft, dann stöhne ich auf.

„Aufstehen."

Mein Gehirn braucht ein paar Sekunden, um den Befehl zu begreifen, und ich ertappe mich dabei, wie ich ein bisschen enttäuscht über den Positionswechsel bin. Jedes Mal, wenn ich in etwas versinke, verändert er es. Ich vermute, das ist Teil seines Plans.

„Schau mich an. Verschränke die Hände hinter deinem Kopf."

Meine Augenbrauen schießen überrascht nach oben, aber ich füge mich. Er hat mein Vertrauen verdient. Abgesehen davon habe ich meinen Stolz irgendwann zwischen dem ersten und zweiten Drehen des Roulettekessels abgegeben.

In dieser Position heben sich meine Brüste an, spreizen sich über meinen Brustkorb, präsentieren sich ihm.

Er tippt meinen Fuß an. „Spreiz deine Beine weiter."

Oh Gott. Ich vergrößere meinen Schritt. Jetzt werde ich ihm wirklich präsentiert. Splitternackt, in nichts als meinen Stilettos. Ich stehe vor ihm, als stünde ich unter Arrest. Oder wie ein Sklave, der versteigert wird.

Dieser Gedanke sollte mich nicht so feucht werden lassen.

Er fängt wieder an, den Flogger zu schwingen. Ja, es ist eine Acht, die er in die Luft malt – und diesmal lässt er die Spitzen der Riemen über meine Brüste peitschen. Meine Nippel werden hart und stehen unter den Schlägen senkrecht in die Höhe, ihr Pink verdunkelt sich zusammen mit dem Rest meiner Haut.

Wieder ist es fantastisch. Alles, was ich von einem Flogger erwartet habe, und noch viel mehr.

Er lächelt. „Es gefällt dir."

„Ja", flüstere ich.

Er peitscht über meinen Bauch, dann über meine Hüften. „Es gefällt mir, wenn du so *ja* flüsterst. Das nächste Mal sag es auf Russisch."

„*Da*", antworte ich ihm.

Sein Lächeln wird breiter, sein Schwanz wippt in seinem offenen Hosenstall auf und ab.

„Du bist so klug, wie du schön bist, *kotjonok*. Ich bin froh, heute Nacht hierhergekommen zu sein. Froh, mit dir spielen zu können."

„Ich auch", murmle ich.

Er greift in die Tasche aus dem Geschenkeladen und holt ein kleines Schmuckkästchen heraus. Ich sehe zu, wie er ein Paar – oh Mist – Nippelklammern hervorholt. Ich bin mir nicht sicher, ob mir das gefällt.

Meine Nippel sind schon ganz warm und kribbelig von den Peitschenhieben. Er öffnet eine der Klammern. Ich zucke zusammen, als er sie über meinen Nippel hält.

„Tief einatmen, Kätzchen."

Ich gehorche.

Er schließt die Klammer. Ich schnappe vor Schmerzen nach Luft. Mein Kitzler pocht als Reaktion darauf. Er wiederholt es mit der zweiten Klammer.

Ich stoße ein langgezogenes Wimmern aus.

Er nimmt meine Hände von meinem Kopf, flicht seine Finger in meine und bringt mich zum Sofa. Dann setzt er sich, zieht mich auf seinen Schoß und versetzt mir einen Schlag auf den Hintern.

Er lässt unsere Stationen noch einmal Revue passieren, wird mir klar. Zuerst die Peitsche, jetzt das Spanking. Und ich weiß diese Erinnerung zu schätzen. Weil es bei diesem zweiten Mal so anders ist. Vorhin hat es mir widerstrebt.

Jetzt bin ich vorbereitet.

Bereit.

Sogar gierig danach.

Er wirft ein Sofakissen zu seinen Füßen. Ich verstehe nicht ganz, bis er eins meiner Beine hochhebt, damit ich rittlings auf ihm sitze.

Ich quietsche erschrocken auf, als er mich kopfüber über seine Beine legt, mein Arsch über seinem Schoß ausgestreckt, meine Knie angewinkelt und meine Füße in die Luft gestreckt. Ich stütze mich mit den Händen auf dem Fußboden ab. Diese Position ist absolut entwürdigend. Meine Pussy und mein Arsch sind weit gespreizt und seinem

Blick ausgeliefert. Bloßgestellt. Während ich selbst den Fußboden betrachte.

Oder besser gesagt, das Sofakissen. Ich schiebe es unter meinem Gesicht und meiner Brust zurecht, dann kralle ich mich daran fest, während er mir den Arsch versohlt, erst die rechte Arschbacke, dann die linke. Dann streichelt er das Brennen fort, fährt mit seinem Daumen meinen Schlitz entlang. Der Vibrator hat einen weiteren Auftritt, diesmal an meinem Kitzler.

Ich stöhne und beiße in das Kissen, winde mich, während ich immer verzweifelter werde.

„Bitte", beginne ich zu stöhnen.

„Bitte was?"

„Bitte, … darf ich kommen?"

„*Njet.*"

Er dreht einfach den Vibrator höher und ich stöhne frustriert auf.

Gerade, als ich schon glaube, es ist alles zu viel, bringt er den Butt-Plug wieder ins Spiel.

Ich bin noch ein wenig empfindlich vom letzten Mal, aber er dringt einfacher in mich ein. Ich weiß, dass ich mich entspannen und atmen muss.

Und wie bei allem anderen, was wir ausprobiert haben, ist die Lust jetzt beim zweiten Mal noch größer.

Aber auch das Verlangen. Meine Schenkel beginnen, zu zittern.

Ich bumse seinen Schoß, reibe meinen Kitzler über den Vibrator, während er den Plug in meinen Arsch pumpt.

Ich fange an, die Kontrolle zu verlieren. Ich beginne, zu lallen – zu betteln, vermute ich. Womöglich plappere ich nur noch Unsinn – ich bin völlig außer mir.

„Ich weiß, was du brauchst", erklärt er mir, beruhigt mich, indem er mir langsam über den Rücken streichelt.

Er wirft ein weiteres Kissen auf den Boden. „Auf die Knie, Kätzchen."

Er hilft mir dabei, meine Beine von der Couch zu schwingen, damit ich auf den Kissen knien kann. Als ich auf Händen und Knien bin, presst er seine Hand zwischen meine Schulterblätter, bis ich meinen Oberkörper auf das Kissen sinken lasse.

Ihm gefallen die erniedrigenden Posen.

Und mir anscheinend auch, denn ich bin immer noch am Stöhnen und Betteln. Durch den dichten Schleier der Lust sehe ich ihm zu, wie er ein neues Kondom über seinen Ständer rollt, bevor er in mich eindringt.

Und dann existiert nichts mehr außer purer Ekstase.

Ich hatte nicht gewusst, dass vaginaler Sex so befriedigend sein kann. Das war er nie zuvor gewesen.

Aber jeder Stoß, jedes Hinein- und Hinausgleiten ist eine neue Entdeckung. Ich finde hier zu mir selbst. Finde Lust, erreiche neue Gipfel, von denen ich nicht einmal wusste, dass sie existieren.

Mein Arsch ist vom Plug geweitet, was jeden seiner Stöße zwanzigmal heftiger macht. Und der Winkel. Einfach. Nur. Perfekt.

„Bitte, bitte", lalle ich, weil ich es jetzt so dringend brauche.

Ich brauche diesen Orgasmus mehr als meinen nächsten Atemzug.

Er krallt seine Finger in meine Hüften und hämmert in mich hinein. Härter.

Ich winsele nun darum, wimmere. Bettle noch ein bisschen mehr.

Aber er ist ein Hengst.

Der Mann macht einfach immer weiter, bis mir ganz schwindelig ist. Mein ganzer Körper bebt. Ich bin vollkommen verloren.

Er greift um meinen Körper herum und löst die Klammern um meine Nippel. Der Schmerz des Bluts, das in sie zurück rauscht, lässt mich nach Luft schnappen.

Und dann endlich sagt er es.

„Komm, Kätzchen."

Lust explodiert durch mich hindurch. Bevor er noch tiefer in mich hineinstößt und mich auf den Bauch presst. Bevor er irgendwas auf Russisch brüllt, so laut, dass mir die Ohren klingeln.

Mein eigener Schrei lässt mich ganz heiser werden und als sich der Raum endlich zu drehen aufhört, finde ich mich auf dem Bauch liegend wieder, sein großer Körper bedeckt meinen. Seine Lippen in meinem Nacken.

Ich will mich nie wieder bewegen. Ich will nicht, dass er sich je wieder bewegt.

Ich bin zufriedener als je zuvor in meinem Leben.

Euphorisch.

Er knabbert an meinem Ohrläppchen. Murmelt mit etwas auf Russisch ins Ohr. Ich verstehe nur *kotjonok*.

Ich seufze, wackle unter ihm langsam mit meinem Hintern. Meine Version von Schnurren.

Er küsst meinen Hals. „*Spassibo*."

„Was heißt das?" Meine Stimme ist rau.

„Es heißt *Danke*." Diesmal küsst er meinen Kiefer. „Du warst ein so unerwartetes Vergnügen."

Er zieht sich aus mir heraus und ich stöhne enttäuscht auf, aber dann verändert sich etwas in der Atmosphäre.

Er atmet rasselnd ein und stößt einen russischen Fluch aus. Die Härchen in meinem Nacken richten sich auf und ein Frösteln vertreibt die Hitze des Augenblicks.

Ich schaue über meine Schulter zu ihm.

„Tut mir leid, Kätzchen, aber das Kondom ist geplatzt." Er hält es hoch, sein Ausdruck etwas schuldbewusst.

Ich muss schlucken. „Ist in Ordnung." Ich knie mich hin und er hilft mir auf die Füße. „Ich nehme die Pille danach. Es wird schon kein Problem sein. Ich bin sauber. Du auch?"

„*Da*. Natürlich. Ich bin sauber, ja."

„Gut." Mein Kopf scheint über meinen Schultern zu schweben, als ob er sich nicht ganz entscheiden könnte, ob ich nicken oder den Kopf schütteln will.

Master R entsorgt das Kondom und bringt mir mein Kleid, hilft mir hinein. Er streichelt mir über die Arme, als ob er mich wärmen wollte. „Bist du in Ordnung?"

„Ja, mir gehts gut. Sehr gut."

„Kann ich dich wiedersehen?" Ich schwöre, er sieht fast erschrocken aus, als er sich das fragen hört.

Ich schüttele den Kopf. Ich bin der Erfahrung wegen hierhergekommen, nicht, um einen Freund zu finden. Das hatte ich bereits entschieden, bevor ich herkam. Und selbst, wenn das nicht der Fall wäre, ich glaube nicht, dass ich irgendeine Art von Beziehung mit einem russischen Mafioso eingehen würde.

Das ist einfach nicht das, was eine intelligente Frau macht.

Und das ist das Einzige, worauf ich mir immer etwas eingebildet habe.

„Nein, du hast recht. Es ist besser so, ja." Und damit ist es, mir nichts, dir nichts, vorbei. Zwei höfliche Fremde, die sich gegenseitig danken. „Komm." Er nimmt meinen Ellenbogen. „Besorgen wir dir etwas zu trinken."

KAPITEL FÜNF

L *ucy*

ICH BIN EINE ANDERE PERSON. Durch und durch verändert. Die Taxifahrt zurück zu Gretchens Wohnung spiegelt den Beginn des Abends wider und unterstreicht eindrücklich meine Transformation.

Mein Leben wird nun womöglich für immer in VBL und NBL eingeteilt werden können: „Vor dem Black Light" und „Nach dem Black Light".

Alle Mauern, die ich um mich errichtet hatte, wurden eingerissen, und die Person, die ich dahinter entdeckt habe, ist wundervoll. Und dabei habe sie nie gekannt. Ich habe sie verschlossen gehalten, aus Angst, sie würde etwas falsch oder nicht ganz perfekt machen.

Dankbarkeit für Gretchen flirrt durch meine Brust, für das Black Light, für meinen Partner.

Gretchen mustert mich und grinst. „Du hattest einen großartigen Abend."

Ich nicke. „Ja."

„War er gut? Wie hieß er? Ich habe ihn noch nie vorher gesehen."

„Master R. Ich glaube nicht, dass er Mitglied ist. Er ist bei einem anderen Russen zu Besuch in D.C. – irgendein Diplomat."

„Valdemar, richtig. Der Mann ist ein Trampel. Aber wie war sein Freund?"

Ich kann die Wärme nicht aufhalten, die durch meinen Körper rauscht. Seine Anziehung auf mich brennt noch immer in jeder Zelle meines Körpers. Ich treibe in den Erinnerungen an seine Hände, seine Stimme, seinen Körper. „Er war gut."

Untertreibung des Jahres.

„Nur gut? Auf welchen Szenen seid ihr gelandet? Ich habe nur das Wachs-Spiel mitbekommen."

„Analspiele und vaginaler Geschlechtsverkehr mit Kondom. Allerdings ist das Kondom geplatzt."

„Oh Scheiße. Wir besorgen dir morgen früh als allererstes die Pille danach." Gretchen wirft mir einen strengen Blick zu.

„Ja, natürlich", sage ich automatisch.

Nur, dass ich schon jetzt weiß, dass ich die Pille nicht nehmen werde.

Alles, was ich je wollte, war es, Kinder zu haben.

Ich bin fünfunddreißig. Ich habe es aufgeschoben, eine Familie zu gründen, weil ich zuerst das Jurastudium zu Ende bringen und meine Karriere voranbringen wollte. Den verlässlichen Freund finden wollte, den Freund, von dem ich mit Sicherheit davon ausgegangen war, dass er bereit wäre, sich zu binden und Vater zu werden.

Aber das ist mir alles um die Ohren geflogen. Ich überschreite langsam meinen Zenit, ohne einen Mann in Aussicht zu haben.

Vielleicht war das Ganze ein glücklicher Zufall.

Die Gelegenheit, ein Baby zu bekommen, ohne sich mit einem Vater herumschlagen zu müssen.

Ich werde Master R nie wiedersehen. Wir kennen nicht einmal unsere richtigen Namen. Er würde es nicht wissen müssen.

Mittlerweile bin ich in der Lage, allein ein Kind aufzuziehen. Ich habe einen prestigeträchtigen Job. Ich verdiene als Verteidigungsanwältin in der Kanzlei meines Vaters gutes Geld. Ich wäre eine verdammt gute Mutter.

Und die Chancen, dass eine fünfunddreißigjährige Frau sofort schwanger wird, wenn einmal ein Kondom platzt, sind ziemlich gering.

Andererseits bin ich Lady Luck.

Heute Abend wurde ich für den perfekten Dom ausgewählt. Ich bin auf den perfekten Spielen gelandet.

Und das Kondom ist geplatzt.

Vielleicht kann ich wenigstens dieses eine Mal dem Universum vertrauen, mir das zu schenken, was ich mir so inständig wünsche.

Ein Baby.

Ende

INFORMATIONEN ZU LUCY und Ravils Buch finden Sie unter *Der Direktor*.

Vielen Dank für das Lesen des Gefährlichen Vorspiels. Wenn es Ihnen gefallen hat, würde ich gerne eine Bewertung erhalten - es macht einen großen Unterschied für Indie-Autoren wie mich.

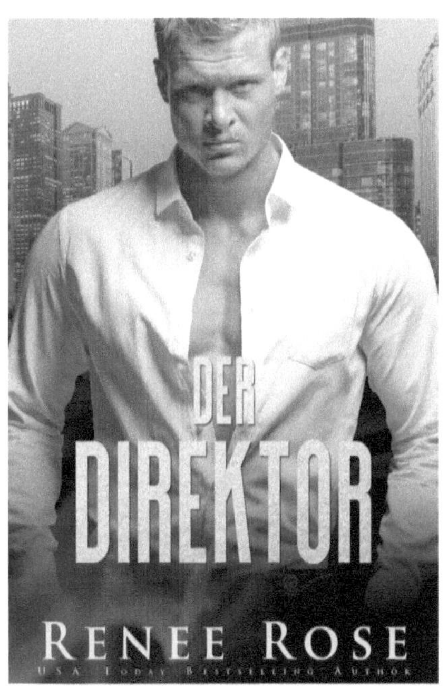

NIEMAND NIMMT SICH, WAS MIR GEHÖRT.
Die hübsche Anwältin hat mit etwas verschwiegen.
Ein Baby, das sie seit dem Valentinstag in sich trägt.

Seit der Nacht, als wir von einem Roulette-Rad zufällig zusammengebracht wurden.

Sie hat mich nie kontaktiert. Wollte mich im Dunkeln darüber lassen.

Jetzt wird sie herausfinden, was passiert, wenn man einen Bratwa-Boss verärgert.

Eine Bestrafung ist angebracht. Arrest bis zur Geburt.

Und ich werde diese Zeit nutzen, ihre Unterwerfung zu gewinnen.

Weil ich nicht nur vorhabe, das Baby zu behalten—

Ich will die Mutter zu meiner Braut machen.

Und es wäre für uns beide so viel besser, wenn sie gewillt wäre.

Der Direktor

BESESSEN

"Owned" Copyright © 2021 und Besessen von Renee Rose, Renee Rose Romance und Black Collar Press

Alle Rechte vorbehalten. Dieses Exemplar ist NUR für den Erstkäufer dieses E-Books bestimmt. Kein Teil dieses E-Books darf ohne vorherige schriftliche Genehmigung der Autorin in gedruckter oder elektronischer Form vervielfältigt, gescannt oder verbreitet werden. Bitte beteiligen Sie sich nicht an der Piraterie von urheberrechtlich geschützten Materialien und fördern Sie diese nicht, indem Sie die Rechte der Autorin verletzen. Kaufen Sie nur autorisierte Ausgaben.

Veröffentlicht in den Vereinigten Staaten von Amerika

Renee Rose Romance

Dieses E-Book ist ein Werk der Fiktion. Auch wenn vielleicht auf tatsächliche historische Ereignisse oder bestehende Orte Bezug genommen wird, so entspringen die Namen, Charaktere, Orte und Ereignisse entweder der Fantasie der Autorin oder werden fiktiv verwendet, und jegliche Ähnlichkeit mit tatsächlichen Personen, lebenden oder toten, Geschäftsbetrieben, Ereignissen oder Orten ist rein zufällig.

Dieses Buch enthält Beschreibungen von BDSM und vieler sexueller Praktiken. Da es sich jedoch um ein Werk der Fiktion handelt, sollte es in keiner Weise als Leitfaden verwendet werden. Die Autorin und der Verleger haften nicht für Verluste, Schäden, Verletzungen oder Todesfälle, die aus der Nutzung der im Buch enthaltenen Informationen resultieren. Mit anderen Worten probiert das nicht zu Hause, Leute!

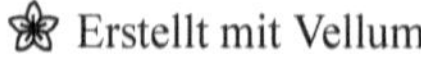 Erstellt mit Vellum

ANMERKUNG DER AUTORIN

„Besessen" wurde ursprünglich in der englischsprachigen Anthologie *Black Light: Roulette Rematch* veröffentlicht. Eine deutschsprachige Ausgabe der Anthologie ist derzeit nicht verfügbar.

KAPITEL EINS

P *avel*

Es sind die Tattoos.

Ein Flugticket für die erste Klasse garantiert keine besondere Behandlung, wenn man so aussieht wie ich. Nicht einmal mein Tom-Ford-Hemd und die polierten Berluti-Schuhe können etwas gegen die Tintensymbole ausrichten, die sich über meine Fingerknöchel und meinen Nacken winden.

Die Flugbegleiterin, eine wunderschöne Afroamerikanerin mit einem bauschigen Kopf voller Locken, lässt ihr Lächeln durch die Kabine schweifen. Als ihr Blick auf meinen Hals fällt, dort, wo die Tattoos zu sehen sind, schnellen ihre Augen überrascht zu meinem Gesicht auf. Sie bemerkt, dass ich sie beobachte, und fährt eilig mit ihrem Rundblick durch die Kabine fort, nur um im nächsten Augenblick Maxim zu entdecken, der auf der anderen Seite des Ganges sitzt und ebenfalls stark tätowiert ist. Natürlich lässt die wunderschöne Rothaarige an seiner Seite ihn weniger bedrohlich wirken.

Ich strecke meine Beine aus und erhasche Sashas Blick. „Warum kaufst du uns keinen Privatjet, du Goldesel?"

Sasha – Maxims Braut aus arrangierter Ehe und Bratwa-Prinzessin – kam mit einer Aussteuer von sechzig Millionen in diese Ehe. Alles, was Maxim tun muss, ist, sie am Leben zu halten, was nicht ohne Herausforderungen ist.

Interessiert blicken ihre blauen Augen zu Maxim auf. „Sollen wir?"

Ich weiß mit Sicherheit, dass Maxim Sasha verflucht noch mal alles kauft, was sie haben will. Ich muss sie nur dazu bringen, etwas zu wollen, was ich auch will.

„Würdest du nicht auch gerade lieber in deinem eigenen Flugzeug sitzen, das sich nach deinem Terminplan richtet? In dem du vor dem Abflug einen Cosmo schlürfen kannst?"

„Was würde das kosten?", fragt sie ihren Ehemann.

Maxim, der Mittelsmann unserer Bratwa-Zelle, rechnet es schnell durch. „Wir könnten eine gebrauchte Maschine vermutlich für etwa eine Million bekommen. Dann müssten wir einen Piloten anheuern und die Miete für einen Hangar zahlen." Er zuckt mit den Schultern. „Vielleicht sollten wir das machen. Es würde die Flüge nach Russland auf jeden Fall komfortabler machen."

„Es würde alles komfortabler machen", stimme ich zu.

Ich bin ein Schnorrer, aber wenigstens mache ich keinen Hehl daraus. Es ist nicht gerade so, als ob ich aus einer wohlhabenden Familie komme, so wie Sasha. Ich bin genau so, wie ich aussehe. Ein russischer Verbrecher, ein ehemaliger Soldat, der sein Geld auf die falsche Art und Weise verdient und es jetzt benutzen will, um sich Respekt zu kaufen.

Was natürlich nicht funktionieren wird. Als ob er diese Tatsache beweisen will, taucht ein *mudak* mit einem Ticket für den Sitz neben mir auf, bleibt im Gang stehen und mustert mich abschätzig. „Das da ist mein Platz."

Ich warte volle drei Sekunden, bevor ich mich bewege. Nachdem ich aufgestanden bin und er sich auf dem Fensterplatz eingerichtet hat, lasse ich meine tätowierten Fingerknöchel knacken und schaue ihn an, bis er zu schwitzen beginnt. All sein Geld und seine Arroganz würden ihn nicht davor schützen, wie Glas zu brechen, wenn ich mit ihm allein in einem Warenlager wäre.

Aber meine Tage als Folterknecht kommen immer seltener vor, als es früher der Fall war. Ich habe seit Monaten niemanden mehr vermöbelt. Nein, ich bewahre all meinen Sadismus für das reizende Luder auf, das die Roulettekugel heute Abend für mich auswählen wird.

Ich bete nur verfickt noch mal, dass Maxim und Sasha nicht auch mitkommen. Ich schätze, Maxim ist mir ziemlich egal. Er kennt die Finsternis in mir. Er hat gesehen, wie ich Menschen umgebracht habe. Aber ich will nicht, dass Sasha das sieht. Den Sadismus, nicht das Töten. Na ja, beides, ehrlich gesagt.

Seit einem Jahr ficke ich meine eigene Faust, wenn ich an diese Veranstaltung heute denke. Seit Ravil im letzten Jahr zum Black-Light-Roulette in D.C. gegangen ist, war das meine Fantasie. Mir gefällt die Anonymität dieser Veranstaltung – falsche Namen und Zufallspaarungen.

Frauen, die sich nur so nach dem verzehren, was ich zu geben habe: Schmerzen.

Keine Gefühle. Keine Beziehung. Ein bisschen verhandeln. Jede Menge Regeln, die verhindern, dass die ganze Sache irgendwie unangenehm wird.

Für einen Mann, der seine Frauen namenlos bevorzugt – am besten sogar gesichtslos –, für einen Mann, der hören will, wie sie vor Schmerzen schreien und dennoch nach mehr betteln –, himmlisch.

Die Wahrheit ist, vor letztem Jahr wusste ich absolut nichts über BDSM und Clubs wie das Black Light. Ravil hatte sich abschätzig darüber geäußert, als er letztes Jahr dort war. „Warum sollte irgendjemand dafür bezahlen wollen, eine Frau auszupeitschen?", hatte er gehöhnt. Er war als Begleiter von Valdemar angetreten, dem russischen Diplomaten, auf dessen Hilfe wir angewiesen sind, um illegale Importe ins Land einzuführen.

Es war das *eine Frau auspeitschen* gewesen, das mich gekriegt hatte. Seit ich jung war, hatte ich unendlich viele verfluchte Fantasien genau über so etwas gehabt, aber bis zu diesem Augenblick hatte ich nicht gewusst, dass es wirklich eine reale Sache war.

Ich hatte mir nie gestattet, diesen Fantasien nachzugehen, hatte geglaubt, ich wäre ein kranker Bastard, der das beschissene Leben verdient hatte, das er führte, als Strafe für meine schmutzigen Gedanken.

Also bin ich ins Internet abgetaucht. Habe die Pornos gefunden. Und die Regeln. Und den Lifestyle. Ich hatte sogar ein paar vorverhandelte Treffen.

Als Valdemar also dieses Jahr Ravil angerufen hatte, unwissend darüber, dass Ravil seine Partnerin aus dem letzten Jahr geschwängert und jetzt ein Neugeborenes hatte, hatte ich angeboten, an seiner Stelle nach D.C. zu kommen.

Und alles wäre perfekt gewesen, wenn nicht Sasha davon gehört und entschieden hätte, dass sie mitkommen wollte.

Maxim hatte ihr natürlich verboten, bei der Roulette-Veranstaltung mitzumachen, hatte dann aber eingewilligt, dass sie Tickets kaufen und zuschauen könnten, wenn Sasha dabei sein wollte.

Als ob das nicht wahnsinnig seltsam werden würde.

Wer kauft denn ein Ticket, um seinem Mitbewohner dabei zuzuschauen, wie er verdorbenen Sex hat?

Meine verdorbenen Freunde anscheinend.

Bljad.

~

Kayla

ICH FAHRE DREIMAL um den Block, um eine Parklücke zu finden, dann springe ich aus meinem zehn Jahre alten Toyota Camry und sprinte auf die Eingangstür meines Wohnhauses zu.

Der Dreh für den Werbeclip, in dem ich mitspiele, hat den ganzen Tag gedauert. Ich war elf Stunden am Set, habe in Stilettos getanzt, während sie Einstellung um Einstellung mit der Hauptdarstellerin gedreht haben, wie sie ihre Haare in den Nacken wirft, an einem Energydrink nippt und wahnsinnig erfrischt aussieht, während ich im Hintergrund Party mache.

Versteh mich nicht falsch, ich bin begeistert, Arbeit zu haben – alles an bezahlten Parts, um in die Gewerkschaft kommen zu können, aber jetzt muss ich die Beine in die Hand nehmen und mich für heute Abend fertig machen.

Für den Abend, wegen dem ich schon seit einem Monat am Ausrasten bin. Black-Light-Roulette.

Ich rausche durch die Wohnung, grüße atemlos meine Mitbewohnerinnen. „Hi – ich bin wieder zu Hause. Springe schnell unter die Dusche. Wenn Sasha hier ist, sagt ihr, ich bin in zwei Sekunden fertig.“

„Sasha ist hiiiiiieeeer!“, flötet unsere ehemalige Mitbewohnerin aus der Küche. Sie kommt aus der Tür und streckt beide Arme in ein Victory-V aus.

„Sasha!“ Ich werfe die Arme um den Hals unserer ehemaligen Mitbewohnerin, dem russischen Party-Girl, die mit mir zusammen an der USC Schauspiel studiert hat. „Tut mir leid, dass ich so spät dran bin. Ich hatte einen Werbedreh und das hat einfach Ewigkeiten gedauert.“

„Wir haben noch genug Zeit“, sagt sie. „Machen wir uns fertig. Zeig mal, was du anziehen willst. Ich will dein Make-up machen.“ Sie folgt mir in mein Schlafzimmer, zieht ihren Louis-Vuitton-Koffer hinter sich her. Sie ist der Grund, weshalb ich überhaupt zu dem Black-Light-Valentinsroulette gehe.

Vor sechs Wochen hat sie mir erzählt, dass sie mit ihrem heißen, russischen mafiya-Ehemann in der Stadt sein wird, um irgendeine Veranstaltung in einem exklusiven, privaten BDSM-Club zu besuchen. In dem Augenblick, als sie mir das erzählt hat, war es, als ob ein Schalter in mir umgelegt wurde.

Mein Puls beschleunigte sich. Ich konnte nicht aufhören, sie nach Informationen über die Veranstaltung auszuquetschen.

Sie erzählte mir von der Roulette-Veranstaltung des Black Lights, bei dem Paare durch das Drehen des Rads ausgelost werden. Die Aktivitäten der Paare – BDSM-Aktivitäten – werden ebenfalls durch die Roulettekugel bestimmt.

Ich hatte immer Angst vor BDSM – dem Verlangen, dem Begehren danach, sich einem Mann zu unterwerfen. Es war wie etwas, was in den Schatten lauerte, etwas, was ich nicht anzuschauen wagte, aus Angst, es könnte mich zerstören. Wie Teufelsanbetung. Oder ein Selbstmordkult. Es war ein Buch, das ich mich zu öffnen weigerte. Ich las noch nicht einmal den Einband!

Aber plötzlich sprach eine meiner besten Freundinnen völlig zwanglos darüber, als ob es einfach nur eine x-beliebige Veranstaltung sei, und das änderte alles.

Ich konnte nicht aufhören, daran zu denken. Ich brauchte zehn Tage, um die Nerven aufzutreiben, auch wenn ich schon im ersten Augenblick gewusst hatte, dass ich teilnehmen wollte, aber dann rief ich Sasha an und sagte ihr, dass ich mitkommen wollte.

„Ich nehme nicht am Roulette teil", warnte sie mich. „Maxim hat gesagt, nur über seine Leiche. Er teilt mich nicht. Aber wir werden zuschauen. Willst du mitkommen und mit uns zuschauen?"

„Nein." Ich konnte nicht glauben, was ich sagte. „Ich will, ähm, spielen – m-mitmachen. Wie auch immer man das nennt."

Sasha lachte. „Ich glaube, Spielen ist richtig. Okay, ich finde heraus, wie du dich anmelden kannst. Unser Mitbewohner Pavel macht auch mit. Er wird es wissen."

Ich erinnerte mich an Pavel von Sashas Hochzeit auf Ibiza. Er war nicht charmant wie Maxim. Er wirkte brutal und gefährlich. Attraktiv, auf eine sehr tödliche Art und Weise.

Sasha hatte mir die Anmeldeunterlagen besorgt und ich glaube auch, Maxim hat ein paar Beziehungen spielen lassen, weil er jemanden kennt, der Mitglied in diesem exklusiven Club ist, und schließlich wurde ich also ausgewählt.

Ich bin nervöser und aufgeregter als vor einer Theaterpremiere.

Eilig springe ich unter die Dusche, wasche mir den Schweiß und das alte Make-up ab. Als ich aus dem Bad komme, hat Sasha ihren geöffneten Koffer auf meinem Bett liegen und steht in Tanga und BH vor dem Spiegel auf meiner Kommode, wo sie sich schminkt.

Ich lächle, weil es sich anfühlt wie früher. Als Sasha nach Russland zurückgegangen ist, haben wir uns eine neue Mitbewohnerin gesucht –

Kimberley – und sie ist großartig, aber Sasha war wirklich das Herz des Hauses.

Sie ist furchtlos und lustig – als Tochter eines kontrollierenden Mafiabosses hatte sie gelernt, jede Situation zu ihrem Vorteil auszunutzen. Wenn wir vier zusammen feiern gegangen sind, sind wir in jeden Club reingekommen, haben Drinks spendiert bekommen und haben uns überhaupt unbesiegbar gefühlt. Wir sind unseren Träumen nachgejagt, ohne uns selbst zu ernst zu nehmen. Sogar jetzt noch verinnerliche ich jedes Mal, wenn ich ein Vorsprechen habe, Sashas Selbstbewusstsein. Es ist wie eine weitere Rolle, die ich spiele – eine Rolle, die mir Türen öffnet.

Nie im Leben würde ich ohne sie zu dieser Veranstaltung gehen, und sie dabei zu haben, macht mich mutig.

Ich ziehe das Outfit an, das ich für heute Abend zusammengestellt habe – eine Variante eines Playboy-Häschens. Netzstrümpfe, die mir bis über die Knie gehen. Einen schwarzen Satinslip mit einem Ausschnitt, der den Ansatz meiner Pofalte zeigt. Ein blassrosa und schwarz gestreiftes Korsett.

„Oh verdammt, Mädel. Du siehst *heiß* aus", schnurrt Sasha.

Ich kaue unsicher auf meiner Wange herum.

Sasha stößt mich mit ihrem Ellenbogen an. „Lass das. Denk dran, es sind nicht die Kleider, sondern die Art und Weise, wie du sie trägst. Und du könntest alles tragen, wenn du willst."

Ich atme tief ein, hoffe, mit dem Sauerstoff auch eine Dosis von Sashas Selbstbewusstsein einzusaugen. Ich schaue in den Spiegel und hebe das Kinn – tue solange als ob, bis es wahr wird.

„Vergiss das Publikum oder deinen unbekannten Partner. Gefällt *dir*, wie du aussiehst?", fragt Sasha.

Tut es das? Kritisch blicke ich in den Spiegel. Aber ich trage die Sachen nicht meinetwegen. Ich trage sie für ihn. Wer auch immer *er* am Ende sein wird. Weil es das ist, was ich heiß finde – einem Mann zu gefallen. Ich war schon immer der Typ Frau, die für ihre Dozenten, Regisseure oder Chefs geschwärmt hat. Bei Männern mit Autorität bekomme ich weiche Knie.

„Fühlst du dich sexy? Nur darum geht es."

Ich stelle mir so einen Mann vor, wie er meinen Ellenbogen nimmt und mir einen strengen Befehl erteilt. Wie ich ihm gehorche. Seine Befriedigung, als sein Blick über meinen Körper gleitet. Meine Nippel werden hart.

Ich nicke. „Ja. Ich fühle mich sexy."

„Gut. Was willst du mit deinen Haaren machen?"

„Ich weiß nicht. Zöpfe?"

Sasha schüttelt den Kopf. „Nein. Offene Locken. Dann kann er dir an den Haaren ziehen." Sie zwinkert mir zu und heizt meinen Lockenstab vor.

Mein Verstand überschlägt sich bei dieser Vorstellung. „Oh mein Gott. Zieht Maxim dir an den Haaren?"

Sashas Grinsen ist unanständig. „Wie ein *Boss*."

„Und das gefällt dir? Ich meine, macht dich das nicht wütend?"

„Es macht mich wütend, aber es macht mich auch feucht. Jedes Mal. Er reißt meinen Kopf zurück und dann bedeckt er meinen Hals mit Küssen. Lust und Schmerz."

Mein Innerstes scheint zu schmelzen. Erbebt.

Oh mein Gott, ich bin so aufgeregt über meine Einweihung in diese Welt.

Ich will weiterfragen, aber es ist mir peinlich. „Also, ähm, ... was macht er sonst noch so?"

Sie wirft mir unter ihren Wimpern einen vielsagenden Blick zu. „Alles. Er ist ein regelrechter Teufel."

Ich denke an all das Verzückende an ihrem Mann. Er ist furchteinflößend – voller Tattoos, die seine Mitgliedschaft in der russischen Mafia signalisieren – und er ist furchtbar besitzergreifend, was Sasha betrifft, aber auch wahnsinnig nachsichtig mit ihr. Sein Gesicht wird ganz weich, wenn er sie anschaut.

Mein Herz schlägt schneller. Ich will auch so einen russischen Teufel.

Sasha ist fertig mit ihrem Make-up und zieht ihre roten Haare in einen Ariana-Grande-Knoten oben auf ihren Kopf, sodass der lange Pferdeschwanz in langen, dicken Strähnen über ihre Schultern fällt.

Sie deutet auf den Stuhl vor meiner Schminkkommode. „Setz dich."

Ich lasse mich auf den Stuhl fallen und sie dreht mir Locken, während ich mir Foundation auftrage. Als sie mit meinen Haaren fertig ist, kümmert sie sich um den Rest meines Make-ups, lässt meine Augen auf irgendeine magische Art und Weise zweimal so groß erscheinen, ohne dass das Make-up zu schwer wirkt.

„Hast du Hunger? Wir sollten noch was essen, bevor wir losgehen." Sasha zwängt sich in ein schwarzes Bustierkleid.

„Ja, wir sollten unbedingt in diesem Aufzug Tacos essen gehen."

Sie lacht. „Wir könnten was liefern lassen. Wie viel Uhr ist es?" Sie schaut auf ihr Handy. „Mist! Ich glaube, wir haben keine Zeit. Wir müssen los, falls es viel Verkehr gibt." Sie schlüpft in ein Paar kniehohe Lederstiefel mit acht Zentimeter hohen Absätzen.

Ich zwänge meine Füße in ein Paar schwarze Stilettos und meine armen Füße schreien, nachdem sie schon den ganzen Tage in Absatzschuhen herumgelaufen sind.

„Wie bist du hergekommen? Soll ich fahren?"

„Draußen sollte ein Wagen auf uns warten. Maxim war nicht gerade begeistert davon, dass wir alleine dort hinfahren, aber er muss sich auch um einen russischen Diplomaten kümmern, der heute Abend ebenfalls dort sein wird. Ein Auto mit einem Fahrer war also seine Lösung für dieses Dilemma."

Sasha klappt ihren Koffer zu und wir schlüpfen beide in lange Mäntel, die unsere Anziehsachen verbergen, bevor wir gehen.

Wir rufen den anderen Bewohnerinnen eine Verabschiedung zu und treten vors Haus, wo eine Lincoln-Limousine am Bürgersteig auf uns wartet.

„Ich kann nicht glauben, dass ich das wirklich mache", murmle ich.

„Kayla", sagt Sasha, nachdem wir beide auf der Rückbank Platz genommen haben. „Du machst das für dich – für niemanden sonst. Geh da nicht hin, um irgendeine Vorstellung abzuliefern. Bringe ihn dazu, für dich abzuliefern."

„Aber ich bin die Sub."

„Ja, und deine Aufgabe ist einfach. Du empfängst – er liefert. Aber du bist nicht für ihn da. Du bist nur für dich dort. Vergiss das nicht. Letzten Endes geht es nur um deine Befriedigung. Du wirst diesen Typen nie wieder sehen. Geh mit der Erwartung an diesen Abend ran, das zu bekommen, was du haben willst."

Ich lehne meinen Kopf an die Nackenstütze, meine Lider flattern vor Verlangen und Verwirrung.

Für gewöhnlich bin ich niemand für One-Night-Stands. Ich bin jemand, der sich bindet. Sofort. Was ein Problem ist. Vermutlich der Grund dafür, weshalb ich keinen Freund habe. Ich schrecke sie ab.

Aber ich werde das hinkriegen.

Wie Sasha schon gesagt hat – es geht um mich, nicht um sie.

Daran muss ich mich nur erinnern.

KAPITEL ZWEI

P*avel*

Valdemar besteht darauf, dass wir an dem exklusiven BDSM-Club ankommen, sobald er öffnet. Er ist Mitglied des Black Light East, dem Schwesterclub drüben in D.C., aber aus irgendeinem Grund wollte er die Veranstaltung dieses Jahr an der Westküste besuchen. Ich habe bereits eine Vertraulichkeitsvereinbarung und einen Vertrag unterschrieben, um mitmachen zu können, aber Maxim füllt gerade noch seine Dokumente aus und wir werden angewiesen, alle elektronischen Geräte in den Spinden im Umkleideraum einzuschließen.

Ich bringe die Reisetasche mit den Spielzeugen und Gerätschaften mit, die ich mit meiner Sub benutzen will. Wir gehen einmal durch den gesamten Club, um uns zu orientieren. Wir befinden uns in einer Millionenvilla unter einem protzigen Nachtclub namens Runway. Alles ist fantastisch eingerichtet und die Designs sind durchdacht, sowohl was die Sex-Aktivitäten betrifft, als auch für den Komfort. Bequeme

Sofas, Tische, Separees und eine Bar. In der Spielarena erhebt sich in der linken Ecke eine kleine Bühne und rechts davon befinden sich – vielleicht am überraschendsten – ein Schwimmbecken mit mehreren Bahnen, ein Whirlpool und eine Sauna. Entlang der einen Seite des Clubs gibt es private Räume für den Cool Down und am hinteren Ende ist einen Flur, von dem ein Zimmer im Kinderstuben-Design für Ageplay abgeht, ein Untersuchungszimmer für Doktorspiele und – mein persönlicher Favorit – eine Folterkammer.

Ich stütze mich mit den Ellenbogen auf der Bar ab und mustere die anderen Gäste. Valdemar gibt Maxim und mir eine Runde *Beluga-Noble*-Wodka aus und wir lassen uns auf ein paar Sofas fallen.

„Also. Weiß ein Brigadier überhaupt, was er in einem so hochklassigen Etablissement wie diesem zu tun hat?", fragt er mich. Es ist eine weitere, nicht besonders subtile Beschwerde, dass ich statt Maxim mich zusammen mit ihm an dem Roulettespiel beteiligen werde. Ich stehe nicht hoch genug in der Rangordnung unserer Organisation, um Valdemars Ego zu schmeicheln.

Ich nicke stumm, versuche, meine Irritation zu unterdrücken. Valdemar ist ein Schwätzer. Maxim hat sich den Großteil des Abends um ihn gekümmert und mir ist es nur lieb, wenn er das auch weiterhin tut. Botschafter-Arschlöchern Zucker in den Arsch zu blasen, ist nicht mein Job. Ich bin eher der Typ, den man schickt, wenn jemandem gedroht werden muss.

„Hast du jemals eine Frau ausgepeitscht?"

Ich widerstehe dem Verlangen, mir die Hände vors Gesicht zu schlagen und laut aufzustöhnen. Müssen wir wirklich hier sitzen und das durchdiskutieren? Wie lange dauert es noch, bis ich diesen fetten, aufgeblasenen Arsch loswerden und eine Frau zum Schreien bringen kann?

Ich bin mir nicht sicher, warum Valdemar es mag, bei diesen Veranstaltungen einen Bratwa-Bruder an seiner Seite zu haben. Ich vermute, er braucht einen übel aussehenden Partner, um einen hochzukriegen. Vielleicht hofft er, dass unser Alpha-Status auf ihn abfärbt. Insgeheim hege ich die Vermutung, dass er vielleicht lieber ein Sub wäre, sich das aber selbst noch nicht eingestanden hat.

Das sind alles Bezeichnungen, die ich mittlerweile gut kenne, nachdem ich mich wie ein Wahnsinniger über diese Subkultur informiert habe. *Top. Bottom.* Andere Ausprägungen als *Dominance* und *Submission.*

Maxim bleibt cool und trägt seinen Teil dazu bei, Valdemar mit Smalltalk vollzulabern, aber ich bemerke, wie er die ganze Zeit über den Eingang im Blick hat und nur auf die Ankunft seiner reizenden Frau wartet. Gott steh uns allen bei, wenn Valdemar heute Abend etwas Respektloses zu Sasha sagen oder versuchen sollte, sie anzufassen. Unser *pachan* hat mich gewarnt, so etwas nicht zuzulassen.

„Und, hast du, Pavel?", drängt Valdemar weiter, als ich seine Frage ignoriere.

„Folter ist meine Spezialität", erwidere ich. Ich hatte im letzten Jahr ein halbes Dutzend Szenen, aber die werde ich ganz sicher nicht vor ihm ausbreiten.

„Das ist nicht das Gleiche", bemerkt Valdemar, und auch wenn ich weiß, dass er recht hat, möchte ich ihm am liebsten die Zähne einschlagen. Als ob ich es nötig hätte, dass mir dieser Pfau heute Abend Anweisungen gibt. Wenn er heute Abend nicht von meiner Seite weicht, um mich zu coachen, werde ich ihn erwürgen, Gott steh mir bei.

Zum Glück bleibt mir sein Vortrag erspart, denn Maxim springt plötzlich von der Couch auf. Sasha stolziert mit einer kleinen blonden Elfe im Schlepptau auf uns zu, die so aussieht, als käme sie direkt aus der Playboy-Villa. Ich erkenne sie von der Hochzeitsfeier auf Ibiza wieder, aber dort habe ich sie ignoriert, und ich habe nicht vor, es hier anders zu machen.

Wenn ich ein Typ wäre, der die Augen verdreht, wären sie mir jetzt bereits bis in den Kopf zurückgerollt. Sashas kleine Freundin sieht so aus, als hätte sie vor, auf eine Party von Verbindungsstudentinnen zu gehen. Ich werde mich totlachen, wenn heute Abend das erste Mal ein Rohrstock auf ihren Arsch niederfährt und sie nach ihrer Mama schreit.

Zu behaupten, sie wäre nicht mein Typ, ist eine maßlose Untertreibung. Sie ist viel zu proper. Niedlich. Und vermutlich anmaßend. Sieht aus, als wäre sie eine Handvoll.

Maxim streckt besitzergreifend den Arm nach Sashas Taille aus, krallt seine Faust in ihre Haare, als er ihr einen Begrüßungskuss gibt und sich damit viel zu lange Zeit lässt, bevor er sie Valdemar vorstellt.

„Das ist meine ehemalige Mitbewohnerin Kayla", sagt Sasha zu mir und Valdemar. „Aber heute Abend hört sie auf den Namen Kiki. Kiki, du erinnerst dich an Pavel, und das dort ist Valdemar."

Bei näherer Betrachtung sehe ich, dass die Mitbewohnerin das perfekte Hollywood-Aussehen hat, abgesehen von ihrer geringen Körpergröße. Sie hat blonde Haare, die in sanften Locken über ihre Schultern fallen, große blaue Augen und ein Grübchen mitten auf ihrem Kinn. Sie ist zierlich, hat aber trotzdem Titten, und ihre Beine sind perfekt proportioniert und passen zu ihrer schmalen Taille.

Ich hasse Perfektion.

Ehrlich gesagt wird mir schon bei dem Gedanken übel, zusätzlich zu Valdemar auch noch mit dieser Kreatur Smalltalk betreiben zu müssen.

Ich drehe mich um und gehe davon.

Unhöflich, ich weiß, aber ich bin ein Dom. Ich bin nicht hier, um nett zu sein. Und ich bin definitiv nicht hier, um Sashas ehemalige College-Mitbewohnerin zu unterhalten. Vermutlich tue ich ihr einen Gefallen, wenn ich sie beleidige. Denn sie wird ein böses Erwachen haben, sobald einer der Doms hier sie in die Finger bekommt.

Es ist grausam, nett zu sein, hab ich recht?

Ohne hinzuschauen, weiß ich, dass ich sie beleidigt habe.

Womöglich sogar verletzt.

Ich stähle mein Herz dagegen, irgendeinen Gedanken daran zu verschwenden.

Sexy Kayla ist nicht mein Problem.

~

Kayla

Was zur Hölle?

Habe ich irgendwas falsch gemacht? Pavel ist einfach davon marschiert, nachdem er mich nur mit einem verachtungsvollen Blick gemustert hat.

Ich zwinge meine Schamesröte, zu verschwinden, während ich seinem Rücken hinterherschaue. Er ist sexy, auf eine Bad-Boy-Art und Weise. Breite Schultern, muskulöse Arme. Sieht in seinem Designer-Hemd ausgesprochen schick aus. Er hat sandblonde Haare und sturm-graue Augen. Tattoos schauen unter seinen Manschetten und am Hemdkragen hervor.

„Ignoriere ihn einfach." Sasha berührt meinen Arm. „Er ist ein Arsch. Vermutlich versucht er, sich auf seine Dom-Rolle einzustimmen."

Ich schlucke, spüre Schmetterlinge in meinem Bauch, als ich daran denke, dass in der nächsten Stunde irgendein Dom in diesem Club die Kontrolle über mich übernehmen wird. Wieder fallen meine Augen auf Pavels Rücken. Ich sollte mir nicht wünschen, dass er es wird.

Er ist der letzte Kerl, den ich mir wünschen sollte. Er findet mich offensichtlich uninteressant. Wir würden eine furchtbare Partie abgeben.

Andererseits bin ich wie die Katze, die den einzigen Menschen im Zimmer findet, der Katzen hasst, und ihm auf den Schoß springt. Ich werde von dem Kerl angezogen wie von einem Magneten, das Bedürf-nis, seine Anerkennung zu gewinnen, ist nun in mir entfacht.

Vielleicht deshalb, weil ich das haben will, was Sasha hat – ihren besitzergreifenden, beschützenden russischen Ehemann, der sie anschaut, als ob sie die Sonne selbst wäre. Aber nicht auf eine Art und Weise, als ob er sie glorifizieren würde. Manche Leute machen das in Beziehungen – projizieren etwas in ihren Partner hinein, was sie selbst wollen oder brauchen, ohne tatsächlich die Person zu sehen.

Ehrlich gesagt genau das, was ich in diesem Augenblick mit Pavel mache. Ich kenne den Kerl überhaupt nicht, und hier stehe ich jetzt und verwandle ihn in etwas, wonach ich mich sehne.

Ich schüttle meine Hände aus, als ob ich das Verlangen abschütteln wollte.

„Nervös?", fragt Sasha.

„Ja", gebe ich zu.

„Mach dir keine Gedanken. Du hast hier nichts zu befürchten. Erinnerst du dich an die Safewords?"

„Ich werde kein Safeword gebrauchen", sage ich. „Ich will diese gratis Mitgliedschaft für einen Monat gewinnen." Jedes Paar, das die ganze Nacht durchsteht, erhält eine gratis Mitgliedschaft für einen Monat, die zweieinhalb tausend Dollar wert ist. Das hier mag mein erster Besuch im Club sein, aber ich hoffe, meinen Mut etwas weiter aufzudrehen und auch ohne Sasha hierher zurückzukommen.

„Es wäre aber auch keine Schande, weißt du? Du kannst ‚gelb' so oft benutzen, wie es sein muss. Denk immer daran, du bist deinetwegen hier."

Richtig. Ich bin meinetwegen hier. Nicht, um irgendeinen desinteressierten bösen Buben zu beeindrucken, der mein Herz zum Klopfen bringt, einfach, weil er furchteinflößend aussieht.

„Guten Abend und einen schönen Valentinstag! Seid ihr bereit, anzufangen?" Eine Frauenstimme ertönt über den Verstärker und erfüllt den Raum.

„Oh!" Ich schnappe erschrocken nach Luft. „Ich muss los."

„Hals- und Beinbruch", flüstert Sasha mir zu und drückt schnell meine Hand, so wie sie es immer gemacht hat, wenn wir eine Theateraufführung an der USC hatten.

Eilig gehe ich zu der Seite der Bühne, an der sich die Mitwirkenden einfinden. Obwohl ich nicht nach ihm suche, weiß mein innerer Kompass genau, wo Pavel steht, seine gut gekleidete, lässige Haltung macht ihn zum am sündhaftesten aussehenden Mann im ganzen Club.

Auf der Bühne begrüßt die Showmasterin Madison die Menge, eine wunderschöne Frau in sexy Stiefeln. „... und an alle Roulette-Jungfrauen hier – macht euch bereit. Diese Nacht wird aufregend, unterhaltsam und verdammt HEISS!"

Ich trete nervös von einem Fuß auf den anderen, mein Puls rast.

Sie erklärt die Regeln, dann ruft sie alle Doms zum Streichholzziehen auf die Bühne, um festzulegen, wer anfängt. Wenn mir dabei der sehr anschauliche Arsch eines ganz bestimmten russischen Doms ins Auge fällt, ist das ja wohl kaum meine Schuld, oder? Ich meine, sie steigen die Stufen hinauf. Da ist es nur natürlich, hinzuschauen.

Der Diplomat, Valdemar, beugt sich hinüber und flüstert ihm etwas ins Ohr, aber Pavel lächelt nicht und reagiert auch sonst nicht auf das Gesagte. Vielleicht hatte Sasha recht – er bringt sich in die Dom-Stimmung. Er kann sonst nicht so kalt sein, sonst hätte sie etwas gesagt. Sie schien ihm gegenüber vollkommen entspannt und zugeneigt zu sein.

Okay, hör auf, den Russen anzustarren. Es gibt hier auch noch andere Doms. Die Wahrscheinlichkeit, dass ich mit dem Russen zusammengewürfelt werde, sind … ähm, oje, keine Ahnung. Ich habe einen Abschluss in Schauspiel, nicht in Mathematik.

„Unser erster Dom wird nun die Kugel in den Roulettekessel werfen, um seine Sub zu treffen." Ich halte die Luft an und sehe zu, wie ein Mann mit schwarzen Haaren die Kugel in den sich drehenden Kessel wirft. Er wird mit einer zierlichen Rothaarigen verkuppelt.

„Als Nächstes: Master Pavel."

Oh. Ich werde ganz ruhig, schaue ihm zu, wie er die Kugel wirft und sie über das Rad hüpft und springt, bis sie schließlich stillliegt.

„Seine Sub ist Kiki."

Ich stolpere vorwärts, mein Kopf dreht sich. Halb kann ich es gar nicht glauben, halb bin ich ganz selbstgefällig, weil ich mit dem Typen verkuppelt wurde, den ich haben wollte, auch wenn mir nicht ganz klar ist, warum ich ihn will. Er beobachtet mich, wie ich auf ihn zukomme, sein Ausdruck ebenmäßig und unmöglich zu lesen. Seine grauen Augen mustern mich. Er ist nicht teilnahmslos, aber er verrät nicht, was hinter seinem kalten Blick lauert.

„Kiki, dreh das Rad, um eure erste Aktivität festzulegen", weist mich Madison an.

Ich drehe das Rad und werfe die Kugel. Sie hüpft herum und landet in einer der Einbuchtungen.

„Demütigung!", verkündet Madison.

Ähm, wow. Das klingt gleichermaßen einfach und furchteinflößend.

Pavel sagt nichts, aber irgendwie kann ich sein Missfallen spüren. Der Teil in mir, der ihm gefallen möchte, wird nervös, will sich mehr anstrengen, um ihm zu beweisen, dass ich gut genug bin. Aber dann kommen Sashas Worte zu mir zurück.

Das hier ist für dich.

Richtig. Ich spiele etwas vor, aber das letztendliche Ziel ist es nicht, meinen Partner zu besiegen oder das Publikum für mich zu gewinnen. Das Ziel ist es, die Erfahrung zu haben, auf die ich gehofft hatte, als ich mich hier angemeldet habe.

Dass meine Fantasien erfüllt werden.

Also hebe ich das Kinn und werfe Pavel einen herausfordernden Blick zu.

Seine Mundwinkel zucken kaum merklich. Anscheinend gefällt ihm eine Herausforderung.

Eine nicht unterwürfige Unterwürfige.

Alles klar, diese Rolle kann ich spielen.

Pavel nimmt auf eine autoritäre Art meinen Ellenbogen und führt mich von der Bühne, um sich mit mir neben dem ersten Paar aufzustellen, während wir die restlichen Verkupplungen abwarten. Ich drehe mich frontal zu ihm, schaue zu ihm auf, um ihm wieder diesen herausfordernden Blick zu schenken.

Augenblicklich legen sich seine Finger um meinen Hals und er drückt zu – nicht so sehr, dass ich keine Luft mehr bekomme, aber fast. „Du hättest heute Abend nicht herkommen sollen, Blümchen." Für den Bruchteil einer Sekunde drücken seine Finger noch ein wenig mehr zu, dann lässt er locker.

„Ich dachte, kommen wäre das Ziel des Abends?"

Das beschert mir tatsächlich ein Grinsen – ein bösartiges, wildes Grinsen. Ich hatte recht – ihm gefällt Widerrede.

„*Njet*. Du hättest nicht kommen sollen. Es wird noch jemand deine niedlichen Blütenblätter zerquetschen, Blümchen." Sein Akzent ist sexy. Er klingt wie der Bösewicht in einem Agentenfilm, und ich hatte schon immer eine Schwäche für bösen Buben.

„Bist du dieser Jemand?", frage ich und meine Stimme klingt heiserer, als ich erwartet hätte.

Er lässt meinen Hals los und wendet den Blick ab, als ob ich seiner Antwort oder seiner weiteren Aufmerksamkeit nicht würdig wäre.

Okaaaaaay. Vielleicht ist das Teil seines Dom-Spiels. Er versucht, mich zu verunsichern. Oder vielleicht mag er mich einfach wirklich nicht.

Nur, dass ich ihn murmeln höre: „Du wirst dir noch wehtun."

Ich presse meine Titten vor, auch wenn er nicht hinschaut. „Dafür bin ich hier." Wenn er denkt, dass mir Schmerzen Angst einjagen, dann irrt er sich.

Ich wäre heute Abend nicht direkt wieder in Absatzschuhe geschlüpft, wenn ich nicht eine masochistische Ader in mir hätte. Hätte nicht die letzten sechs Wochen damit verbracht, jedes Buch und jeden Blog über BDSM zu lesen, die ich in die Finger kriegen konnte, wenn mir die Vorstellung nicht gefallen würde, wie ein Mann mir zu seinem eigenen Vergnügen Schmerzen zufügt.

Ich habe schon immer gewusst, dass ich diesen Zug in mir habe. Sasha hatte mir mal geraten, lieber einen irren Blowjob anzubieten, wenn ich auf einem Vorsprechen bin, anstatt den Regisseur mit mir machen zu lassen, was er will, aber ich bezweifle – sollte sich so eine Situation je ergeben –, dass ich irgendwas anderes machen würde, als mich komplett zu ergeben. Unterwerfung ist tief in mir verwurzelt.

Ich hatte bis heute Abend nur noch nicht die Gelegenheit, meine Unterwerfung wirklich anzubieten.

Pavel dreht sich wieder zu mir um und lässt seinen eiskalten Blick über meinen Körper schweifen, von Kopf bis Fuß und wieder hinauf. „Wir werden sehen, wie lange du durchhältst", lässt er mich wissen.

Ich strecke keck meine Hüfte vor. „*Willst* du, dass ich *rot* sage?"

Ein weiteres, undurchschaubares Starren.

„Nein", sagt er schließlich, aber er spuckt das Wort aus, als ob es bitter schmecken würde.

Er mag mich nicht.

Das ist in Ordnung – er wird mich schon noch mögen. Sobald er herausfindet, dass ich einstecken kann, was auch immer er austeilt, wird er beeindruckt von mir sein.

Und das wird mein Vergnügen sein. Die Art und Weise, wie ich diese Sache hier zu meiner mache, nicht zu seiner. Das ist ein kleiner, aber feiner Unterschied. Von außen wird es vermutlich genau gleich aussehen, aber Sashas Ermutigung hat mir wirklich geholfen. Weil ich weiß, dass meine Befriedigung aus meiner Unterwerfung entstehen wird. Und seine Anerkennung wird nicht die Belohnung sein, sie wird die Kirsche auf der Sahnehaube sein.

KAPITEL DREI

P *avel*

BLJAD. Ich kann nicht glauben, dass ich die Mitbewohnerin abbekommen habe. Dieses perfekte, propere, ungebrochene, zarte Ding, das Sasha mitgebracht hat.

Was für ein Scheiß.

Ich wollte eine Sub, deren Unterwerfung mir etwas abverlangt hätte. Eine Frau mit vielen tiefen Schichten der Folter. Kaputt, so wie ich.

Ich wollte den Abend nicht mit Americas verficktem Sweetheart verbringen.

Meine Lippen verziehen sich in ein böses Grinsen, als ich das Mädel betrachte. Meine Fingerabdrücke zeichnen sich auf ihrem zierlichen, blassen Hals ab. Sie ist klein, aber wohlproportioniert, mit einer schmalen, schönen Figur. Zuckersüß, wenn man auf so was steht.

Ich stehe auf sowas allerdings nicht. Ich bevorzuge Frauen mit ein bisschen Fleisch auf den Knochen. Solche, die nicht aussehen, als könnte ich ihnen ohne Probleme die Arme brechen wie dürre Ästchen. Solche, die nicht aussehen, als wären sie im Bett frigide, verklemmte Fotzen.

Ich starre sie an, während alle meine Fantasien über diesen Abend in sich zusammenbrechen und in einem Trümmerhaufen im Staub landen.

Demütigung als erste Aktivität. Wie einfach und langweilig ist das denn bitteschön?

Sie tut so, als ob sie nicht nervös wäre, richtet ihre Aufmerksamkeit auf die anderen Paare, während die Verkupplungen und Aktivitäten eine nach der anderen bestimmt werden. Endlich, als sich auch das letzte Paar gefunden hat, ruft jemand im Publikum, „Los geht's!"

„Ganz genau", gibt die Moderatorin zurück. „Zeit für unsere Teilnehmer, ihr Valentinstag-Roulette zu starten! Viel Vergnügen!"

Ich nehme Kayla – ich werde sie nicht Kiki nennen, das ist doch albern – brüsk am Ellenbogen und führe sie zu der Spielarena, wo ich meine Tasche mit den Spielzeugen gelassen habe. Ich schaue mich um, überlege, wo ich mit ihr hingehen soll. Maxim und Sasha haben ebenfalls die Spielarena betreten, um zuzuschauen. Mich in ihrer Nähe aufzuhalten, ist das Letzte, was ich will, aber Kayla ist nun mal auf Demütigung gelandet. Vielleicht würde es die Demütigung verstärken, wenn ihre Freundin ihrer Unterwerfung zuschaut.

Aber nein. Ich will nicht, dass die beiden mir im Nacken sitzen oder mich beurteilen. Ich hatte mir ein Publikum vorgestellt, aber nicht so.

Stattdessen schlängle ich mich mit Kayla durch den Hauptbereich der Spielfläche, bis ich einen abgelegenen Sitzplatz in der Ecke finde. Im Augenblick, als ich mich hinsetze, ziehe ich Kayla über meinen Schoß und beginne, ihr ein ordentliches Spanking zu verpassen.

Sie zieht ihre festen kleinen Arschbacken zusammen, lässt ihre Fersen in die Höhe schnellen.

„Füße runter", befehle ich ihr, ohne mit den Hieben auszusetzen.

Sie gehorcht augenblicklich. Ich kann nicht sagen, ob mich das überrascht oder nicht. Sie hatte ein bisschen was von einem Mäuschen, aber ich hatte das eher für gute Erziehung als für eine Charaktereigenschaft gehalten.

Sie streckt ihre Beine aus, überschlägt sie und drückt sie zusammen, als ob sie erregt wäre, während sie mit jedem knallenden Schlag auf meinem Schoß auf und nieder hüpft. Bevor sie Zeit hat, sich an die Schmerzen und ihre neue Realität zu gewöhnen, höre ich auf und stoße sie von meinem Schoß auf den Boden.

„Knie dich hin."

Sie geht sofort in Position, kniet sich zu meinen Füßen hin, den Kopf gebeugt, ein Vorhang aus blonden Haaren, der ihr Gesicht verdeckt.

Ich entscheide, dass ich überrascht *bin*. Ich schätze, ich hatte nicht absoluten Gehorsam von ihr erwartet. Ich dachte, sie wäre eher ein Schmollen-und-Schnute-ziehen-Typ. Chaotisch und eine totale Nervensäge.

Bisher hat sie mich eines Besseren belehrt.

Ich hake einen Finger unter ihr Kinn und hebe ihr Gesicht an, um ihren Ausdruck zu studieren. Ihr Gesicht ist gerötet, ihre Augen schimmern mit unvergossenen Tränen. Ihr Kinn bebt.

„Wofür war das denn?" Ihre Stimme ist atemlos und verletzt.

„Das war für mich", erkläre ich ihr. „Ich brauche keinen Grund, um dir den Hintern zu versohlen, Blümchen. Du bist meine Sub. Wenn ich dich über meinen Schoß legen und dir den Arsch mit Striemen bedecken will, dann werde ich das tun."

Diese Information scheint sie etwas zu beruhigen. Das Schimmern in ihren Augen verschwindet und ihre Schultern entspannen sich etwas.

Interessant.

Sie will also gefallen. Ich will das nicht mögen, aber das tue ich. Zum ersten Mal, seit wir zusammengewürfelt wurden, meldet sich mein Schwanz zu Wort.

„Spreiz deine Beine."

Sie wendet den Blick nicht von meinem Gesicht ab, als sie die Knie auseinanderschiebt. Es ist verdammt schwer, davon nicht erregt zu sein. Ich greife hinunter und fahre mit meinem Finger an der Innenseite ihres Höschenbunds entlang. Aus irgendeinem Grund gehe ich noch immer davon aus, dass sie frigide ist. Dass sie der Typ Mädchen ist, die ihrem Freund jeden Abend Nein sagt, weil sie ihre Frisur nicht ruinieren will. Dass sie nicht der Typ Mädchen ist, den man festhalten und mit jedem niederen Gedanken, der einem durch den Kopf geht, besudeln kann.

Ach, fuck.

Sie ist feucht.

Triefend feucht.

Dieser amerikanischen Prinzessin hat ihr Spanking gefallen. Oder respektlos behandelt zu werden. Sie steht auf Demütigung und Schmerzen.

Mein Schwanz drückt sich gegen meinen Reißverschluss, lässt meine Hose viel zu eng werden.

Ich schnüre ihr Korsett auf und zerre es ihr vom Körper, schmeiße es auf den Boden, als ob es sie nicht mindestens hundert Dollar gekostet hätte.

Ein Beben durchfährt sie, aber sie rührt sich nicht. Ihre Titten sind nicht winzig, aber klein und keck. Vielleicht ein B-Körbchen – keine Ahnung. Ich streichle über die Seite einer Brust, dann zwicke ich ihren Nippel. Ich versetze ihrer Titte einen Hieb. Sie hat nicht viel Fleisch, dass ich schlagen könnte, aber die Brust hüpft dennoch hin und her und ich mache weiter, versetze ihr kleine Hieb um ihre Titte herum, dann ein weiterer Kniff. Der anderen Brust schenke ich die gleiche Aufmerksamkeit, sehe zu, wie Kaylas Atem schneller wird, das Heben und Senken ihrer Brust macht es leicht, das zu beobachten.

Ich greife in meine Tasche und hole die Nippelklammern hervor. Ich habe zwei Krokodilklemmen – ohne Kette. Ich will nicht, dass uns irgendwas in den Weg kommt.

Ich kneife und rolle ihren linken Nippel, bis er lang ist, dann befestige ich die Klemme. Ihre Augen werden groß und sie schnappt nach Luft. Sie presst die Beine zusammen.

„Leg die Hände auf den Kopf und spreiz deine Oberschenkel", fahre ich sie an, als ob ich verärgert wäre.

Ihre Hände fliegen zu ihrem Kopf und sie öffnet die Knie so weit, dass ich fast glaube, sie wäre eine Turnerin.

Ich versetze ihrer Pussy einen Hieb, ein Akt der befriedigerend wäre, wenn sie keinen Slip mehr tragen würde. Um dieses Problem werde ich mich gleich kümmern. Ich versetze ihr einen weiteren Schlag. „Lass mich das dir nicht noch einmal sagen müssen", warne ich sie. Als ich meine Fingerspitzen in ihr Höschen gleiten lasse, ist es klatschnass. Ihr Saft ist überall, glitschig und warm.

Ihr Blick ist wild, ihre Augen auf mein Gesicht gerichtet, als ob ihr Leben daran hängen würde, mir zu gefallen.

Fuck, sie gefällt mir *wirklich*. Ein schwindelnder Rausch von Endorphinen überkommt mich bei der Macht, die sie mir gewährt. Mehr, als ich es je mit einer anderen Partnerin erlebt habe. Viel mehr Vergnügen, als mir das Zerbersten von Schädeln bereitet.

Ich belohne sie mit einem schnellen Umkreisen ihres Kitzlers, necke und reibe die kleine Perle und lasse sie anschwellen.

Ihre Lippen öffnen sich.

„Unartiges Mädchen", murmle ich, aber meine Stimme ist samtig und meine Liebkosung in diesem Augenblick zärtlich. Fuck, ich will sie nicht unartig. Unanständig und geil und so verdammt verzweifelt, zu gefallen.

„Tut mir leid." Ihre Entschuldigung ist überstürzt. „… Master." Es liegt eine Unsicherheit in ihrer Stimme, in der Art und Weise, wie sie diese Anrede ausprobiert.

Ich nicke ihr kurz bestätigend zu. „Ich *bin* dein Master." Ich ziehe meine Finger aus ihrem Slip und versetze ihrer Pussy einen Schlag.

Das kleine *ah*, das ihr über die Lippen kommt, ist voller Verlangen.

Ich kneife ihren anderen Nippel und ziehe daran, dann befestige ich die zweite Klemme. Sie schnappt vor Schmerzen nach Luft und ihre Schenkel zucken zusammen, aber sie ertappt sich und öffnet sie sofort wieder, keucht. Ihre Augen tränen ein wenig und sie blinzelt eilig.

„Willst du auch eine Klemme an deinem Kitzler, Blümchen?"

Sie schüttelt schnell den Kopf und blickt mich mit ihren blauen Augen an. Ihr Kopfschütteln wird langsamer, als ob sie sich nicht ganz sicher wäre, ob sie wirklich *Nein* sagen sollte, und sie mein Gesicht nach einem Hinweis absuchen würde.

„Dann missachte meine Befehle nicht noch einmal. Du bleibst in dieser Position, bis ich etwas anderes sage. Verstanden?"

Ein eiliges Nicken.

Fuck, sie ist niedlich. Noch immer nicht mein Typ, aber langsam fängt sie an, mir zu gefallen.

Ich greife nach ihrem Handgelenk, das auf ihrem Kopf liegt, und ziehe leicht daran. „Steh auf und zieh deinen Slip runter."

Ich halte ihren Unterarm fest, damit sie die Balance nicht verliert, während sie sich schwankend aufrichtet. Sie beginnt, aus ihrem Höschen zu steigen.

„Ich habe gesagt, *runterziehen*, nicht ausziehen."

Sie erstarrt. Zieht den Slip wieder bis über ihre Knie, arrangiert ihn und blickt mich erwartungsvoll an.

„Genau so", sage ich, als sie den Slip bis auf die Hälfte ihrer Oberschenkel gezogen hat. „Du bist auf Demütigung gelandet, also kommt das Höschen fürs Erste runter, auch wenn du es bald ganz ausziehen wirst."

Sie schwankt auf ihren Fersen. Ich schätze, sie hat weiche Knie.

„Komm." Ich ziehe sie wieder über meinen Schoß. Sie schnappt nach Luft, als ihre Titten mit den Nippelklammern auf der Couch zu liegen kommen, windet sich und ruckelt sich zurecht.

Bis zum Rand ihrer kniehohen Strümpfe ist sie komplett nackt. Ihre Haut ist blass, keine Bikinistreifen, keine Tattoos. Wie schon gesagt, Perfektion ist nicht so mein Ding.

Ich hole einen Lederklopfer aus meiner Tasche und versetze jedem ihrer Schenkel einen Hieb damit. Sie schnappt nach Luft, zuckt auf meinem Schoß herum.

„Tut mir leid", keucht sie, was süß ist, weil es sich hier keineswegs um eine Bestrafung handelt. „Ich meine …" Sie hält den Mund, weil, klar, es nichts gibt, was sie sagen müsste.

Ich versohle sie mit dem Klopfer, ziele auf ihren Hintern, erwische beide Backen mit einem Schlag. Sie zieht ihren Arsch fest zusammen. Ich werde schneller, verhaue sie schnell und heftig, halte sie mit einem Arm über ihrer Taille fest, während sie sich auf meinem Schoß windet. Sie stößt kleine Schreie aus, protestiert aber nicht. Ich weiß, dass es wehtut. Diese Art Spanking mag für eine erfahrene Schmerzenshure nur ein Aufwärmen sein, aber ich bin mir ziemlich sicher, dass Kaylas Arsch noch unberührt ist. In jedweder Hinsicht. Wenn man bedenkt, wie sehr sie sich windet und keucht, habe ich das Gefühl, dass sie sich anstrengen muss, nicht auszuflippen. Zur Hölle, sie wäre ja beinah schon bei den paar Schlägen meiner flachen Hand vorhin in Tränen ausgebrochen.

Das ist okay. Ich werde sie noch eine Weile kopfüber festhalten. Sie muss sich weder für mich noch für irgendwen sonst zusammenreißen. Ich schätze, diese unterwürfige Position bietet sich geradezu für Demütigung an. Zu schade, dass wir unsere elektronischen Geräte in den Spinden lassen mussten, denn nach ihrem Spanking wäre der perfekte Zeitpunkt, um einen Anruf zu machen und sie dabei kopfüber warten zu lassen, als wäre sie nichts anderes als ein Spielzeug.

Was sie auch ist.

Ich höre auf, als ich ihre zunehmende Panik bemerke, dem Heben ihres Kopfes nach zu urteilen. Ich will nicht, dass sie gelb oder rot ruft. Ich will, dass sie sich mir weiterhin unterwirft.

Meine Finger gleiten zwischen ihre Beine. Sie ist so nass, dass ich direkt in ihre Glut eintauche, ihre Mitte ist weit offen und einladend. Ich pumpe ein paar Mal hinein und hinaus, dann findet mein Daumen ihren Anus.

Sie zieht ihren Arsch fester zusammen, ihre Schenkel auf der Couch versteifen sich.

Ich schnalze scheltend mit der Zunge. „Nein, Blümchen. Du wirst mich auch da empfangen. Du wirst mich überall empfangen, wo ich will. Nur kein Fisting. Ich habe deine strikten Limits nicht vergessen."

Sie keucht und scheint ihre Muskeln davon überzeugen zu wollen, sich zu entspannen. Zuerst eine Arschbacke, die weich wird, dann die andere. Ich streichle über ihren Kitzler, um sie zu belohnen. Ihre Hüfte schnellt auf meinem Schoß hübsch nach oben. Der Duft ihrer Erregung trifft mich wie ein berauschendes Parfüm.

Verdammt, dieses Mädel.

Ich will nicht, dass mein Schwanz so hart für sie ist. Sie ist zu perfekt und zu ungeübt für die Dinge, die ich mit ihr anstellen will. Was mich nur noch wütender mit ihr werden lässt.

Ich spiele mit ihr, gleite in sie hinein und hinaus, reibe ihren Kitzler, massieren ihren Anus, dringe aber mit meinem Daumen noch nicht ein. Ich lasse mir Zeit. Ich habe keine Eile, sie zum Höhepunkt zu bringen. Auch wenn sie es nicht sehen kann, gehe ich voll in der Rolle auf, tue gelangweilt und schaue mich in der Lounge um. Ich entdecke Valdemar, der seine Sub in Babygirl-Sachen durch die Hauptarena führt. Er sieht absolut selbstgefällig aus. Mir kommt der Gedanken, dass es ihm möglicherweise besser bekommt, ein Daddy-Dom zu sein, als ein Sadist.

Nicht weit von uns entfernt ruft jemand *rot*. Es entsteht ein kleiner Aufruhr, als sich die Aufseher des Kerkers in Bewegung setzen und eine panische Sub mit Augenbinde und Kopfhörern auf einem Tisch von einer Plastikfolie befreien.

Kayla windet sich auf meinem Schoß, wird von meinem gleichmäßigen Streicheln immer erregter. Sie stößt ein liederliches Stöhnen aus. Meine Mundwinkel zucken gegen meinen Willen nach oben. Ich wünschte, sie wäre nicht so verdammt niedlich.

Niedlich ist nicht mein Ding.

Aber es ist verdammt schwer, sie weiterhin zu verachten. Sie ist hinreißend.

Ich entdecke Sasha und Maxim, die auf einer Couch im Hauptbereich sitzen. Und – heilige Scheiße – Sasha ist auf den Knien und verpasst Maxim den anscheinend besten Blowjob aller Zeiten.

Heiß.

Ich bin gleichermaßen fasziniert und abgestoßen davon, meine Mitbewohner beim Sex zu beobachten. So viel muss ich Sasha zugestehen, die so oft wie eine verwöhnte Göre daherkommt. In diesem Augenblick sieht sie so untergeben wie alle anderen Bottoms hier aus, und es freut mich zu sehen, dass Maxim wie ein König verwöhnt wird. Ich meine, er ist absolut glücklich mit ihr, also bin ich schon davon ausgegangen, dass ihre Beziehung irgendwo ihr Gleichgewicht finden muss, und jetzt sehe ich auch, wo. Nur zu, Sasha.

Hol's dir, Max.

Mein Schwanz wird härter. Bald muss ich meine Sub auf die Knie zwingen und die gleiche Behandlung von ihr verlangen.

Wieder stöhnt sie auf.

Zeit, ihr ein bisschen mehr zu bieten. Ich krame in meiner Tasche nach den Butt-Plugs. Ich nehme an, sie ist Analjungfrau, also hole ich für den Anfang den kleinsten Plug hervor. Ich haue Kayla ein paar Mal auf den Arsch, um sie abzulenken, bevor ich meine Hand zwischen ihren Schenkeln hervorziehe und den Plug mit einer ordentlichen Menge Gleitgel versehe.

„Bereit für deinen Arschfick, Blümchen?"

Ihr Kopf schießt erschrocken in die Höhe. Ihre süßen Arschbacken ziehen sich zusammen. „Ähm …"

„Das war eine rhetorische Frage. Deine Antwort sollte immer Ja sein."

~

Kayla

ICH VERBIEGE MICH, um Pavel über meine Schulter einen Blick zuzuwerfen, versuche, verflucht noch mal, nicht auszurasten.

„Du kriegst das hin." Er zeigt mir einen schmalen Edelstahl-Plug, den er mit Gleitgel bedeckt hat. „Er ist schmal, genau wie du."

Ich kriege das hin.

Ich kriege das hin.

Ich kriege das hin.

Ich zwinge mich, auszuatmen, und lasse meinen Kopf wieder sinken. Es ist vermutlich nicht schlimmer als die schnelle Rektaluntersuchung bei meiner Frauenärztin.

Pavel tätschelt meine Arschbacke. „Aufmachen."

Häh? Ich verstehe nicht, was er meint, bis mir klar wird, dass ich noch immer eine Viertel-Dollar-Münze zwischen meine Arschbacken klemmen könnte.

Das ist Tänzer-Jargon. Als Mädchen habe ich Ballett, Stepptanz und Jazztanz gemacht, um mich auf meine Bühnenkarriere vorzubereiten, und meine Ballettlehrerin hat uns immer gesagt, wir müssten unseren Hintern so anspannen, dass man einen Viertel-Dollar dazwischen klemmen könnte. Vermutlich habe ich den straffsten Beckenboden im ganzen Universum.

Ich schätze, das wird sich jetzt ändern.

Es ist anstrengend, diese kräftigen Muskeln zu entspannen, aber schließlich lasse ich beide Backen weich werden.

„Besser“, bemerkt Pavel. Es ist nicht ganz ein Lob. Er ist verdammt geizig mit seinem Lob, wenn man mich fragt.

Im Augenblick würde ich alles für ein *braves Mädchen* tun.

Er streichelt mich wieder zwischen meinen Beinen, wo ich angeschwollen und verdammt geil bin. Ich fühle mich langsam ganz fiebrig und berauscht vor Verlangen.

„Greif nach hinten und spreize deine Arschbacken für mich“, befiehlt er mir.

Oh, Junge. Wirklich? Tja, ich schätze, das Ganze hier soll ja auch demütigend sein. Den Aspekt reizt er verdammt noch mal ordentlich aus.

Ich greife nach hinten – uff! So peinlich! – und ziehe meine Arschbacken für ihn auseinander, öffne mich für seine Plünderung.

„Braves Mädchen.“

Die Worte überlaufen mich wie ein wohltuender Balsam. Endlich habe ich ein *braves Mädchen* erhalten. Gott sei Dank. Dieser Kerl ist wirklich nicht leicht zufriedenzustellen.

Ich biege meinen Rücken durch und hebe ihm meinen Arsch entgegen, bin nun noch begieriger auf sein Lob.

„Genau so.“ Er berührt meinen Anus mit dem runden Ende des Plugs. Es fühlt sich kalt und hart an.

Ich zucke zusammen, dann zwinge ich mich wieder, mich zu entspannen.

Er baut etwas Druck auf. Ich widersetze mich.

„Aufmachen, Kayla.“ Es ist eine strenge Rüge und die Tatsache, dass er meinen echten Namen benutzt – nicht *Kiki* oder *Blümchen*, sein

Kosename für mich – gibt mir das Gefühl, umso mehr gezüchtigt zu werden.

Ich weiß nicht, wie ich aufmachen soll oder was das überhaupt bedeutet, aber nur darüber nachzudenken, scheint schon zu helfen, denn ich entspanne mich und in dem Augenblick, als ich das tue, drückt er die Spitze des Plugs in mich hinein. Ich jaule erschrocken auf. Es tut nicht weh, aber es fühlt sich definitiv falsch an. Falsch auf eine viel zu intime, schmutzige Art und Weise. Ich meine, darauf habe ich mich nicht vorbereitet. Sollte man vorher eine Intimspülung machen? Oder wie heißt das bei Analsex – einen Einlauf?

Igitt!

Pavel drückt den Plug sanft vorwärts, drängt nicht sehr – deutet es viel eher an. Das Problem ist, dass der Plug zum Ende hin breiter wird, also anfängt, meinen Anus zu weiten.

„Ooh, aua!" Ich winsle und werde unruhig, meine Fußgelenke überschlagen sich rastlos.

„*Aufmachen*, Kayla."

„Ich weiß nicht, *wie*." Er drückt den Plug ganz in mich hinein und der Schmerz durch das Weiten lässt langsam nach. Jetzt fühle ich mich einfach nur peinlich ausgefüllt – als ob ich kacken müsste.

Er dreht und pumpt den Plug in mich hinein.

Oh.

Oh.

Das ist erotisch.

Definitiv auch jede Menge Lust neben der Peinlichkeit. Ja, mehr Lust sogar. Ich beginne zu keuchen, meine Pussy zieht sich um nichts zusammen. Ein extrem notgeiles Geräusch kommt mir über die Lippen und dann komme ich, mein Arschloch zieht sich um den Plug zusammen, mein leerer Schlitz pulsiert und bebt.

Pavels Finger krallen sich in meine Haare und er reißt meinen Kopf in die Höhe. „Bist du gerade ohne meine Erlaubnis gekommen?" Er klingt verärgert.

Wieder zieht sich meine Pussy zusammen. „Oh mein Gott!", keuche ich. Mein Verstand ist von dem Orgasmus völlig neben der

Spur. Mir ist heiß und ich zapple herum und … *Gott.* „Tut mir leid, ich _"

„Ich habe nicht gesagt, dass du kommen darfst."

„Du hast nicht gesagt, dass ich *nicht* kommen darf", biete ich verschmitzt an.

„Ah, Blümchen. Ich glaube, das weißt du besser." Er lässt meine Haare los. Ich erwarte ein heftiges Spanking, aber stattdessen ruht seine Hand leicht auf meinem Arsch. Er drückt ihn sanft zusammen. „Oder etwa nicht?" Sein Akzent ist dick, seine Stimme kehlig und tief.

„Ja, Master", murmle ich.

„Zurück auf deine Knie", befiehlt er mir. „Und zieh zuerst dein Höschen aus."

„Ja, Master."

Er hilft mir dabei, aufzustehen. Ich ziehe den Slip über meine Beine, dann knie ich mich auf den Teppichboden zu seinen Füßen.

Er knöpft seine Hose auf und rutscht auf dem Sofa nach vorne, spreizt seine Knie. Ich lecke mir über die Lippen. Endlich etwas, was ich wirklich kann.

„Zeig mir, wie leid es dir tut, Prinzessin." Er befreit seine Erektion und hält den Schaft fest, dann krallt er sich meinen Kopf und zieht ihn zu sich.

Ich wurde noch nie zuvor auf einen Schwanz gezogen und es kommt mir ungeduldig und unhöflich vor, aber andererseits ist das natürlich Teil des Spiels. Ich bin nicht diejenige, die hier die Zügel in der Hand hat, aber normalerweise haben bei Blowjobs die Geber die Macht. Jetzt stellt er sicher, dass es nicht so ist.

Er schiebt seinen Ständer zwischen meine Lippen, streicht mir die Haare aus dem Gesicht und hält sie hinter meinem Kopf zusammen. „Lutsch ihn richtig gut, Blümchen."

Ich stoße ein Geräusch aus – meine Version von ‚Das werde ich', nur mit vollem Mund. Ich lutsche ihn heftig genug, um meine Wangen auszuhöhlen und meine Zunge an der Unterseite seines Gemächts entlangfahren zu lassen. Sein Schwanz ist lang und dick und schwer vor Verlangen.

„Klopf einmal auf mein Bein für *gelb*, zweimal für *rot*, wenn es sein muss", weist er mich an.

Ich blinzle, um ihm zu verstehen zu geben, dass ich verstanden habe.

Mag sein, dass ich keine Ahnung habe, was ich machen soll, außer alles ihm zu überlassen, denn er kontrolliert die Bewegung meines Kopfes, zerrt ihn vorwärts und zurück über seinem Schwanz. Er würgt mich, die Spitze seines Schwanzes stößt gegen meinen Rachen. Er ist rau und dominant, dreht meinen Kopf, um den Winkel zu verändern, dann richtet er ihn wieder auf.

Es ist ein bisschen furchteinflößend. Manchmal, wenn ich würge, bekomme ich Angst, dass ich keine Luft mehr bekomme, aber ich kann atmen. Nach einer Weile beginne ich darauf zu vertrauen, dass er mich nicht mit seinem Schwanz zu Tode ersticken wird, selbst wenn er scheinbar will, dass ich das glaube.

„Steck dir deine Finger in die Pussy", befiehlt er mir.

Es dauert einen Augenblick, bevor die Worte wirklich bei mir ankommen. Ich bin gerade zu sehr damit beschäftigt, mich seiner Kontrolle zu unterwerfen und meinen Würgereflex zu unterdrücken. Ich gleite mit meiner Hand zwischen meine Beine. Meine Pussy ist unglaublich feucht – feuchter als jemals zuvor. Zwei meiner Finger gleiten sofort hinein. Ich stöhne um seinen Ständer auf.

„So ist es richtig, Blümchen. *Jetzt* will ich, dass du kommst. Kannst du dich mit meinem Schwanz in deinem Mund zum Orgasmus bringen?" Er lässt es wie eine Herausforderung klingen. Als ob er bezweifeln würde, dass ich es schaffe, was mich ihm nur umso verzweifelter das Gegenteil beweisen lassen will.

Es wird nicht schwer werden. Ich bin schon jetzt jenseits von angetörnt. Der Plug in meinem Arsch liefert permanente Stimulation und die Erotik meiner Position – der gesamten Situation – macht mich schon jetzt ganz wahnsinnig. Ich stoße mit meinen Fingern in mich hinein, auch wenn ich so für gewöhnlich nicht masturbiere. Aber andererseits bin ich sonst auch nicht so feucht und geschwollen. Mit meinem Handballen drücke ich gegen meinen Kitzler, reibe und drücke ihn, während meine Finger in mich hinein gleiten.

Meine Augen verdrehen sich in den Kopf, meine Lider flattern. Pavel löst eine der Nippelklammern. Ich kann mich auf nichts mehr konzentrieren – ich schaffe es gerade noch so, stoßweise durch die Nase ein- und auszuatmen, während ich ihm den Schwanz so heftig lutsche, wie ich kann, und mich dabei selbst befriedige. Pavel löst auch die zweite Klemme.

Als ich komme, zucke ich unkontrolliert, meine Muskeln ziehen sich zusammen. Ich glaube, ich habe womöglich aufgeschrien oder es zumindest versucht. Meine Nippel schreien förmlich, als das Blut in sie zurück rauscht. Das treibt meinen Orgasmus nur noch weiter in die Höhe, der immer weiter rollt, neue Wellen, die mich mit jedem Reiben meines Kitzlers überkommen.

Pavel ist gütig genug, innezuhalten, bis ich gekommen bin. Er streichelt mir mit dem Daumen über die Wange, bevor er wieder in meinen Hals stößt, noch heftiger als zuvor. „Genau so, Blümchen. Braves Mädchen", lobt er mich, auch wenn seine Bewegungen alles andere als belohnend sind. Ich kann das Rasseln seines Atems hören und er klingt heiser und abgehackt. Auch er steht kurz vor dem Abgrund.

Frische Lust durchdringt mich, als mir klar wird, dass ich ihn anmache. Dass ich Teil seines Orgasmus bin. „Ich komme, Kayla. Soll ich in deinen Hals kommen oder über deine wunderschönen kleinen Titten? Klopfe einmal für Hals, zweimal für Titten."

Ich klopfe einmal. Sasha hat mir im College beigebracht, wie man schluckt, und ich bin verdammt stolz auf diese Fähigkeit. Verklag mich doch, wenn ich halt ein bisschen angeben will. Gott weiß, dieser Typ ist nicht leicht zu beeindrucken.

Er stößt irgendwas auf Russisch aus, was wie ein Fluch klingt, knallt mit seinen heftigen Stößen gegen meinen Rachen, bis er sich meine Haare krallt, mich auf sich festhält und kommt.

Ich schlucke und schlucke, blinzle die Tränen in meinen Augen weg.

„So ist es richtig. Braves Mädchen."

Noch ein *braves Mädchen*. Ich fliege förmlich.

„Mach es sauber", befiehlt er, aber ich bin schon längst dabei. Er zieht seinen Schwanz heraus, steckt ihn zurück in die Hose und macht den Reißverschluss zu. „Komm her." Er winkt mich zu sich.

Will er, dass ich auf seinem Schoß sitze? Das sieht ihm nicht ähnlich. Vielleicht über seinen Schoß? Verdammt noch mal, wenn ich es nur wüsste. Ich taumle auf die Füße und das Blut rauscht mir zurück in die Beine.

Er nimmt meinen Ellenbogen, um mich zu stützen, dann dreht er meine Hüfte herum, bis ich von ihm wegschaue, und zieht mich auf seinen Schoß. „Komm her, du kleine Fickpuppe. Das war so heiß." Sein Atem streift warm über mein Ohr. Ich koste sein Lob aus, obwohl es heute Abend eigentlich darum gehen sollte, dass ich zufriedengestellt werde.

Und das bin ich auch. Ich bin befriedigter, als ich es jemals in meinem Leben war.

Ich winde mich auf seinem Schoß, der Plug in meinem Arsch ruckelt und bewegt sich in mir.

„Beine breit, Prinzessin." Er nimmt meine Knie und hebt sie über seine Oberschenkel, sodass meine Beine weit gespreizt sind. Ich trage nichts, außer meinen kniehohen Netzstrümpfen, den Absatzschuhen und dem Butt-Plug, also präsentiert er gerade meine Muschi dem gesamten Raum, aber das scheint mich einfach nicht mehr zu kümmern.

Er greift sich meine rechte Brust, massiert sie ruppig. Besitzergreifend. Er beißt in meine Schulter. Seine andere Hand reibt zwischen meinen Beinen. Obwohl ich gerade erst einen Orgasmus hatte, bin ich schon wieder mehr als bereit, erneut zu kommen. Ehrlich gesagt fühlt es sich im Augenblick so an, als würde es niemals genug sein. Ich bin erregt genug, um die ganze Nacht lang durchzumachen und noch immer nicht gänzlich befriedigt zu sein.

Pavel scheint das zu wissen, denn er fickt mich mit zwei Fingern, dann mit dreien, während er weiter an meinem Hals herumknabbert, sich über meine Brust und meinen Nippel hermacht.

Meine Güte.

Es ist unglaublich. Ich fühle mich unglaublich – sexy und mächtig. Wunderschön. Hedonistisch.

Anscheinend gibt es nichts weiter für mich zu tun, als zu empfangen, also lasse ich meinen Kopf in den Nacken fallen und lege ihn auf Pavels Schulter ab, meine Brüste in den Himmel gerichtet, während er sich um meine Bedürfnisse kümmert.

Zunächst merke ich nicht, dass ich stöhne. Lautes Stöhnen – geile, peinliche Stöhner. „Oh Gott!“ Ich schlage mir die Hände vor den Mund, um mich zum Verstummen zu bringen.

„Nein.“ Pavel klingt genauso rasend, wie ich mich fühle. „Lass mich dich hören.“

„Oh“, stöhne ich.

Seine Finger ficken mich schneller. Mein Arsch zieht sich um den Plug zusammen und diese Empfindung treibt mich weiter auf meine Erlösung zu.

„Oh Gott.“ Ich erinnere mich, dass ich um Erlaubnis bitten muss. „Bitte, Master – darf ich kommen?“

„Nein.“ Er stößt weiter mit seinen Fingern in mich hinein, macht mich ganz wahnsinnig.

Moment ... *was?*

Ich habe schon jetzt fast den Verstand verloren und mein Gehirn kann keinen klaren Gedanken mehr fassen. Ich muss kommen.

„B-bitte?“ Meine Zähne klappern. Ich glaube, ich sterbe, wenn er mich nicht kommen lässt, aber dennoch ist es keine Option, ihm nicht zu gehorchen.

„*Bitte*, Pavel.“

„Mir gefällt es, wie du bettelst.“ Er klingt so aufgerieben, wie ich es bin. Seine Finger fliegen förmlich in mich hinein, treiben mich an den Rand des Wahnsinns.

„Ich muss. Oh Gott, ich *muss* kommen.“ Ich winde mich auf seinem Schoß hin und her, befinde mich an der Schwelle zwischen Tod und Ekstase.

Er erwidert nichts, beißt nur weiter in meine Schulter und fickt mich mit seinen zu einem Kegel geformten Fingern.

Endlich, als ich mir sicher bin, dass ich sterbe, sagt er: „Komm jetzt, Blümchen.“ Er murmelt die Worte direkt in mein Ohr. Sie überspringen den Weg zu meinem Gehirn und rauschen direkt in meine triefend feuchte Pussy und ich schreie auf und komme. Ich zapple auf seinen Fingern herum, reite sie, presse meine eigene Hand über seine, um seine Finger noch tiefer in mich hineinzustoßen.

„Oh", keuche ich, völlig überwältigt.

Pavel zieht seine Hand aus mir heraus und bringt seine Finger an seine Lippen, leckt meine Säfte auf.

In diesem Augenblick bemerke ich, dass wir ein Publikum haben. Ein ziemlich großes Publikum. Sie murmeln Ermunterungen. Steif setze ich mich auf.

Pavel hat das vorher auch nicht mitbekommen, glaube ich, denn er stößt einen heftigen russischen Fluch aus.

KAPITEL VIER

P *avel*

ICH WILL jedem Mann die Zähne ausschlagen, der Kayla gerade hat kommen sehen. Und das sind eine Menge Männer. Ein ganzer Halbkreis von *pridurki* steht um uns herum und glotzt meine Pornostar-schöne Partnerin an. Ich will ihnen mein Knie in die Fressen rammen. Ihnen die Ohren langziehen. Ihre Nacken krallen und sie zu Boden schleudern.

Das sieht mir nicht ähnlich – ich bin bei Frauen nicht besitzergreifend. Ich bin das genaue Gegenteil – das ist der Grund, weshalb ich zu dieser Veranstaltung gekommen bin. Ich bevorzuge Verkupplungen ohne Bedeutung, ohne Besitzansprüche.

Aber etwas in mir, was ich nicht erkenne, ist nicht einverstanden damit.

Bljad. Ich schiebe Kayla auf die Füße. „Hebe dein Top auf und gib es mir", befehle ich ihr.

Sie beugt sich hinunter und schnappt sich ihr Korsett. Ich ziehe sie zurück auf meinen Schoß und lege es ihr an, ziehe die Schnüre fest und knote sie zu. Den Plug lasse ich in ihrem Arsch, aber nur, weil ich nicht will, dass alle dabei zusehen, wie ich ihn herausziehe.

Genau, das wäre nämlich demütigend für sie – der Titel dieser Szene.

Aber das ist mir scheißegal.

„Zieh dein Höschen wieder an, Blümchen", murmle ich Kayla zu. So wie ich es sehe, stehen wir plötzlich auf einer Seite. Ich beschütze sie vor den glotzenden Arschlöchern da draußen.

Etwas in mir will innehalten und das genauer betrachten – weil ich mir sicher bin, dass ich irgendwie Scheiße gebaut habe. Vergessen habe, wie ich sie korrekt dominiere, aber ich schiebe den Gedanken zur Seite.

Kayla gehorcht und zieht ihren Slip an. Der Plug ist durch den herzförmigen Ausschnitt auf der Rückseite ihres Höschens nicht zu sehen. Ich tätschle ihren Arsch, um meinen Besitz zu demonstrieren, dann führe ich sie zurück in den Hauptbereich. Sie schwankt auf ihren Absatzschuhen herum. Ich habe gesehen, wie sie gekonnt auf den Schuhen hier hereinmarschiert ist, also nehme ich an, es liegt daran, dass der letzte Orgasmus sie um den Verstand gebracht hat. Ihre Beine sind jetzt vermutlich wie aus Gummi. Zur Hölle, ich fühle mich ja selbst ein bisschen so.

Ich führe sie zur Bar und bestelle zwei Flaschen Wasser und eine Schale Nüsse. Ich schätze, sie muss ein bisschen Energie tanken, wenn wir noch zwei Runden durchstehen wollen. Wir beiden brauchen ein bisschen Energie.

Ich ziehe ihr einen Barhocker vor und helfe ihr hinauf, liebe die zaghafte Art und Weise, wie sie sich mit dem Plug im Hintern hinsetzt. Sie trinkt die halbe Flasche Wasser auf einmal aus und steckt sich eine große Handvoll Nüsse in den Mund.

Sie wirft mir unter ihren Wimpern einen Blick zu. „Darf ich sprechen?"

„Ja. Wenn du nicht zu sehr nervst."

Anstatt beleidigt zu sein, sehe ich ein Grübchen aufblitzen. „Ich werde mir Mühe geben. Danke für die Nüsse. Ich bin am Verhungern. Sasha und ich hatten keine Zeit fürs Abendessen."

Das ist schon mehr an Unterhaltung, als ich eigentlich mit ihr haben will, also neige ich einfach nur zuhörend den Kopf zur Seite.

„Und, nerve ich schon?"

Meine Mundwinkel zucken nach oben. Fuck, ist sie niedlich. „Ja."

Sie schlägt die Augen nieder. „Sorry." Sie wirft sich eine weitere Handvoll Nüsse in den Mund. Aus irgendeinem Grund bin ich von ihrem Mund ganz fasziniert, wenn sie isst. Die kleinen Salzkörner, die auf ihren Lippen kleben, würde ich am liebsten ablecken. Aber das ergibt keinen Sinn, weil ich meine Spielpartnerinnen nie küsse.

Und natürlich tauchen in meinen Gedanken augenblicklich Bilder davon auf, wie ich sie gegen eine Wand presse und mich über diesen ausdrucksstarken Mund hermache. Sie mit meiner Zunge zum Schweigen bringe, in diese Unterlippe beiße.

„Warum seid ihr so spät hier angekommen?" Ich überrasche mich selbst mit dieser Frage.

Sie wirft mir einen Blick zu, scheinbar genauso verblüfft wie ich. „Ich hatte den ganzen Tag einen Dreh. Die haben ungefähr hundertvierzig Takes gebraucht, um eine sechzig Sekunden lange Werbung zu drehen."

Ich will mich nicht dafür interessieren, aber plötzlich bin ich ganz gefesselt von ihrer Geschichte. „Du bist Schauspielerin? Wie Sasha."

„Ja. Wir waren zusammen auf der USC im Schauspielstudium. Wir haben drei Jahre lang zusammen gewohnt."

Es tut fast weh, sich diese zarte, propere kleine Kreatur als sorglose College-Studentin vorzustellen, voller Hoffnung und eifrig bemüht, eine große Rolle in der Studentenproduktion zu ergattern. Es verstärkt nur meine Ansicht, dass sie hier nichts verloren hat. Dass sie zumindest nicht von mir gefoltert werden sollte.

Sie gibt mir das Gefühl, dreckig und gemein zu sein.

Nur, dass die Erinnerung daran, wie sie schon gekommen ist, als sie mir nur den Schwanz gelutscht hat, mich überwältigen. Ihre erhitzten Wangen, ihre glasigen Augen, die Art und Weise, wie sie ihr in den Kopf gerollt sind. Sie war ganz berauscht vor Lust gewesen.

Gar nicht mal so zart und proper.

Fuck, es wäre so einfach für irgendeinen Hollywood-Regisseur, sie auszunutzen – ihr abartiges kleines Herz zu entdecken und es für sein Vergnügen zu benutzen, ohne ihr den Respekt zu zollen, den sie verdient hat. Meine Finger krallen sich um meine Wasserflasche, lassen sie krachen und knistern.

Ihre Augen werden groß, als sie das sieht.

„Ich will deine Werbung sehen", höre ich mich sagen.

„Oh." Sie wird rot. „Ich … Es war nicht meine Werbung. Ich bin nur im Hintergrund zu sehen, wie ich während des Clips tanze. Es spielt in einem Club. Die Werbung ist für einen Energydrink."

Jetzt bin ich sauer, dass sie nicht zum Star der Werbung gemacht wurde. Warum zur Hölle haben sie das nicht gemacht? Sie ist verflucht heiß. Ich kann mir nicht vorstellen, dass die andere Schauspielerin es besser hinbekommen hat.

„Komm", belle ich, sobald sie das Wasser und die Nüsse aufgegessen hat.

Sie wirft mir einen nervösen Blick zu und springt förmlich von ihrem Barhocker. So verflucht gefügig.

Ich will ihr ein Halsband umbinden und sie an die Leine legen. Sie zu meinen Füßen knien lassen, damit sie mir jedes Mal den Schwanz lutscht, wenn ich geil werde, so wie sie es vorhin getan hat.

Ich bin ein kranker Arsch.

Wir gehen zurück auf die kleine Bühne und Kayla tritt vor, um das Rouletterad zu drehen. Ich presse mich gegen ihren Rücken, schlinge meinen Arm um ihre Taille und ziehe ihren Arsch gegen meinen Schritt, übe Druck auf den Plug aus. Ihr Bauch flattert bei ihrem nächsten Atemzug. Sie wirft die Kugel ins Rad und sie springt über die Felder.

„Kiki und Master Pavel sind auf *Analsex* gelandet", verkündet die Moderatorin.

Langweilig.

Noch immer hinter ihr lege meine Finger um ihren Hals, drücke mit meiner anderen Hand ihre Brust. „Mein Schwanz in deinem Arsch war heute Abend ohnehin gegeben, Blümchen. Lass uns schauen, ob wir das Ganze etwas aufregender gestalten können. Ich denke, ich werde deinen Arsch erst einmal mit Striemen übersäen, was meinst du? Bist du noch wund von deinem letzten Spanking?"

„Nein, Master." Ihre Stimme ist weich und warm. Nicht, was ich erwartet hatte. Ich dachte, sie würde sich wie ein verfluchtes Baby aufführen, wenn ich ihr den Arsch auspeitschen möchte.

Mein Schwanz streckt sich in meiner Hose. „Los geht's, *printsessa*." Ich führe sie von der Bühne und durch die gesamte Arena bis zu der mittelalterlichen Folterkammer, die glücklicherweise unbesetzt ist.

An einer der Folterbänke halte ich sie an. „Höschen runter", befehle ich.

Sie neigt den Kopf und steigt aus ihrem Slip, knüllt ihn in einer Hand zusammen, als ob sie nicht genau wüsste, was sie damit machen soll. Ich nehme ihn ihr ab und stopfe ihn in meine Tasche. Ich mustere sie kritisch. „Die Strümpfe auch aus", sage ich. „Ich will dir auch die Oberschenkel auspeitschen."

Ich bin hocherfreut zu sehen, wie ein Schauder sie durchfährt. Sie steigt aus ihren Schuhen und rollt ihre Strümpfe hinunter. Als sie die Strümpfe ausgezogen hat, sehe ich, dass ihre Füße fiese rote Abdrücke haben.

Ich stopfe meine Hände in die Taschen, mustere sie. „Tun deine Füße weh, Blümchen?"

„Oh." Sie blickt auf ihre Zehen. „I-Ich hatte den ganzen Tag lang Absatzschuhe an, Master."

„Aber du hast sie trotzdem auch heute Abend wieder angezogen? Für mich?" Nein, natürlich nicht für mich. Mein Schwanz übernimmt mein Gehirn. Sie wusste ja nicht, mit wem sie heute Abend verkuppelt wird.

Aber sie erwidert in derselben honigsüßen Stimme: „Ja, Master."
Fuck.

Ich bin zwischen ihrem Opfer und dem Wunsch, ihr noch mehr Schmerzen zuzufügen, hin- und hergerissen,

„Du siehst verflucht herrlich in diesen Schuhen aus", sage ich barsch. Es stimmt. Sie hat schlanke, wohlgeformte Beine – wie eine Ballerina – und die Absätze lassen sie wie Kunstwerke aussehen.

Ihr Blick flattert zu meinem Gesicht, schaut mich suchend an. „Ähm. Danke."

„Ich weiß, dass sie wehtun, aber ich will, dass du sie wieder anziehst."

Augenblicklich schlüpft sie zurück in die Schuhe.

Ich trete auf sie zu und lege meine Hand über ihren Venushügel, dann fahre ich mit der anderen Hand um ihre Hüfte und drehe im selben Augenblick am Plug in ihrem Arsch. „Macht es dich feucht zu wissen, dass deine Schmerzen mir Lust bereiten?" Ich streichle über ihren Schlitz, der augenblicklich feucht wird.

„Ja, Master."

Fuck, sie ist niedlich.

„Braves Mädchen. Ich werde dir noch ein bisschen wehtun. Nicht, weil du unartig warst." Ich lasse einen Finger in sie hineingleiten und sie windet sich, ihr Ausdruck wir verlangend. „Sondern weil ich will. Das verstehst du, oder?"

Sie nickt eifrig. „Ja, Master."

„Das dachte ich mir. Du bist nicht gerne ein unartiges Mädchen, hab ich recht?"

Ein schnelles Kopfschütteln. „Nein, Master."

„Das habe ich mir gedacht. Du möchtest gefallen. Du willst dienen und dich unterwerfen."

Ihr Gesicht hellt sich auf. Als ob sie zum ersten Mal in ihrem Leben wirklich gesehen werden würde. „Ja, Master."

Ich drehe den Plug in ihrem Arsch herum. „Jedes Mal, wenn du mit deiner weichen, seidigen Stimme *Ja, Master* sagst, werde ich hart, Blümchen."

Bei diesem Kompliment strahlt sie förmlich.

„Jetzt knie dich hin und beuge dich vornüber." Ich lasse meinen Finger aus ihr herausgleiten und benutzte den Analplug, um sie zu der Spanking-Bank zu führen.

Sie kniet sich hin und legt ihren Oberkörper auf die gepolsterte Bank. Ich schnalle ihre Hand- und Fußgelenke fest.

Ich komme mir grausam vor. Womöglich nehme ich es meiner kleinen Blume übel, dass sie so gottverdammt gefällig ist. Es ist schwer, sie nicht zu mögen, und dabei wollte ich sie eigentlich hassen. Frauen wie sie sind nichts für Männer wie mich.

Ich bin ein Mann, der sich in den Schatten herumtreibt. Meine Vergehen sind klar und deutlich auf meinen Körper eingeschrieben. Ich bin ein russischer Soldat, der getötet hat, erst für sein Land und später für seine Bratwa-Zelle. Ich habe keinerlei Wert. Aber dieses Mädchen? Sie ist pures Gold.

Sie ist jung, talentiert, süß. Intelligent und liebenswürdig. Sie wird es definitiv weit bringen. Das Monster in mir will sie dafür brechen, aber ich will auch jeden umbringen, der nur daran denken sollte, sie brechen zu wollen.

Ich ziehe eine Rattan-Gerte aus meiner Tasche und lasse sie in auf meine Handfläche knallen. Es brennt, selbst wenn ich nur leicht zuschlage.

Mein Blümchen wird für sowas nicht bereit sein, und dennoch fühle ich mich genötigt, die Gerte an ihr zu benutzten.

Ihre zarten Blütenblätter zu zerschlagen und sicherzustellen, dass sie nie wieder hierher zurückkehrt, wo es nicht sicher für eine süße, sich verzehrende Blume wie sie ist.

Ich trete vor und pumpe den Plug in ihren Arsch. Sie stöhnt auf und lässt ihre Hüften kreisen. Sachte tippe ich ihre Arschbacken mit dem Stock an. „Ich werde jetzt deinen kleinen Arsch mit Striemen bedecken, Blümchen."

Sie winselt leise. Die Muskeln ihres unteren Rückens ziehen sich in Erwartung auf den ersten Hieb zusammen. Ich lasse den Stock durch die Luft surren, ziele und lasse ihn mitten auf ihre Arschbacken hinunterfahren.

Sie stößt einen unwillkürlichen Schrei aus, dann ein langgezogenes Stöhnen der Erholung.

Wieder schlage ich zu, lasse den Stock direkt unter der Strieme des ersten Schlags aufkommen.

Sie schreit auf, ihr Körper springt automatisch in eine Art Fluchtreaktion und sie zerrt an den Fesseln. „Master?" Panik schwingt in ihrer Stimme mit.

Ich reibe mit den Fingern zwischen ihren Beinen, will wissen, wie die Hiebe diesmal angekommen sind. Sie ist triefend nass mit frischen Säften – scheinbar unfassbar erregt, trotz der Intensität.

Ich will sie gnadenlos auspeitschen, bis sie schreit und *rot* ruft und ich mir sicher sein kann, dass sie nie wieder hierherkommt. Aber etwas in ihrem Flehen berührt mich. Zwingt mich, mich zurückzuhalten.

Ich gehe um die Bank herum und hocke mich vor ihr hin. Streiche ihr die Haare aus dem Gesicht und blicke ihr in die Augen.

„Ja, Blümchen?"

Ihr Atem ist völlig hektisch, ihre Augen sind aufgerissen, glasig, wild. Ihre Lippen sind einen Spaltbreit geöffnet, aber es kommen keine Worte heraus.

Ich streichle mit meinem Daumen über ihre Wange. Ihre Haut ist babyweich und glatt. „Du siehst verängstigt aus. Hast du Angst?"

„Ein bisschen", gibt sie zu.

„Okay. Ich sage dir, was passieren wird. Ich werde dir noch drei Striemen mit meinem Rohrstock verabreichen. Du kannst so laut schreien, wie du willst. Weine, wenn es sein muss. Aber du wirst ein braves Mädchen sein und es annehmen, weil du weißt, wie sehr es mir gefällt, dir Schmerzen zuzufügen. Und wenn ich fertig damit bin, werde ich dich mir Arnikasalbe eincremen, was gegen die Striemen hilft. Und dann werde ich den Plug aus deinem Arsch ziehen und ihn mit meinem Schwanz ficken. Ich werde ein Kondom benutzen, um uns zu schützen. In Ordnung?"

Sie nickt, ist unendlich gefällig. „Okay." Sie leckt sich über die Lippen. „Danke, Master."

Meine Erektion presst sich gegen meinen Reißverschluss. Sie bedankt sich bei mir. Sie könnte nicht perfekter sein.

Ich nehme ihre Wange in meine Hand, plötzlich widerstrebt es mir, mein Versprechen einzulösen. „Du machst das wirklich gut heute Abend."

Sie schmiegt ihr Gesicht in meine Hand. „Master Pavel?" Wieder das verängstigte Beben in ihrer Stimme.

„Hm?"

„Vielleicht schaffe ich es nicht." Ihre Wimpern blinzeln eilig. „Was, wenn ich die Nacht nicht durchstehe, ohne *rot* zu rufen?"

Ich bin so ein Arschloch dafür, mir das zu wünschen.

Der größte Arsch aller Zeiten.

„Du wirst es schaffen", verspreche ich, „Es ist mein Job, dafür zu sorgen, dass du es schaffst." Die Stahlringe um meine Brust biegen und verdrehen sich in jede Richtung. Ich will mein Versprechen an sie halten und es gleichzeitig brechen, um sicherzustellen, dass sie nicht wieder hierher zurückkommen kann.

Nicht ohne mich.

Was denke ich denn da? Ich werde nicht wieder hierher zurückkommen. Ich wohne ja noch nicht einmal in L.A. Und ganz sicher werde ich nicht wieder zurückkommen, um mit ihr zu spielen. Sie ist die letzte Person, mit der ich je wieder verpartnert werden will.

Aber wenn ich an das halbe Dutzend Partnerinnen denke, die ich im letzten Jahr in Chicago hatte, muss ich erkennen, dass meine Energie mit ihnen flach und staubtrocken war. Nichts im Vergleich zu Kayla – diesem wunderschönen, leuchtenden Licht. Will ich wirklich zu meinem vorherigen Typ zurückkehren?

Plötzlich will ich das nicht mehr.

Was stimmt denn nicht mit mir? Ich fange an, eine Verbindung zu ihr zu empfinden, und das ist gegen den Bratwa-Kodex. Nicht, dass meine Zelle diese Regeln des alten Kontinents erzwingen würde.

Trotzdem, selbst wenn ich sie haben wollte, ginge das nicht. Sie ist vollkommen falsch für mich.

Und ich bin definitiv falsch für sie.

Ich blicke ihr unverwandt in die Augen, während ich meine Ärmel hochrolle. „Ich werde dir jetzt wehtun, Blümchen. Und es wird dir gefallen, weil es mir gefällt."

KAPITEL FÜNF

 *ayla*

ICH VERSUCHE, nicht durchzudrehen. Die Schmerzen von den Striemen, die Pavel mir gerade verpasst hat, werden immer schlimmer. Ich weiß nicht, ob ich noch drei weitere Hiebe aushalten werde. Aber wenigstens hat er mir verraten, was mich erwartet. Nach den ersten beiden Schlägen hätte ich beinah gelb gerufen – aus Angst, es nicht länger auszuhalten.

Aber so am Ausrasten, wie ich auch bin, ist mein Körper auch durchdrungen von Lust. Ich glaube fast, ich durchnässe schon die Folterbank, so feucht und bereit für mehr ist mein Körper.

Pavel positioniert sich wieder hinter mir und tippt mit dem Stock gegen meinen Arsch. Ich zucke zusammen, auch wenn es nur ein Tätscheln war. Jedes Mal, wenn er mich berührt, zieht sich mein Anus um den Plug zusammen und schickt erotische Impulse durch meinen ganzen Körper.

Er schlägt zu.

Ich schreie auf und spanne meine Arschmuskeln an.

Dieser Hieb ist direkt unter den beiden ersten gelandet. Es fühlt sich an, als ob er sehr gerade, parallele Striemen auf der unteren Hälfte meines Hinterns verteilt. Was ich ziemlich heiß finden würde, wenn es nicht so wehtäte.

Wieder versetzt er mir einen Hieb. Zu meiner eigenen Überraschung schreie ich nicht auf. Ich ziehe mich um den Plug zusammen und stoße ein verwundetes Stöhnen aus. Es tut weh, aber die Endorphine scheinen langsam zu wirken, denn mein ganzer Körper scheint zu vibrieren. Die Schmerzen fangen an, sich gut anzufühlen.

Pavel platziert den letzten Hieb genau in die Falte, an der mein Hintern in meine Oberschenkel übergeht. Ich schnappe schluchzend nach Luft.

Es ist vorbei. Er hatte mir drei weitere Hieb versprochen und ich habe diese drei Hiebe überstanden. Augenblicklich überwältigen mich Erleichterung und Lust. Ich habe nicht einmal mehr Angst vor dem Analsex. Wieder brauche ich sexuelle Befriedigung. Ich kann es nicht erwarten, seinen Schwanz in mir zu spüren.

Pavel verteilt die Arnikasalbe auf meiner Haut, gleitet mit seinen Fingern über die Schwielen, als ob er sie herausmassieren würde. Er zieht am Plug. Nichts passiert. Er streichelt mit seiner Hand über meinen Arsch. „Entspann dich, Blümchen. Aufmachen."

Mir war nicht bewusst, dass ich meine Arschmuskeln immer noch zusammenziehe. Ich zwinge mich, tief auszuatmen und mich zu entspannen, und er zieht langsam den Plug heraus. Als die breiteste Stelle meinen Anus passiert, winsele ich kurz auf, aber dann ist der Plug verschwunden und ich fühle mich ganz leer.

„Braves Mädchen." Ich höre, wie er in seiner Tasche herumkramt. Das Aufsurren einer Ziplock-Tüte. Das Klicken eines Verschlusses. Er tröpfelt etwas Gleitgel auf mein Arschloch und ich zucke zusammen, als das kühle Gel meine heiße Haut berührt.

Ein kleiner Motor erwacht surrend zum Leben. „Eine Belohnung für dich, Blümchen. Weil du das so gut gemacht hast." Er schiebt einen kleinen Bullet-Vibrator zwischen meine Schamlippen, zwischen meine Hüfte und die Bank, direkt unter meinem Kitzler.

Ich stoße verblüfft die Luft aus, überrumpelt von der Erregung. „Mmmmaster", platze ich heraus.

„Gefällt dir das?" Pavel streicht noch ein bisschen über die Striemen auf meinem Arsch.

„Ja, Master."

„Gut. Während ich deinen Arsch ficke, reibst du dich einfach daran, Blümchen. Du hast meine Erlaubnis, zu kommen. Du musst mich nicht erst darum bitten."

„D-Danke, Master." Meine Zähne klappern schon vor aufgestauter Lust.

Er massiert das Gleitgel in meinen Anus. Ich bin überrascht, wie einfach sein Finger diesmal in mich eindringt. Ich höre das Aufreißen einer Verpackung und einen Reißverschluss, dann das Drängen seines Schwanzes an meinem Arschloch.

Nachdem ich die letzte halbe Stunden den Plug in mir stecken hatte, bin ich der Vorstellung von Analsex weitaus mehr zugetan. Ich meine, ich war sowieso nicht dagegen, es ist nur neu für mich.

Pavel zieht meine Arschbacken auseinander und presst sich langsam vorwärts. Er ist groß, aber ich dehne mich, um ihn in mir aufnehmen zu können – es brennt nicht mehr so sehr wie beim ersten Mal, als der Plug in mich eingedrungen ist. Außerdem verwendet er jede Menge Gleitgel.

Ich stöhne auf, weil … es sich gut anfühlt. Sollte es nicht, aber das tut es. Ich verliere mich augenblicklich. Ich bin dankbar für den Vibrator an meinem Kitzler, weil ich ganz verzweifelt darauf bin, zu kommen. Aber ich wage nicht, mich zu bewegen. Nicht, dass ich überhaupt viel Bewegungsspielraum habe, aber ich winde mich noch nicht einmal hin und her. Ich halte einfach still und lasse ihn in mich hinein- und hinauspumpen.

Ich fühle mich vollkommen benutzt. Mein Arsch ausgepeitscht und brennend, sein Schwanz in mir, der mich völlig ausfüllt.

Genau dafür bin ich heute Abend hierhergekommen. Es übersteigt jede Fantasie, die ich darüber hatte, dominiert zu werden. Ich bin absolut und wahnsinnig verliebt in meinen neuen Master.

Der Mann, der nur für eine weitere Drehung des Rouletterads mein

Master sein wird. Der Mann, der nach heute Abend die Stadt verlassen wird.

Aber daran kann ich jetzt nicht denken.

Ich unterwerfe mich ihm. Seiner Dominanz, seiner Eroberung. Er fickt meinen Arsch, drückt meinen Nacken hinunter, auch wenn ich schon an die Bank gefesselt bin, und hämmert in mich hinein.

Ich will kommen, aber es ist nicht so einfach mit meinem Arsch so weit offen. Ich habe das Gefühl, dass ich ihn stattdessen in meiner Pussy spüren will.

„M-master", lalle ich, obwohl ich gar nicht genau weiß, was ich von ihm will. „Master", keuche ich.

„Du darfst kommen, Blümchen. Ist es das, was du brauchst?"

„Ja."

Er stößt härter zu, als ob mein Verlangen seine Lust noch weiter antreiben würde. „Komm für mich." Seine Stimme klingt rau und kehlig.

„I-ich …" Eigentlich will ich sagen: ‚Ich kann nicht', aber ich spüre das Beben in meinem Unterkörper anschwellen. Als meine Muskeln sich um nichts zusammenziehen, wünsche ich mir, der Vibrator würde in mir stecken. Mein Arschloch zieht sich um seinen Schwanz zusammen und er schreit auf.

„Fuck – oh, fuck!"

Seine Stöße tun weh, als sich mein Anus zusammenzieht, aber ich kann es nicht stoppen. Nur noch ein paar weitere Stöße und dann kommt auch Pavel, vergräbt sich tief in mir und bleibt dort, während er aufstöhnt. Sein Bauch bewegt sich an meinem Rücken. Ich stoße einen leisen Schluchzer aus.

Die Zeit scheint stillzustehen.

Pavel bewegt sich nicht

Ich weiß, dass draußen auf dem Flur Leute stehen. Schauen uns definitiv zu, aber ich komme mir vor wie in einer Blase. Meine Ohren klingeln.

Vielleicht ist es auch meine Pussy.

Nach einem, wie es mir vorkommt, sehr langen Augenblick, zieht sich Pavel aus mir heraus und wirft das Kondom weg. Er benutzt ein weiches Feuchttuch, um mich sauberzumachen, und löst die Fesseln an meinen Fußgelenken.

Ich bewege mich noch immer nicht.

Ich glaube, ich kann mich gar nicht mehr bewegen. Oder sprechen. Ich schaffe es kaum, zu atmen und zu blinzeln.

Pavel geht um die Bank und löst auch meine Handgelenke. Er schaut mich nicht an.

Ich glaube, das ist es, was mich so kalt erwischt.

Ich habe ihm gerade meinen Körper und meine Seele dargeboten. Ich habe mich völlig entblößt, um seinen Befehlen Folge zu leisten. Und ich habe jede Sekunde geliebt.

Aber jetzt ganz allein klarzukommen, ist ein Ding der Unmöglichkeit.

Ich habe mich diesem Mann hingegeben. Wenn er mich nicht von dieser Bank hebt und festhält, werde ich nicht mehr weitermachen können.

Er tut es nicht.

Er hilft mir nicht einmal auf.

Tatsächlich geht er einfach nur zu seiner Tasche und beginnt, wortlos alles wieder zusammenzupacken.

Ich setze mich auf, mir ist schwindelig. Ich bin benommen. Ich versuche, mich aufzustellen. Meine Knie knicken ein und ich falle mit meinem Arsch voran auf die Spanking-Bank.

Und in diesem Augenblick breche ich in Tränen aus.

KAPITEL SECHS

P *avel*

Ich erstarre.

Kayla schlägt die zierlichen Hände vor ihr Gesicht und bricht in Tränen aus.

Fuck. Sie *heult.*

Gebrochen.

Genau, wie ich vorausgesagt hatte, nur dass ich gar nicht vorgehabt hatte, sie zu brechen. Ich *wusste* verflucht noch mal, dass sie die falsche Frau für mich war.

Wenn ich clever gewesen wäre, hätte ich Valdemar gebeten, mit mir zu tauschen. Er hätte diesen süßen, kleinen Leckerbissen geliebt.

Nur, dass ich allein bei dem Gedanken daran Valdemar den Kopf abreißen und in einen Abgrund schmeißen möchte.

Ich bin wortwörtlich eingefroren. Die Drähte in meinem Gehirn sind durchgeschmort. Ich bin unfähig, irgendwas zu tun. Ich starre einfach nur auf meine kleine blonde Sub in ihrem Drama. Ein Aufseher öffnet die Tür und die Zuschauer auf dem Flur drängen sich in den Türrahmen, als sie mitbekommen, dass ich nichts unternehme.

Ich bin hin- und hergerissen zwischen dem Bedürfnis, mich mit ihnen allen anzulegen – einschließlich des Aufsehers –, und einfach davonzugehen.

Weil ich verdammt noch mal nicht dazu in der Lage bin, mich mit so einem Mist abzugeben.

Ich wüsste nicht einmal, wo ich anfangen soll.

Ein roter Haarschopf blitzt vor Kayla auf und plötzlich ist sie von Sashas Armen umschlungen. Maxim erscheint an meiner Schulter.

„Du brichst sie, du besitzt sie." Seine Worte schneiden durch den Nebel meines Verstands. Ich schaffe es, den Kopf zu wenden und ihn anzuschauen. „Du hast mich gehört", fordert er mich auf. „Sie gehört jetzt dir. Hilf ihr hoch, bring sie in einen Cool-down-Raum und setze sie wieder zusammen."

Das muss Sinn ergeben, denn meine Füße bewegen sich schon vorwärts, bevor ich überhaupt entschieden habe, was ich tun werde. Ich befreie Kayla aus Sashas klammernder Umarmung und hebe sie in meine Arme. „Gib sie mir, sie gehört mir", beteuere ich.

Mein.

Das klingt richtig. Nicht das, was ich wollte, aber es ist die Wahrheit. Sie gehört mir.

Du brichst sie, du besitzt sie.

„Besorge ihr eine heiße Schokolade", blaffe ich Sasha an, die alles andere als beeindruckt von mir ist.

Sie verzieht angewidert das Gesicht. „Heiße Schokolade? Dein Ernst, Mann?"

Ich weiß auch nicht, warum ich das gesagt habe, aber es kam mir richtig vor.

„Willst du das?", fragt sie Kayla, die noch immer völlig unkontrolliert schluchzt. Kayla nickt.

Jemand hält mir eine Decke hin und ich lege sie Kayla um und trage sie in einen der Cool-down-Räume, meine Reisetasche und womöglich auch meine Eier bleiben verlassen auf dem Fußboden zurück.

„Tut mir leid." Kayla bemüht sich, zwischen Schluchzern und Schluckauf etwas herauszubekommen. „Ich weiß auch nicht, warum ich weine."

Ich habe keinen Schimmer, was ich sagen soll. Absolut keine Ahnung, also halte ich einfach den Mund. Ich finde ein Zimmer für uns und setzte mich auf die Couch, ziehe sie auf meinen Schoß. Ich wickle sie in die Decke ein und halte sie fest.

Meine Lippen finden ihre Haare. Zuerst ein Kuss.

Das bringt mich nicht um. Ihre Haare duften süß wie Orangen. Ich küsse sie erneut. Ich nehme ihr Gesicht in meine Hand und platziere leichte Küsse entlang ihres Haaransatzes, auf ihre Stirn. Auf ihre tränennassen Lider.

„Tut mir so leid", schluchzt sie.

„Das ist der Subdrop." Endlich läuft mein Verstand wieder an.

Das kommt vor. Ich habe darüber gelesen. Ich habe davon gehört. Ich habe mich nur noch nie damit auseinandersetzen müssen, weil ihr ehrlich gesagt nicht viel erfahrener bin als Kayla.

„Der Chemiehaushalt in deinem Gehirn hat sich überschlagen, weil die Erfahrung so intensiv war. Der heiße Kakao wird helfen."

„Das ist mir so peinlich." Sie versucht, aufzuschauen, aber ich drücke sie wieder sanft gegen meine Schulter.

Mein.

Sie ist wirklich mein. Maxim hat es gesagt, also muss es stimmen.

„Das muss dir nicht peinlich sein. So gefällst du mir."

Das scheint ihre Schluchzer etwas zu beruhigen. Vermutlich waren sie nur schlimmer geworden, je mehr sie versucht hat, sie zu unterdrücken. Jetzt, da ich meinen Gefallen daran geäußert habe, kann sie wieder atmen. „W-was?" Sie hebt ihre nasse Wange von meinem Hals und blinzelt mich an. Ihr Mascara ist ganz verschmiert. Was ich seltsam erotisch finde. „Warum?"

Ihr zu sagen, dass ich entschieden habe, dass ihre Tränen bedeuten, ich besitze sie jetzt, wird vermutlich nicht richtig klingen. Ich zucke mit den Schultern und meine Mundwinkel zucken nach oben. „Ist nur auch ein weiterer Austausch von Körperflüssigkeiten, hab ich recht?" Ich strecke meine Zunge heraus und lecke eine ihrer Tränen auf.

Sie stößt ein verheultes Lachen aus. Die Schluchzer sind mittlerweile vollkommen verstummt und sie starrt mich an, ihre großen Augen sehen mit den schwarzen Ringen von Mascara sogar noch größer aus. „M-magst du mich überhaupt?"

Ich nicke ihr langsam zu, wende den Blick nicht von ihren Augen ab. „Ja. Tue ich. Ich mag dich so sehr, dass ich darüber nachgedacht habe, dich das Safeword sagen zu lassen, damit du nicht mehr ohne mich hierher zurückkommst."

Ihre Lippen formen ein überraschtes ‚O'.

„Genau. Ich verbiete dir, ohne mich hierherzukommen." Ich halte die Luft an, bin gespannt, wie das ankommt.

Sie boxt mich mit dem weltschwächsten Hieb in den Arm. Ich mache mir eine mentale Notiz, ihr beizubringen, wie man jemandem einen Fausthieb versetzt. „Was zur Hölle? Ich dachte, du würdest mich hassen."

„Ich –" Ich ziehe eine Grimasse und lasse den Kopf hängen. „Ich war ein totaler Arsch. Tut mir leid. Du … Du schienst viel zu gut für mich zu sein. Wie ein Mädchen, das ich nie im Leben haben könnte. Und das hat mich stinksauer gemacht." Ich bin überrascht, diese Worte aus meinem Mund zu hören. Ich glaube nicht, dass mir das bis zu diesem Augenblick überhaupt bewusst war.

„Du bist wunderschön und süß. Zu unschuldig. Dein Vater würde mir eine Schrotflinte an die Brust halten, wenn er uns zusammen sehen würde."

Sie lacht leise auf. „Mein Vater ist ein sehr netter Mann."

„Siehst du? Ich wusste es. Ich – ich bin kein netter Mann."

Ihr Lächeln erlischt. „Ich …" Sie schluckt. „Ich vertraue dir."

„Ich weiß. Das ist es ja, was mich so umgehauen hat, Blümchen. Du hattest keinen verdammten Grund, mir zu vertrauen, und hast es dennoch getan. Du hast dir so viel Mühe gegeben, mir zu gefallen. Jetzt bin ich für jede andere Frau verdorben." Ich schüttle grimmig den Kopf. „Niemand sonst wird gut genug sein."

Ihr Gesicht erstrahlt, aber sie sieht noch immer zweifelnd aus. „Du lebst noch nicht einmal hier. Wie willst du denn mit mir hierher zurückkommen?"

„Ich fliege her." Ich kann nicht glauben, was ich da versprechen. Aber in dem Moment, als ich es ausspreche, weiß ich, dass es die Wahrheit ist. „Ich werde den ganzen nächsten Monat lang jedes Wochenende in einen Flieger steigen, um mit dir hierherzukommen. Ich kann den Gedanken nicht ertragen, dass du mit irgendeinem anderen Typen hier spielst."

Sie senkt die Wimpern. „Du willst mein Dom sein?"

Etwas scheint mich in die Magengrube zu treten. Vielleicht Aufregung. Ein mächtiges Rumoren von Bedeutung. Ich nicke kurz. „Willst du mich?"

„Heißt das … nur für hier?"

Mein Herz beginnt, unangenehm heftig in meiner Brust zu hämmern. Der Neandertaler in mir knurrt: *Mein.* Aber wie erhebe ich meinen Besitz auf eine Frau, auf die ich kein Recht habe?

Trotzdem schüttle ich den Kopf. „Nein, Blümchen. Wenn ich Besitz auf eine Frau erhebe, dann gilt das überall. Ich will dich heute Abend in meinem Hotelzimmer sehen. Ich will, dass du morgen früh rittlings auf meiner Hüfte reitest, bevor ich wieder nach Hause fliege. Ich will dich jeden verfickten Abend, an dem wir uns nicht sehen, über FaceTime sprechen."

Ich weiß, das ist zu viel verlangt. Wir kennen uns nicht einmal. Aber meine Vermutung ist, dass halbe Sachen für Kayla nichts sind. Sie verdient das volle Programm. Wenn ich sie besitzen soll, dann werde ich die komplette Verantwortung für sie übernehmen. Nicht nur über ihr Sexleben.

Ich zucke mit den Schultern. „Wir versuchen es. Wenn du mich nach dem ersten Monat noch immer für einen Arsch hältst, dann kannst du mir den Laufpass geben."

Ich bin schockiert über das plötzliche strahlende Lächeln auf ihrem Gesicht. „Ich weiß, dass du kein Arsch bist. Sasha ist schließlich mit dir befreundet."

„Sasha ist eine verflucht verrückte Russin, deren Vater mich dazu gezwungen hat, für ihn zu töten." Sie sollte die Wahrheit wissen. Worauf sie sich mit mir einlässt. „Ich bin kein netter Mann."

Sie legt den Kopf in den Nacken. „Küss mich."

Sie küssen.

Es ist eine *verfickte Ehre*, dieses Mädchen küssen zu dürfen. Aber ich will es richtig machen. Nicht den rauen, besitzergreifenden Kuss, den ich ihr seit dem Augenblick geben wollte, als sie zu meinen Füßen gekniet und mein Sperma geschluckt hat. Nein, sie hat meine Zurückhaltung verdient. Eine riesige Menge Respekt. Ich nehme ihren Kopf in meine Hände und ziehe ihr Gesicht an meins. Meine Lippen gleiten langsam über ihre, eine gemächliche Erkundung ihres wunderschönen Munds. Ich lege meinen Kopf in einen anderen Winkel und wiederhole die Bewegung. Ein weiterer, langsamer, keuscher Kuss. Und dann werfe ich alle Zurückhaltung über Bord und mache mich wie ein Wahnsinniger über ihren Mund her. Meine Zunge schnellt zwischen ihre Lippen, meine Zähne streifen über ihre zarte Haut. Ich küsse und sauge und ergreife mit jedem Öffnen und Schließen meiner Lippen Besitz von ihr. Als ich mich von ihr löse, ist sie atemlos, ihre Augen weit aufgerissen, so gottverdammt niedlich, dass ich sie hier heraustragen will, noch bevor das letzte Drehen der Roulettekugel ansteht.

Sasha und Maxim kommen mit der heißen Schokolade und meiner Tasche zurück. „Sorry, es hat eine Weile gedauert, bis sie den Kakao fertig hatten", sagt Sasha und drückt Kayla die warme Tasse in die Hand. Sie setzt sich neben sie. „Wie geht es dir? Du siehst besser aus."

Ich halte die Luft an.

Kayla nickt. „Mir geht es besser. Pavel behält mich."

Mein Herz galoppiert in meiner Brust.

Sie hat mich ebenfalls eingefordert.

Ich nicke, erwidere Sashas überraschten blauäugigen Blick mit meinem ernsten.

„Ähm, wow. Okay. Freut mich, dass das so ausgegangen ist." Sasha Tonfall ist halb verwundert, halb zweifelnd.

Maxims Grinsen ist Bro-Code für *Volltreffer*.

Es kommt mir zu heikel vor, zurückzugrinsen.

Kayla

. . .

Die heiße Schokolade hilft wirklich. Ich nippe daran und starre meinen neuen Master an. Der Mann, der plötzlich entschieden hat, dass ich ihm gehöre.

Ich komme mir vor wie in einer Romanze aus der Regency-Ära – wie in der Netflix-Serie *Bridgerton,* wo ein Mann bereits nach zwei Tänzen um die Hand einer Frau anhält. Ich weiß, dass Endorphine und Orgasmen und alle möglichen Faktoren da ebenfalls mit reinspielen, aber ich fange an, mich Hals über Kopf in Pavel zu verlieben.

Und ich bin Hals über Kopf verliebt in diese Welt. Es ist beinah furchteinflößend, wie gut dieser Lifestyle zu mir passt. Ich glaube, etwas von dem, weshalb ich zusammengebrochen bin, war mein Schrecken darüber, wie wenige Hemmungen und Grenzen ich tatsächlich an diesem Ort habe. Ich glaube, ich würde alles tun, was Pavel mir befiehlt. Mich jedem seiner Befehle unterwerfen.

Ich habe ihm schon vorher vertraut, aber seine Reaktion auf meinen Zusammenbruch haben mein Vertrauen in ihn nur untermauert. Er war perfekt. Ruhig und gefasst. Zärtlich. Ehrlich.

„Die meisten der Paare sind mittlerweile bei ihrer dritten Aktivität angekommen", informiert uns Sashas Ehemann Maxim. „Wollt ihr beiden auch zu Ende spielen?"

„Das ist Kaylas Entscheidung", sagt Pavel.

„Ja." Ich will diese gratis Monatsmitgliedschaft. Ich will mit Pavel zusammen hierher zurückkommen. Er hat gesagt, er würde zurückfliegen, um mit mir zu spielen.

Pavel kramt in seiner Tasche und holt meinen Slip hervor. „Ziehen wir dir den wieder an."

Maxim und Sasha sind so geistesgegenwärtig, uns allein zu lassen, und Pavel hilft mir zurück in meinen Slip. Er zieht mir die Absatzschuhe von den Füßen und wirft sie in seine Reisetasche. „Genug damit", sagt er.

Lautes Jubeln und Applaus klingt aus dem Rotlichtbereich herüber.

„Komm, Blümchen." Pavel hilft mir auf die Füße und wir gehen zurück in die Hauptarena und auf die Bühne.

„Kiki und Master Pavel sind für ihre letzte Auslosung hier“, verkündet Madison. Ich drehe das Rad und beobachte die Aktivitätsfelder, die vorbeisausen, dann werfe ich die Kugel in den Kessel. Sie springt lange hin und her, bis sie schließlich in einer Kerbe zum Liegen kommt.

„*Hohe Etikette!*“, sagt Madison.

Pavel stößt ein interessiertes Geräusch aus. Ich blicke zu ihm auf und er zuckt mit den Schultern. Als wir von der Bühne kommen, führt er mich ihn den Hauptbereich, wo er mich gegen eine Wand presst. „*Hohe Etikette*, hmm.“

„I-Ich bin mir nicht sicher, ob ich weiß, was das ist“, gebe ich zu.

„Ich auch nicht.“ Ich kann den Anflug eines Lächelns erkennen.

Mein Herz flattert.

„Ich glaube, ich denke mir einfach Regeln aus und du befolgst sie. Du stehst deinem Dom zu Diensten. Genauso, wie du es schon den Rest des Abends über gemacht hast.“

Ich klimpere mit den Wimpern. „Was sind dann also meine Regeln?“

Er streicht mit seinen tätowierten Knöcheln über meine Wange. „Deine Regeln sind …“

Ich warte ab und meine Nippel werden unter meinem Korsett steif, erregt von unserm Spiel.

„Wenn ich sage, *an die Wand*, dann stellst du dich an die nächstbeste Wand und präsentierst dich, um von mir gefickt zu werden.“

Ich lasse meine Lider sinken und verberge mein Lächeln. „Ja, Master.“

Er wartet einen Herzschlag ab.

Jeder Nerv in meinem Körper kribbelt, wartet nur auf seinen Befehl.

„An die Wand.“

Ich eile zu der nächstgelegenen Wand und reiße meinen Slip runter, stolpere fast in meiner Eile. Dann presse ich meine Handflächen gegen die Wand, spreize meine Beine und strecke meinen Arsch raus, blicke ihn über meine Schulter an.

Er ist direkt hinter mir. Sein Arm schlingt sich um meine Taille und er legt seine Hand über meinen Venushügel, einer seiner Finger umkreist meinen empfindlichen Kitzler. „Das ist hübsch, Blümchen, aber ich hatte dich heute Abend schon von hinten."

Ich drehe mich zu ihm herum.

„Wenn ich sage: *Mach deinen Master bereit*, dann holst du das Kondom aus meiner Hosentasche und rollst es mir über." Seine Stimme ist samtweich, nicht das harte Bellen von vorhin.

Meine Hand streckt sich zu seiner Hosentasche aus, dann halte ich inne, warte auf seinen Befehl, als ob wir Kommando Pimperle spielen würden.

„Mach deinen Master bereit", murmelt er.

Ich finde das Kondom, reiße die Verpackung auf und öffne seine Hose. Er hilft mir, indem er den Schaft seines Schwanzes festhält, damit ich das Kondom abrollen kann.

„Braves Mädchen." Er drängt sich gegen mich, seine Erektion stupst zwischen meine Beine.

Ich schlinge ein Bein um seine Hüfte, um mich ihm darzubieten, und er zögert nicht, dringt augenblicklich in mich ein.

Ich öffne den Mund, aber es kommt kein Ton heraus.

„Bist du okay? Du scheinst feucht genug zu sein."

„Ich bin okay. Ja. Alles gut. Alles wunderbar", plappere ich und greife nach seinem Arsch, um seine Hüften gegen meine zu ziehen.

„Ts-ts." Er schüttelt den Kopf. „Du hast das Steuer nicht in der Hand, es sei denn, ich sage es, *printsessa*."

Eilig hebe ich kapitulierend die Hände. „Tut mir leid, Master."

Er hält meine Handgelenke neben meinem Kopf fest. „Gut, dass ich für heute Abend mit deinen Bestrafungen durch bin", murmelt er gegen meine Lippen.

„Bist du das?" Ich klinge atemlos.

Er stößt in mich hinein und hinaus, lässt meinen Rücken über die Wand gleiten. „Ja. Abgesehen davon, dich zu ficken. Was möglicherweise heftig wird." Er stößt wieder in mich hinein.

Meine Hüfte knallt gegen die Wand, aber ich genieße das Gefühl. Ich heiße jede Prellung willkommen, die er mir zufügen will. Jeder Stoß fühlt sich fantastisch an. Als ob er mich als sein Eigentum markiert. Mich brandmarkt. Ich bin heute Abend schon dreimal gekommen, aber noch kein einziges Mal mit ihm in meiner Pussy, und es fühlt sich so richtig an. So notwendig.

Genau da, wo er sein soll.

Er liebkost meine Wange, überrascht mich wieder mit kleinen Küssen entlang meines Kiefers und meiner Stirn, Küsse, die in vollkommenem Widerspruch zu der Heftigkeit seiner Stöße stehen.

„Küss mich, Kayla."

Ich biete ihm meine Lippen dar und er erobert sie, legt seinen Mund langsam, leidenschaftlich über meinen. Er lässt sich Zeit, plündert meinen Mund, während er mich gegen die Wand presst. Erst, als sein Atem zu einem Keuchen wird, hakt er seinen Unterarm unter mein Knie und hält mich fest, um schnell und hart in mich hineinzuhämmern.

Meine Finger gleiten durch seine sandblonden Haare. „Pavel", keuche ich gegen seine Lippen.

„Nimm es, Blümchen. Nimm es wie ein braves Mädchen."

„Gib es mir."

Wir haben beiden den Verstand verloren, sagen uns schmutzige Dinge wie ein eingespieltes Liebespaar. Ich vergesse, wo wir sind. Wer wir sind. Was ich hier tue. Das Black Light löst sich auf und es gibt nichts mehr, außer diesen letzten Orgasmus aus meinem Master herauszulocken.

Ihm Lust zu bereiten.

Zuzulassen, dass er mir Lust bereitet.

Seine Stöße werden wild und unkontrolliert. Unsere keuchenden Atemzüge vermischen sich.

„Master, darf ich –"

„Komm", bellt er.

In dem Augenblick, als er mir das sagt, lasse ich mich in den Abgrund stürzen, meine Muskeln ziehen sich um seinen Schwanz zusammen, drücken ihn.

Er knurrt und stößt tief in mich hinein, stöhnt auf, als auch er kommt.

Ich klammere mich an ihm fest, zitternd und matt. Erschöpft, aber glücklich.

„Komm, Blümchen. Du darfst diese Runde auf meinem Schoß beenden. Es ist Zeit für deine Belohnung."

Ich strahle ihn an, mein Magen flattert. Ich weiß nicht, was die Belohnung ist, aber ich kann es nicht erwarten, das herauszufinden.

***

Vielen Dank für das Lesen des *Besessen*. Wenn es Ihnen gefallen hat, würde ich gerne eine Bewertung erhalten - es macht einen großen Unterschied für Indie-Autoren wie mich.

Lies unbedingt auch Oleg und Storys Liebesgeschichte in *Der Vollstrecker*.

Ich habe eine Facebook-Gruppe für deutschsprachige Leser meiner Bücher gegründet. Bitte mach mit! Alpha-Bücher sind besser

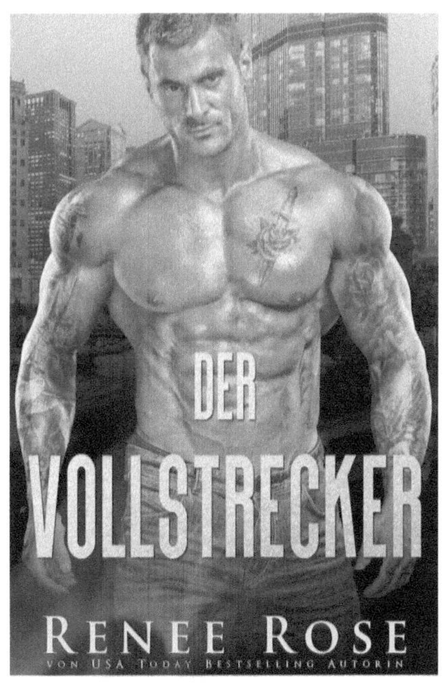

Sie ist meine Schwäche, meine Obsession. Und jetzt meine Gefangene.

Ich habe acht lange Jahre in einem sibirischen Gefängnis verbracht.

Seit meiner Entlassung hat nichts mehr mein Interesse geweckt.

Nichts, außer ihr.
Woche um Woche höre ich ihre Band spielen.
Ich denke nur noch an sie.

Als meine Vergangenheit mich einholt, wird sie zu einem Ziel.
Die einzige Möglichkeit, sie zu beschützen, ist es, sie wegzusperren.
Sie gefangen zu halten, bis die Dinge sich beruhigt haben.

Jetzt wird sie mir nie verzeihen, aber ich kann es ihr nicht erklären.
Ich kann nicht sprechen.

Der Vollstrecker

RENEE ROSE: HOLEN SIE SICH IHR KOSTENLOSES BUCH!

Tragen Sie sich in meine E-Mail Liste ein, um als erstes von Neuerscheinungen, kostenlosen Büchern, Sonderpreisen und anderen Zugaben zu erfahren.

https://www.subscribepage.com/mafiadaddy_de

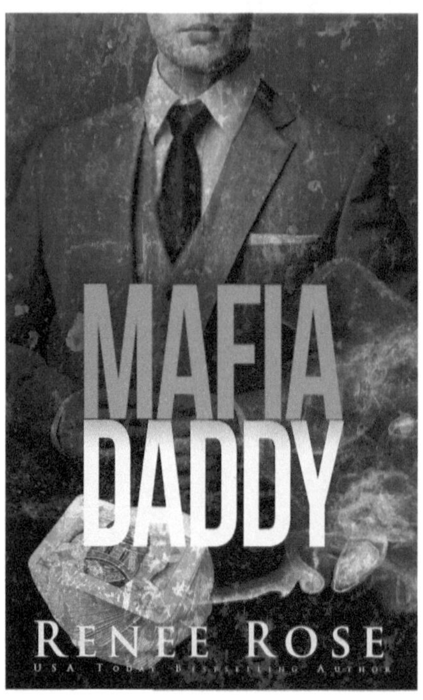

BÜCHER VON RENEE ROSE

Master Me

Ihr Königlicher Master

Ja, Herr Doktor

Ihr Marine Master

Ihr Russischer Gebieter

Ihre Zwillingsmaster

Ihr Brandmeister

Ihr Küchenmeister

Ihr Hollywood Master

Ihr Bad Boy Master

Chicago Bratwa

Der Direktor

Gefährliches Vorspiel

Der Mittelsmann

Bessessen

Der Vollstrecker

Der Soldat

Der Hacker

Der Buchmacher

Der Reiniger

Der Torwächter

Mafia Männer Reihe

Reiz mich nicht

Verführe mich nicht

Zwing mich nicht

Unterwelt von Las Vegas

King of Diamonds: Was in Vegas passiert, bleibt in Vegas, Band 1

Mafia Daddy: Vom Silberlöffel zur Silberschnalle, Band 2

Jack of Spades: Gefangen in der Stadt der Sünden, Band 3

Ace of Hearts: Berühmtheit schützt vor Strafe nicht, Band 4

Joker's Wild: Engel brauchen auch harte Hände (Unterwelt von Las Vegas 5)

His Queen of Clubs: Russische Rache ist süß (Unterwelt von Las Vegas 6)

Dead Man's Hand: Wenn der Tod mit neuen Karten spielt

Wild Card: Süß, aber verrückt

Roulettenächte

Gezwungen

Beschützt

Gebrochen

Gefährliches Vorspiel

Bessessen

Mountain Men

Held

Rebell

Krieger

Sündhaftes Chicago

Sündenpfuhl

Verwurzelt in Sünde

Wolf Ranch

ungebärdig - Buch 0 (gratis)

ungezähmt– Buch 1

ungestüm - Buch 2

ungezügelt - Buch 3

unzivilisiert - Buch 4

ungebremst - Buch 5

unbändig - Buch 6

Two Marks

ungebärdig - Buch 1 (gratis)

versucht - Buch 2

Begehrt - Buch 3

verzaubert - Buch 4

Wolf Ridge High

Alpha Bully - Buch 1

Alpha Knight - Buch 2

Step Alpha - Buch 3

Bad Boy Alphas

Alphas Versuchung

Alphas Gefahr

Alphas Preis

Alphas Herausforderung

Alphas Besessenheit

Alphas Verlangen

Alphas Krieg

Alphas Aufgabe

Alphas Fluch

Alphas Geheimnis

Alphas Beute

Alphas Blut

Alphas Sonne

Alphas Mond

Alphas Schwur

Alphas Rache

Alphas Feuer

Alphas Rettung

Alphas Befehl

Mitternacht Doms

Seine gefangene Sterbliche

Die Meister von Zandia

Seine irdische Dienerin

Seine irdische Gefangene

Seine irdische Gefährtin

Seine irdische Rebellin

Seine irdische Frau

Ihr Gefährte und Meister

Zandianisches Haustier

Sein irdischer Besitz

Zandianische Bräute

Eine Nach md den Zandianern

Von den Zandianern gekauft

Von den Zandianer beherrscht

Das Licht der Zandianer

Festgehalten vom Zandianer

Vom Zandianer beansprucht

Vom Zandianer gestohlen

ÜBER RENEE ROSE

USA TODAY Bestseller-Autorin RENEE ROSE liebt dominante, verbalerotische Alpha-Helden! Sie hat bereits über eine Million Exemplare ihrer erotischen Liebesromane mit unterschiedlichen Abstufungen verruchter sexueller Vorlieben und Erotik verkauft. Ihre Bücher wurden außerdem in *USA Todays Happily Ever After* und *Popsugar* vorgestellt. 2013 wurde sie von *Eroticon USA* zum nächsten *Top Erotic Author* ernannt und freut sich ebenfalls über die Auszeichnungen Spunky and Sassy's *Favorite Sci-Fi and Anthology Autor*, und The Romance Reviews *Best Historical Romance*. Bereits fünfmal gelang ihr eine Platzierung in der USA-Today-Bestsellerliste mit verschiedenen literarischen Werken.

Besuchen Sie ihren Blog unter www.reneeroseromance.com

www.ingramcontent.com/pod-product-compliance
Lightning Source LLC
Chambersburg PA
CBHW030224120726
47903CB00005B/1357